10
18
12, AVENUE D'ITALIE. PARIS XIIIe

Sur l'auteur

Adrian Hyland a travaillé dix ans avec les aborigènes d'Australie Centrale. Il enseigne aujourd'hui à l'université de Melbourne. Après *Le Dernier Rêve de la colombe diamant*, qui a obtenu le Ned Kelly Award du meilleur premier roman en 2007, il signe avec *La Piste du feu* le deuxième épisode des enquêtes d'Emily Tempest.

ADRIAN HYLAND

LA PISTE DU FEU

Traduit de l'anglais (Australie)
par David Fauquemberg

INÉDIT

10
18

Du même auteur
aux Éditions 10/18

LE DERNIER RÊVE DE LA COLOMBE DIAMANT, n°4266

Titre original :
Gunshot Road

ISBN : 978-2-264-04776-2

À Sally

Avertissement

Les lecteurs familiers de la région du Territoire du Nord, en Australie, constateront que j'ai pris quelques libertés avec les faits, notamment en ce qui concerne la langue et la géographie. Bien que mon portrait des personnages aborigènes s'appuie sur une expérience personnelle de plusieurs années de travail avec nombre de communautés du centre de l'Australie, les personnes, la langue, les Rêves et les lieux décrits ici sont de pure invention.

I.
Des tourbillons de feu avancent en grondant
Depuis la lisière d'un désert

D'abord on dirait
Des boules de spinifex soufflées par le vent

Puis l'incendie se propage, enfiévré
À perte de vue

II.
On dit que leur substance est celle
D'une forêt perdue –
Un souffle d'air aride

John Kinsella,
« Notes on Fire-Tumbles »

Un temps l'incendie meurt en vous,
Puis vous mourez dans l'incendie.

Michael Dransfield,
« Fix »

INITIATIONS

J'ai fermé les yeux, senti les harmonies heurtées résonner sous mon crâne.

Nuit noire, mais l'aube n'allait certainement plus tarder. Hazel chantait à mi-voix, allongée près de moi. Des sœurs revêtues de peintures dansaient autour de nous, leurs pieds nus soulevant des tourbillons de poussière. Des plumes étincelaient fièrement à la lueur des flammes. Jupes bariolées, cercles et courbes.

C'était le *Young Man's Time* à Bluebush – la cérémonie qui allait faire de nos garçons des hommes. Depuis le campement des Femmes, nous leur chantions des chants d'adieu.

Les hommes se trouvaient à une centaine de mètres, vers l'ouest : une colonne de silhouettes fantomatiques qui piétinaient à grand fracas une rangée de branches. Boomerangs et *clapsticks*[1] battaient une pulsation grave, lancinante, le rythme de la terre.

1. Bâtons de bois très dur, au son métallique, utilisés pour marquer le rythme lors des cérémonies. (*N.d.T.*)

Gypsy Watson, notre chef, le *kirta*, s'est remis à scander le chant du Feu, : « *Warlu wiraji, warluku*... »

Tous et toutes, nous l'avons suivi.

Mes seins, peinturlurés de croix tracées à l'ocre, se sont balancés doucement comme je me retournais pour observer la scène.

On ne pouvait s'empêcher de sourire. Ceux de la ville : ils avaient beau être déracinés, fracturés, déchirés par l'oisiveté et la violence, par la picole et Hollywood ; les moments comme celui-ci, quand les gens se réunissaient, quand ils tentaient de restaurer l'essence, vous redonnaient espoir.

C'étaient les chants qui faisaient ça : plus qu'elles ne les chantaient, les femmes les captaient en plein vol comme des récepteurs radio. On imaginait aisément ces grands cycles chantés traversant de lointaines contrées et prenant en chemin la forme de tout ce qu'ils rencontraient : des fragments de langage, de minéraux, de Rêve, le vol d'un faucon, la chute d'une plume, l'éclair d'une météorite.

L'écho de cette musique résonne partout, même ici, aux abords de la ville des Blancs, au milieu des décharges d'ordures et des dépôts de camions. Elle chante en se répercutant le long des fils électriques, elle jaillit du bitume et de l'acier.

Une interférence – un cri inarticulé, alcoolisé – là-bas, sur ma droite.

Peut-être m'étais-je réjouie trop vite.

Deux femmes se hurlaient dessus. L'une d'elles était assise, dissimulée par la foule. L'autre n'était que trop visible : Rosie Brambles, qui semblait tout juste échappée du campement des Ivrognes.

Rosie Branle-Bas, on l'appelait. Dans sa robe d'un rouge survolté, son foulard maculé de sueur et de cambouis, Rosie était taillée comme un bison – les épaules larges et des jambes maigrelettes. Elle était ivre, et en colère. Rien d'inhabituel à cela ; Rosie était ivre la plupart du temps, et souvent en colère. Mais ce n'était ni l'endroit ni l'heure.

Son adversaire était Cindy Mellow – douce par le nom, *mellow*, mais pas par nature, loin de là –, une petite boule de nerfs aux cheveux crasseux, qui venait de Curlew Creek. Apparemment, elles se disputaient à propos d'un mec. Là non plus, rien d'inhabituel. La vie de Rosie n'était qu'une succession d'amants, tous plus paumés les uns que les autres, des Noirs, des Blancs, toutes les nuances entre les deux. Cindy était retenue par ses tantes, mais elles ne pouvaient pas lui fermer la bouche : elle a lâché une bordée d'injures, dont l'une évoquait un bébé.

Là, c'était provoquer le taureau avec un chiffon rouge. Quelques années plus tôt, on avait retrouvé l'un des bébés de Rosie – par miracle, vivant – abandonné dans une poubelle.

Rosie a explosé : « Ah, putain de petite salope ! » Elle s'est précipitée vers le feu le plus proche, a empoigné une branche d'acacia *lancewood* incandescente et elle a rappliqué.

Les vieilles dames se sont éparpillées, les petits enfants hurlaient.

Je me suis levée d'un bond.

« Rosie… »

Hors d'elle, elle a levé la branche comme une batte de base-ball.

Je me suis approchée, bras tendu devant moi.

« Rosie ! » J'ai haussé le ton. « Calme-toi… »

Elle m'a fusillée du regard. Elle ne me remettait pas, moi qui la connaissais depuis toujours. Alors elle s'est ruée vers moi en balançant furieusement son tison. Je me suis penchée en arrière et la branche enflammée m'est passée au-dessus du crâne, projetant sur mon visage une pluie d'étincelles et une vague de chaleur. J'ai senti l'odeur de mes propres cheveux, cramés.

J'avais cru que j'étais de taille à lui faire face, et une partie de moi l'était. Mais l'autre partie était comme hypnotisée, fascinée par la vision éblouissante de ce fleuve de lumière que la torche laissait dans son sillage. Dans cet arc scintillant, je voyais des galaxies et des poissons dorés, des éclairs et des ailes, des éclats de cristal. Je voyais le chant que nous venions d'entonner.

« Emily ! » Le cri d'alarme de Hazel.

Je me suis jetée sur le côté, tandis que la flamme me frôlait le visage.

Trop, c'était trop.

J'ai attrapé le pied-de-biche qu'une des vieilles avait abandonné derrière elle. Quand Rosie m'a foncé dessus une troisième fois, j'ai planté l'acier dans le sol. Le tison s'y est écrasé dans une nouvelle explosion d'étincelles, j'ai pivoté autour de la barre et lui ai envoyé un double coup de pied fracassant en pleine poitrine. Elle a reculé en titubant, s'est écroulée dans la poussière. Immobile, soudain. Elle m'a lancé un regard stupéfait, le souffle coupé, haletante.

Bon Dieu, Rosie ! Ne me fais pas une crise cardiaque… C'est mon premier jour dans la police, et on va m'arrêter pour meurtre ?

Hazel s'est approchée d'un pas furieux. « Qu'est-ce que tu fais, Rosie ? À courir comme ça partout, à te bagarrer, à coller la frousse aux vieilles dames et aux petites filles… C'est une cérémonie ! »

Rosie s'est redressée, en appui sur le coude. Elle fixait le sol, l'air honteux. Terminé, le choc avait chassé d'elle toute envie de se battre. Les femmes ont regagné leurs places. Mais en me tournant vers Gypsy Watson, j'ai vu sa détresse.

Je me suis accroupie près d'elle, j'ai posé la main sur son genou. « Ne t'inquiète pas, Napurulla. C'est fini, à présent... »

Elle s'est tournée vers l'endroit où les garçons dansaient, le contraire d'un sourire aux lèvres. J'ai suivi son regard. Rosie qui s'éloignait, bancale, dans l'obscurité. L'une des adolescentes qui se balançait sous son casque audio, voyageant sur la pulsation d'un autre tambour. Les canettes de Coca, les crucifix et les montres, les plaques de tôle, le lait en poudre. Là-bas, au loin, les lumières des Blancs de Bluebush projetaient sur le ciel une lueur orangée, blafarde. Laide.

Gypsy était une femme Kantulyu, qui avait passé toute sa jeunesse dans le désert de l'Ouest. Elle n'avait jamais vu un Blanc jusqu'à sa vingtaine. Un an plus tôt, l'un de ses petits-enfants s'était pendu dans la prison de la ville. Quelques mois auparavant, son frère Ted Jupurulla, l'un des hommes les plus importants du coin, était mort d'un cancer – une lente et terrible agonie. Depuis, elle portait le deuil.

Elle contemplait son monde en train de s'effondrer.

« Fini ? » a-t-elle soufflé d'un ton morne et las, en secouant la tête. Puis elle a craché : « *Yuwayi*. Mais qu'est-ce qu'est fini ? Nous tuent avec leurs rêves de machine et leur poison. *Kandiyi karlujana...* »

Le chant est brisé.

Quel chant ? Celui que nous venions de chanter ou tout ce foutu opéra ? Je l'ai serrée dans mes bras, je me suis relevée et j'ai retraversé la foule. La cérémonie a repris lentement, d'autres femmes ont poursuivi le chant. Mais le cœur n'y était plus.

Quelque part au milieu des taudis, un coq s'était réveillé. Ce qui ne signifiait pas nécessairement l'imminence de l'aube – l'horloge interne du volatile était totalement déréglée depuis le jour où il s'était faufilé dans la réserve de dope de Reggie Tapungati –, mais c'était un rappel. Il était temps de me mettre en route. McGillivray m'avait dit qu'il voulait me voir là-bas dès le lever du jour.

J'ai jeté un reste de dinde, une miche de pain australien et une orange dans ma petite sacoche et j'ai pris le chemin qui menait à la ville.

FOURNAISE

J'avais à peine fait quelques mètres quand j'ai distingué le piétinement feutré de pieds nus derrière moi.

Hazel, le haut du corps paré d'ocre, des plumes dans les cheveux, une moue amicale.

« Tu te tires en douce, Tempest ?

— Je ne voulais pas vous déranger. »

Elle a souri. « Nous déranger ? Hé, Tempest la tempête ! Même un ouragan semblerait paisible après Rosie… Tu dois y aller, déjà ?

— Tom m'a dit d'être là aux aurores. Je ne voudrais pas lui offrir, à lui et à ses potes, le plaisir de me voir arriver en retard dès le premier jour de boulot. »

Surtout pas à ses potes…

Elle contemplait la ville, au loin, visiblement troublée.

Là-bas, une voiture de sport dévalait Barker's Boulevard, moteur vrombissant : l'un des apprentis de la mine. Un apprenti idiot, à en juger d'après le vacarme qu'il faisait. Une voix alcoolisée, dans le quartier des Blancs, hurlait à la lune. Les aboiements des chiens ont répondu en chœur.

« T'es sûre de c'que tu fais ? Ce… boulot ? »

Ses lèvres ont articulé le mot avec dégoût, comme s'il avait la vérole.

« Je ne crois pas avoir jamais su ce que je faisais, Haze. J'ai juste dit que j'allais essayer. »

Elle a souri, compréhensive. Mes doutes, elle les connaissait mieux que moi ; cela faisait bien longtemps qu'elle observait leur petit jeu – depuis l'époque de notre enfance, au ranch de Moonlight Downs, à deux cents kilomètres au nord-ouest d'ici. J'avais fui le nid très jeune, j'étais allée à la fac, j'avais parcouru le monde. Hazel, elle, n'était jamais partie.

La petite communauté de Moonlight Downs avait tenu bon durant toutes ces années, résistant aux éternels périls pesant sur ces terres oubliées aux portes du désert. Si elle était restée unie, à la manière d'une famille dysfonctionnelle un peu déglinguée, elle le devait en grande partie à l'influence exercée par le père de Hazel, Lincoln, et aux propres efforts de Hazel.

Lincoln était mort récemment, sauvagement assassiné, juste au moment où je venais moi-même de revenir au bercail, lassée de mes errances sans fin et de toutes ces années de vaine agitation. J'étais rentrée à la maison dans l'espoir d'y trouver quelque chose – quoi au juste, je l'ignorais…

Mais à présent, je commençais à comprendre.

Nous nous efforcions de bâtir les fondations de notre indépendance : nous avions construit quelques maisons de fortune, assuré l'approvisionnement en eau, planté un verger. Notre pote Bindi Watkins avait lancé un projet d'élevage de bétail et il parvenait, tant bien que mal, à faire en sorte que ses employés ne dévorent pas tout le capital. Il était question d'une école, d'un magasin, d'un centre médical.

La seule chose qui manquait, c'étaient des emplois rémunérés. Alors, quand Tom McGillivray, chef de la police de Bluebush et ami de longue date du clan Tempest, avait proposé la création d'un poste d'ACPO – agent de police des communautés aborigènes –, nous avions accepté sans hésiter.

Le seul hic, c'était la personne qu'il avait choisie pour occuper ce poste.

« Emily, chez les flics ! »

Hazel ne s'en était toujours pas remise.

« Les agents qui travaillent dans les communautés ne sont pas vraiment des flics, Haze. »

Ce genre de poste ne comportait que des pouvoirs limités. J'avais le droit d'arrêter les gens, mais pas de leur tirer dessus.

« Ouais, mais bosser avec ces flics-là… Le vieux Tom, ça va – on le connaît depuis longtemps. On peut lui faire confiance. Mais les autres, là, tous ces *kurlupartu*… »

Moi-même, je me demandais comment les sous-fifres rougeauds de McGillivray allaient réagir en voyant une femme noire débarquer dans leurs rangs.

« Qu'ils aillent se faire foutre ! ai-je déclaré, avec un aplomb que j'aurais aimé posséder. Ça ne fera pas de mal, un peu d'éducation…

— *Yuwayi*, mais pour qui ?

— Ça ne durera que quelques semaines, Haze. »

C'était le deal : un mois à Bluebush, à travailler aux côtés de la crème de la crème locale, et ensuite je serais transférée à Moonlight. Je venais de rentrer d'un court stage de formation à Darwin, juste à temps pour assister à la dernière partie des rites initiatiques.

L'argument décisif qui m'avait poussée à accepter ce poste – et ce n'était pas seulement la cerise sur le gâteau, mais le gâteau lui-même, bon Dieu, et toute sa garniture ou presque –, c'était le bon gros 4 × 4 qui allait avec. Payé par l'État, essence et entretien compris. Toute la communauté en salivait d'avance ; les iguanes de Moonlight Downs allaient en être renversés.

Nous nous sommes arrêtées à l'orée du campement de la ville et nous avons jeté un coup d'œil en arrière, vers la cérémonie et ses brasiers. Un nourrisson dodu avait échappé à la surveillance des femmes, il se dirigeait d'un pas incertain vers les hommes, tortillant son petit derrière. Il a eu un moment d'hésitation, avant de se dégonfler et de regagner à la hâte la masse rassurante des femmes.

Elles ont toutes éclaté de rire. Moi aussi, débarrassée dans l'instant de mon humeur sombre.

Vous pourrez dire ce que vous voulez au sujet de ma clique, mais une chose est sûre : nous sommes durs à abattre. On aura beau nous frapper, nous tuer, nous noyer dans la Bible et l'alcool, mieux vaut se faire une raison : nous ne bougerons pas d'ici.

« Donc tu pars dans le bush, dès le premier jour ?

— Tom a reçu un appel hier soir. Un vieux Blanc qui s'est fait buter au relais routier de Green Swamp Well.

— Qu'est-ce qui s'est passé ?

— J'sais pas. Probablement tabassé à mort avec une batte de cricket – ils ne plaisantent pas avec leur sport préféré, là-bas. »

Le principal titre de gloire de Green Swamp Well – hormis sa collection de sous-bocks et de photos dénudées, la plus grande au monde, ses steaks coriaces et son café qui l'était encore davantage –

était son match de cricket organisé une fois par an en hommage au regretté Snowy Truscott.

Hazel étudiait le ciel, vers l'est. « Ça va être une vraie fournaise… »

Elle avait raison : l'averse de la veille n'allait faire qu'ajouter à l'humidité ambiante et la radio annonçait quarante-cinq terribles degrés. Se livrer à des activités de plein air, un jour pareil, c'était un peu comme faire son jogging dans une cocotte-minute.

Nous étions en pleine saison intermédiaire, cette époque de l'année que l'Australie tempérée considère comme le printemps : après la saison sèche hivernale et avant le début de la saison humide proprement dite, quand les températures, la mauvaise humeur générale et même, de temps à autre, une balle perdue crèvent le plafond et que la pluie tombe toujours ailleurs. Il faudrait être cinglé pour ne pas péter les plombs.

« Fais gaffe à toi », a ajouté Hazel. Elle m'a embrassée sur la joue, puis elle a rejoint les danseurs.

WAITING FOR THE MAN

Je me suis frayé un chemin dans le sol sableux et j'ai atteint les premiers faubourgs de la ville. Je me suis arrêtée chez Jockey Johnson pour rincer mes peintures à l'ocre avec son tuyau d'arrosage, la mort dans l'âme : Hazel s'était elle-même chargée de les tracer, et ses gestes étaient si habiles qu'un simple corps peint devenait une œuvre d'art.

J'ai enfilé la chemise de policier kaki qu'on m'avait remise, j'ai retroussé ses manches taillées pour un homme et j'ai déplié le pantalon. Je n'arrêtais plus de le déplier. Je l'ai tendu devant moi : mon prédécesseur était à coup sûr Serena Williams. J'allais devoir boucler ma ceinture au niveau du sternum. Quant à la largeur, j'avais de quoi y planquer un bouvillon.

J'ai décidé de m'en tenir à ma jupe en jean, jusqu'à nouvel ordre ; elle était courte et aérée, pratique. Tom comprendrait. Je n'étais qu'un flic « Canada Dry », après tout, et depuis qu'il avait été nommé chef de la police locale, il portait l'uniforme pour deux.

J'ai remonté les rues encore sombres, fusillé du regard deux ou trois chiens. Surpris Hooch Miller en train de pisser dehors depuis le porche de sa maison.

J'ai crié : « Un peu de tenue, Hooch, s'il te plaît ! »

Il s'est interrompu au beau milieu du jet, il a plissé les yeux, scrutant l'obscurité.

« C'est qui ?

— Emily.

— Tempest ?

— Ouais.

— C'est bon, alors », a-t-il conclu, reprenant ses affaires en cours.

J'ai traversé la pelouse du commissariat, hésité un instant, puis passé la main sur l'écorce lisse et blanche de l'eucalyptus centenaire – un gommier-spectre. J'ai senti sa force. Je me suis demandé si elle suffirait à me faire tenir jusqu'au soir.

Le poulailler de Bluebush. Enfant, l'endroit me terrifiait : pour moi, et tous les miens, c'était le lieu de toutes les peurs, la tour noire des légendes de chevalerie, l'endroit où les petits enfants – et les hommes adultes – entraient pour ne plus jamais ressortir. Et voilà que je devenais l'un de ses soldats.

J'ai frappé à la porte, appelé. Personne n'a répondu.

J'ai battu ces connards, ai-je pensé, non sans plaisir. Qu'était-il advenu de cette fameuse protection des habitants vingt-quatre heures sur vingt-quatre dont se targuait McGillivray ? Je me suis assise au pied de l'arbre et j'ai attendu.

Les groupes électrogènes ronflaient, les grillons grésillaient. Un camion est entré dans un bruit de ferraille sur l'aire de livraison du supermarché, de l'autre côté de la rue ; un gros type en short et débardeur – il incarnait tout le poids du prolétariat local – s'est extirpé de la cabine en sifflotant superbement, et a entrepris de balancer les caisses par terre.

Un pick-up Ford rutilant a déboulé sur le parking du commissariat. Deux hommes sont descendus, ils se sont adossés à la plate-forme du tout-terrain et ils ont attendu, les bras croisés.

Des flics : leur langage corporel était éloquent, bien que laconique. Aucun des deux ne m'avait remarquée.

Le premier était trapu, avec un double menton, et brandissait sa bedaine comme une arme ; il avait une moustache taillée en A et une tronche de cochon sauvage. L'autre était sec avec des cheveux roux, des lèvres cloquées et une pomme d'Adam repérable à dix mètres : un long visage étroit, comme si un forgeron l'avait posé sur son enclume avant de s'acharner dessus à coups de marteau.

« Il est en retard », a marmonné moustache en A. Le ton désagréable, même avec son pote.

Je suis restée planquée.

Dans la voiture, le rythme saccadé d'une radio. *Mother and Child Reunion*, la chanson de Paul Simon. La mère et l'enfant réunis… Le refrain m'a ébranlé l'âme. J'ai repensé, fugitivement, à ma propre mère, une Wanyi originaire du golfe de Carpentarie, morte vingt ans plus tôt. Mon père portait encore le deuil, il ne s'était jamais remarié.

Un troisième flic – taillé comme un muffin, le crâne rasé – remontait la rue d'un pas traînant. Celui-ci, je ne le connaissais que trop : l'agent Rex Griffiths – Griffo, pour les intimes –, mon ancien voisin quand j'habitais en ville. Je me suis levée. Hésitante.

« Où est le chef ? a grogné Griffo.

— Putain, qu'est-ce qu'on en sait ? Il a dit qu'il serait là à cinq heures trente…

— Le p'tit déj'. »

Griffo leur a lancé deux paquets graisseux. J'ai reconnu l'odeur : les hamburgers de la station BP, ouverte toute la nuit.

« Avec la totale.

— Cornichons ? a demandé Pomme d'Adam.

— Sûr. Les nichons, ça donne du corps…

— En parlant de ça, c'est pas aujourd'hui que cette petite salope noire devait commencer ?

— J'suis impatient de voir ça. »

Coup de coude dans les côtes.

« Allez, Griffo, j'ai entendu dire qu'elle te faisait envie.

— Lâche-moi !

— Mais quand même, ces seins ?

— Ouais, et cette bouche ! Et ce regard quand on l'emmerde – un vrai putain de chalumeau ! »

J'ai toussé, émergé de l'ombre des arbres, les pouces calés dans les poches de ma jupe.

« Bonjour, les gars. »

Silence : un bataillon de bouches béantes et de regards fuyants.

« Quelle feignasse, ce McGillivray ! »

J'ai comblé le moment de malaise qui s'est ensuivi en sortant un papier pour me rouler une clope. Griffo était occupé à s'étrangler avec son hamburger, mais il a quand même réussi, crachotant à la ronde des éclats de cornichons, à faire les présentations : l'homme-cochon était le sous-brigadier Darren Harley ; le rouquin, Bunter Goodwin.

Ils ont tous eu l'air immensément soulagés lorsque le Land Cruiser de McGillivray s'est pointé en bas de la rue. Mais le commissaire n'était pas au volant. La vitre teintée s'est ouverte et le conducteur, un sergent-chef que je ne connaissais pas, s'est penché pour nous dire de monter. « Pas toi, Griffiths. McGillivray veut que tu gardes le poste. »

Mes nouveaux collègues se sont exécutés – sans les plaisanteries, ai-je remarqué, qui auraient accompagné l'ordre s'il était venu de McGillivray en personne. En m'installant sur la banquette arrière, j'ai eu droit à des paroles de bienvenue particulièrement succinctes.

« Bon, tu dois être le nouvel agent aborigène ? »

Perspicace.

« Emily, c'est ça ?

— Ouais.

— Bruce Cockburn. On ne fume pas dans la voiture, merci.

— Désolée. »

Je l'ai écrasée.

« Véhicule du gouvernement, a-t-il cru bon de développer.

— Je comprends. »

Il a froncé les sourcils, jeté un chewing-gum à la menthe au fond de sa bouche, avec une telle vigueur que je l'ai aussitôt soupçonné d'être lui-même un fumeur en pleine désintoxication. Il avait le visage buriné, des cheveux blonds grisonnants, coupés très court. Des traits doux, réguliers, qu'on aurait pu trouver séduisants si sa lèvre supérieure n'avait été figée dans un rictus dédaigneux. Son front brillait à la lueur des lampadaires, comme s'il l'enduisait de cirage chaque soir avant de se coucher.

Il m'examinait de ses yeux bleus, sévères.

« Je croyais qu'on t'avait remis un uniforme ? »

J'ai désigné les épaulettes de ma chemise neuve resplendissante.

« Où est le pantalon ?

— Il m'arrivait au cou. »

Son regard s'est posé sur mon cou, et il n'a pas eu l'air d'aimer ce qu'il voyait.

« Où est le chef ? l'a interrogé Griffo, qui traînassait encore sur le trottoir.

— Aux urgences.
— Qu'est-ce qui lui est arrivé ?
— L'un de nos… »
Bref regard dans ma direction.
« … frères indigènes lui a cassé la gueule. »
J'ai saisi son regard. En pensée, j'ai haussé les épaules. Étais-je le gardien de mon frère ?
« C'est grave ?
— Nez cassé. Peut-être une fracture du crâne.
— Merde.
— Quand je l'ai quitté, il attendait les résultats des radios. »
Il a démarré, abandonnant Griffo bouche bée sur le trottoir. Il a ralenti devant l'hôpital.
« Nous lui rendons visite ? ai-je demandé. Si j'avais su, j'aurais apporté des fleurs…
— Pas nous, a rétorqué Cockburn. Toi.
— Comment ça ?
— Le commissaire m'a dit qu'il voulait te parler avant qu'on descende à Green Swamp. »

L'HOMME À LA TÊTE DE CÔNE

À la réception des urgences, il n'y avait personne. Une femme, derrière un rideau, semblait se plaindre du service.

« Mais, docteur, j'ai une grosseur sur le cul de la taille d'une balle de tennis !

— Je vous l'ai déjà dit – c'est un kyste. »

Une voix de femme, aiguë, avec un léger accent.

« Il partira tout seul. »

L'hôpital de Bluebush se vantait d'être ouvert à tous, alors j'ai décidé de tester la réalité de cette politique. J'ai poussé les portes battantes.

Une femme médecin – débordée, rigide, portant sa blouse blanche comme un gilet pare-balles – a bondi hors d'un box et m'a interpellée :

« Qui êtes-vous ? Qu'est-ce que vous cherchez ?

— Tom McGillivray.

— Non, ce n'est pas vous.

— C'est lui que je cherche. Emily Tempest, voilà qui je suis. C'est mon chef. »

Elle a remarqué mon uniforme – il lui avait fallu le temps. Normal : ce n'en était pas vraiment un. Je ne l'aurais pas remarqué non plus, si je ne l'avais pas porté. Elle a désigné un box du menton. « Il est là-dedans. »

J'ai tiré le rideau.

McGillivray était étendu sur un chariot – je n'avais jamais rien vu d'aussi pathétique. Il était enveloppé d'une chemise d'hôpital maculée de sang, ses genoux noueux dépassant de part et d'autre. J'ai entraperçu un truc encore plus noueux, juste entre les deux. Ses yeux étaient fermés, et sa bouche aurait paru plus présentable si elle l'avait été aussi. Elle contenait moins de dents que dans mon souvenir. Son crâne était en partie dissimulé sous un imposant bandage d'où émergeait son gros nez : l'impression générale était celle d'un homme sur le visage duquel on aurait écrasé un cône de crème glacée.

Sur son torse, il y avait un livre ouvert, posé à l'envers. Je me suis approchée pour lire le titre : *Enterre mon cœur à Wounded Knee*[1].

« Où voulez-vous qu'on enterre le reste ? »

Les yeux tuméfiés se sont ouverts avec difficulté. Lentement, douloureusement, il a penché la tête dans ma direction ; il a grommelé :

« La décharge municipale, ça ira.

— Ça m'embête de vous dire ça, Tom, mais vous avez la bite à l'air. »

Il a baissé les yeux, réarrangé les draps avec délicatesse.

J'ai examiné son visage.

« Quelle est l'étendue des dégâts ?

— Le nez en deux morceaux. La pommette en trois.

1. Célèbre document de Dee Brown retraçant l'histoire tragique de la conquête de l'Ouest, vue par les Indiens d'Amérique. (*N.d.T.*)

— Et l'amour-propre ?

— En miettes.

— C'était qui, alors ? Le Gang de Sandhill ? »

Silence douloureux.

« Allez, Tom. Je suis venue pour vous venger. Les Gars de Westside ? Dick Pennyfeather ?

— Il faisait noir.

— Tom… »

Il a poussé un long soupir, laissé sa tête retomber sur l'oreiller. Grommellement :

« Aaangsaf…

— Pardon ? »

Profonde respiration.

« Googangzaf…

— Oh non, pas les Crankshaft… »

L'ombre d'un hochement de tête.

« Mon pauvre vieux… »

Les Crankshaft étaient la famille la plus féroce du district et menaient une guerre sans fin à la police depuis l'époque des chevaux et des diligences.

« Lequel, Spider ? »

Pas de réponse.

« Bernie ? »

Rien.

« Bon Dieu, Tom – pas tous en même temps ? »

Tous ensemble, ils formaient une vision à vous glacer le sang et à vous brûler les pieds.

Il a bredouillé entre ses bandages :

« Goo-Kie.

— Pardonnez-moi, mais j'ai cru entendre Cookie…

— C'est lui. »

J'ai tenté, en vain, de masquer ma stupéfaction.

Cookie Crankshaft, l'aïeul du clan, était l'un de mes compatriotes préférés, ne serait-ce que parce qu'il était sans doute le seul que je pouvais regarder droit dans les yeux quand il était debout. Dans le cas hautement improbable où l'envie nous serait venue de nous en prendre à Tom, ni Cookie ni moi-même ne lui serions arrivés à la poitrine.

Sans même parler du fait qu'il se déplaçait avec un déambulateur.

« Je l'ai trouvé en train de tituber derrière le *Stealer's Wheel*, imbibé, comme d'habitude. Les gens déboulaient de l'autoroute à toute berzingue, alors j'ai essayé de le pousser sur le bas-côté. »

Passant la main avec précaution sur son visage, il n'a pu retenir une grimace.

« Nuit noire, j'ai rien vu. Mais je crois qu'il m'a écrasé le déambulateur sur la tête. Ou alors, il cachait un piquet de clôture sous son pantalon. Quand j'ai repris connaissance, j'avais l'impression d'avoir livré un combat de dix rounds contre Mike Tyson et ses dents…

— Ça vous apprendra à vous attaquer à de vieux ivrognes sans défense. »

Il a roulé de gros yeux, mouvement qui a semblé lui faire souffrir le martyre.

« Ce boulot, quand tu as accepté de le prendre…

— Vous voulez dire : quand j'ai cédé à votre chantage ?

— J'avais prévu d'être là pour veiller sur toi.

— Eh bien, maintenant, je serai entre les mains expertes du sergent Cockburn.

— Ouh, Cockburn… »

Il s'est effondré sur son oreiller.

« Allez, Tom, crachez le morceau.

— Un champion de squash, à ce qu'il paraît.

— Ah. »

Ça, c'était un souci.

« Ça fait seulement deux mois qu'il est là. Muté du Queensland. Lui et toi…

— Quoi ?

— Il a l'air compétent – il applique les règles. C'est juste que… »

Je l'ai aidé.

« Personne ne lui a dit qu'ici les règles n'étaient pas encore écrites ? »

Il a esquissé un demi-sourire las.

« À Bluebush, faudrait un foutu Shakespeare sous acide pour écrire ce bouquin-là. »

Il a tenté en vain de trouver une position confortable.

« Écoute, je sais pas qui lui a planté ce balai dans le cul, mais… ne le caresse pas à rebrousse-poil.

— Je vois. »

J'ai préféré chasser l'atroce vision de ma main caressant quoi que ce soit dans les parages du cul de Cockburn.

Je me suis levée d'un bond. Pas la peine de m'éterniser.

« Ne vous inquiétez pas pour moi, Tom. À nous deux, Cockburn et moi, on arrivera peut-être à l'écrire, ce bouquin. »

Ce n'était visiblement pas la réponse qu'il voulait entendre. Ou alors, c'est que les médicaments antidouleur avaient brusquement cessé d'opérer.

SUR LA ROUTE

Je n'avais pas mis longtemps à ruiner la journée de McGillivray ; le ciel, dehors, commençait à peine à s'éclaircir. Le Toyota de la police m'attendait sur l'aire de stationnement des ambulances, moteur et codes allumés. Je suis montée à bord. Mes voisins n'ont pas fait le moindre commentaire. Cockburn a enclenché la marche arrière et foncé vers l'autoroute : le 4 × 4 était en mode automatique, et lui aussi.

Les lampadaires et les maisons ont peu à peu disparu, cédant la place aux buissons de *saltbush* et de spinifex qui parsemaient la plaine tout autour de Bluebush. Les termitières se dressaient, menaçantes, dans la lumière du petit jour, telle une armée de guerriers en terre cuite.

Harley et Bunter se sont lancés dans une conversation sans queue ni tête portant sur le dressage des chiens. Apparemment, Harley possédait un jeune bâtard survolté qui s'en prenait aux poules ; Bunter hésitait sur la tactique à adopter.

« Mon pote, je peux comprendre que t'aies eu envie de le frapper sur la tronche avec un marteau, mais est-ce que t'avais vraiment besoin de faire ça *devant les gosses* ? »

Harley a haussé les épaules.

« C'est eux qui l'ont voulu, ce clébard.

— En pleine soirée-barbecue ?

— Qu'est-ce que ça change ? Faut bien leur apprendre. »

Mon Dieu... Pour ne plus entendre, je me suis tournée vers le paysage, les objets qui défilaient dehors : les poteaux en plastique blanc et leurs réflecteurs rouges, les ondulations rose pâle et bleutées, là-bas, vers l'est.

Je contemplais le ciel et, l'espace d'un instant, le frisson d'un mauvais présage, par-delà l'horizon, m'a parcourue. Une présence menaçante, brillante comme du mercure. Diffusant une chaleur animale.

Qu'était-ce donc ?

J'étais secouée, inexplicablement. Le reflet de mon propre malaise vis-à-vis du boulot que j'avais accepté ? Une prémonition de la canicule annoncée ?

J'ai repensé à Gypsy. *Kandiyi karlujana.* Le chant est brisé.

Une masse orangée, violente et floue, tremblait sur l'horizon. Ses rayons dorés traversaient en droite ligne les branches squelettiques des arbres, envahissant l'habitacle de notre engin, illuminant la ferraille et la flicaille. Les oreilles de Cockburn luisaient comme des abricots radioactifs.

Tandis que nous gravissions les collines au sud de la ville, nous avons croisé une caisse abandonnée sur le bas-côté. Une Holden HQ verte – déglinguée, elle n'avait presque plus de vitres, mais exhibait encore ses quatre pneus, et davantage de peinture que de rouille. Une voiture aborigène.

Abandonnée, vraiment ?

Elle m'était familière. J'ai passé en revue la base de données des véhicules que j'avais en mémoire. Magpie Jangala, peut-être, ce Kantulyu de Stonehouse Creek.

Je l'ai observée de plus près. Quelque chose clochait. Une turbulence dans l'air, quasi imperceptible. Des rubans de terre rouge – davantage de poussière que le vieux break de Magpie n'aurait dû en soulever – flottaient dans les rayons solaires.

« Ça vous embêterait de vous arrêter un instant, sergent ? ai-je demandé d'une voix calme.

— Quoi ? s'est exclamé Cockburn.

— Je voudrais vérifier un truc… »

Ses omoplates se sont placées en position défensive.

« On vient juste de partir.

— La bagnole de Noirs, est intervenu Bunter, qui avait dû suivre mon regard.

— Bon Dieu, a éructé Cockburn. On n'est pas une dépanneuse ! On part enquêter sur un homicide.

— Juste une seconde ? Il y a…

— Non.

— Arrêtez cette bagnole, putain ! » me suis-je entendue hurler, et Cockburn a semblé aussi surpris que moi de voir le Toyota piler net.

J'étais descendue avant même que les roues ne cessent de tourner. Tout en sprintant vers la voiture, j'ai remarqué d'autres anomalies : le bitume écorché, des traces de dérapage sur le gravier. Des buissons écrasés, en partie dissimulés derrière la Holden.

Je me suis frayé un chemin à travers les buissons, et, de l'autre côté, j'ai trouvé le chaos auquel je m'attendais.

Un Range Rover sur le toit, au fond du fossé. Un type allongé à côté, et un trio d'aborigènes penchés sur lui.

« Appelez une ambulance ! » ai-je hurlé à l'intention de mes collègues, avant de me précipiter vers le bas de la pente.

DES MOTEURS ET DES ROUES

C'était bien Magpie, pas de doute, debout près de sa femme, Meg Brambles. Accroupie, celle-ci appuyait un chiffon sur le visage du blessé.

Il y avait un adolescent avec eux : Danny. Leur petit-fils – et le fils de Rosie Branle-Bas. Ma seconde rencontre avec la famille Brambles, déjà, et le soleil se trouvait à peine un doigt au-dessus de l'horizon.

Si les grands-parents avaient l'air inquiets, Danny, lui, semblait complètement paniqué. Il contemplait l'épave, les coudes plaqués au corps, et son visage faisait écho à l'amas de métal broyé et de débris divers qui se dressait devant lui.

Une meute de chiens – appartenant sans aucun doute à Magpie, qui avait toujours eu un faible pour la gent canine – rôdait dans les parages, en quête de quelque chose à se mettre sous la dent.

Quand il m'a aperçue, Magpie a semblé soulagé. C'était un type court et trapu, vif d'esprit et débrouillard. Il portait un pantalon rapiécé et une moustache fine, comme tracée au crayon, qui lui donnait des airs d'Errol Flynn – noir, et en miniature. Il m'a serré la main en grommelant un salut.

Avant que j'aie pu répondre, nous avons été violemment poussés de côté par Cockburn, qui rappliquait pour prendre le contrôle de la situation. Il était dans son élément, à présent, évaluant les dégâts, donnant des ordres, dispatchant ses sous-fifres. Compétent, j'étais forcée de le reconnaître. Mais l'éclair d'irritation dans son regard, quand il s'est tourné vers moi, m'a prise au dépourvu.

Quoi encore ? me suis-je demandé. T'aurais préféré qu'on passe devant sans s'arrêter ? Le macchabée inconnu de la Gunshot Road n'avait pas un besoin urgent de notre aide. Je commençais à comprendre ce que voulait dire Tom avec son histoire de balai.

Harley a débarqué, tout agité, avec une trousse de premier secours. Meg, dont l'aide n'était plus nécessaire, est venue nous rejoindre.

« Ça va, le Blanc ? ai-je demandé.

— Çui-là, j'crois qu'il va s'en tirer ; grosse bosse sur la tête. Voulait s'lever, mais je l'ai pas laissé. Stoppé l'sang. »

Meg passait le plus clair de son temps à soigner des blessures. Elle officiait comme infirmière dans la communauté de Stonehouse. Et comme institutrice, d'ailleurs. Et comme mère de substitution pour la moitié des marginaux et délinquants des environs. Elle en avait pansé, des plaies, dans sa carrière…

L'accidenté s'est redressé sur un coude, nous a aperçus, a manifesté sa reconnaissance d'un signe de tête. Il avait les cheveux roux, la peau du visage lisse et pâle, les paupières tombantes, une chemise en jean. Il s'est détourné quand Harley lui a proposé une gorgée d'eau, qu'il a bue avec gratitude.

« L'aut' type, là, lui l'est foutu, *parnparr*… a ajouté Meg.

— Quel autre type ? »

Soudain, un juron, aussitôt suivi d'une détonation, a résonné de l'autre côté du véhicule.

Je me suis précipitée. Un chien gisait sur le flanc, en sang. Tout comme le malheureux conducteur du Range Rover. Le haut de son corps, passé à travers la vitre de la portière, avait été écrabouillé par une tonne de métal lancée à pleine vitesse. Sa tête n'était plus qu'un amas écarlate de matière molle et d'os broyés.

« Sale clébard. »

Cockburn rengainait son pistolet.

« Il était en train de lécher la cervelle de ce type…

— En général, ils s'en vont quand on leur dit "Va-t'en !" »

L'espace d'un court instant, il m'a regardée comme s'il avait envie de me faire subir le même traitement qu'au chien.

« Bunter ! »

Il s'est retourné pour aboyer sur le flic roux.

« Recouvrez-le. »

J'ai rejoint Danny et Meg. Magpie faisait le tour du véhicule accidenté, glanant des débris qu'il empilait au bord du chemin. Il tentait de se rendre utile, maintenant que les professionnels avaient pris les choses en main.

« Tu n'as pas à faire ça, lui ai-je dit. L'ambulance va arriver. Des remorqueuses. D'autres flics. C'est leur boulot.

— C'type-là a perdu son pote, a-t-il avancé en guise d'explication. J'lui file un coup d'main. »

Il a récolté une bouteille d'eau, des outils éparpillés, une sacoche de cuir et un démonte-pneu, les a déposés au bord de la piste.

« Vous avez assuré, tous les trois. Vous avez sans doute sauvé la vie de ce type. Il aurait pu rester ici des jours, si vous ne l'aviez pas repéré. Vous descendiez en ville, pas vrai ?

— *Yuwayi*. On vient de Stonehouse. »

Je me suis tournée vers Danny. Ses yeux bondissaient dans tous les sens, tels des pinsons effarouchés.

Quand j'étais revenue à Bluebush, deux ans plus tôt, Danny m'était apparu comme le plus doux et le plus libre de tous les ados de la ville. Il n'allait presque jamais à l'école, ainsi que la plupart des jeunes de son âge. Mais il traînait en ville comme s'il s'était agi de son terrain de jeu personnel, il avait pour chacun un sourire fugace et une espièglerie. Il vous pinçait les fesses et s'enfuyait en riant ; il piquait une frite dans votre carton.

Il devait avoir quinze ans, à présent, c'était un garçon élancé avec une jungle exubérante de dreadlocks flamboyantes, étroitement embobinées. Une large bouche aux dents un peu de travers, des touffes duveteuses au menton. Ses pieds étaient poussiéreux, nus, prêts à courir. Ces derniers temps, d'après ce qu'on m'avait dit, la course à pied avait cédé la place à des virées à bord de voitures volées, et les pincements de fesses à l'alcool et à la drogue. Amusant pendant un moment, mais les perspectives à long terme semblaient assez bouchées. Inexistantes, à vrai dire.

« Alors, Danny… toi aussi, tu t'es installé là-bas, à Stonehouse ? »

Il s'est calmé, imperceptiblement. Ma présence avait toujours semblé l'apaiser. Dieu sait pourquoi : elle exerçait l'effet inverse sur le reste du monde.

« *Yuwayi*. »

À voix basse.

« Tranquille, comme endroit, a-t-il ajouté.

— C'est vrai.

— Pas de machines.

— Des machines ?

— Tous les moteurs et les roues de Bluebush. L'vent des générateurs, le temps des montres… Faut s'en aller, parfois. »

J'ai marqué une pause. Le timbre de Danny avait quelque chose d'anxieux, et ses mots n'avaient pas grand sens. Je ne l'avais pas vu depuis des mois. Peut-être les drogues dont j'avais entendu parler avaient-elles fini par l'affecter. Avec une mère comme Rosie Branle-Bas, c'était déjà un miracle qu'elles l'aient épargné si longtemps.

Meg l'a pris par le coude.

« Bon garçon, çui-là. S'inquiète trop pour rien, c'est tout. »

Meg tout craché. C'était l'une des femmes fortes de la communauté, celles qui tenaient les rênes et volaient au secours des égarés, des blessés de la vie. C'est justement dans ce but-là que Magpie et elle avaient fondé Stonehouse Creek : comme un antidote à la ville. Ils se retrouvaient tous là-bas, à un moment ou un autre : les sniffeurs d'essence, les accros au speed, les chevaux fous et les enfants privés de leur mère, les buveurs et les rêveurs. Magpie et Meg les ramassaient en ville pour les emmener en plein bush, leur offrir un peu d'air et d'espace. Pour leur montrer leur pays.

Ils avaient l'air nerveux, tous les trois : la police peut-être, l'accident, ou l'addition des deux.

« Venez, ai-je dit, vous n'avez pas besoin de voir ça. »

Je les ai guidés vers la route, au sommet du fossé, mais j'avais à peine fait trois pas qu'une voix impérieuse nous a figés sur place.

« Emily ! »

Cockburn.

Danny s'est retourné, affolé. Le fait de se trouver à la portée des coups d'un flic – et particulièrement d'un flic dans le genre de Cockburn – le mettait visiblement à cran. Rien de surprenant à cela : dans le monde de Danny, quand on se retrouvait à portée de coup d'un policier, en général, on se prenait des coups.

« Tu vas où comme ça ?

— Je retourne à la voiture.

— Il faut que tu prennes la déposition de ces gens.

— Magpie et Meg. »

Il a paru surpris.

« Quoi ?

— C'est comme ça qu'ils s'appellent. Magpie Jangala et Meg Rambles. Et leur petit-fils, Danny. Il ne cause pas beaucoup – il ne vous dira rien si vous le harcelez. »

Nous avons repris notre ascension. Je sentais le regard de Cockburn me brûler le dos.

Leur version des faits, quand j'ai fini par l'obtenir, confirmait ce que j'avais deviné : ils roulaient vers le nord ; comme moi, ils avaient perçu les signes d'un accident, ils s'étaient portés au secours des victimes. Le passager avait été éjecté. Le conducteur s'était fait administrer les derniers sacrements par un chien – désormais mort, lui aussi. Les deux hommes, comme la plupart des Blancs de la région, travaillaient pour la compagnie minière Copperhead.

Les ambulanciers ont débarqué, évacué sur un brancard le passager, un certain Craig Flint, et Alan Feik, le conducteur, dans un sac.

Une remorqueuse a déboulé. Un jeune type enjoué a bondi de la cabine, il a jeté un œil au cadavre du chien et à l'amas sanguinolent à quelques pas de lui.

« Ça vient du chien, tout ça ?
— Du conducteur.
— Beurk. »

Le fourgon des renforts est arrivé de la ville, avec à son volant Griffo. Le sergent-chef nous a rassemblés. Bunter et Griffo resteraient pour boucler l'affaire, Harley et moi allions poursuivre vers la Gunshot Road.

La Gunshot Road. Cockburn a prononcé ce nom comme s'il s'agissait d'une sanction disciplinaire.

En remontant à bord du Toyota, je me suis rendu compte que j'étais trempée de sueur. La chaleur s'immisçait en profondeur dans les moindres recoins de mon corps, à travers les tissus. J'ai consulté ma montre. Sept heures trente à peine. Cette saleté de canicule était en train de nous tomber dessus, vicieuse, prête à nous cuire à petit feu.

J'ai passé le doigt sous le col de ma chemise. Par chance, nous avions la clim.

Cinq minutes plus tard, elle tombait en panne.

GREEN SWAMP WELL

J'ai décollé mes cuisses poisseuses de la banquette en skaï et je suis descendue du Toyota, soulagée par ce changement de décor. Le décor principal, jusqu'ici, avait été l'arrière du crâne de Harley. Sa nuque comme une saucisse suante, son crâne rasé exhibant une belle collection de pellicules. Il avait vingt-deux taches de rousseur et autres grains de beauté, plusieurs croûtes blanchâtres – savon séché, peut-être –, des traces de morsures sur l'oreille droite et un cancer de la peau que je lui aurais volontiers signalé s'il avait été plus gentil avec ses chiens.

Cockburn devait être équipé d'une climatisation interne : toujours aussi pimpant, plis de l'uniforme impeccables, son teint resplendissant de santé n'avait pas rougi d'un iota. Il donnait l'impression de sortir de chez lui pour une soirée au casino.

Green Swamp Well était un chaos de baraques délabrées blanchies à la chaux, éparpillées autour d'un de ces pubs typiques de l'Outback[1]. Larges

1. Terme désignant en Australie les régions les plus retirées et arides de l'intérieur du pays. (*N.d.T.*)

vérandas, stores aux fenêtres, toits en décomposition, gondolés par l'implacable soleil du Territoire du Nord – les habitants, idem.

« La densité de population est supérieure à ce que j'attendais », a remarqué Cockburn.

Il n'avait pas tort : le parking était plein à craquer. On y trouvait de tout, des inévitables pick-up de brousse à la moto, de la camionnette Transit au minibus – ce dernier destiné à des touristes asiatiques, à en juger par l'amoncellement de jambes maigrelettes et de lunettes que l'on apercevait à l'ombre d'un grand *kurrajong*. Un Toyota beige était joliment décoré d'une tête de cochon empaillée, ficelée au pare-buffle. La plupart des autres véhicules étaient impossibles à identifier, en raison de l'épaisse couche de poussière rouge qui les recouvrait et des réparations opérées par des carrossiers amateurs, à l'exception d'un combi Volkswagen rallongé portant les couleurs de la Confrérie évangélique aborigène et d'un corbillard. Derrière celui-ci, une voiture de patrouille.

« Ça doit être Jerker, a commenté Harley.

— *Jerker* – le “Branleur” ? »

Cockburn a haussé un sourcil.

« Brad Jenkins, de Breaking Point. C'est le crime du siècle – il va faire gaffe à rien foirer, c'est sûr… »

Le flic en question approchait au pas cadencé pour nous accueillir. C'était un grand costaud, l'air empoté, des pieds de cheval de trait et les bajoues tombantes d'un chien de chasse à courre. C'était donc lui, le malheureux flic en charge du poste de Breaking Point, quatre-vingts kilomètres plus loin sur l'autoroute. Je me suis demandé qui il avait bien pu emmerder à ce point pour se retrouver banni là-bas, mais à l'approche des présentations, j'ai commencé à suspecter qu'il s'agissait en fait d'une mesure prise pour sauvegarder la santé et la sécurité des collègues de Bluebush. À cinq pas, son haleine empestait l'huile de vidange bouillie.

Toute l'énergie que Jenkins économisait en ne se curant pas les dents, il la convertissait en enthousiasme pour son travail. Comme Harley l'avait suggéré, il avait empêché qui que ce soit de quitter les lieux jusqu'à l'arrivée des enquêteurs.

Et ce, même si l'enquête promettait d'être expéditive. Selon le rapport de Jenkins, deux des marginaux qui traînaient autour du pub avaient eu une dispute de poivrots dans la cabane située de l'autre côté de la route ; l'un des deux s'était réveillé mort.

Cockburn ne semblait pas impressionné ; un sourcil a sursauté, une lèvre s'est tendue. « Vous avez gardé toute cette foule ici pour ça ? » a-t-il rétorqué en désignant la véranda, où se massait un assortiment hétéroclite de voyageurs pressés de reprendre la route.

Jenkins a piqué un fard.

« J'savais que vous auriez besoin des dépositions de tout le monde.

— Et vous vous êtes dit que c'était un coup des yakusas ? »

Le regard du sergent-chef s'est posé sur les Asiatiques, à l'ombre du *kurrajong*.

« Non, sergent. »

Il avait l'air dubitatif.

« J'pensais plutôt à l'autre type, dans la cabane. »

Cockburn a soupiré.

« On verra ça en temps voulu. Identité de la victime ? »

Jenkins a eu besoin de consulter ses notes.

« Albert Ozolins. »

Un grand type dans une chemise immaculée est sorti du pub. Encore un rouquin, tout en taches de rousseur et mollets de coq.

« Bande de salauds, j'ai cru qu'vous arriveriez jamais ! » a-t-il marmonné, tout sourire.

Cockburn est resté de marbre.

« Qui êtes-vous ?

— Pompes funèbres.

— Nous avons été retenus, a répliqué Cockburn d'un ton cassant.

— On sait. Heure de pointe sur la route de Bluebush. Des macchabées partout. Si vous pouviez vous débarrasser de celui-là assez vite, nous vous en serions reconnaissants. Plus on traîne, plus... »

Il a secoué son bras ; la chaleur, peut-être, ou les mouches ; à moins qu'il ne se soit agi d'un mouvement de taï-chi-chuan.

« Les légistes sont montés d'Alice ?

— Venus, et repartis, a répondu Jenkins. Ils se sont pas éternisés – un autre client à Saddler's Well, ils ont dit qu'celui-là, à côté, c'était une partie de plaisir... Z'ont promis qu'le rapport arriverait à votre bureau avant vous.

— Bien », a conclu Cockburn, agitant lui aussi le bras.

Une mouche, à coup sûr. Ces petits insectes envahissants étaient une plaie chronique. Nous avions beau nous démener tant que nous pouvions, ils finissaient toujours par pénétrer dans tous les orifices imaginables.

Cockburn a fait volte-face et nous a entraînés en direction de la cabane.

« Personne n'y a touché ?

— Les légistes, c'est tout, a répondu Jenkins. Oh... et le curé. »

Cockburn s'est figé.

« Le curé ? »

Jenkins a malaxé le lobe de son oreille, pressentant le danger.

« Un missionnaire, qui voulait lui donner les derniers sacrements, ou un truc comme ça... »

Je me suis tournée vers le combi Volkswagen. La Confrérie évangélique aborigène. Pas vraiment un curé, en l'occurrence, mais Jenkins n'avait pas l'air expert en matière ecclésiastique.

Cockburn l'a gratifié de son regard de granite.

« Personne ne s'approche d'une scène de crime avant que j'aie donné le feu vert. C'est bien compris ? »

Jenkins contemplait le sol à ses pieds.

« Désolé, patron.

— Cette affaire paraît assez claire, mais quand même... »

Jenkins nous a conduits vers un taudis au pied d'une falaise rouge, abrupte, deux cents mètres au sud du pub.

La cabane était faite, ça tombait bien, de planches de cet eucalyptus qu'on appelle le « bois-sang » et de tôles rouillées, et sa silhouette lugubre contrastait fortement avec l'éclat éblouissant de la roche, en arrière-plan. Le long de la cahute se trouvait un abri de voiture, construit avec des rails d'acier. Des chutes, sans doute, récupérées dans l'ancienne mine de Gunshot. Sous l'abri, une jeep bleue cabossée était garée.

L'habitacle du Toyota semblait vibrer. Un bourdonnement pénible me heurtait les tympans. À l'approche de la cabane, j'ai compris qu'il s'agissait d'un effet engendré par la nuée de mouches qui fendait l'air, droit vers nous. Elles sont venues s'écraser contre le pare-brise et les vitres, sont entrées par la portière ouverte avant de ressortir. J'en ai recraché une, en me demandant où elle avait bien pu traîner.

J'ai grimpé les marches du perron et me suis figée, le cœur étrangement froid. Je me suis souvenue de l'impression menaçante éprouvée en chemin, cette sensation d'un danger tapi par-delà l'horizon.

Remarquant mon malaise, Cockburn n'a pu cacher l'éclat glaçant de son plaisir.

« Faudra vous habituer, Emily. Ce sera pas le dernier cadavre que vous verrez…

— Ce sera pas non plus le premier. »

Je l'ai écarté pour entrer. Ce type me tapait sur les nerfs.

EN CABANE

Un tas au milieu de la pièce : une bâche grise, juste assez large pour couvrir le corps mais pas la mare sombre coagulée sur le sol. Une éruption de mouches a jailli du magma quand Cockburn a soulevé la bâche.

Parcourue d'un frisson, j'ai plissé les yeux pour mieux voir. Un vieil homme barbu me dévisageait avec des yeux remplis d'effroi, comme si la mort l'avait saisi par surprise. Ce qui n'a d'ailleurs rien d'inhabituel, me suis-je dit. En général, elle ne vous envoie pas un texto annonçant : *Je vil demain 7 h 30…*

Sa peau était un cuir desséché, ses mains couvertes de crasse, ses ongles incrustés de poussière cramoisie. Son visage donnait l'impression d'avoir été piétiné : un ballon de football dégonflé, bordé de neige. Je ne reconnaissais pas ce visage, mais il me semblait étrangement familier.

« Il s'appelait comment, déjà ? ai-je demandé à Jerker.

— Ozolins. »

Quelle qu'ait pu être l'apparence de ce M. Ozolins dans ses jeunes années, son trait le plus frappant, ce jour-là, était le marteau de géologue planté dans son cou.

Lui aussi, il attirait les mouches.

Cockburn étudiait le cadavre, le regard impassible. Il a posé son sac, en a tiré un caméscope. L'objectif de l'appareil a balayé la pièce.

« Le type qui l'a zigouillé comatait sur ce pieu, là-bas... » a dit Jenkins, en désignant un lit de camp.

Merde, me suis-je dit en contemplant l'amas sanglant à mes pieds. Il a fait *ça*, et puis il est allé piquer un roupillon ? Il s'est préparé une petite tasse de thé, pendant qu'il y était ?

« C'est l'gars du pub qui les a trouvés. »

Pendant que Cockburn faisait son truc, j'ai fait le mien : fourrer mon nez partout, passer au peigne fin la cabane du vieux. C'était toujours mieux que de rester plantée à contempler le cadavre.

J'ai noté mentalement les dernières possessions terrestres de feu M. Ozolins : des meubles déglingués, des bouteilles éparpillées, une lampe à pétrole bleue. Une poêle sur le réchaud, avec une côtelette échouée dans un lac de graisse gélatineuse. Et un *Coolgardie safe*[1] en guise de frigo. Et un classeur aux tiroirs à moitié ouverts.

Rien d'extraordinaire, mais la bibliothèque – de simples planches posées sur des briques – recelait des surprises.

« Érudit, le vieux... » ai-je commenté, passant en revue les dos des bouquins : *Géologie de l'Australie*

1. Réfrigérateur artisanal, inventé à Coolgardie (Australie-Occidentale). Constitué d'un cadre en bois et de parois en toile de jute imbibée d'eau – en s'évaporant, cette dernière produit du froid. (*N.d.T.*)

centrale, *Province protérozoïque de Bluebush*, le *Géomorphologie* de Twidale. La plupart de ces livres semblaient dater, eux aussi, du protérozoïque. Une liasse de cartes et de coupes transversales jaunies était éparpillée sur le sol. Il y avait également quelques ouvrages abîmés relevant d'autres sciences : physique, ingénierie... Les *Principia* de Newton coincés entre Poincaré et *De l'origine des espèces*.

Cockburn a détaché son œil du viseur et m'a enveloppée d'un regard inexpressif.

« On a fait tout ce chemin pour récupérer des livres de bibliothèque en retard ? »

J'ai jeté un coup d'œil au pied des étagères.

« Il y a plus de poussière par terre que sur les bouquins...

— Et alors ?

— On dirait que quelqu'un les a feuilletés.

— L'assassin cherchait sans doute un truc à lire au lit. »

J'ai inspecté le classeur à tiroirs. Là encore, la géologie dominait : de vieux carnets de notes militaires entreposés dans des dossiers bleus. J'en ai sorti un. Des croquis, des schémas, des notes, des cartes, des coupes transversales.

Posés sur le dessus du meuble, un compteur Geiger, quelques flacons d'acide, une boussole de géologue. Dans un coin de la pièce, de vieilles caisses de vin empilées. J'en ai ouvert deux, elles contenaient des échantillons poussiéreux de roches et de minerais, dont les étiquettes à demi effacées s'étaient détachées et éparpillées au fond des caisses.

Ce qui me frappait, surtout, c'était l'absence de signes témoignant d'une vie personnelle : ni photographies ni souvenirs, pas le moindre objet susceptible de revêtir une quelconque valeur sentimentale.

À moins que… là, sur la commode crasseuse près du lit, à côté du tube de Synthol : un carré de propreté.

Bingo : tombée entre la commode et le lit, une petite photo encadrée. Je l'ai récupérée : deux fillettes à frange, blondes, sourire espiègle. Une troisième fille, plus âgée, brune, la mine sombre. Un cliché étonnamment récent. Le vieux vivait peut-être seul, ici, mais il avait quelqu'un quelque part.

Cockburn a rangé son matériel puis rejoint Jenkins, qui contrôlait la foule – la foule, c'était lui – depuis la véranda.

« Donc vous gardez l'autre type là-bas, dans le pub ?

— Pas d'autre endroit où l'mettre, sergent…

— Qui le surveille ?

— Deux mecs des Travaux publics. Vous en faites pas, il ira nulle part.

— C'est quoi son nom, déjà ?

— Petherbridge.

— Et il a reconnu l'avoir fait ?

— Eh bien… »

Une onde d'exaspération a traversé le visage de Cockburn.

« Eh bien quoi ?

— Il n'a pas dit qu'il ne l'avait pas fait.

— Moi non plus, je n'ai pas dit que je ne l'avais pas fait.

— Ils se sont pris le bec au pub – une dizaine de témoins les ont vus se friter. Ozolins est revenu ici, Petherbridge l'a suivi. Il reconnaît qu'ils ont remis ça. Et qu'il est tombé dans les vapes sur le lit. Qu'il s'est réveillé quand l'patron du pub est arrivé.

— Ben voyons. »

Cockburn a levé les yeux au ciel.

« Dites au croque-mort qu'il peut nous évacuer ça. »

Tandis que nous marchions vers le relais routier, j'ai jeté un regard par-dessus mon épaule, en direction de la cabane et ses alentours. Des pièces détachées de voiture oxydées, des rouleaux de fil de fer bleu, des pneus éclatés. Une brouette cassée, des pelles et des pioches. Un tas d'ordures, essentiellement des bouteilles et des os, des boîtes de conserve.

Et à l'ouest de la cabane, dressé devant les collines, un chaos rocheux qui ne semblait pas à sa place.

Un éboulis, tombé de la falaise ?

« C'est quoi, ces rochers ? ai-je demandé à Jenkins.

— L'vieux clodo était cinglé. Il était prospecteur, dans l'temps. Il passait ses journées à arranger son jardin de pierres.

— Il a construit tout ça lui-même ?

— Faut croire… Ça lui a pris des semaines, des mois. J'le voyais, quelquefois, qui marmonnait tout seul en déplaçant ses trucs.

— Alors il devait être en forme, pour un vieux clodo. »

Cockburn a accordé un instant d'attention à la pile de rochers. « Ou alors déterminé. Les cinglés sont comme ça. J'ai vu un type une fois, dans le Queensland. Pareil. Il passait toute la matinée à creuser un trou, l'après-midi à reboucher. Le même trou. Un jour, il a décrété que c'était terminé. Il a sauté dans le trou, il s'est fait exploser la cervelle. Son beau-fils a déclaré que c'était un accident. J'lui ai dit, ouais, la vie est un accident. »

Je l'ai regardé, étonnée.

Nous nous sommes dirigés vers un bâtiment décrépi, derrière le pub.

Un aborigène en béton, posé le long de l'allée du jardin, nous menaçait de sa lance. Je lui ai adressé un salut fraternel en passant devant.

Un drôle de petit chien, mélange de shih tzu et de balai à chiottes, avec des yeux globuleux et des crocs inférieurs protubérants, nous attendait de pied ferme devant la porte, la queue dressée. M'attendait *moi*, plus exactement, peu intimidé, à l'évidence, par la couleur de ma fourrure. L'animal avait un grognement de brosse à dents électrique et il m'en a fait profiter, à fond les manettes.

Une femme est sortie nous accueillir : silhouette et robe informes, le visage plus pâle qu'un thé mal infusé. Elle a rappelé le chien, l'air ailleurs. Elle a passé les doigts dans ses cheveux.

« Madame Redman, sergent, a annoncé Jenkins.

— June… » a-t-elle rectifié.

La voyelle du prénom, écrabouillée entre ses sinus, en est ressortie aussi aplatie que la tête du chien.

« Mon mari et moi, on est les proprios d'ici. »

June nous a conduits jusqu'à la cuisine, où deux monstres des Travaux publics surplombaient un vieil homme trapu qui contemplait, assis, une grande tasse de ce qui ressemblait à de l'absinthe.

« J'crois qu'on va t'laisser, mon gars, a marmonné le moins monstrueux des deux en se levant.

— Bonne chance, Sans-Fil », a ajouté l'autre.

Sans-Fil ? Le nom de Petherbridge ne me disait rien du tout, mais Sans-Fil, bon Dieu, c'était toute une histoire…

SANS-FIL ET LE PARADOXE

Le vieux a levé les yeux vers nous, et aussitôt, je l'ai remis. Je l'avais connu quand j'étais gosse. Mon père dirigeait désormais sa propre mine d'or à Burnt Shirt Gorge, mais à l'époque, c'était encore un prospecteur doublé d'un employé de ranch, et Sans-Fil était l'un des nombreux excentriques qui gravitaient autour de lui. Son surnom lui venait du fait qu'une fois qu'il se mettait à parler, on ne pouvait plus l'arrêter.

Mais il semblait muet, à présent. Et ratatiné. Impression renforcée par le souvenir tout frais des deux balèzes des Travaux publics.

À vrai dire, Sans-Fil n'avait jamais été le plus plaisant des potes de mon père. C'était l'un de ces pseudo-artistes abstraits dont regorge le bush australien, tout aussi enclin à déblatérer des concepts philosophiques à deux balles ou des développements de comptoir sur la physique des particules que de se vanter d'avoir découvert une pépite d'or, voire un filon perdu…

Soupe au lait avec ça, ce vieux Sans-Fil. Il voulait toujours avoir le dernier mot. Et quand il n'y parvenait pas, il était si prompt à s'emporter qu'on devinait chez lui un manque de confiance en soi et qu'on le soupçonnait d'avoir vraiment merdé à un moment de sa vie – d'avoir pris le mauvais chemin, une fois arrivé à la fourche. Ou de s'être empalé dessus.

À en juger d'après son allure, ce jour-là, à force de déconner il avait dépassé les bornes, et pas qu'un peu. Se disputer avec ses potes est une chose ; leur planter un marteau de géologue dans la gorge en est une autre. Il tapotait nerveusement sur la table et mâchonnait le bord de sa tasse en contemplant la nappe, les yeux vides, rougis. Son crâne était lisse comme l'ogive d'une balle, son nez aplati, sa mâchoire tombante et son rayon dentaire accusait un sacré déficit. On aurait dit une tortue mordeuse qui aurait perdu son mordant.

Cockburn s'est assis en face lui, a tiré un carnet de sa poche.

« Juste pour la forme : votre nom est bien John Vincent Petherbridge ?

— Sans-Fil », ai-je rectifié.

Le sergent-chef a levé sur moi ses yeux bleus teintés de reproche.

« Quoi ?

— C'est comme ça que ses copains l'appellent. Pas vrai, Sans-Fil ? »

Le masque funéraire du prospecteur a cédé la place à un rictus interrogateur.

Le mépris de Cockburn faisait boule de neige – un exploit, par cette canicule.

« On connaît la crème locale, hein, Emily ?

— J'ai grandi dans le coin, mon vieux. »

Son sourcil s'est arc-bouté.

« Alors oui, on se connaissait plus ou moins… »

J'ai tendu la main au vieil homme.

« Emily Tempest, Sans-Fil. La fille de Jack. »

La reconnaissance a traversé laborieusement les traits affaissés de son visage. Il m'a serré la main, la paume comme du gravier. « Ça alors, Emily ! Désolé de pas t'avoir reconnue… On m'avait dit que t'étais rentrée, bien sûr. Qu'est-ce que tu fais là ?

— La question, c'est plutôt ce que *toi*, tu fais là. »

La gravité de la situation lui est retombée dessus, l'étincelle dans ses yeux s'est aussitôt éteinte. Il contemplait ses mains avec horreur. Il y avait de quoi, d'ailleurs. La droite était tout encroûtée de sang, et rien n'indiquait qu'il s'agissait du sien.

Cockburn a tambouriné sur la table.

« Désolé d'interrompre vos retrouvailles, mais auriez-vous l'amabilité de nous livrer votre version de l'histoire, monsieur Petherbridge ? »

Sans-Fil fuyait son regard.

« J'suis pas sûr de connaître ma version de l'histoire… On a dû prendre un verre ou deux. Dans l'après-midi.

— Les gens du pub nous disent que vous n'avez pas fait que boire…

— Eh bien, on a bu et on a eu une discussion, c'est vrai. Une explication, si vous préférez…

— Les gens ont entendu votre… explication à cent mètres à la ronde.

— J'reconnais qu'on se chauffe un peu quand on s'y met, Doc et moi. »

Je me suis dressée d'un bond.

« Mon Dieu, Sans-Fil… ! »

Il s'est tourné vers moi, apeuré.

« C'était *Doc*, là-bas ? »

Ma main s'est portée d'elle-même au petit fossile que je gardais toujours sur moi. Un trilobite, qui m'avait été offert plus de vingt ans auparavant par l'homme qui gisait désormais sur le sol de la cabane : Doc.

Je n'ai jamais connu son nom, et à ce que j'en savais, ce titre était peut-être bien réel. Il était géologue. Il avait travaillé pour le Service géologique, jusqu'à ce qu'on le vire à cause de son comportement de plus en plus erratique et ses problèmes d'alcool, puis il avait été embauché par une compagnie minière ; quand ils l'avaient viré, Doc s'était mis à prospecter pour son propre compte.

La première fois que je l'ai rencontré, c'était à Moonlight. Un courant d'air inhabituel s'échappait d'une fissure dans le flanc occidental de Mirrinyu – la Colline du Lézard –, non loin du ranch. Les Anciens disaient que c'était un iguane qui respirait. Doc était passé par là avec l'équipe du Service géologique, et on lui avait parlé du phénomène. Une fois le reste de l'équipe reparti, Doc était resté camper à côté de la faille. Il avait fait des relevés barométriques toutes les heures, pendant cinq jours. Papa m'avait envoyée lui porter des vivres à cheval ; Doc était à ce point obnubilé par son travail qu'il en oubliait de manger. Avant de s'en aller, il m'avait expliqué que la colline inhalait ou exhalait en fonction de la pression atmosphérique.

Sans-Fil et lui étaient de vieux sparring-partners. Quand ils étaient ensemble dans les campements des mines, ils posaient un réveil par terre, entre eux, et s'infligeaient à tour de rôle des monologues de vingt minutes.

Doc emmerdait la plupart des gens, mais il avait toujours été gentil avec une fillette noire très curieuse. Il tirait toujours des trucs de sa poche : un cristal fantôme, un œuf-de-tonnerre bicolore…

Ou encore, un trilobite. Cela faisait longtemps que je le portais sur moi, et j'avais fini par le faire monter en pendentif. Je l'avais toujours au cou, comme un porte-bonheur.

Certes, bien des années s'étaient écoulées ; mais je me sentais coupable de ne pas avoir reconnu le type dans la cabane. Circonstance atténuante : j'avais été distraite par l'outil fiché dans sa gorge.

« Quel était l'objet de votre dispute ? » l'a interrogé Cockburn.

Sans-Fil a cligné des yeux.

« Quoi ?

— Votre dispute. Elle portait sur quoi ? »

Sans-Fil a tiré sur les plis de chair qui enrobaient son cou.

« Le paradoxe de Zénon. Autant que je m'en souvienne… »

Les flics ont échangé des regards perplexes.

« Zénon ?

— Le Grec…

— Un des mineurs qui se trouvent dans le bar ? a demandé Jenkins le Branleur, en feuilletant son carnet.

— C'est une célèbre énigme philosophique, sergent, suis-je intervenue. Celle d'Achille et de la tortue. Zénon, c'est le type qui l'a pondue. Un Grec de l'Antiquité. »

Pour la première fois depuis que je l'avais rencontré, Cockburn avait l'air perdu, comme s'il s'était aventuré dans un monde qui dépassait son entendement. Sa mâchoire s'est affaissée, imperceptiblement.

« Vous vous disputiez au sujet d'un ancien… *philosophe* ? »

Sans-Fil a secoué la tête.

« Peut-être qu'on a un peu élevé la voix, mais peut-on me le reprocher ? Il délirait... Des mois qu'il délirait. Là, il me dit qu'il a résolu le paradoxe. N'importe quoi, j'lui fais, on peut pas résoudre un paradoxe ; y a pas de solution ! C'est pour ça que c'est un paradoxe ! Des mois qu'il était comme ça.

— Le paradoxe ?

— Doc. Plus moyen de le raisonner, ce vieil idiot. P't-être qu'il m'a bousculé un coup ou deux – l'aimait bien balancer ses bras quand il s'excitait... P't-être que j'ai répondu, j'sais pas. Au bout d'un moment, dans la cabane, j'me suis effondré comme une masse. Quand j'me suis réveillé, Noel me secouait par les épaules et Doc était étalé par terre avec ce... sa gorge... »

Il est retombé dans un état d'abattement stupéfait ; ramassant son gobelet de fer, il en a contemplé le fond comme s'il espérait y trouver des réponses.

Cockburn a relu ses notes.

« Qui c'est, ce Noel ?

— Noel Redman, a répondu Jenkins. Le patron du pub.

— Oh, Sans-Fil... ai-je murmuré. Dans quoi t'es-tu fourré ?... »

À l'évidence, le fait que je connaisse à la fois le suspect et la victime contrariait les plans de Cockburn.

« Emily, pourquoi n'irais-tu pas faire un tour au bar ? Dis à M. Redman qu'on aimerait lui toucher un mot. »

June s'est éclairci la voix.

« La dernière fois que je l'ai vu, il était dans la chambre froide. »

L'HOMME DE LA CHAMBRE FROIDE

Je suis sortie dans la lumière aveuglante. C'était comme se retrouver prise dans les faisceaux croisés d'une batterie de lasers. Suivant les indications de June, je suis tombée sur un bâtiment circulaire avec des parois-moustiquaires et une porte en toile de jute humidifiée.

Le petit chien montait la garde. Ses poils se sont hérissés quand il m'a aperçue, et il a laissé échapper un raffut de jappements et de battements de queue. L'homme qui se trouvait à l'intérieur – le dos large, les joues flasques – était en train de taillader à coups de hachoir une carcasse de bœuf suspendue. Son visage était une image de concentration entortillée, le langue se glissant entre des dents brunies de tabac, le regard absorbé par la tâche en cours. À l'évidence, l'homme aimait son boulot. Son bras droit était plus épais que le gauche, masse de muscles et de veines tortueuses.

« Monsieur Redman ? »

Il s'est interrompu, retourné avec un regard qui expliquait, peut-être, l'air harassé de sa femme.

« Ça dépend qui l'demande… »

Ses lèvres avaient à peine bougé.

« Je suis venue avec les flics. »

Le chien semblait connaître ce mot : il a décoché une nouvelle volée de protestations.

« Trique ! » a gueulé le patron ; le chien s'est rabattu sur un grognement malveillant, sa queue toujours au garde-à-vous. Ce qui expliquait peut-être le nom. En tout cas, bon Dieu, je l'espérais.

« Le sergent-chef veut vous voir. »

Il a posé son hachoir, agacé.

« Ce putain d'vieux Doc, hein ? Emmerdeur jusqu'au bout. Sûr qu'y va falloir lui payer son enterrement, maintenant…

— Je suis convaincue qu'il ne se serait pas laissé poignarder s'il avait su que cela causerait autant d'ennuis. »

Il a plissé le front – un rocher lancé dans une mare de sueur et de chair. Il s'est demandé un instant si je me payais sa tête, puis m'a suivie dehors. Il se déplaçait avec un léger boitement, comme une hésitation à chaque pas.

« Foutue chaleur… » ai-je commenté.

Son grognement devait être une réponse. Redman était l'un de ces mâles australiens qui avaient plus de mal à sourire qu'à démonter un moteur. Mais il ne s'est pas trop fait prier pour raconter sa version, laquelle confirmait ce que nous savions déjà. La chaleur, ce jour-là, avait été intenable, et le pub inondé d'alcools en tout genre. Doc était censé payer son loyer en faisant à l'occasion de petits boulots pour le proprio du pub ; j'ai fini par comprendre, au ton de ce dernier, que ces boulots étaient devenus de plus en plus occasionnels.

« Doc a fait une sorte de crise, y a d'cela quelques mois, est intervenue June. J'ai essayé de l'envoyer à l'hôpital de Bluebush, mais il a pas voulu. Il pensait qu'ils le laisseraient plus jamais ressortir.

— Il avait pas tort, a ajouté son mari. Il était sur une autre planète, c'te vieille chèvre.

— Drôle de chèvre, n'ai-je pu m'empêcher de remarquer.

— Hein ?

— Une chèvre extraterrestre… »

Cockburn et lui m'ont dévisagée avec le même regard ahuri. Redman a poursuivi, haussant le ton. « Il débitait de ces conneries, bon Dieu ! C'était quoi déjà, la semaine dernière ? Le temps qui défile à l'envers, c'est ça ? Les rivières souterraines ! Et puis ces délires sur Einstein… »

Sans-Fil a levé les bras, impuissant. « Il pensait avoir résolu le dernier dilemme d'Einstein – sa tentative d'unifier relativité et mécanique quantique. Résolu, mon cul ! J'lui ai dit, mais il était à côté de ses pompes, c'te vieux salopard… À d'autres moments, il avait l'humeur aussi sombre que l'intérieur des tripes d'un clébard. Paranoïaque. Racontait qu'ils voulaient lui faire la peau. »

Je n'ai pu cacher ma surprise :

« Qui voulait lui faire la peau ?

— Les Martiens, les démons, tout et n'importe quoi… La CIA. Les missionnaires ! »

Ce dernier point n'avait rien de surprenant ; Doc avait toujours été le plus prosélyte des athées ; quand il s'y mettait, même Richard Dawkins[1] avait l'air d'un enfant de chœur à côté de lui. Peut-être, dans

1. Biologiste anglais né en 1941, spécialiste de l'évolution et défenseur acharné de l'athéisme, auteur du célèbre essai *Pour en finir avec Dieu*. (*N.d.T.*)

sa démence, imaginait-il que les fous de Dieu avaient décidé de lui rendre la monnaie de sa pièce.

Je me suis demandé ce qu'il aurait pensé en voyant un prêtre évangéliste lui administrer les derniers sacrements.

« Il s'entendait comment avec le missionnaire local ? ai-je demandé.

— Quel missionnaire ?

— Celui qui conduit la camionnette "Confrérie évangélique" garée devant le pub…

— Ah, le pasteur Bodycombe. »

Sans-Fil s'est fendu d'un sourire fugace.

« C'étaient les seules fois où j'avais l'impression que Doc redevenait normal – ça, il adorait faire craquer l'révérend !

— Ça ne m'étonne pas…

— Mais quand même, il était sacrément dérangé. C'est surtout pour ça que je le relançais toujours sur le paradoxe de Zénon, la grotte de Platon, ce genre de trucs… »

Jenkins se grattait le menton : « Platon ? »

Je t'en prie, me suis-je murmuré à part moi, ne pose pas de question…

Sans-Fil a poursuivi.

« Ces sujets, on en discutait depuis des années ; je me disais que ça le calmerait un peu. Mais ça ne changeait rien ; même là, il était sur une autre planète. »

Cockburn a levé le bras, tentant de ramener sur terre cette conversation. « OK, donc il pétait un peu les câbles. De quoi s'énerver, j'en suis sûr. Tous les deux, vous vous êtes disputés. Les choses ont dégénéré, t'as pris le marteau et tu l'as cogné ? »

Le regard de Sans-Fil s'est perdu au loin, misérable. Il a avalé sa salive. « Peut-être… »

Les époux Redman corroboraient l'enchaînement des événements : Doc et Sans-Fil avaient déclenché les hostilités dans l'arrière-salle du bar, puis continué tout le long du chemin qui menait à la cabane. Quand Noel était allé tirer le vieux du lit, il l'avait retrouvé gisant dans une mare de sang. Sans-Fil, lui, roupillait sur le lit de camp.

« Depuis combien de temps pensez-vous qu'il était mort ? a interrogé Cockburn.

— June les a entendus se disputer jusqu'à... Quelle heure il était, chérie ? À peu près une heure avant que j'aille là-bas.

— C'est à peu près ça, oui, a-t-elle confirmé d'une voix traînante, peu assurée. Juste avant l'arrivée du bus, celui des Japonais.

— Et personne d'autre ne s'est approché de la cabane ?

— La véranda était pleine à craquer, a rétorqué Jenkins. Y avait au moins une dizaine de personnes qui pouvaient voir l'endroit. Elles disent toutes la même chose : personne n'est entré, sorti, ou ne s'est approché de la cabane. »

Cockburn a posé la main sur l'épaule de Sans-Fil. « Désolé, mon gars, mais j'crois que là, t'es bon... Avec un peu de chance, tu t'en tireras avec un homicide involontaire. »

Jenkins s'est levé. « On prend les dépositions ? »

Le sergent-chef a consulté sa montre. « OK, mais que ça traîne pas. » Il s'est tourné vers le patron du pub. « Vous me recommandez quoi, sur le menu ? »

Redman l'a gratifié de son sourire « Réservé aux hommes » :

« Ici, c'est l'pays de la barbaque.

— File au bar, Emily : steak pour tout le monde. »

D'un geste grandiloquent, le proprio a désigné la cuisine. « Dites à Sandy que c'est la maison qui invite. »

Cockburn a secoué la tête.

« J'peux pas accepter, Noel. Merci pour l'offre. Dites-leur qu'on sera prêts dans quarante minutes maxi. Et n'oubliez pas Sans-Fil. »

Le vieux a levé la tête vers lui, une gratitude pathétique au fond des yeux.

« Merci, sergent.

— Pas de quoi. C'est peut-être ton dernier steak avant un bon moment. »

Je suis sortie une nouvelle fois dans la chaleur suffocante. Dieu tout-puissant, quelle journée : je me sentais comme un cochon cloué au tournebroche. Si un missile à infrarouge avait débarqué dans cet endroit, il n'aurait pas su où donner de la tête.

J'ai longé les toilettes du pub, d'où s'élevait la délicieuse mélodie de jets gavés d'alcool pur qui s'écrasaient au fond de l'urinoir.

Je suis entrée dans le pub. Plancher verni, ventilateurs tourbillonnants. Des rais de lumière vert doré rebondissaient sur les bouteilles, les miroirs élégants.

Le type derrière le bar – Sandy, en ai-je conclu – l'était beaucoup moins, élégant. Plutôt jeune, mais avec un air général de désintégration, il avait une coupe « Do It Yourself » et la complexion enflammée du sempiternel alcoolo de l'Outback australien.

Quand il m'a repérée, ses yeux se sont portés automatiquement vers la *dog-box* au bout du comptoir – la « niche », cette trappe par laquelle on servait autrefois les aborigènes qui voulaient acheter de l'alcool malgré l'interdiction, une pratique qui survit encore dans pas mal de pubs de l'Outback. Ses lèvres ont esquissé un mouvement.

« N'y pense même pas », l'ai-je mis en garde.

Débranchant ses instincts assez longtemps pour bien me regarder, il a modifié son approche.

« Qu'est-ce qui vous ferait plaisir ?

— Un peu de respect. Et pendant que tu y travailles, prépare-nous donc cinq steaks. Je suis de la police. »

Il s'est dirigé vers la cuisine et, se penchant par l'ouverture, il a dit quelque chose à un homme en surchauffe vêtu d'un débardeur qui avait dû être blanc jadis, et dont l'aspect m'a rappelé le conseil de mon père au sujet des relais routiers : avant de manger, toujours vérifier qu'il n'y a pas de fragments humains.

LA PLÈBE

J'ai balayé la salle du regard. Il y avait une vingtaine de personnes à l'intérieur. Une femme était penchée au-dessus de la table de billard, ses hanches généreuses saucissonnées dans un pantalon stretch. L'un des vieux de la vieille rassemblés dans l'arrière-salle du bar – barbe gris-roux, langue qui papillonne, plus de taches de rousseur que de cheveux sur le crâne – suçotait à grand bruit les restes de son déjeuner. Il a soulevé l'assiette pour vider le jus de viande dans son verre de rhum. Tirant une flasque de sa poche, il a ajouté une rasade d'un liquide visqueux, l'a saupoudré d'une matière grisâtre – pas de la poudre à canon, quand même ?… –, avant d'ingurgiter le tout d'une seule terrible gorgée.

Il a frissonné, secoué la tête et, le souffle coupé, il a grommelé : « Aaah… Foutu jus d'serpent ! » Il a laissé échapper une volée de gargouillis souterrains – grognements et crachotements, grondements et halètements rugueux, un ébranlement généralisé de tous les orifices culminant soudain avec l'expulsion d'une bourre de mucus, qui a frôlé son unique dent de devant avant d'aller s'écraser au fond de l'auge disposée à ses pieds, dans un claquement gluant.

« C'est ce qui s'appelle cracher le morceau, hein, Geordie ? »

Geordie Formwood a reposé son verre pour me dévisager. Ses sourcils hirsutes se sont affaissés, ses yeux rouges tournoyaient, suspicieux.

« Emily Tempest », ai-je clarifié.

Les sourcils se sont redressés d'un bond.

« Alors ça, putain !…

— J'espère que ce n'est pas de moi que tu parles, espèce de vieux dégueulasse. »

Il m'a gratifiée d'un large sourire, a toussoté encore un peu de glaires.

« Aïe, ça, c'est bien l'Emily dont j'me souviens ! »

Geordie vivait en Australie depuis cinquante ans, mais il ne s'était toujours pas débarrassé de son rugueux accent écossais. Il a haussé son verre et sa voix à l'intention de ses potes alignés au comptoir. « Hé, les gars, v'nez donc saluer la fille de Jack le Mécano ! Faites gaffe, elle a encore plus de repartie qu'son paternel… »

Il a fallu moins d'une minute pour expédier les présentations : une demi-douzaine de mineurs desséchés de soleil, un routier au nez aplati, un motard aux yeux bleus comme la flamme d'un chalumeau et un puisatier texan tellement en nage qu'il aurait pu faire fortune en forant ses aisselles.

Collectivement – et quand arrivait le match de cricket annuel « Green Swamp contre le Reste du Monde », ils formaient vraiment un collectif, l'équipe de cricket la plus vicelarde à l'extérieur du sous-continent indien –, on les surnommait la Plèbe. C'était la bande de parias qui avaient fait du relais routier de Green Swamp, que Dieu leur vienne en aide, leur repaire.

La moitié d'entre eux avaient travaillé pour mon père au fil des années ; les autres avaient été tourmentés par ses lancers de balle aux effets dévastateurs, surtout celui qui était connu localement sous le nom de « Découpeuse », et auquel il avait recours dans une série sur deux : cette balle pouvait atterrir n'importe où, mais elle avait tendance à venir fracasser votre piquet central.

Ils se sont rassemblés autour de moi, et quelqu'un a fourré une bière dans mon poing, tandis qu'ils tentaient de m'arracher les secrets de la Découpeuse. C'était un vieux débat : tous s'accordaient à dire que ce lancer devait son effrayante réputation à la combinaison unique de trois facteurs : la torsion de la balle, l'angle d'attaque du poignet et ce que le motard, Jan, décrivait comme l'« effet trou noir » imputable à la dernière phalange manquante du majeur de Jack.

Doc et Sans-Fil n'étaient pas les seuls philosophes de ce coin de cambrousse.

Je leur faisais partager ma propre théorie – que la Découpeuse n'existait pas et que le succès de Jack était dû à sa connaissance intuitive de la nature humaine, qui lui permettait au bout de trois lancers d'avoir tout compris de son adversaire et d'anticiper ses moindres réactions – quand j'ai senti un frisson me parcourir le dos.

Je me suis retournée.

Le sergent-chef se tenait debout sur le pas de la porte.

La Plèbe lui a jeté un regard gêné, avant de baisser les yeux vers le sol. Il y a eu un long moment de raclements de gorge et de grattements de menton. Comme la plupart des habitants de cet endroit, aux confins de la civilisation, ils entretenaient des relations avec la loi qu'on pouvait qualifier – au mieux – de « compliquées ».

Cockburn a baissé ses lunettes noires, étudié cette assemblée mal dégrossie. Sans vraiment faire l'effort de dissimuler son dédain.

« Content de voir que tu te mets dans le bain, Emily…

— Je fais du renseignement, patron.

— T'en as obtenu ? »

Le squelette fossile d'un sourire.

« Ça prend du temps.

— Nous n'en avons pas. Prenons les dépositions et tirons-nous d'ici… »

Harley et Jenkins nous ont rejoints, et nous avons entamé les interrogatoires. Ou plutôt, nous les avons expédiés, tel un groupe de chevaux sur le chemin de l'écurie.

Les Japonais ont été les premiers à se faire envoyer balader. Harley a lancé l'interrogatoire, mais Cockburn a dû prendre le relais après que l'agent a écopé d'une tirade cinglante de la part d'une femme en noir – elle voulait savoir pourquoi il interrogeait ainsi son décolleté.

Quelques minutes avec leur guide – un type enthousiaste en short jaune, du nom de Lobert – ont suffi à convaincre Cockburn qu'ils n'avaient rien de nouveau à nous apprendre, et ils se sont retrouvés assis dans leur bus sans avoir eu le temps de dire *sayonara*. Ils n'auraient sans doute jamais dit cela, d'ailleurs, car ils étaient en fait taïwanais.

Cockburn nous a attribué chacun un coin du pub. Je me suis occupée de la Plèbe, pendant que Harley et Jenkins se chargeaient de la douzaine d'autres voyageurs qui s'étaient retrouvés piégés dans cette affaire.

Mes vieux mineurs n'avaient pas grand-chose à m'offrir, et j'écoutais discrètement les autres conversations. Harley semblait s'amuser comme un fou avec un anthropologue à dents de sabre et une Allemande hargneuse, coiffée comme un buisson de spinifex, qui accusait du meurtre « zie fascistes, toujours zie fascistes… », sans nous dire cependant qui étaient ces fascistes, même si elle semblait insinuer que Harley était des leurs.

Parmi les autres personnes présentes, il y avait deux fonctionnaires venus du pays des Longues Chaussettes blanches – l'État du Queensland –, un ingénieur des mines de Copperhead, deux représentants de commerce en tournée depuis Bluebush, une poignée de nomades aux cheveux gris[1], et un drôle de petit moustachu louche en jean découpé aux ciseaux, les cheveux empestant le gel, qui à la rubrique profession a répondu « ancien militaire ».

Bunter s'est attaqué au type de la Confrérie évangélique, le pasteur Bodycombe, une créature dégingandée avec des croix brodées sur le col de sa chemise hawaïenne verte, qui passait son temps à se tordre les mains en arborant le sourire satisfait de ceux qui sont sauvés. Son menton effacé était rasé de frais. Très effacé et rasé de très près, si bien qu'on aurait dit un poisson portant des lunettes.

Bodycombe semblait penser que le défunt était à présent dans les mains du Seigneur, et que cela valait mieux pour lui.

1. « *Grey nomads* », expression d'argot australien désignant les nombreux retraités qui parcourent le pays en caravane ou en camping-car. (*N.d.T.*)

« Donc, vous le connaissiez personnellement ? a demandé Bunter.

— Malheureusement pour moi, oui… a répondu le pasteur, et l'on devinait au ton de sa voix qu'avoir le dernier mot avec Doc aurait constitué le moment fort de sa semaine.

— Je parie qu'il vous a donné du fil à retordre », suis-je intervenue au beau milieu de l'interrogatoire.

Bodycombe m'a dévisagée, perplexe.

« Doc. Un sacré pinailleur, le vieux, pas vrai ?

— Il n'était pas la plus docile de mes ouailles…

— J'aurais plutôt pensé qu'il n'en faisait même pas partie, de vos ouailles – et pourtant, vous avez accepté de venir vous occuper de son départ… »

Les tendons de son cou de truite se sont soudain noués.

« Il aurait été coupable de ma part de ne pas le faire.

— Vous pensez que Doc aurait été de cet avis ? »

Le pasteur a levé les yeux au plafond ; par-delà le plafond, vers le royaume de l'invisible chœur. « Qui peut dire quel était son état d'esprit à la fin ? Mon devoir est d'offrir la grâce – après, que l'individu ait la volonté de l'accepter… »

Bunter a refermé son calepin ; Bodycombe a empoigné un sac de sport très mode et s'est éloigné discrètement en direction de la véranda.

Geordie Formwood, assis à mes côtés, s'est penché et a grommelé :

« Trou du cul… Il voulait juste fourrer son nez là-dedans.

— Quel trou du cul voulait fourrer quel nez dans quoi ?

— C'foutu cureton… Doc lui flanquait une dérouillée chaque fois qu'il le voyait.

— Ils se voyaient souvent ? »

Il a haussé les épaules.

« D'temps en temps.

— Hier ?

— Oh, ouais… Ça faisait un moment qu'ils avaient ce, hum… débat. Sur l'évolution. Doc se ramenait avec une preuve – un fossile du précambrien, des trucs comme ça. Alors le pasteur avait son sourire en cul-de-poule, il répondait qu'tout ça faisait partie d'un vaste dessein.

— Eh bien, peut-être que c'était le cas… »

En guise de réponse, Geordie m'a gratifiée d'un long grognement et d'une lampée encore plus longue de son breuvage nauséabond.

« Juste par curiosité, ai-je insisté, où se trouvait Bodycombe quand Doc et Sans-Fil ont eu leur petit différend ?

— J'crois bien qu'il était sur la véranda, à siroter sa limonade.

— Mais pas tout le temps, est intervenu Jan. Il est allé piquer un roupillon dans sa camionnette ; lessivé par tout cet athéisme autour de lui. »

Le pasteur est parti sans demander son reste, et je l'ai observé avec attention tandis qu'il remettait de l'eau et de l'huile dans le moteur de sa camionnette, avant de reprendre la Gunshot Road.

Nous avons interrogé tout le monde, là-dedans, mais tout ce cirque n'était qu'une perte de temps. Bien qu'il y ait eu une demi-douzaine de clients sur la véranda tout au long de l'après-midi, aucun n'avait vu personne d'autre que Sans-Fil s'approcher de la cabane. Même les gars de la Plèbe, malgré tous leurs efforts, n'étaient pas parvenus à fournir le moindre élément susceptible d'écorner les preuves écrasantes qui accablaient le malheureux. « P't-être qu'il a trébuché et qu'il est tombé sur son marteau », voilà ce qu'ils ont trouvé de mieux…

Quand nous en avons eu terminé avec eux, tous les témoins ont repris leurs chemins respectifs. Au bout d'une demi-heure, nous déchiquetions nos steaks, mes collègues avec grand plaisir, Sans-Fil un peu moins. Il avait vraisemblablement l'esprit ailleurs.

Quand nous nous sommes levés pour repartir, notre prisonnier était visiblement en train de s'effondrer. Ses mains tremblaient, sa bouche tournait à vide, ses yeux passaient en revue, frénétiques, les bouteilles alignées derrière le comptoir.

« J'pourrais pas en prendre un dernier pour la route, sergent ?

— Tu es en état d'arrestation, mon gars. Va falloir apprendre à t'en passer… »

Sans-Fil a grimacé.

« Mais on te mettra pas les menottes.

— Sympa », ai-je commenté, ce qui m'a valu une bonne dose du regard noir spécial Cockburn.

UNE FEMME AU BORD DU GOUFFRE

Comme nous sortions sur la véranda, le sergent-chef a pointé son regard de l'autre côté de la route.

« Bon sang, Jenkins ! Tu comptes l'offrir pour Noël ? »

La cabane était encore enrubannée de scellés rouge et blanc.

« On ferait mieux de nettoyer tout ça. »

Nous avons parcouru en voiture les deux cents mètres qui nous séparaient de la cabane. Tandis que nous descendions, Harley s'est tourné vers les collines environnantes et il a grommelé un juron.

« Qu'est-ce qu'il y a ?

— L'une des Chinetoques est restée là… »

J'ai suivi son regard. Une femme était assise sur une plate-forme, au milieu de la falaise qui surplombait les lieux.

« Ces crétins ont dû l'oublier.

— Elle n'était peut-être pas avec eux, ai-je suggéré. Il reste un Transit, garé sur le parking.

— C'est pas l'genre à sauter, j'espère… » a marmonné Jerker en plissant le front.

Cockburn a fait claquer sa langue.

« De toute façon, elle a rien à faire là. »

Il a placé ses mains en mégaphone. « Hé ! »

La femme l'a ignoré.

Il a braillé une seconde fois, sans plus de résultat.

« Putain ! »

Il s'est tourné vers moi.

« Rends-toi utile, Emily. Grimpe là-haut et dis-lui de se casser. Et pas littéralement – nous avons notre compte de victimes pour la journée… »

J'ai gardé mes ronchonnements pour moi. Je n'avais pas lu « larbin » dans la description du poste, mais c'était apparemment comme ça que le sergent-chef me considérait.

J'ai étudié la paroi. La fissure qui fendait le milieu de la falaise constituait la voie d'accès la plus rapide, mais également la plus risquée. Grimper là-haut s'annonçait épuisant par cette chaleur, et je n'avais pas vraiment envie de me briser le cou dès le premier jour.

La face ouest semblait plus propice : ombragée par des buissons, une pente moins abrupte.

J'ai entrepris l'escalade, et même ce minime effort était asphyxiant, la poussière rouge sur mes avant-bras ne tardant pas à se mêler de sueur. Je gardais un œil sur la femme, mais en m'approchant d'elle, j'ai compris qu'elle ne courait aucun danger. Elle était juchée sur un rocher en forme de crâne, à un mètre ou deux du sommet. Elle dégageait une impression de paix et d'équilibre, comme si cet environnement vertigineux avait été son élément.

Elle était occupée à griffonner sur un carnet de croquis, le visage fermé, concentrée.

J'étais juste au-dessous d'elle quand je l'ai interpellée.

Elle a baissé les yeux sur moi : c'était la femme qui avait passé un savon à Harley. Elle avait les cheveux ras, la peau fauve et lisse, des yeux assassins. Elle aurait pu être attirante si sa chevelure et ses courbes n'avaient été aussi sévèrement atrophiées. Elle portait une robe de coton noir, des sandales tressées, un brassard turquoise.

« Tu me caches le paysage », a-t-elle déclaré d'un ton brusque. À peine une légère déformation des consonnes. Elle s'est replongée dans son dessin.

« Putain, ce qu'il fait chaud ici… »

Pas de réponse.

« Tes compatriotes t'ont oubliée ? »

Elle a levé la tête.

« Compatwi… compatriotes ?

— Le voyage organisé.

— Les Taïwanais, a-t-elle rétorqué, pleine de dédain. Je les ai rencontrés hier soir pour la première fois. »

J'avais besoin de savoir ce qu'elle faisait là, et je commençais à comprendre que mon approche brutale ne mènerait à rien. M'asseyant à côté d'elle, je me suis adossée à la roche. Elle avait choisi un coin ombragé, mais le granite diffusait la chaleur accumulée.

« Tu as prévu de rester longtemps ici ?

— Je ne prévois rien d'autre que ce dessin. »

Bon. Apparemment, la méthode ultra-douce n'allait pas mieux marcher.

« D'où viens-tu ? ai-je interrogé.

— Sydney.

— Tu n'as pas l'accent d'une native de Sydney.

— Toi non plus.

— Tu parlais chinois tout à l'heure – c'est là-bas que tu es née ? »

Elle s'est penchée pour cracher succinctement par-dessus le surplomb.

Était-ce sa réponse ? Si oui, alors elle était peut-être issue, en effet, d'une minorité ethnique. Dans une vie antérieure, j'avais passé un an à écumer les confins nord-ouest de l'empire du Milieu, le long de route de la soie. Je reconnaissais cette attitude : Ouïgoure ? Kazakhe ? Tibétaine ? Dans ce cas, son peuple occupait une place qui m'était familière dans la conscience de sa nation.

« Mon boss, en bas, est embêté, il dit que tu ne devrais pas être là.

— Ton boss ? »

Elle a jeté un coup d'œil au pied de la falaise, daignant enfin les regarder. Un éclat méprisant a traversé ses yeux.

« Tu es policier ?

— "-ier", je ne sais pas. Mais pour le reste, je crains de ne pas pouvoir nier…

— Je voulais te demander, au sujet de cette… comment on dit, déjà… forme rocheuse ? »

Elle désignait l'amas rocheux près de la cabane de Doc.

« Formation.

— Formation. Mais si tu ne sais pas de quel côté tu es…

— Qu'est-ce que tu racontes ?

— L'homme qui est mort – il vivait dans cette petite maison ?

— Ouais.

— Sais-tu pourquoi il construisait une carte dans sa cour ?

— Quoi ?

— Ou… »

Elle a cherché le mot.

« Ah ! Un labyrinthe. Au final, l'une devient l'autre, et l'inverse.

— Bon Dieu, mais de quoi parles-tu ? » l'ai-je interrompue.

Cette femme – cette étrangère – voulait m'apprendre mon boulot. Je ne sais peut-être pas grand-chose, mais les roches, ça, je connais. J'ai grandi avec un prospecteur, passé ma tendre enfance à errer dans les montagnes avec papa, à l'affût des roches. J'ai même étudié les sciences de la Terre à l'université de Melbourne, pendant un an ou deux. Blocs et cavités, plaques gondolées, piliers et cônes. Les roches : elles forment un puzzle que j'aime à déchiffrer. Et que je déchiffre depuis toujours.

Et en tant qu'aborigène, je m'en approche d'un pas précautionneux. Je vois leur dimension mythologique, leur beauté lunaire. Elles sont pour moi des histoires et des chants, des ancêtres et des sœurs, des objets d'affection et de respect, de crainte parfois.

Si bien que mon agacement n'a fait que redoubler quand, observant de plus près les rochers empilés de Doc, j'ai compris qu'elle avait raison.

Ce n'était pas simplement le jardin d'un cinglé, la création de son esprit dérangé. Ce vieil homme fatigué était parvenu, Dieu sait comment, à rassembler des tonnes de rochers – essentiellement des roches ferrugineuses et du gneiss – et à les ajuster de manière à former un dessin aux contours nets et précis.

Je me suis penchée davantage. La formation dessinait un rectangle grossier, strié d'innombrables incisions comme autant de minicanyons. Sur son flanc ouest, ce qui ressemblait à une série de deltas en forme d'éventails, au pied d'une rangée de collines. La femme ne s'était pas trompée : vus d'en haut, ces rochers formaient une sorte de carte en 3D, ou de maquette géologique.

Mais la maquette de quoi ? Cette construction ne m'évoquait-elle pas quelque chose ? Possible, mais alors très vaguement. Rien que je puisse identifier.

Je me suis tournée vers la femme.

« Bon sang, mais qui es-tu ?

— On l'a assassiné, cet homme ?

— Ce n'est pas à moi de trancher.

— Sait-on qui l'a tué ?

— Tu penses que je te le dirais ?

— Non. Visiblement. »

Elle s'est détournée. Elle a ramassé un crayon pour jeter quelques traits sur la feuille de papier.

« Si je voulais comprendre ce qui s'est passé ici… »

Le crayon a fendu le vide.

« … je commencerais, peut-être, par ces wo… rochers. »

Des hauts cris, venus d'en bas.

« Hé ! »

Cockburn et les autres avaient enlevé les scellés. Ils perdaient patience.

« C'est bientôt fini, là-haut, ce putain de sommet Asie-Pacifique ?

— Ouais, ouais, ai-je marmonné. Nous descendons !

— Nous ? est intervenue la femme. Je ne crois pas.

— Écoute, ma chérie, personnellement je me fous de… »

Je me suis interrompue, distraite par le pépiement d'un rhipidure hochequeue dans un buisson de *saltbush*, rouge rubis, sur le surplomb qui nous dominait.

« De quoi ? »

L'oiseau a disparu. J'ai froncé les sourcils, posé le pied sur une pierre qui dépassait de la paroi et je me suis hissée jusqu'au sommet. Je me suis glissée dans un renfoncement naturel – ou creusé par l'homme ? – dissimulé au cœur de cette broussaille de *saltbush* et d'herbes queue-de-rat.

J'ai approché ma main d'un buisson épineux et j'ai décroché le fragment de tissu vert pâle que j'avais aperçu d'en bas. J'ai revérifié les vêtements de la femme – noirs, de la tête aux pieds.

J'ai observé le sol pierreux. Des traces de grattement, récentes. Quelqu'un s'était allongé là depuis la dernière pluie. Au cours des dernières vingt-quatre heures.

« Tu es montée ici ?

— Non. »

J'ai étudié la physionomie du terrain entre le sommet de cette colline et la cabane, agitant dans ma tête différentes possibilités. La voie directe était entièrement visible depuis la véranda bondée du pub, mais la voie ouest, celle pour laquelle j'avais opté ? Quelqu'un aurait très bien pu l'escalader sous le couvert des taillis et redescendre en douce jusqu'à la cabane. En empruntant le fond de la fissure, dans l'éblouissement de la fin d'après-midi, il aurait parfaitement pu passer inaperçu et repartir par le même chemin. Ou même se cacher derrière la cabane et se mêler aux badauds quand le corps avait été découvert.

Je me suis relevée. De nouveau, je l'ai ressenti : le frisson d'une menace, un tremblement d'angoisse.

J'ai posé ma main en visière au-dessus des yeux, pour examiner ce paysage éolien.

Les rayons du soleil me mitraillaient la peau. Des éclats et des cercles de lumière fusaient des plaines blanches et tourbillonnaient sous mon crâne. Le pays tout entier semblait en tension ; suspendu, comme un doigt sur la gâchette.

J'ai cligné des yeux, et la sensation s'est estompée.

Paranoïa, à coup sûr ? Celle de Doc, peut-être, par contagion.

Là-bas, devant le pub, deux 4×4 clinquants s'étaient garés. Des touristes. Peintures étincelantes, joujoux high-tech protubérants soudés à la carrosserie. Des plombiers de banlieue ou des Rosbifs programmeurs en informatique, lancés dans leur Grande Aventure au cœur de l'Outback.

J'ai repéré Noel Redman qui sortait de la chambre froide, ses gros bras surchargés, Trique trottinant à ses côtés. Juste au-dessous de moi, mes collègues trépignaient, impatients. Cockburn était invisible. Puis le klaxon du Land Cruiser a retenti.

J'ai appelé la femme.

« Il faut que j'y aille. Tu viens ?

— Non. »

Elle a souri. Son froncement de sourcils était devenu plus amical.

« À la prochaine.

— Comment t'appelles-tu ? »

Elle a craché une réponse agacée.

« Pardon ?

— Dans ce pays où la langue est si pauvre, je crois qu'on m'appelle Jet.

— Jet ? ai-je grommelé en m'engageant dans la pente. Ça devrait suffire. »

UNE FISSURE DANS LA ZIGGOURAT

J'ai atteint le pied de la falaise et rejoint l'entrée de la cabane. Harley a épongé une partie de sa sueur et regardé sa montre.

« T'en a fallu, du temps… Où est la Chinetoque ?

— Restée là-haut. »

Cockburn s'est joint à nous, il a désigné du chef la formation rocheuse derrière la cabane. Jet était perchée juste à côté, carnet déployé, crayon frénétique.

« Elle a dû prendre le raccourci. Dont je voulais vous parler, d'ailleurs…

— Hein ?

— Il faut que nous examinions de plus près le sommet de cette falaise. Il y avait quelqu'un, là-haut…

— De quoi parles-tu ?

— D'un morceau de tissu accroché aux buissons.

— La femme, a suggéré Harley.

— Elle est habillée tout en noir – le tissu était vert. Et puis, il y a des traces de grattement…

— Un dingo, ou un wallaby. Les collines sont pleines d'animaux. Des empreintes de pas ?

— Je n'en ai pas vu, mais le sol est rocailleux, là-haut.

— Quand bien même il y en aurait, a rétorqué Cockburn, c'est un relais routier, ici. Des touristes, des mineurs, des hippies venus communier avec Mère Nature – toutes sortes d'abrutis auraient pu traîner par là…

— Peut-être, mais ces traces sont récentes. Qui s'échinerait à escalader cette colline par une chaleur pareille ?

— Ta nouvelle copine l'a bien fait…

— C'est une sorte d'artiste – la bizarrerie figure dans la description du poste. »

Cockburn a soupiré, sa patience largement entamée. Il a croisé les bras et s'est martelé du bout des doigts un tatouage sur le coude gauche.

« C'est une question d'équilibre entre ressources disponibles et résultats probables… Je veux dire, nous pourrions faire venir les chiens et les hélicoptères, mettre en place une putain de battue chaque fois que deux types se castagnent dans un bar. Mais ce n'est pas faisable. Les médecins légistes sont rentrés à Alice. Nous n'avons ni les effectifs ni le temps. »

Je n'en croyais pas mes oreilles : c'était de la vie d'un homme que nous étions en train de parler.

« Je ne demande pas qu'on envoie les paras, bordel ! Tout ce que je veux, c'est que vous montiez là-haut pour… »

Un semblant de fissure – la plus imperceptible des lézardes, en fait – est apparu sur la ziggourat de Cockburn.

« Tout ce que tu es en train de faire, c'est fouiner partout pour trouver n'importe quel élément qui pourrait brouiller l'évidence et rendre un peu moins certaine la condamnation de ton pote… »

Il s'est penché au-dessus de moi.

« Je ne te le permettrai pas. C'est l'affaire la plus claire que j'aie jamais eu à traiter…

— C'est peut-être ça, le problème. Tout vous semble évident.

— Bon *Dieu* ! »

La colère est montée, l'espace d'un instant, avant que sa retenue instinctive ne reprenne le dessus. Il a chassé quelques mouches, s'est calé sur ses jambes.

« J'ai assez entendu de conneries. On rentre à Bluebush. Je t'ordonne de nous suivre. Si tu choisis de désobéir, tu peux aller fureter dans les collines aussi longtemps que ça te chantera. Mais ne compte pas retrouver ton boulot au retour. »

Je les ai étudiés : Cockburn, tout en contrôle et contrôlant les autres ; Harley et Jenkins dressés sur leurs pattes de derrière tels des suricates, observant notre petit entretien comme s'il s'agissait du spectacle le plus amusant de la journée.

Leur soutien ? Peu probable.

Je me suis tournée vers Sans-Fil, affalé contre le châssis, contemplant le vide, sans énergie. En parlant de soutien, il allait vraiment en avoir besoin.

« Laissez-moi une minute…

— Soixante secondes, pas une de plus. »

Je me suis précipitée vers l'endroit où j'avais aperçu la Chinoise pour la dernière fois. Elle avait disparu. Puis j'ai repéré ses fesses vêtues de noir. Elle avait escaladé la moitié de l'amas rocheux et examinait Dieu sait quoi, le nez collé à la pierre.

« Hé, Jet ! »

Elle s'est retournée.

« Ces croquis. Je peux en avoir un ? »

Elle avait ce regard qui vous clouait sur place.

« Pourquoi ?

— En souvenir. »

Elle m'a regardée droit dans les yeux, elle avait dû voir quelque chose. Puis elle m'a rejointe en gambadant, enjambant les rochers avec l'agilité désinvolte d'un kangourou grimpeur. Elle a feuilleté son carnet, m'a tendu l'une des représentations les plus détaillées de l'amas rocheux.

« Fais-en bon usage », a-t-elle recommandé. Pas vraiment un sourire, mais un bref éclair d'intérêt. Ses yeux étaient comme des mûres noires. « Il vaudra peut-être une fortune, un jour. »

MILANS NOIRS

J'ai garé la voiture aux abords du petit cimetière délabré de Bluebush et j'ai regardé l'heure. Bientôt midi. La messe avait débuté à onze heures, ils allaient donc sortir d'un moment à l'autre. J'étais venue faire mes adieux à Doc et… et quoi d'autre ? Je ne savais plus, au juste. Déposer sur sa tombe un peu de la poussière que la mort du vieil homme avait soulevée dans mon esprit.

Il y avait des choses, dans cette mort, qui me perturbaient.

Il y avait des choses qui me perturbaient dans la plupart des morts, mais dans celle-ci particulièrement. Pourquoi, je n'aurais pas su l'expliquer. Ma sympathie pour le tueur présumé ? Les traces au sommet de la colline, peut-être, ou cet étrange amas rocheux derrière la cabane de Doc.

Surtout, c'était cette sensation de malaise. Elle n'avait cessé de me ronger, comme une fièvre qui couve, depuis ce matin-là, plus d'une semaine en arrière, où nous roulions vers la Gunshot Road.

Je n'avais pas réussi à me rendre à l'église : la religion instituée et moi entretenions des relations compliquées depuis le jour où j'avais dû repousser à coups de pied et de poing un mormon au sang chaud – dont le prénom, Randy, était particulièrement approprié[1] –, à l'âge de quatorze ans.

Bon nombre des nôtres s'étaient convertis au christianisme ces derniers temps. Toutes ces années de prosélytisme, de misère et d'ennui, j'imagine. Ayant passé ma jeunesse entourée d'un père sceptique et d'une clique d'Anciens farouchement attachés à leurs traditions, je n'avais jamais été la candidate idéale.

Mais je m'étais dit qu'ici, en plein air, je parviendrais sûrement à supporter le dieu des Blancs, le temps d'une cérémonie. Le bush et l'immense ciel bleu formaient un antidote revigorant.

J'ai porté la main à mon cou, pour effleurer le fossile que Doc avait extrait des roches de Moonlight Downs. J'ai passé le pouce sur l'arête ondulée du trilobite. En m'expliquant que ce fossile avait six cents millions d'années, Doc avait déclenché chez moi une passion pour la géologie. La moindre des choses, c'était donc assister aux funérailles du malheureux.

Quelques minutes plus tard, le plus étrange cortège qu'on puisse imaginer s'est mis à descendre la rue dans un concert de grincements. Un corbillard d'un noir étincelant menait la procession, mais à partir de là, c'était la décadence, une chenille de véhicules zombies revenus d'outre-tombe chercher le survivant et l'emporter avec eux, des Inter et des Blitz déglinguées, des Ford F-Series avec des vitres en moins et l'inévitable projecteur pour la chasse nocturne, des chars d'assaut et des pick-up précédés de leur clique-

1. *Randy*, en anglais, signifie « lascif », « excité sexuellement ». (*N.d.T.*)

tis, à ce point rapiécés et cannibalisés qu'il ne restait plus rien des originaux.

Le corbillard s'est faufilé entre les grilles, tous les autres se sont battus pour les lambeaux d'ombre qu'offraient les gommiers-spectres. J'ai attendu jusqu'au dernier moment – j'avais déjà choisi l'endroit le plus ombragé, et il était hors de question de m'exposer à ce soleil dévastateur tant que je n'y serais pas forcée.

Les représentants de la Plèbe – les mineurs vieillissants de la Gunshot Road – se sont extirpés lentement de leurs véhicules, à contrecœur, comme s'ils avaient été tirés dans la lumière par la main d'un dieu monstrueux. Ils se sont dirigés cahin-caha vers l'endroit où le corbillard s'était rangé, chapeaux entre les mains, chemises à la dérive, flasques de rhum planquées dans la poche arrière de leurs pantalons.

Tiger Lyons s'est garé près de moi ; sa vieille Holden penchait méchamment sur tribord, et lui aussi. Il s'est extrait péniblement de l'habitacle, tout en plis grippés, boitillements et vacillements, et il s'est engagé sur le gravier comme un crabe délabré. Au bout de quelques pas, il s'est arrêté et a levé les yeux vers les branches des arbres, autour de la tombe béante. Il a tressailli.

« Putain de Dieu ! » a-t-il bafouillé. Je n'irais pas jusqu'à dire que son visage est devenu blême, mais son habituel écarlate d'alcoolique a soudain viré au rosé sale.

Comme je me tournais pour suivre son regard, un coup sourd, titanesque, a ébranlé le toit de ma voiture.

« Dieu tout-puissant ! Tu es vraiment devenue flic… » Le visage de mon père est apparu dans l'encadrement de ma vitre, suivi de près par tout le reste de son corps. Il m'a examinée de haut en bas – surtout de haut : il mesurait un robuste mètre quatre-vingt-dix et moi cent soixante-deux maigres centimètres.

« J'ai cru qu'on me faisait marcher.

— Je crois qu'on me fait marcher, moi aussi, Jack… Tout ce que j'ai fait, jusqu'à présent, c'est arrêter Cookie Crankshaft !

— Pourquoi ?

— Il a tabassé Tom McGillivray. »

Il n'en revenait pas.

« Répète un peu ?

— Tu as bien entendu. »

Il a étudié une nouvelle fois mon uniforme. Soudain, il s'est renfrogné.

« Tu ne prends pas de risques, au moins ?

— Si – je vais sans doute mourir d'ennui… Jusqu'à présent, j'ai passé tout mon temps au commissariat à classer des dossiers. Le patron veut que j'apprenne les ficelles, mais pour l'instant, les seules ficelles que j'aie vues, c'est celles de leurs sachets de thé…

— C'est qui, ce patron ?

— Le sergent-chef Bruce Cockburn. »

Il a fait craquer ses doigts, ses yeux se sont plissés.

« Il est comment ?

— Passionné. Il aime s'entretenir avec ses troupes pour les motiver, puis assurer le suivi avec des messages sur post-it. Quand je suis arrivée ce matin, il y en avait un sur le bureau, qui disait : "Bureau ordonné, esprit ordonné"… »

Il a hoché la tête.

« C'est vrai que t'as jamais rangé ton bureau… »

Il s'est redressé, a fait un pas en arrière pour jeter un œil à la scène misérable qui se déroulait devant nous. Le père Dal Santo, le prêtre philippin, consultait ostensiblement sa montre.

« C'est gentil de ta part d'être venue rendre un dernier hommage à Doc, a déclaré Jack.

— Je l'aimais bien. C'est grâce à lui que je me suis intéressée à la géologie.

— Je croyais que c'était grâce à moi…

— Non, papa, toi, tu m'as juste appris à casser des rochers. Doc avait un peu plus de finesse.

— De finesse ?

— De connaissances.

— Je vois.

— Peut-être même un diplôme…

— C'est bon, j'ai compris le message. »

Nous avons regardé Tiger se traîner jusqu'à sa voiture.

« C'est pas son truc, Tiger, les enterrements ?

— Faut croire que non », a répondu Jack, haussant un sourcil perplexe tandis que le vieux brigand grimpait dans son véhicule.

Ses sourcils se sont affolés quand Tiger est ressorti avec un fusil de chasse et s'est mis à l'agiter en direction de la tombe et de ses environs.

Un cri a retenti : « Bon Dieu ! Tiger va faire un massacre ! »

Tout le monde s'est jeté sur le gazon – un alignement de culs osseux dépassant derrière les rosiers pathétiques et les pierres tombales ébréchées. Seul le père Dal Santo – chevelure et caractère en acier trempé, on le disait même bagarreur à l'occasion – était resté debout ; peut-être ce genre de chose faisait-il partie du rituel des funérailles, aux Philippines ?

Jack a disparu avant de réapparaître, comme par enchantement, juste à côté de Tiger.

« Doucement, mon gars… »

Il l'a gentiment soulagé de son arme.

« Qu'est-ce que tu fous ? »

Le vieux avait l'air ahuri.

« C'est un enterrement, Tiger, pas un mariage. Pas besoin de pétoire…

— Putains de vampires ! J'vais en emporter quèques-uns avec moi, ces salopards… »

J'ai suivi son index tendu. Un escadron de milans noirs, cagoulés de gris, ruminaient, hypnotiques, sur les branches basses d'un gommier-spectre.

Jack a hoché la tête, il m'a passé le fusil.

« Vaut mieux le laisser à Emily, pour qu'elle le surveille, hein ? Tu voudrais quand même pas qu'on se fasse des idées sur ton compte…

— Putains de suceurs de sang de…

— C'est juste des milans, mon gars. Des milans noirs. On en voit tous les jours que Dieu fait. Ils ne sucent pas le sang des gens. Ils te grignoteraient peut-être les couilles si tu gisais mort sur une route, mais on n'en est pas encore là. Allez viens, Tiger, Doc nous attend pour les adieux. »

Il a pris le vieux par le coude et l'a guidé sur l'allée de gravier, ronchon et trébuchant.

Tandis que je verrouillais le fusil à l'intérieur, j'ai aperçu une silhouette fine, enfantine, de l'autre côté de la rue.

Danny Brambles. Je ne l'avais plus revu depuis le jour de l'accident, sur l'autoroute. Il avait les pouces dans les poches et les yeux levés vers le perchoir des milans noirs. Il avait l'air d'apprécier ces oiseaux au moins autant que Tiger.

J'ai marché à sa rencontre.

« Danny.

— Em'ly.

— Tu vas où comme ça ?

— En ville. »

Il a secoué la tête et m'a dévisagée.

« Hé, Em'ly, j'voudrais te d'mander un service...

— Oui ? »

J'ai remarqué, pour la première fois, le léger tangage de ses yeux, leur expression floutée. J'ai repéré Willy et Dixon Crankshaft qui rôdaient dans les parages. Devinez la suite...

« Hé, tu pourrais pas nous dépanner de deux, trois dollars ?

— C'est quoi, deux, trois ?

— Cinquante, ça va ?

— Cinquante ! Centimes, et encore, vous aurez de la chance ! Je croyais que t'étais parti vivre à Stonehouse Creek ?

— Fallait qu'je revienne.

— Pour quoi faire ? »

Il a contemplé le sol sans répondre, ce n'était pas nécessaire : nous savions tous les deux que l'alcool et la drogue étaient l'aimant qui attirait en ville la plupart des jeunes gens du bush.

Il s'est dit qu'il était plus que temps de changer de sujet.

« Qui est-ce qu'on enterre ?

— Tu connaissais Doc ?

— Ce *kartiya* de Green Swamp ? J'l'ai vu. Il venait à Stonehouse, parfois. Regarder les rochers. »

Il a plissé le front.

« L'est arrivé quoi ?

— T'as pas envie de savoir...

— On l'a buté ? Qui ?

— Un autre mineur, apparemment. »

Il a hoché la tête, l'air soudain grave.

« Ce pays, dangereux pour les *kartiya*...

— Dangereux pour tout le monde – surtout à cette époque de l'année. »

Le regard de Danny s'est soudain resserré, il a semblé remarquer pour la première fois l'uniforme que je portais. Ils n'avaient toujours pas trouvé de pantalon à ma taille, mais ils m'avaient donné l'insigne. Emily Tempest : ACPO – agent de police des communautés aborigènes.

« Je t'ai vue l'jour de l'accident. T'es un *kurlupartu* ? »

Un flic.

« Nan… Pas vraiment. J'suis une aborigène infiltrée.

— Et t'as la tenue ?

— Juste la moitié supérieure, Danny. »

J'ai passé la main sur ma jupe, avec un grand sourire.

« J'aime bien regarder mes jambes noires rachitiques, de temps en temps, pour pas oublier qui je suis… »

Mais Danny était mal à l'aise, je le sentais. Quand il descendait en ville, il traînait avec une sacrée bande de lascars, et aucun être humain en uniforme ne lui avait jamais fait de cadeau.

J'ai aperçu mon père parmi la foule en deuil. Il m'a fait un signe du menton : les festivités étaient sur le point de débuter.

« Faut que je retourne là-bas. Le type était un copain de Jack. »

Danny a pris congé d'un hochement de tête, puis il est allé rejoindre ses mauvaises fréquentations avec un empressement qui ne me plaisait guère.

« Hé, Danny ! »

Il s'est arrêté.

« Tu rentres quand dans le bush ?

— Bientôt.

— Fais gaffe à toi en ville… j'aimerais pas devoir te boucler. »

Il m'a souri – bref aperçu de ce sourire de gosse espiègle qu'il avait avant de tomber dans la dope.

« Faudra d'abord m'attraper… »

LE CORTÈGE S'AMUSE

J'ai regagné le cimetière, salué les têtes connues. La plupart étaient trop occupées à contempler le sol pour me remarquer.

L'ambiance était... funéraire. Une petite affaire pathétique, assombrie par le désespoir des endeuillés. Pour le défunt ou pour eux-mêmes, difficile de trancher. Peut-être était-ce la fréquence amplifiée de leur delirium tremens collectif. Vingt à trente personnes, des hommes pour l'essentiel, dont la plupart semblaient un peu surpris de ne pas être l'invité d'honneur.

Pas encore. Pour bon nombre d'entre eux, ça ne tarderait pas.

Le fantôme de Doc n'était pas le seul à flotter au-dessus de l'assemblée. L'autre, c'était Sans-Fil. Ces salopards ne lui avaient même pas accordé de libération sous caution et l'avaient envoyé au centre de détention d'Alice Springs après la plus sommaire des audiences préliminaires.

Nous semblions attendre quelque chose. Debout à l'arrière de la foule, je laissais mon esprit divaguer. Je me suis retrouvée à contempler le merveilleux spectacle qu'offrait la Plèbe, vue de derrière. Outre les habituelles taches de sueur et de gasoil, il y avait les éclaboussures d'acide et de gélignite propres à leur métier, des éclats en étoile d'ocre rouge et de quartz concassé, des saupoudrages de cendre et de graisse lubrifiante, de crottes de chèvre et du goulasch que l'on servait au relais routier de Green Swamp.

Contempler les jeux de la lumière sur leurs vêtements informes et maculés, c'était comme admirer le linoléum des toilettes. Des images se formaient ; parmi elles, une carte grossière de l'Antarctique, un chien qui courait ventre à terre et, sur les larges fesses de Pissy Wilson, une pietà. Je cogitais sur ce qu'on aurait pu en obtenir sur eBay – hormis une injonction du juge – quand j'ai remarqué que June Redman, la femme du patron du pub de Green Swamp, nous honorait de sa présence. Sa charmante moitié – ou plutôt : ses deux tiers – brillait par son absence. D'après ce que j'avais vu de Noel Redman, il récupérerait sans aucun doute sur les maigres biens de Doc le manque à gagner induit par la venue de son épouse aux funérailles. M'apercevant, elle m'a saluée.

Elle portait de lourdes lunettes noires, mais les plis de ses commissures suggéraient un état de stress. On ne pouvait pas lui en vouloir : moi aussi, j'aurais été stressée si on m'avait mariée à ça.

Le père Dal Santo tenait un parapluie au-dessus de sa tête, dans une vaine tentative pour se protéger du soleil. Il avait l'air particulièrement fripé, ce jour-là. Que Dieu nous protège, ai-je pensé, même les produits importés prêchent la bonne parole, maintenant. Enfin, le père Dal Santo, lui, devait être là depuis au moins vingt ans. Je me suis vaguement demandé s'il y en avait d'autres comme lui, là d'où il venait. Ou bien les jeunes Philippins préféraient-ils désormais le diable au bon Dieu ?

Deux voitures ont débarqué un peu après les autres, elles sont venues se garer derrière la mienne. La première était une Holden Rodeo blanche, robuste, d'où sont descendus deux jeunes hommes.

Dix-huit ou vingt ans, minces, à l'aise dans leurs corps, beaucoup moins de se retrouver dans cette assemblée gériatrique. Ils arboraient les inévitables bottines et grosses chemises à carreaux des gens de leur caste. La principale différence entre les deux était que l'une de leurs chemises en jean RM Williams était d'un bleu légèrement plus foncé que l'autre.

Le deuxième véhicule était un Range Rover, carrosserie verte, conduite par un type solidement bâti et vêtu, stupeur, d'un costume. Un complet noir, le seul à des kilomètres à la ronde. Même les croque-morts s'en étaient dispensés.

Le type est descendu, s'est étiré le dos, puis il a rejoint les deux jeunes – ses fils, à l'évidence. Rasé de frais, il avait les yeux noirs. De grandes mains aux phalanges velues ; sa démarche trahissait l'homme habitué à garder la tête froide sur les terrains les plus exposés.

Les autres occupants du Range Rover ont effectué une sortie beaucoup plus chaotique. Une femme langoureuse, en robe bleu nuit, s'est levée lentement du siège passager, puis elle a ouvert la portière arrière d'une manière qui laissait deviner le besoin d'économiser son énergie. La raison en est aussitôt apparue : deux explosions bleues et blondes ont jailli de la voiture, culbuté sur le sol avant de se redresser d'un bond. Deux fillettes aux cheveux de miel, sept ou huit ans, des jumelles.

Elles ont contourné à toute vitesse la voiture et se sont hissées de nouveau à l'intérieur : elles en sont ressorties deux secondes plus tard, vaguement poursuivies par leur grande sœur stoïque, maigre, le visage pâle, les cheveux noirs et en robe sombre. Les jumelles ont accompli une circumnavigation du tout-terrain, se sont arrêtées dans un grand dérapage quand elles sont tombées sur leur mère, puis elles ont fait volte-face et se sont engouffrées par la portière arrière.

Le père, anticipant leurs mouvements, est allé les attendre devant la portière du conducteur et les a rattrapées dans ses bras quand elles ont bondi au-dehors. Sa famille s'est organisée naturellement autour de lui, et ils ont pris le chemin de la cérémonie.

Ce n'était pas leur premier enterrement.

« Super, mon gars, tout le cortège s'amuse… » a marmonné Jack avec ironie en contemplant leur petit spectacle. Quand ils nous ont rejoints, j'ai étudié de plus près les deux fillettes. La plus proche des deux a tendu le cou, tout sourire, et m'a gratifiée d'un clin d'œil.

J'ai tiré sur la manche de Jack.

« C'est qui, ceux-là ?

— Wishy et son clan. Le frère de Doc. Elle, j'crois qu'elle s'appelle Loreena.

— Mince alors : le frère de Doc ?

— Son petit frère.

— Visiblement, le destin a été moins cruel qu'avec le frangin. »

Jack a contemplé piteusement le cercueil.

« Être sobre, ça aide… Wishy est géomètre, il a longtemps bossé dans l'coin ; l'a cartographié une bonne moitié des pistes du Del Fuego Desert.

— Je ne crois pas l'avoir jamais vu.

— Ça fait des années qu'il est parti – Australie-Occidentale, la pointe du Territoire du Nord… J'ai entendu dire qu'il était revenu ici pour bosser avec les gars des Travaux publics. »

La cérémonie pouvait commencer. Le père Dal Santo a levé les bras, ce qui a semblé l'épuiser. Il a ronronné deux ou trois prières aussi minces que des hosties, puis il a demandé si quelqu'un voulait ajouter quelque chose. Il espérait visiblement que ce ne serait pas le cas ; la chaleur n'allait pas en s'atténuant.

Mais le frère a fait un pas en avant. Il s'est éclairci la voix, les mains jointes. « Si je n'ai pas dit grand-chose à l'église, c'était parce qu'Albie – la plupart d'entre vous l'ont toujours appelé Doc, mais pour moi il est resté Albie –, mon frère, n'a jamais trop aimé les églises. Il les détestait, à vrai dire. Comme athée, on faisait pas plus enragé que lui. Désolé, mon vieux… » a-t-il ajouté à l'intention du prêtre abasourdi.

J'ai souri. Je comprenais parfaitement. Et j'imaginais aussi le dilemme familial : les options pour être enterré à Bluebush étaient assez limitées, et c'est un euphémisme. On avait le choix entre le prêtre philippin, les lesbiennes de la mission de l'Outback ou la décharge municipale.

Wishy Ozolins a marqué une pause, parcouru la foule du regard, désigné le cercueil d'un hochement de tête. « Albie… Je ne sais pas où il part, moi qui ne connais même pas tous les endroits où il a pu aller, surtout ces dernières années. Mais je sais d'où il vient, parce que moi aussi j'étais là-bas, avec lui, à lui coller aux basques. »

Il a hésité, craignant d'ennuyer l'assistance. Mais moi, il me tenait en haleine. Il y avait quelque chose, dans la voix de cet homme, qui vous attirait irrésistiblement.

« Pour certains d'entre vous – ceux qui nous ont rencontrés quand nous étions gamins –, vous connaissez l'histoire ; vous avez vécu la même. Notre famille a débarqué de Lettonie après la guerre, avec des souvenirs en tête que personne ne devrait avoir, et s'est installée sur les terres aurifères des Gunshot Goldfields. Quand notre mère est morte, peu après, le vieux s'est enfermé dans sa coquille. Depuis tout gosse, je l'ai vu passer le plus clair de son temps à donner des coups de pioche et à placer des charges. Et c'est mon grand frère qui s'est occupé de moi. »

Il a posé un doigt sur son menton, s'est gratté distraitement, comme s'il essayait de faire remonter un souvenir. Il a passé la foule en revue, il donnait l'impression de regarder vraiment chacun d'entre nous. Il avait l'âme d'un chef, le frère de Doc.

« J'aimerais partager une anecdote avec vous, si vous me le permettez. C'était un jour où Albie suivait un filon – de limonite, je m'en souviens – pour voir jusqu'où il remontait. Sans raison, sans rien à gagner, il voulait simplement savoir. Nous étions dans le ravin, derrière la colline de Black Patch. Ça n'avançait pas vite, il fallait creuser dans de la roche dure, alors Albie est allé chercher quelques bâtons dégoulinants de gélignite chez le vieux Cranky Baker... Il a dû en prendre un peu trop, j'imagine, parce que l'explosion a fait de cette colline le fossé de Dog Bite, et a catapulté la cabane des chiottes jusqu'au royaume des cieux !

— C'était Doc ? s'est exclamé Tiger, oubliant un instant ses vampires. Je me souviens ! Tu parles, on a passé des jours à ramasser des étrons dans nos tasses de thé ! J'm'étais toujours demandé qui… »

Ozolins a souri, arc-boutant ses sourcils broussailleux.

« Ouais, celle-là, on ne s'en est pas vraiment vanté ! Mais oui, c'était Albie. Il a toujours été un peu dingue. Enfin, dingue… Inspiré, curieux, plein de questions, toujours à décortiquer les choses ou les faire voler en éclats. Déjà, à l'époque, c'était un homme d'idées. »

Il a plissé les yeux, ébloui, s'est tourné vers le cercueil.

« C'est sûr, toutes ces idées ont fini par le dépasser. Il a un peu déraillé. Peut-être n'a-t-il jamais trouvé sa Grande Théorie unifiée… »

Une des fillettes a ricané un obscur jeu de mots, sa mère a soupiré en la serrant contre elle.

« Peut-être que la racine des fougères *nardoo* ne sera jamais cette culture miracle capable de nourrir la terre entière. Peut-être que sa théorie de… comment c'était, déjà ? Sa Théorie du "bonhomme de neige"…

— De la "boule de neige" ! a corrigé la petite fille dans les bras de sa mère.

— Bonhomme ou boule de neige, peu importe. Apparemment, cette théorie ne révolutionnera pas la géologie de l'Outback. Moi je suis un homme pratique, terre à terre, je n'entends rien à ce genre de choses… Mais ce que je sais, c'est que chaque fois que j'ai eu besoin d'un frère, il était là, et que le monde sera beaucoup moins riche sans lui. »

Il a marqué une longue pause, s'est tourné vers les siens. « Tiffany ? »

La petite fille à grande bouche a froncé les sourcils, puis elle s'est avancée pour déposer sur le cercueil un fragment d'obsidienne, entrelacs chaotique de rayons réfléchis et de lueur noire.

« Adieu, mon frère. » Le visage du géomètre était comme une pierre tandis qu'il regardait le cercueil descendre au fond de la fosse. Le reste de la foule, formant une queue en dents de scie, s'est avancé d'un pas traînant. Des poignées brûlantes de terre rouge se sont abattues sur le cercueil.

Une demi-heure plus tard, je remontais la rue, et l'oraison funèbre de Wishy Ozolins résonnait encore à mes oreilles. Il avait brossé le portrait du Doc dont je me souvenais : un type bien. Plein d'enthousiasme et de surprises.

Peut-être avait-il été dépassé à la fin, mais nous finissons tous par être dépassés. Et pour la plupart d'entre nous, par des choses bien plus graves que notre propre passion.

J'avais le sentiment de lui être redevable. Nous l'étions tous. Nous lui devions au moins une enquête plus poussée, sur les conditions de sa mort, que cette triste farce vite expédiée par mes collègues.

Sans-Fil l'avait-il vraiment tué au cours d'une dispute d'alcoolos portant sur les philosophes grecs, ou bien Doc avait-il tapé sur les nerfs de quelqu'un d'autre ? Lequel avait épluché ses livres et ses papiers ? Était monté au sommet de la falaise pour espionner la cabane ? Et pourquoi était-il impossible de m'ôter du cerveau l'image de cet amas rocheux, derrière la cabane ?

L'esprit de Doc débordait d'idées. C'est ce que son frère avait déclaré. Les idées occupaient le centre de son univers, et tout le reste aussi.

Avait-il posé la question de trop ?

Je me sentais comme une lionne en cage depuis notre retour de Green Swamp, je fulminais au bureau, classant les dossiers et préparant le thé. Lisant les petites notes débiles que Cockburn semait sur des post-it. Il était peut-être temps de commencer à poser moi-même quelques questions.

Le frère de Doc, ça semblait un bon point de départ.

UN OISEAU DANS LA COUR

Le dépôt des Travaux publics se trouvait en périphérie de la ville. L'entrée principale était propre, verdoyante. Une cité-jardin impeccable, avec pelouse tondue au millimètre et toute une batterie d'arroseurs crachotant des courbes d'eau.

L'entrepôt, au fond de la cour, était une manifestation moins hypocrite de la manière dont les hommes blancs traitaient habituellement la nature, dans le coin : énorme et brutal, avec une armada d'engins jaune vif et autres outils de terrassement, dans un écrin de barbelés. L'air empestait le gasoil et la testostérone ; le sifflement des pompes et des pistolets à peinture, le cliquetis des hommes et des moteurs emplissaient la cour.

Quand j'ai demandé à voir Wishy Ozolins, le réceptionniste débonnaire m'a indiqué le bureau du directeur régional. Ozolins était assis à l'intérieur, aussi peu à sa place qu'un chameau dans un défilé de chats. Cet homme, à l'évidence, était fait pour les grands espaces. Comme quand je l'avais vu pour la première fois : remontant l'allée d'un pas vif, visage inondé de soleil, entouré des siens.

La fenêtre de son bureau ouvrait sur la cour, et à en juger d'après la position de sa table de travail et la grimace sur son visage tandis qu'il contemplait la pile de documents posée sur celle-ci, je l'ai aussitôt soupçonné de passer le plus clair de son temps à regarder dehors.

Le type cadavérique debout derrière son dos avait l'allure évanescente d'un être qui avait consacré sa vie entière à l'absolue maîtrise d'un domaine très, très limité. Penché au-dessus d'Ozolins, il regardait ce dernier passer en revue un océan de chiffres, un crayon mordillé à la main.

« Vous n'avez toujours pas mis à jour et réconcilié les engagements et les provisions pour le dernier trimestre, s'est plaint le cadavre.

— Quoi ?

— Les engagements ! Les provisions ! »

Le type reniflait à travers des narines qui devaient le faire souffrir le martyre les matins où le vent soufflait.

« Et vous n'avez pas appliqué au registre des actifs les taux d'amortissement pour les déductions d'impôts.

— J'étais censé le faire ?

— La loi comptable dit que vous êtes censé le faire. J'imagine que les contrôleurs des impôts seront du même avis… »

Ozolins a tressailli et s'est tortillé sur son siège.

« Excusez-moi, suis-je intervenue. Monsieur Ozolins ? »

Il a levé les yeux.

« Bon Dieu ! », s'est-il exclamé, puis il s'est levé d'un bond et rué vers moi. Poursuivant sur sa lancée, il a ouvert brusquement la fenêtre. « Arrête immédiatement ! »

Il devait y avoir une vingtaine d'hommes en train de se livrer dans la cour à toutes sortes d'activités – charger des camions, repeindre de gros bidons, décaper le matériel –, mais le ton de la voix était si impérieux que tous – jusqu'au conducteur d'un camion-grue de dix tonnes en train de manœuvrer – ont interrompu ce qu'ils étaient en train de faire.

Enfin, *presque* tous.

« Thornie ! » a tonné Ozolins.

Un type au visage comme un trou d'eau à sec se tenait sous un appentis, près des bureaux ; l'appentis était branlant, son occupant encore davantage. Il donnait l'impression de se battre avec une sculpture postmoderne – un truc fait de lattes de plastique, de tubes en aluminium et de boulons d'un vert criard. Il a poursuivi sa tâche, ignorant l'ordre intimé d'en haut ; il semblait au contraire avoir accéléré, même si, à y regarder de plus près, c'était seulement ses tremblements qui avaient redoublé – toute cette agitation ne le menait nulle part, mais elle l'y menait plus vite.

« Thornie ! »

Le type sous l'appentis a levé la tête à contrecœur, le visage empourpré, comme un homme qui aurait cherché à dissimuler sa gueule de bois.

« Wishy ?

— Je t'avais dit d'installer une barrière de protection autour de ce nid. »

J'ai aussitôt vu ce à quoi il faisait référence. Au beau milieu du complexe, à même le sol, devant le camion : un nid de pluvier, et l'oiseau lui-même qui contemplait les alentours avec nonchalance. Sacré endroit pour fonder une famille…

« Désolé, Wishy. »

Thornie a désigné d'une main nerveuse le machin qu'il était en train d'assembler.

« C'est cette chaise...
— C'est une chaise ? »
Ozolins l'a étudiée pendant quelques instants.
« Une chaise pour qui ? Une amibe ?
— Mardi m'a demandé de la monter pour elle... »
Ozolins a roulé de gros yeux.
« ... mais je crois que j'ai merdé. »
Ozolins a sauté par la fenêtre. Il a empoigné une masse, une pleine brassée de piquets de clôture et un rouleau de filet orange, a traversé la cour à grandes enjambées et déployé une barrière protectrice autour de l'oiseau. Puis il a balayé la cour d'un regard menaçant et fait signe au camion qu'il pouvait avancer. Tout le monde s'est remis au travail.

En revenant, il s'est arrêté pour jeter un coup d'œil à Thornie et son étrange assemblage. La plupart des pièces étaient encore éparpillées sur une bâche en toile ; celles qui étaient déjà assemblées ne ressemblaient à rien : un amas de triangles tordus et autres figures fantaisistes. Le tout faisait davantage penser à un engin destiné à torturer les gens qu'à un endroit où on leur offrait de s'asseoir.

« Une chaise, tu m'as dit ?
— C'est elle qui me l'a dit... »
Ozolins a ramassé un tube d'aluminium, l'a étudié, a attrapé une autre pièce, l'a alignée devant la première, puis a hoché la tête. On pouvait presque voir le raisonnement cliqueter sous son crâne. Il a démonté la monstruosité de Thornie et l'a remontée avec une telle vitesse et si peu d'efforts apparents que c'en était presque indécent.

Un homme d'extérieur, sans aucun doute, ai-je tranché, capable de réfléchir vite et bien, de trouver des solutions concrètes.

Une fois l'assemblage achevé, il s'est planté devant la chaise, mains sur ses hanches.

« Ergonomique, a-t-il expliqué à Thornie avant de l'essayer, prudemment d'abord, puis avec un plaisir de plus en plus évident. Hmmm… Pas mal. » Il a posé les mains derrière sa nuque, s'est penché en arrière. « Enfin, pour ceux qui aiment avoir les chevilles dans le cul et les burnes au ras du gravier… Il me faudrait un modèle plus grand. Warren ! »

Le type blafard à côté de moi s'est avancé d'un pas, a passé son nez revêche par la fenêtre.

« On a les moyens d'en acheter une ?

— Si vous ne finalisez pas ces devis, on va devoir mettre au clou celles qu'on a déjà. »

La mort dans l'âme, Ozolins a jeté un dernier regard autour de la cour, il est rentré par la fenêtre et a contemplé tristement le glacier de papier qui s'était formé sur son bureau.

Relevant la tête, il a paru remarquer pour la première fois ma présence.

« Qui êtes-vous ? »

Il avait une voix grave, rocailleuse, rugueuse sur les bords, mais étrangement rassurante quand elle vous parvenait. On savait à quoi s'en tenir, face à une voix pareille.

Une femme trimballant une pleine brassée de documents et un cul gros comme une poubelle à roulettes a passé la tête dans la pièce.

« La réception l'a laissée entrer, a-t-elle lancé. Si vous écoutiez votre…

— Mardi ! Comment fait-on pour obtenir une chaise comme ça ?

— Département "santé et sécurité au travail". Si vous aviez le bas du dos comme le mien… »

Ozolins donnait l'impression qu'une dizaine de répliques se battaient pour sortir la première de sa bouche, mais il a croisé le regard glacial de la fille et, sagement, il s'est abstenu.

« Ouf ! »

Il s'est retourné vers moi.

« J'avais peur que vous soyez un de ces contrôleurs. Ils vont arriver d'une seconde à l'autre.

— J'en suis peut-être un…

— Je ne crois pas. »

Je lui ai serré la main.

« Emily Tempest. »

Il semblait intéressé. Ou du moins soulagé d'avoir trouvé un nouveau prétexte pour remettre la paperasse à plus tard. Il a levé les yeux vers le plafond.

« Vous devez être une des Tempest de Moonlight Downs, pas vrai ?

— L'une des deux, ouais.

— Je connais votre paternel. Il m'a sauvé la peau un jour, à l'ouest de Moonlight.

— Ah bon ?

— J'étais coincé dans le plus sale bourbier qui ait jamais existé et je m'apprêtais à rentrer à pinces quand il est sorti de nulle part et m'a tiré de là… Lui et un vieil aborigène.

— Vous vous souvenez du nom du vieux ?

— Bon Dieu, c'était il y a des années… Washington, peut-être ?

— Lincoln. »

Il a fait claquer ses doigts.

« C'est ça ! J'avais la bonne profession, mais pas le bon mec…

— Je suis étonnée que vous n'ayez pas dit Obama.

— En tout cas, ce vieux, c'était un sacré malin. Ils étaient à ma recherche, ils savaient que j'étais par là. Mais ils ne pouvaient pas avoir suivi mes traces, puisqu'ils venaient de la direction opposée. J'ai demandé au vieux comment il avait su que j'avais des ennuis, et il m'a juste souri.

— Ouais, c'était bien Lincoln. Ce sourire énigmatique, personne ne le faisait mieux que lui. »

Une ombre a plané sur la conversation quand j'ai repensé à cet homme que j'avais aimé comme on aime son oncle préféré.

« Que puis-je faire pour vous, Emily ?

— Je suis venue pour parler de votre frère... »

Sa main s'est abattue sur le bureau.

« Je savais bien que j'vous avais déjà vue ! Vous étiez au cimetière.

— Ce n'est pas le seul endroit où j'étais...

— Comment ça ?

— Je suis allée à Green Swamp juste après sa mort. Avec les flics. Je suis ACPO.

— C'est une maladie de peau ?

— Agent de police des communautés aborigènes... »

Il a examiné mon uniforme.

« L'autre moitié, on me l'envoie par la poste. Que vous a-t-on dit, sur les circonstances de sa mort ?

— La même chose qu'à tout le monde, autant que je sache. Ils ont bouclé ce vieux Sans-Fil...

— Ils lui ont fait porter le chapeau, vous voulez dire...

— Expliquez-vous.

— C'est un peu injuste de ma part. Disons qu'il y avait quelques...

— Excusez-moi, monsieur Ozolins... »

Un adolescent couvert de sueur et d'un bleu de chauffe débraillé est entré dans la pièce. Il est resté planté là à se mâchouiller la lèvre, se balançant d'un pied sur l'autre.

« Crache le morceau, Jason.

— J'suis en train de charger le matériel pour l'équipe de Kruger Bore, comme vous m'avez demandé, mais maintenant, le contremaître de Cants Creek me dit qu'il est prioritaire et qu'il a un mélange tout chaud, prêt à étaler… Qu'est-ce que j'dois faire en premier ? »

Ozolins a traversé la pièce jusqu'à la fenêtre et il a mis ses mains en porte-voix : « Hé ! Bernie ! »

Un grand costaud qui chargeait des bidons dans un camion Hino s'est figé net. Il a hésité, avant de tourner la tête dans notre direction. Il a souri comme un homme qui n'en avait pas l'habitude.

« Qui s'occupe de la route sud ?

— Christy Wilson.

— Laisse-le partir en premier. Et quand tu verseras le bitume, tâche au moins d'en mettre un peu sur la route… »

Il a attrapé un chapeau cabossé posé sur le dessus d'un classeur, un sac glissé sous le bureau.

« Cet endroit est un asile de dingues. D'façon, je devrais déjà être parti.

— Mais, Wishy… a bafouillé le comptable. Le contrôleur doit venir cet après-midi.

— Le même type que la dernière fois ? Le petit chiard mal gaulé, qui se teint la moustache ?

— Peut-être.

— Qui pique une crise dès qu'on approche de sa bagnole ?

— Je n'avais pas remarqué, à vrai dire.

— Ben moi, si. Et je viens de m'arranger pour qu'il ne soit pas là avant demain.

— Quoi ?

— Travaux sur la voie d'accès sud. »

Sourire sardonique.

« Bitume frais. C'est regrettable, mais nous n'y pouvons rien. J'arriverai de bonne heure – on s'occupera de tout ça. »

Il s'est tourné vers moi.

« Bon, Emily. Je ne sais pas de quoi vous voulez parler, au juste, mais ça ne me dit rien qui vaille. Puis-je vous inviter à manger à la maison ?

— J'en serais ravie. »

LA CORRUGATION ROAD

Un quart d'heure plus tard, je suivais Ozolins à travers une vaste étendue de verdure, à l'extrémité sud de la Corrugation Road.

La maison de Wishy datait des temps pionniers de Bluebush. C'était un bâtiment de tôle peinte en bleu, matériau qui pouvait devenir redoutable par grande chaleur, mais l'édifice avait été construit en tenant mieux compte du climat que ceux d'aujourd'hui. Emplacement ombragé, larges vérandas, ouvertures conçues pour capter le moindre souffle de vent, des mares et des étangs disposés tout autour.

« C'est la crèche ? »

J'ai désigné un immense gommier-spectre à l'entrée de la propriété. Une cabane grossière était perchée dans les plus hautes branches, avec une tyrolienne et un toboggan qui auraient donné des sueurs froides à un inspecteur chargé de la sécurité en milieu scolaire. Une cible de tir à l'arc hérissée de flèches était fixée au tronc, et un pneu-balançoire accroché à l'une des branches basses.

« Sûr, faut les surveiller ! Elles aiment bien poser l'autre sur la balançoire et s'en servir comme cible… »

Loreena était à genoux dans le jardin, une petite fourche à la main, noyée sous une profusion de bougainvillées, de gardénias et de roses du désert. Elle portait un chapeau qu'on aurait cru fraîchement cueilli dans l'un des massifs. Elle s'est présentée, nous a conviés à la suivre à l'intérieur. Prévenue de mon arrivée, elle avait préparé amuse-gueules et boissons fraîches.

« Où est la horde ? s'est inquiété Wishy, sur ses gardes.

— Dehors, en pleine razzia. »

Wishy m'a guidée jusqu'à son bureau et fait asseoir sur le sofa. Il a lancé une canette brune, glacée, sur mes genoux. La conversation s'esquissait à peine quand il s'est interrompu, soudain méfiant.

« Un problème ? ai-je interrogé.

— C'est calme, ici…

— Ce n'est pas ce que vous cherchiez ?

— Pas à ce point-là. »

Ses yeux ont balayé la pièce avant de se fixer sur le sol, entre ses pieds, et alors se sont plissés : « Tiffany. »

Pas de réponse.

Il a baissé d'une octave. « Tiffany ! »

À mes oreilles, sa voix résonnait à nouveau de ce ton impérieux que j'avais entendu au dépôt des Travaux publics. Mais ici, elle demeurait sans effet.

Il a soupiré, résigné.

« Lili la Tigresse ? »

Une voix a jailli de derrière le sofa.

« Oui, papa ?

— Tu veux bien venir dire bonjour à la dame ? »

Une petite fille maigre couronnée d'une frange dorée s'est extirpée de l'espace étroit entre le canapé et le mur.

« Emily, je vous présente Tiffany… »

Elle lui a lancé un regard qui aurait traversé une plaque de béton armé.

« … qui a décidé qu'à compter d'aujourd'hui on l'appellerait Lili la Tigresse. »

La fillette rayonnait.

« À la batte, j'ai frappé la balle jusqu'à la fenêtre de l'atelier sans toucher le sol !

— Ça ne m'étonne pas.

— Tu sais jouer au cricket ?

— Bien sûr.

— Tu lances bien ?

— Pas mal.

— Va dehors, et j'te dégommerai aussi à travers la fenêtre.

— Plus tard, peut-être. Ton père et moi, il faut qu'on parle.

— Tout à l'heure ?

— Pas de problème. J'ai l'impression que je reste dîner… »

Son père lui a donné une petite claque sur les fesses et l'a poussée gentiment vers la porte. « Va dire à ta mère qu'elle a envie de s'occuper de toi. Oh, et, Tigresse… » Il a glissé son bras sous le canapé, jusqu'à l'épaule, et il est ressorti avec l'autre moitié du duo, qui gloussait en se débattant. « … prends la Bombe humaine avec toi. »

Quand les jumelles se sont arrêtées sur le seuil, hésitantes, il s'est rué vers elles en claquant dans ses mains. Elles se sont enfuies, mais au moment où nous reprenions notre conversation, j'ai aperçu une mèche blonde qui dépassait de l'appui de fenêtre et une main minuscule brandissant une balle, pleine d'espoir.

« Une demi-heure, ai-je murmuré.

— Et dix minutes supplémentaires chaque fois que vous nous embêterez », a grondé son père.

Posant les coudes sur ses genoux, il s'est pincé l'arête du nez pour se reconcentrer.

« Alors, Emily, où vouliez-vous en venir ?

— Savez-vous comment il est mort ?

— Une dispute entre mecs bourrés. Ce qui ne m'a pas surpris, à dire vrai… Albie s'est désintégré à vitesse grand V, ces dernières années.

— C'est ce que tout le monde me dit.

— Y a-t-il le moindre doute ?

— Non, probablement. Mais il y a quelques… anomalies.

— Des anomalies ! »

Son visage s'est animé.

« Albie était une anomalie de A à Z ! Un vagabond de Lettonie, un original persuadé que le temps tournait à l'envers et que les racines de *nardoo* allaient sauver le monde de la famine.

— Au train où le monde se réchauffe, il finira peut-être par avoir raison. La *nardoo* aime bien la sécheresse.

— Il a essayé de me convaincre que la vie était née dans une boule de neige, bon sang !

— Eh bien… »

Il s'est penché vers moi, le front plissé.

« J'écoute ?

— Là encore, il n'est pas le seul à le penser.

— Oh, arrêtez ça.

— Il existe une théorie géologique selon laquelle la Terre était recouverte de glace il y a six cents millions d'années, et les premières formes de vie complexes – qui ont fini par devenir ce que nous sommes – seraient apparues lors de la fonte qui a suivi. C'est l'hypothèse de la Terre "boule de neige". »

Il m'a dévisagée.

« Rassurez-moi : vous n'êtes pas aussi cinglée que lui ?

— C'est possible… Mais j'ai étudié les sciences de la Terre pendant deux ans, à l'université de Melbourne. J'essaie de me tenir au courant.

— Albie était également persuadé que notre père communiquait avec lui. Qu'il lui envoyait des messages en morse du fond de l'ancienne mine de Gunshot, pour dire qu'il rentrerait à l'heure du thé et nous demander de réchauffer le ragoût. On vous a parlé de ça, à la fac ?

— J'ai dû manquer ce cours. »

Il a cligné des yeux. Il venait de comprendre un truc.

« Vous n'avez pas lu le rapport d'autopsie, n'est-ce pas ?

— L'autopsie ?

— Vous êtes flic ? J'aurais pensé que c'était la première chose que vous voudriez vérifier.

— Je ne suis qu'une ACPO – c'est seulement aux vrais flics qu'on fait passer les infos…

— Ouais, j'ai rencontré votre boss. Il ne m'a pas donné l'impression d'être le genre de type qui répandait l'amour autour de lui… »

Wishy a froncé les sourcils ; il jouait avec l'étiquette de sa bière.

« Albie avait une tumeur au cerveau. »

Il m'a fallu un moment pour encaisser le choc.

« De la taille d'une balle de golf. Ça devait faire des mois qu'elle se développait – des années. Il avait quelques centimètres de marteau de géologue enfoncés dans la gorge, c'est sûr… Mais de toute manière, il n'en avait plus pour longtemps. »

Une tumeur. Ça expliquait certainement pas mal de choses : le comportement erratique, les délires, les disputes, la colère.

Mais pas tout.

Wishy a lu dans mes pensées. J'ai décelé, pour la première fois, la lueur de l'acier sous ses apparences cordiales.

« Toujours pas satisfaite, hein ?

— Le fait d'être paranoïaque ne signifie pas forcément qu'on ne cherche pas effectivement à avoir votre peau… »

Il a laissé son regard dériver sur le plafond. Un ventilateur cisaillait l'air, le transformait en vagues.

« Bon. C'est quoi, votre histoire ?

— Écoutez, Wishy, ça fait à peine quelques jours que je bosse dans la police, alors je ne suis pas vraiment ce qu'on appelle une experte, mais je connaissais votre frère – je l'aimais. Et je sais plus ou moins comment les choses fonctionnent dans le coin. Je ne peux pas en dire autant de mes collègues…

— Qu'entendez-vous par là ?

— J'ai simplement trouvé qu'ils faisaient ça à la va-vite, quand ils ont enquêté sur sa mort. Un peu comme s'ils savaient déjà ce qu'ils allaient trouver et que ça les emmerdait de chercher quoi que ce soit d'autre. »

J'ai marqué une pause en le fixant dans les yeux.

« Nous lui devions plus que ça, à Doc.

— Qu'est-ce qu'ils ont loupé, selon vous ? »

Mieux valait ne pas dévoiler mon jeu tout de suite ; l'homme en face de moi pouvait très bien être celui qui avait escaladé la falaise. C'était peu probable, mais j'avais été témoin de suffisamment de morts violentes pour savoir que le principal suspect appartenait souvent au cercle familial.

« C'est difficile à dire… »

Il est resté de marbre.

« Vous ne feriez quand même pas tout ça pour sauver la mise de ce vieux Sans-Fil ? J'ai autant de sympathie pour lui que pour n'importe qui d'autre, mais il arrive un moment où il faut assumer ses responsabilités. On ne peut pas toujours tout justifier par la picole… Et puis votre sergent – comment s'appelle-t-il, déjà ? Ce petit Monsieur Efficace ?

— Cockburn.

— Cock, avec "ck"[1] ? »

Il n'a pu retenir un sourire.

« Votre Cockburn m'a dit que Sans-Fil était la seule personne présente au moment des faits.

— Possible, mais l'ambiance ce jour-là était plutôt imbibée… Les gens de Green Swamp traînaient autour du pub, abrutis par l'alcool, le soleil dans les yeux. La plupart d'entre eux n'auraient pas fait la différence entre leur cul et leurs aisselles… »

Ça n'a pas semblé le convaincre.

« Quoi qu'il en soit, ai-je repris, je voulais juste en savoir un peu plus sur Doc. Ce qui le faisait tiquer…

— Tiquer ! Je sais pas si le mot convient. Exploser, plutôt. Et c'était pire encore, les derniers mois – la tumeur, j'imagine : l'esprit tombait en lambeaux, le corps essayait de suivre.

— Vous lui connaissiez des ennemis ? Sans-Fil et lui se disputaient peut-être sur des questions philosophiques, mais ils étaient copains. Y avait-il quelqu'un d'autre que Doc aurait pu vraiment emmerder ? »

1. « Bite », en argot. (*N.d.T.*)

Wishy a balayé l'air de ses mains, soulignant la futilité de ma question.

« Existait-il quelqu'un qu'il n'emmerdait *pas* ? Il a travaillé pour pratiquement tous les employeurs du Territoire du Nord : la plupart des grandes compagnies minières, le Service géologique, Copperhead… À un moment ou à un autre, ils ont tous fini par décider qu'Albie devenait un boulet. Ça faisait combien de temps que vous ne l'aviez pas vu ? »

J'ai haussé les épaules.

« Quinze ans, au moins.

— Et il était comment, dans votre souvenir ?

— Un peu excentrique…

— Exactement. Ajoutez à ça vingt ans de confusion, de picole et de climat extrême, une tumeur au cerveau par-dessus le marché : vous obtenez Albie.

— Complètement cinglé… »

J'ai hoché la tête.

« Mon *cul* ! »

Le mot, désincarné, a jailli par la fenêtre. Lili la Tigresse est apparue, les yeux pleins de larmes et de fureur.

« C'était l'homme le plus intelligent du monde, oncle Albie ! »

Wishy s'est levé de sa chaise, a traversé la pièce et s'est agenouillé devant la fenêtre. Il a pris la petite main dans son énorme main.

« Tu as raison, ma chérie. Emily le sait bien. Il était juste un peu souffrant. Je te l'ai expliqué. Il avait cette… chose à l'intérieur de son cerveau et ça le perturbait, c'est tout. »

La fillette s'est calmée, mais sa lèvre inférieure tremblait toujours.

Je les ai rejoints.

« Je suis désolée, Tigresse. Encore la faute à ma grande bouche… J'ai rencontré ton oncle quand j'avais à peu près ton âge, et je l'ai trouvé merveilleux – plein de surprises. Il me montrait des choses qui me faisaient dresser les cheveux sur la tête.

— Vraiment ?

— Oui.

— Comme quoi ? »

Elle a serré les dents, suspicieuse, flairant l'éternelle condescendance des adultes.

« Comme – euh… »

Me souvenant du trilobite, j'ai fait passer la chaîne par-dessus ma tête et la lui ai tendue.

« Comme ça. »

Étincelle de curiosité.

« C'est quoi ?

— Un objet très spécial. C'était un animal minuscule, autrefois, qui rampait au fond de l'océan. »

Elle m'a regardée comme si j'étais débile.

« Je voulais dire : de quelle *période* il est ? La plupart sont du Cambrien, par ici, mais on en trouve aussi du Silurien… »

J'ai reculé d'un pas.

« Oh, je vois. Du Précambrien, je crois. Qui t'a appris tout ça ? »

De nouveau, ce regard cinglant.

« À ton avis ?

— Oncle Albie ?

— Ouais, et pas que ça. J'ai cent vingt-sept spécimens dans ma collection, qui couvrent trois cents millions d'années. Tu savais que…

— Pas maintenant, Tigresse, l'a interrompue son père. Emily et moi, nous avons des choses à nous dire. »

Le regard de la fillette était rivé au fossile.

« Tu sais, Tigresse, ai-je repris, c'est Doc qui me l'a offert, et je parie que rien n'aurait pu lui faire plus plaisir que de savoir que je te l'ai offert à mon tour. »

Posant le fossile au creux de sa main, j'ai refermé ses petits doigts dessus.

« Tu veux bien nous laisser, maintenant, et commencer le jeu ? Quand j'aurai terminé, je viendrai te montrer comment on gagne.

— C'est ça, mon cul ! »

Nous l'avons regardée s'éloigner, le petit fossile planqué sous sa chemise.

« Bien élevée, cette gamine, ai-je commenté.

— Elle a passé trop de temps à traîner sur les chantiers des Travaux publics. »

Mais il souriait en disant cela.

Tandis qu'elle gagnait la pelouse, un essaim d'enfants s'est agglutiné autour d'elle. Visiblement, Lili la Tigresse avait hérité de l'autorité naturelle de son père. La foule grossissait. Trois secondes semblaient s'être écoulées qu'elle enchaînait déjà les roues devant un public admiratif. La Bombe humaine s'est mise à tirer des flèches à embouts plastifiés entre les membres virevoltants de sa sœur. J'ai eu beau regarder : pas trace des embouts en plastique.

Je me suis tournée vers Wishy.

« Vous qui avez eu la même enfance que votre frère, vous semblez vous en être plutôt bien tiré.

— Ouais… Peut-être parce que c'est lui qui m'a ouvert la voie en portant tout le fardeau. Ça, et aussi la chance d'avoir trouvé une femme bien.

— Vous vous êtes rencontrés où, Loreena et vous ?

— Dans le coin de Roper Bar. J'étais en train de construire une route. Elle était l'infirmière de la communauté. »

J'ai changé mon angle d'attaque.

« Votre frère ne possédait aucun objet de valeur, j'imagine ?

— De valeur ! Albie ? Il n'avait même pas un pot où pisser… Le connard du pub m'a posé la même question l'autre jour.

— Noel Redman ?

— Il affirmait qu'Albie lui devait deux ans de loyer. J'ai dit à ce salopard d'aller se faire voir. Là, il me demande ce qu'il est censé faire de ses trucs. Quels trucs ? je lui demande. Une paire de chaises déglinguées ? Faites-en du petit bois ! Geordie Formwood voulait la jeep pour récupérer des pièces détachées ; j'lui ai dit qu'il pouvait se servir. J'ai fait un tour là-bas l'autre jour, j'ai ramassé tout ce que j'ai pu et j'ai presque tout balancé à la décharge municipale. J'ai versé à Redman son foutu fric.

— Vous avez payé le loyer de Doc ?

— J'avais toujours prévu de le faire – c'est juste qu'il aurait au moins pu attendre que les funérailles soient passées pour demander… »

J'ai vidé ma canette et pris une poignée de chips, que j'ai mâchonnées, l'esprit ailleurs.

« J'ai remarqué que Doc avait un classeur à tiroirs. Qu'est-il devenu ? »

Il m'a fixée du regard.

« Vous avez la tête dure, pas vrai ?

— Je n'aime pas faire les choses à moitié. »

Il est resté silencieux pendant un moment. S'est levé.

« Si un salopard tue mon frangin et s'arrange pour faire porter le chapeau à un vieil homme – alors, moi non plus. »

L'USURE DES ANS

Il m'a conduite jusqu'au petit bureau voisin. Le classeur à tiroirs que j'avais vu dans la cabane de Doc, à Green Swamp, était posé dans un coin.

« Je ne savais pas quoi faire de ce machin. J'ai l'impression que vous en ferez meilleur usage que moi. »

Ses yeux se sont posés sur ma canette vide.

« Vous en voulez une autre ?

— Une tasse de thé, peut-être ? Noir, et bien fort.

— C'est parti. Je vais en profiter pour aller surveiller ce que font les petits monstres… »

Dès qu'il a quitté la pièce, j'ai ouvert le tiroir du milieu. Du sable et des insectes s'en sont écoulés et envolés, suivis de près par l'odeur de moisi du papier bouffé par les mites – ce fourbi auquel se résument au final la plupart de nos vies.

Pour un fourbi, c'en était un : les cartes postales d'une odyssée qui était devenue de plus en plus déjantée au fil des années. J'ai passé dix fascinantes minutes à me taper l'ensemble : notes de terrain, photos, croquis et plans, quelques échantillons géologiques effrités, des cartes magnétiques qu'il avait gardées de l'époque où il travaillait pour le Service géologique.

Doc était peut-être légèrement dérangé, mais son système de classement était précis et détaillé, tout un ensemble de papiers et de carnets avec reliure de toile, le tout soigneusement classé par thèmes, dans des dossiers bleus.

Je n'ai pas tardé à comprendre le but qu'il s'était fixé : mener à bien l'étude géologique complète du Del Fuego Desert. Il l'avait traversé d'est en ouest, relevant les types de roches, les âges géologiques, les signes d'érosion, les formes du relief. Il avait cartographié les anciens glaciers, les massifs montagneux, le tracé des lignes de crête et les nappes d'eau.

Mais au cours de la dernière année, son imagination s'était éparpillée dans toutes les directions. J'ai parcouru ses observations sur les racines de *nardoo* et leur capacité potentielle à résoudre la crise alimentaire mondiale, ses croquis et autres échantillons de plantes sauvages dont il estimait qu'elles pouvaient être cultivées ; les plans détaillés de toute une galaxie d'appareils, plus fantaisistes les uns que les autres : un explosif se déclenchant sur un simple coup de sifflet, un chapeau doté d'un système de climatisation alimenté par l'énergie solaire, une casserole autoremuante…

Doc semblait avoir complètement perdu les pédales à la fin et décrété que le temps défilait à l'envers. Il avait griffonné des frises chronologiques où les âges géologiques de la Terre étaient inversés, avait dessiné des croquis sur lesquels les montagnes s'enfonçaient progressivement dans le sol, les continents se rejoignaient et la lave remontait vers l'amont. Il proposait une solution au problème de la fameuse Grande Théorie Unifiée, esquissait les plans d'une machine à remonter le temps – alimentée par des tectites…

Pure folie. Fascinant, certes, mais d'un point de vue littéraire plutôt que scientifique. Un mélange détonant entre la folie du roi Lear et les poèmes absurdes d'Edward Lear, avec une touche de machines extravagantes à la Heath Robinson. Mais il manquait quelque chose.

« Les boules de neige… ai-je confié à Wishy quand il est revenu, les bras chargés. Vous disiez qu'il était obsédé par la théorie de la Terre "boule de neige", mais je n'ai rien trouvé à ce sujet.

— Vous êtes sûre ? »

Il a posé son plateau, m'a versé une tasse de thé.

« Il n'avait que ça à la bouche.

— J'ai bien vérifié. Regardez à la lettre *B* – le dossier est vide. Attendez… »

J'ai enfoncé la main dans le dossier.

« Quoi ?

— Touchez. »

Il a passé le doigt le long de l'intercalaire, senti la déformation du cadre métallique, la bosse sur les côtés de la chemise. Constaté, comme je l'avais fait, l'usure du dossier, l'empreinte laissée dans la poussière. Et il est parvenu à la même conclusion que moi :

« Il y *avait* quelque chose là-dedans.

— La question, c'est : est-ce Albie qui l'a enlevé – ou bien quelqu'un d'autre ?

— Ça n'était pas dans la cabane, je peux vous l'assurer – j'ai nettoyé les lieux de fond en comble. Tous ses papiers se trouvaient dans le classeur.

— Mais alors, où est-ce que c'est ? »

Il a haussé les épaules.

J'étais sur le point de remettre en place le dossier vide quand j'ai repéré quelque chose – un triangle de papier brillant, au fond du meuble. Je l'ai repêché. C'était une photographie, très ancienne, jaunie : un promontoire rocheux, quelque part dans le désert. Un bosquet de pins australiens, une dune de sable.

« Vous reconnaissez cet endroit ? »

Il a examiné le cliché.

« Une pile de rochers sur une plaine, a-t-il répondu d'un ton sec. J'en ai vu pas mal, depuis toutes ces années. Mais il n'y a rien qui puisse la différencier de toutes les autres. À moins que… »

Il s'est dirigé vers son bureau et en a tiré une loupe pour examiner la photo. Il a sorti d'un tiroir une carte géologique au 1/250 000, l'a étudiée quelques instants en lui adressant des ronronnements et autres grommellements qui laissaient deviner que l'homme considérait les cartes comme des êtres vivants.

Un tas d'Anciens que j'ai connus pensent la même chose d'un autre genre de cartes – celles qu'ils chantent.

« Là, à l'arrière-plan… »

Il a passé le doigt sur la ligne d'horizon.

« Je suis pratiquement certain que c'est le flanc sud des Ricketswood Ranges, quand on les regarde depuis l'ouest. J'ai un peu traîné par là-bas, dans le temps, je faisais de la prospection pour un projet de carrière. Sauf erreur de ma part, je dirais donc que cette photo a été prise au sud-ouest du Del Fuego Desert.

« Voilà qui limite les possibilités – un peu… »

Mais pas beaucoup. Ça faisait encore des milliers de kilomètres carrés couverts de spinifex.

À l'évidence, Wishy connaissait toutes les routes – mais qui connaissait le hors-piste ? Qui serait capable de distinguer ces rochers parmi les centaines d'autres éparpillés dans le désert ?

Les Kantulyu, évidemment. Le peuple du désert. La clique de Stonehouse Creek. Les grands-parents de Danny Brambles, Magpie et Meg, que j'avais rencontrés sur la route au premier jour de mon nouveau boulot.

J'ai retourné la photo. Une note griffonnée : *dépôts glaciaires / affleurements de carbonates / question de l'âge.*

J'ai relu ces mots : ils constituaient la seule trace visible, dans ce classeur, de la fameuse théorie qui avait obsédé le vieux Doc. Les dépôts glaciaires étaient des blocs tombés de l'épaisse couche de glace qui recouvrait les montagnes ; la question de savoir s'ils confirmaient ou non l'hypothèse de la « boule de neige » dépendait de leur âge et de la strate au sein de laquelle ils avaient été découverts.

« Que vous a raconté Albie, sur cette histoire de "boule de neige" ?

— Il m'en a dit, des choses ! C'était comme une canalisation d'eau qui aurait explosé ! Impossible de faire la différence entre ça et tous ses autres délires, bien sûr. La dernière fois que je l'ai vu…

— C'était quand ? »

Wishy a-t-il eu l'air gêné, ou était-ce mon imagination ?

« La veille de sa mort.

— Quoi ?

— Je l'ai dit à votre patron. Je rentrais d'Alice Springs et j'ai fait un détour par la cabane. J'y allais quand je pouvais, pour voir ce qu'il devenait.

— Et que devenait-il ?

— Frappadingue ! Plus grincheux que jamais. Confus. J'ai longtemps tenté de le convaincre de venir s'installer chez nous, mais j'ai fini par renoncer : il aurait fallu le traîner par la peau du cou… Il vivait dans un drôle de taudis, mais il était habitué. Et il avait ses rochers derrière la cabane, bien sûr.

— Oui, l'empilement dans la cour – j'allais justement vous interroger là-dessus. Avez-vous une idée de ce qu'il cherchait à faire ?

— Je lui ai posé la question, évidemment – il s'épuisait à transporter toutes ces pierres, cette boue… Je me suis dit que c'était lié à son obsession pour le Fuego – qu'il tentait de résoudre une énigme géologique, ou un truc dans le genre. Quand il était au Service géologique, il fabriquait sans cesse des maquettes. De nos jours on les fait par ordinateur, bien sûr, mais Albie répétait toujours que la géologie, il fallait la sentir sous les doigts. Je dois reconnaître que pour celle-là, Doc faisait dans le top-secret – bouche cousue… Il avait juste dans les yeux cette lueur fugitive.

— Fugitive ?

— Paranoïaque, quasiment. »

C'était la deuxième fois que j'entendais ce mot au sujet de Doc.

« De quoi il avait peur, Dieu seul le sait… Et puis il se mettait à déblatérer sur les racines de *nardoo*, la philosophie grecque ou je ne sais quoi – whouuuff ! »

Wishy a ramassé la balle de tennis qui venait d'atterrir sur son entrejambe, l'a suivie du regard tandis qu'elle repassait la fenêtre dans l'autre sens.

Je me suis levée ; la foule, sur la pelouse, grossissait au fil des minutes.

« J'ai l'impression qu'elles essaient de nous dire quelque chose…

— Je suis étonné de n'avoir reçu qu'une balle de tennis – et que la fenêtre ait été ouverte. »

Je me suis dirigée vers la porte.

« On ferait bien de leur flanquer une petite raclée avant le dîner… »

SIX POINTS

Pendant que nous discutions, les jumelles avaient organisé la fine fleur du quartier – dont une charmeuse en robe pourpre, avec des yeux d'opossum, un garçon immense juché sur un minuscule poney et un berger australien complètement surexcité – en équipe de cricket.

Le plus jeune fils de Wishy aplanissait à l'aide d'un rouleau de jardin la fourmilière qui allait faire office de pitch ; l'autre enseignait aux participants des rudiments de stratégie.

« Où est Simone ? a interrogé Wishy.

— À ton avis ? a râlé Lili la Tigresse. Simmie ! »

Tous les yeux se sont tournés vers le ciel, et le visage diaphane de la grande sœur a émergé de la cabane perchée au sommet de l'arbre.

« Il n'y a vraiment pas moyen d'avoir un peu de paix et de calme dans cet asile de dingues ?

— Allez viens, Sim, a insisté son père. Tu ne vas pas passer toute ta vie le nez dans les bouquins… »

Passer sa vie le nez dans les bouquins, c'était exactement ce que Simone semblait vouloir faire, mais elle a fini par accepter de se joindre au jeu.

Enfin, plus ou moins. Assise sur la barrière, elle ne baissait son livre que lorsque la balle se trouvait dans son voisinage immédiat. Elle portait une longue robe bleue qui ne parvenait pas à cacher ses jambes maigrelettes.

En ma qualité d'invitée, j'ai eu l'honneur de lancer la première balle. Lili la Tigresse a empoigné la batte et s'est mise en position. Elle me fixait avec des yeux pleins d'appétit. Je lui ai lancé une balle gentille, immanquable, juste devant sa batte – elle n'était encore, après tout, guère plus âgée qu'un nourrisson – et elle a cogné de toutes ses forces, expédiant un boulet qui m'a frôlé l'oreille.

Elle a hurlé : « Six points ! » Grand sourire, éclat narquois dans le regard – je t'avais prévenue…

Le berger australien s'est rué ventre à terre à la poursuite de la balle et l'a déposée dans ma main, pleine de bave, avant de bondir autour de moi pour essayer de me l'arracher.

Mon père, le lanceur-mystère de Green Swamp, ne m'avait peut-être pas transmis grand-chose, mais il m'avait appris les secrets du lancer. J'ai placé la barre plus haut à ma seconde tentative, une balle lourde, chargée d'effet, qui aurait dégommé le piquet extérieur si la fillette n'avait fait un pas en avant sur le pitch pour l'intercepter dans sa phase ascendante et la balancer tout en haut d'un eucalyptus coolabah.

« Encore six points ! »

De nouveau le chien. De nouveau la bave et les bonds.

J'ai opté pour un changement de rythme et lui ai envoyé une balle plus rapide – qu'elle a expédiée d'un *cover-drive* retentissant, frappé de bas en haut. La balle a fusé jusqu'à l'autre bout du terrain et remonté les marches de la véranda, faisant sursauter un autre chien, jaune celui-là, qui somnolait devant la porte.

« Quel âge a cette enfant, déjà ? ai-je grommelé en passant devant Wishy pour regagner la piste d'élan.

— Sept ans, la dernière fois que j'ai vérifié. Merde ! »

Catapulté par la batte, le projectile avait remonté tout le pitch, heurté dans un bruit sourd la cheville de Wishy et ricoché jusqu'aux limites du terrain.

« Peut-être huit…

— Vous l'avez nourrie à quoi ?

— Elle s'est nourrie toute seule – des Coco Pops, essentiellement. »

Il a cessé de sautiller, posé les mains sur ses genoux.

« Je me fais vieux pour ce satané sport. »

Moi aussi, ai-je tranché ; je me suis dit qu'il serait plus sûr d'essayer d'attraper les balles du petit monstre que de lui en lancer. Quelques instants plus tard, je plongeais pour tenter de capter une balle qui avait rebondi hors de portée du garçon au poney, mais elle a repiqué droit sur moi et terminé sa course à grand fracas dans une pile de cartons et de pierres près de la porte du garage. En me redressant sur mes genoux, j'ai jeté un coup d'œil aux pierres, qui me semblaient étrangement familières.

« La collection d'Albie, a expliqué Loreena, qui était en train d'arracher les mauvaises herbes du jardin.

— Wishy l'a rapportée ici ?

— Je n'arrête pas de lui dire d'enlever ce foutoir – à part attirer les serpents, je n'en vois pas l'utilité…

— Je serais ravi de les enlever si tu me disais où les mettre, a rétorqué Wishy. Il n'y a pas de place dans la maison. Je n'allais quand même pas les balancer par terre, comme Albie, dans un coin du séjour… »

En récupérant la balle, j'ai déplacé une pierre et je me suis figée, intriguée par la veine gris pâle qui la traversait.

« Curieux, ai-je commenté, soulevant l'échantillon pour mieux l'examiner.

— Qu'est-ce que c'est ? a demandé Wishy.

— Du cuivre natif, je crois. Papa en a chez lui.

— Ça a de la valeur ?

— Pas que je sache, mais vous devriez faire venir quelqu'un pour expertiser cette collection. Il y a peut-être des choses intéressantes, là-dedans. »

Les sourcils de Wishy se sont arc-boutés.

« Albie a passé toute sa vie à amasser ce genre de trucs. Il se tapait pas mal de leur valeur – tout ce qui l'intéressait, c'était la géologie.

— Peut-être, mais sait-on jamais… Papa, ça lui arrive de vendre à un type de Melbourne. Un marchand, il s'appelle Dale Cockayne, je crois.

— *Cocaïne ?* – un marchand de quoi, exactement ?

— Tout ce qui touche à la minéralogie. Je n'ai pas son numéro, mais si vous cherchez sur Google…

— Attention ! »

La balle me venait droit sur le visage, à pleine vitesse. J'ai lancé la main devant moi, réussissant tout juste à la dévier vers Wishy qui, dans un réflexe étonnant pour un homme de son âge, s'est jeté sur la gauche et l'a attrapée au ras du sol.

Le regard furieux, Lili la Tigresse a fini par reconnaître, à contrecœur, que cet arrêt n'était pas mal. La Bombe humaine s'est dirigée d'un pas arrogant vers la ligne du batteur. Elle était pire encore. Tout aussi agressive, mais plus fourbe, spécialisée dans les petits coups vicieux qui nous obligeaient à courir dans tous les sens comme des hamsters, jusqu'à ce qu'un des garçons finisse enfin par faire tomber ses piquets.

Peu à peu, Simone s'est prise au jeu, même si elle était loin des prouesses athlétiques de ses sœurs. Les autres semblaient faire preuve à son égard d'une discrète bienveillance : quand elle ramassait la balle, l'intensité de la partie baissait d'un cran ; quand elle prenait la batte, les balles arrivaient moins vite. L'un des grands frères est allé jusqu'à lui lancer une balle haute, toute molle, qui a atterri doucement dans le creux de ses mains.

Comme lors des funérailles, j'étais de nouveau émerveillée par l'harmonie finement réglée de cette famille – l'intimité avec laquelle ils connaissaient leurs forces et faiblesses respectives, la manière dont chacun s'adaptait aux autres.

Si bien que quand Simone s'est jetée sur une balle et qu'elle a trébuché avant de s'étaler par terre, le souffle coupé, je n'ai pas été surprise que tout le monde décide que la partie était terminée. Simone a disparu à l'intérieur de la maison. Les enfants du voisinage se sont dispersés, les jumelles m'ont fait du charme pour que j'accepte une partie de canasta qui s'est achevée en mêlée de rugby. Les garçons ont allumé un barbecue sous le gommier-spectre, pendant que Wishy et Loreena préparaient le dîner à la cuisine.

Je les observais tous les deux, réunis devant le plan de travail. Je n'étais pas étonnée de voir la manière dont ils s'accordaient : ils se passaient un couteau, un ingrédient, et les lâchaient sans un regard, confiants dans la présence de l'autre. L'espace entre eux était un territoire familier, intuitif.

Le repas était délicieux – nourrissant, à l'ancienne, des tonnes de patates et d'oignons, pas le moindre fragment de chou chinois ni de roquette à l'horizon –, la compagnie meilleure encore. Simone avait disparu mais les autres membres de la famille s'éclipsaient à tour de rôle en emportant des plats, puis ils revenaient aussitôt.

À l'heure du départ, je suis rentrée prendre mon chapeau. Ressortant sur la véranda, je suis tombée sur la sœur aînée, allongée sur un canapé – positionnée, ai-je remarqué, de manière à avoir une vue dégagée sur la réunion de famille.

J'ai cru qu'elle dormait, mais en passant devant elle, j'ai vu que ses yeux étaient grands ouverts, braqués sur moi.

« Au revoir, Simone.

— Salut.

— Ça va mieux ?

— Beaucoup mieux, merci. Il faut me pardonner. Je me sens un peu fatiguée. Toute cette chaleur… »

Une lanterne était posée près de sa tête, un tortillon d'anti-moustique se consumait à ses pieds, et, dans ses mains, elle tenait un livre – qu'elle a retourné, embarrassée, quand je me suis approchée. Une réaction naturelle, dans cette région où l'on a tendance à considérer les livres comme des dépêches ennemies, les lecteurs comme des proies faciles.

« Qu'est-ce que tu lis ? »

Elle a hésité, puis elle a redressé le livre avec prudence.

« Emily Dickinson », ai-je lu, surprise. Une édition de poche cornée et mangée aux mites, qui avait déjà bien vécu.

« Vous la connaissez ? »

Sur ses gardes.

« *Ne pouvant m'arrêter devant la mort*... »

Aussitôt, je me suis interrompue. C'étaient les premiers mots qui m'étaient venus à l'esprit, mais quelque chose dans cette scène – les joues creusées et pâles de la jeune fille, l'intensité avec laquelle elle s'agrippait à ces méditations ciselées sur la mortalité des hommes – m'a fait frissonner.

« Tu lis beaucoup de poésie ? ai-je demandé.

— Ce recueil-là, surtout…

— C'est bien assez, je crois ; on n'a rien écrit de plus beau. Tu l'as déniché où ? »

L'ombre d'un sourire.

« Je l'ai trouvé il y a des années dans un relais routier, à Longreach. Dans les toilettes, pour tout vous dire. Je me sentais coupable en le prenant. Je me demandais si quelqu'un ne l'avait pas laissé volontairement pour inspirer les voyageurs. Vous savez, avant d'entreprendre le voyage… »

Je lui ai souri.

« Mais nan, tu as bien fait. À Longreach ? Ils se seraient torchés avec ! »

Elle m'a dévisagée, peinant à réprimer un rire.

« Vous semblez différente…

— Nous sommes tous différents, pas vrai ? À bien y réfléchir…

— Peut-être, mais… Je vous ai observée, votre manière de tout regarder comme si vous aviez faim, et de tout absorber. Même une simple partie de cricket.

— Ça n'a rien de simple, quand tes sœurs jouent.

— Bien sûr que si – c'est rien que des chocs et du bruit. Mais pas pour vous.

— Je croyais que tu lisais ton livre… »

Elle a feint de ne pas entendre.

« Si je devais faire une hypothèse, je dirais que vous cherchiez quelque chose. Quoi, je me le demande… »

J'ai entendu un raclement de gorge derrière moi, j'ai pivoté sur mes talons. Wishy se tenait debout dans l'encadrement de la porte. Son visage, une paroi rocheuse que Doc lui-même aurait eu peine à déchiffrer.

« Bon, je m'en vais. »

Je me sentais soudain mal à l'aise.

J'allais descendre les marches de la véranda quand je me suis retournée vers la fille.

« Hé, Simmie…

— Emily ?

— *Je partis tôt, pris mon chien,*

Et rendis visite à la mer. »

Le ton funèbre du premier vers que je lui avais récité me semblait une note malencontreuse sur laquelle la laisser.

Son visage, soudain, a rayonné.

« Il faudrait partir sacrément tôt pour rendre visite à la mer depuis Bluebush, avec ou sans son chien…

— Si tu attends assez longtemps, la mer viendra à toi. Ton oncle Albie savait cela.

— Au revoir, Emily Tempest.

— À un de ces quatre, Simone. »

Wishy m'a raccompagnée à ma voiture ; j'avais presque la sensation qu'il m'y escortait.

« Une fille bien, cette petite.

— C'est vrai.

— Vous avez une famille adorable. »

Il a acquiescé.

« Je suis béni des dieux. »

Et pourtant, ai-je pensé en reprenant la route, il y a un truc qui cloche. Sans savoir quoi, au juste.

POLITIQUE DE BUREAU

Sur le parking du commissariat, j'ai garé mon Hilux à côté d'un Land Cruiser flambant neuf aux couleurs de la police. Il ne pouvait appartenir qu'à Cockburn ; une voiture pareille importée dans la région atterrissait toujours au sommet de la hiérarchie.

Je n'étais pas la seule admiratrice du véhicule. Jukut et Nyayi, deux garçons du Sandhill Camp aux pantalons baggy rapiécés, étaient plantés devant, émerveillés par sa peinture étincelante et l'ampleur de sa technologie. Même de l'extérieur, on devinait que cet engin disposait de toutes les options connues des ingénieurs automobiles : projecteurs et treuil, schnorkel pour les traversées de rivière, jantes en alliage et pare-buffle. Dans l'habitacle, Dieu savait quoi encore : Cockburn avait probablement fait aménager un court de squash.

Jukut a commis l'erreur de poser le nez sur la vitre. Dans la seconde, une fenêtre du commissariat s'est ouverte brusquement, et la tête du sergent-chef est apparue.

« Hé, toi ! Enlève tes sales pattes de ce véhicule ! »

Les gamins ont disparu ; un sentiment primitif de culpabilité me poussait à les suivre. Quelques instants plus tard, Cockburn en personne est sorti, avec l'allure désespérée d'un joueur de squash se précipitant vers une amortie bien placée.

Il a inspecté la vitre en détail, puis son regard a remonté la rue, cherchant les petits cons qui avaient osé violer sa propriété. Tirant de sa poche une peau de chamois, il a entrepris de lustrer la vitre.

Il a marqué une pause et ses yeux se sont posés sur mon pick-up. Alors, seulement, il s'est aperçu que je me trouvais à l'intérieur.

Il a piqué un fard, fourré le chiffon dans sa poche, regagné d'un pas nerveux le commissariat.

Je lui ai laissé quelques minutes. Je l'ai retrouvé à la réception, en grande conversation avec Harley et Bunter. Trail et Flam, deux autres agents, sont revenus des cellules, où ils venaient de déposer deux poivrots têtes à claques.

« Nouvelle bagnole, sergent ?

— Commissaire suppléant, Emily. Les papiers officiels sont arrivés ce matin.

— Félicitations.

— Donc à partir de maintenant, s'il te plaît, ce sera “commissaire”. Et, oui : la voiture est incluse dans le poste. J'ai réussi à tirer quelques ficelles à Darwin. Comme j'le disais aux gars : c'est le tout dernier V8 Diesel Turbo. Doit pas y avoir engin plus rapide sur les routes du coin. »

Il paraissait si enthousiaste que je n'ai pas jugé bon de lui rappeler qu'une grande part de notre boulot se déroulait hors piste…

« Super. Vous pensez que je pourrai la conduire, un jour ?

— Quand tu seras nommée commissaire suppléante… »

J'ai souri.

« Ça devrait pas tarder, alors. Des nouvelles de McGillivray ?

— Il en a pour deux mois. Au bas mot…

— Il est parti dans le Queensland, a précisé Griffo. Chez son frère, à Nambour.

— Bon, ça devrait le remettre sur pied – toute cette eau salée, ce soleil… »

Je me suis tournée vers Cockburn.

« Vous avez deux minutes, chef ?

— Commissaire.

— Commissaire. Je voulais vous parler de quelque chose.

— J'ai toujours un moment pour toi, Emily. »

Il a regardé ses hommes, partageant quelque chose qui n'était pas vraiment un sourire. Je me suis soudain sentie minuscule et désarmée au milieu de ces gros mâles blancs.

« Dans votre bureau, peut-être ? »

Il a balayé la pièce d'un geste du bras.

« Politique de la porte ouverte – c'est la clé d'une équipe qui marche.

— Je me le rappellerai, pour les post-it. Quand je serai commissaire suppléante… »

Il a plissé les yeux.

« C'est au sujet du meurtre de Green Swamp. »

Il s'est tendu, imperceptiblement, s'est appuyé contre le guichet de la réception, les bras croisés.

« Je t'écoute.

— Je sais que les preuves à l'encontre de Sans-Fil peuvent sembler sérieuses…

— Sérieuses ? Accablantes, de mon point de vue. Mais ce n'est plus notre affaire, maintenant ; le procureur s'en charge… »

J'ai respiré profondément.

« Je crois que nous devrions examiner tout cela de plus près.

— Bon Dieu, Emily, deux mineurs se bagarrent dans une cabane isolée, l'un d'eux se retrouve avec un marteau dans la gorge. Ça n'est pas assez près, pour toi ?

— Je ne dis pas qu'il n'est pas coupable, mais il y a… un truc qui cloche. Ça ne me plaît pas…

— Ça ne te *plaît* pas ! »

Non seulement le sarcasme transpirait de ces mots, mais il coulait à flots, comme si Cockburn s'était tranché une artère de la rate.

« Ça n'a pas dû trop lui plaire non plus, à ce vieux salopard, de se retrouver du mauvais côté du marteau !

— C'est juste qu'il y a trop de questions qui restent sans réponses.

— Des questions sans réponses ! »

Grognement méprisant.

« Je ne me souviens pas avoir jamais traité une affaire où il restait *moins* de questions sans réponses. À part Sans-Fil, il n'y avait pas un chat.

— Un chat a pourtant fait ses griffes au sommet de la colline, derrière la cabane…

— Ah, oui. Ton tueur en vert… À moins qu'il ne s'agisse d'un dingo en grenouillère, maintenant ? »

Le reste du bureau a partagé un sourire en coin.

C'est le sourire qui m'a achevée.

« Ouais, la police du Territoire du Nord s'est couverte de gloire à l'époque[1], pas vrai ? Vous voulez que Sans-Fil finisse au trou, comme Lindy Chamberlain ? »

Ma voix s'est emballée.

1. Allusion à la fameuse affaire « Azaria Chamberlain », du nom de ce bébé disparu dans des circonstances mystérieuses près d'Uluru, en 1980. Sa mère, Lindy Chamberlain, affirmant qu'un

« Il y avait quelqu'un là-haut, en train de l'espionner. Mais alors, pourquoi ? Ne pensez-vous pas que nous devrions en avoir le cœur net avant de lui concocter une bonne vieille peine de mort, à ce pauvre type ? »

Harley a grogné de nouveau.

« Peine de mort ! Dans deux ou trois ans il sera dehors, avec les tribunaux couilles molles qu'on se tape... »

J'ai vu rouge.

« Vous avez vu Sans-Fil comme moi, quand ils l'ont emmené ! Le prochain enterrement auquel nous assisterons, ce sera le sien.

— Ben, ça m'étonnerait que j'y aille. J'ai toujours pas pardonné à ce vieux con de nous avoir obligés à supporter cette saloperie de canicule, l'autre jour.

— Si *vous*, vous creviez de chaud, croyez-vous que nos soi-disant témoins étaient en meilleure forme ? »

Cockburn jouait avec sa montre – sacrée montre, d'ailleurs, toute en aiguilles galopantes et rouages dorés.

« Tout ce que tu cherches à faire, Emily, c'est brouiller les pistes. Peut-être même que t'arriveras à les brouiller suffisamment pour que ton type s'en sorte, si les gens de l'aide juridique s'en mêlent... Mais est-ce que ça changera les faits ? Je ne crois pas.

— Les faits sont une notion relative, dans ce bout du monde... monsieur le commissaire. »

Il m'a regardée comme si une saleté tombée d'un arbre venait de lui atterrir sur le front. Il a soupiré

dingo avait pris l'enfant, fut condamnée à perpétuité pour meurtre, avant d'être disculpée trois ans plus tard. (*N.d.T.*)

lourdement, jeté un granulé de menthe fraîche au fond de son gosier, a fait le geste de partir.

« À moins que t'aies de nouvelles preuves…

— J'en ai peut-être. »

Cinq paires d'yeux se sont braquées sur moi.

« Quoi ? a grommelé Cockburn.

— Doc faisait des recherches sur la géologie du Del Fuego Desert.

— Il en avait empilé une bonne partie dans sa cour.

— Ça faisait partie de ses recherches : ces rochers étaient une maquette.

— Une maquette de quoi ?

— Je ne sais pas très bien, mais ce que je sais, en revanche, c'est qu'il s'intéressait à une théorie en particulier – celle de la Terre "boule de neige".

— Boule de neige ? »

Ses yeux ont filé vers la fenêtre, à travers laquelle on apercevait un bout de désert, par-delà les derniers faubourgs de la ville.

« Ça m'a l'air pertinent, par ici.

— Il avait concentré ses recherches sur une formation rocheuse, dans l'Ouest.

— Fascinant… Et tout cela nous prouve quoi, au juste ?

— Eh bien, je ne crois pas que ça prouve quoi que ce soit, mais j'ai épluché ses dossiers, et toute référence à ce site ou à cette théorie a été systématiquement enlevée. On pouvait voir qu'un des dossiers avait…

— Comment ça, tu as épluché ses dossiers ? »

Cockburn me dévisageait, suspicieux.

J'ai avalé une grande bouffée d'air – allais-je avoir des ennuis ?

« J'ai rendu visite à son frère. »

Cockburn m'a fusillée du regard.

« Tu as quoi ? »

J'allais en avoir.

« Il m'a dit… »

Cockburn a pivoté sur ses talons.

« Dans mon bureau, immédiatement ! »

Je me suis retournée vers les autres, soudainement absorbés par l'examen de la paperasse.

Ce qu'était devenue la politique de la porte ouverte, je me le suis demandé quand Cockburn l'a refermée derrière moi.

Il s'est retourné pour me faire face, ses yeux bleus tranchants comme des lames de glace, les lèvres crispées. Il m'a fait signe de m'asseoir.

« Je suis bien comme ça, merci. »

Combattre ou fuir – les deux seraient plus faciles en restant debout.

« Assieds-toi ! »

Je me suis assise.

« Si je comprends bien, malgré mes instructions on ne peut plus claires, tu as continué à t'occuper de cette affaire sans en référer à personne ?

— Eh bien, je…

— En harcelant la famille de la victime ?

— Je n'appellerais pas ça du…

— M. Ozolins n'est pas l'un des potes alcoolos de ton paternel : c'est le directeur régional d'une administration publique.

— Qu'est-ce que ça change, ce qu'il…

— Faire n'importe quoi, au risque de compromettre une enquête en cours… Tout ça sans même prévenir ton supérieur, ni partager tes informations avec les collègues ! »

Il s'est penché si près que j'ai happé au vol une bouffée de menthe fraîche.

« As-tu la moindre idée du rôle que t'es censée jouer dans la région ?

— Ça a quelque chose à voir avec faire respecter la loi ?

— Tu es censée opérer la liaison entre nous et les aborigènes. Liaison : un mot compliqué, mais j'ai entendu dire que t'avais des diplômes... »

Il avait mal entendu – j'avais commencé trois cursus, sans en finir aucun, toute l'histoire de ma vie – mais les lacunes de mon CV étaient le cadet de ses soucis, à cet instant précis.

« Ce qui signifie parler aux gens, a-t-il poursuivi. Aux gens de *ton* peuple. Leur expliquer les lois. Tenter de les convaincre de ne pas entasser douze frères et sœurs à l'arrière d'un pick-up quand ils rentrent chez eux à toute berzingue après une beuverie. D'emmener les enfants à l'école. Et si possible, écouter les ragots pour savoir qui, parmi eux, est responsable de l'épidémie de drogue et de cambriolages qui sape l'économie de cette ville. »

Il s'échauffait peu à peu, haussant la voix sans jamais perdre le contrôle, les traits aussi durs et aiguisés qu'un ciseau à bois.

« Ça ne signifie *pas*, en revanche, qu'il faille mettre ton grain de sel chaque fois qu'un Blanc transgresse la loi au nord d'Alice Springs !

— Mais je...

— Tes actions risquent de faire relâcher un assassin ! Il existe des protocoles, des procédures, des questions juridiques, dont tu ignores tout.

— Des protocoles ? Des procédures ? Vous ne voyez donc pas plus loin que ça ? »

Ma voix avait passé, malgré moi, la surmultipliée, comme elle en avait la fâcheuse tendance.

« Vous êtes un flic ou un bureaucrate ? Si c'est la deuxième hypothèse, alors vous feriez mieux de rester assis derrière ce bureau et de laisser quelqu'un d'autre s'occuper du terrain… Mais si vous pensez être flic, alors inspirez-vous de votre prédécesseur.

— Mon prédécesseur ? »

Ses narines se sont dilatées.

« Tu veux dire, le type qui s'est laissé fracasser la tête par un infirme du troisième âge ?

— Il a juste baissé la garde l'espace d'un instant. Mais il connaît son boulot, et il connaît cette région. Il sait quand il faut agir, quand il vaut mieux attendre et observer. Il y a des choses, dans le coin, qu'on ne comprend pas si l'on n'est pas d'ici. Vous et vos protocoles, vos points de droit – il y a des protocoles et des points de droit tellement subtils, par ici, qu'ils passent inaperçus. Aux yeux des Blancs, en tout cas.

— Très bien, Emily : tu veux parler des lois aborigènes ? Pas de problème. »

Il a fait basculer le chewing-gum dans sa bouche.

« Ça n'a rien à voir avec…

— Au contraire ! Ne me demandez pas comment, ni pourquoi – c'est comme ça, et c'est tout. Cette loi s'est développée depuis Dieu sait combien d'années – non, en fait, votre Dieu n'en sait rien, parce qu'elle est bien plus vieille que lui. Elle s'applique à tout.

— Oh, ne me fais pas le coup de…

— C'est ça qui me chiffonne dans cette affaire, depuis Green Swamp. C'est pour ça que je suis allée fouiner et que j'ai rencontré le frère. Il y a un truc qui cloche. Un truc qui n'est pas à sa place. Je le sais. Je le sens.

— Moi, je dirais plutôt qu'il y a un truc qui cloche dans ta vision des choses… »

Nos regards se sont accrochés.

« Comment dois-je comprendre ça ?

— Ce que je veux dire, c'est que tu en veux tellement à la terre entière que, peut-être, ça déforme légèrement ta vision des choses. Tu vois des complications dans une enquête pour homicide tout ce qu'il y a de plus limpide.

— Trois types dans une cabane avec un caméscope ? Il n'y a pas eu *l'ombre* d'une enquête ! »

Il s'est levé de son siège et s'est planté devant la fenêtre, la main posée sur le montant. On voyait battre le sang sur son cou. J'entendais presque ses dents grincer. Il fixait la porte du regard, guettant la réaction de notre public.

« Tu remets en question ma compétence ?

— Ça, des questions, je m'en pose... Et je crois que celle-là ferait un bon point de départ. »

Il s'est tourné vers moi, a avancé de quelques pas.

« Surtout ne va pas croire : dès que je t'ai vue, j'ai su à qui j'avais affaire. »

Sa voix s'était durcie.

« Ma mère la Terre, et toutes ces conneries... »

Je me suis entendue hurler, j'ai vu son visage approcher, énorme, mon poing s'écraser sur le bureau : ne jamais utiliser le mot « mère » pour insulter quelqu'un qui a perdu la sienne.

« Dès que vous m'avez vue ? Vous voulez dire : avant même de savoir que j'existais ? »

Je n'avais pas prévu que notre discussion prendrait ce tour-là, mais mes gènes, mes hormones ou quelque autre putain d'irrépressible force naturelle ne m'ont pas laissé le choix.

« La couleur de ma peau suffisait à me mettre dans une foutue case, connard de Blanc ! *Commissaire.* »

Je suis sortie comme une furie, passant devant les têtes studieusement baissées des agents. En claquant la porte, j'ai senti dans mon dos les mines éberluées, les sourires.

J'ai sauté dans mon pick-up et foncé tout droit, pied au plancher, vers la Watchtower Road. Je ne risquais pas de me prendre un amende pour excès de vitesse, ce jour-là : tous les flics du district étaient au commissariat, en train de ricaner de mon humiliation.

Derrière mon volant, je fulminais. J'ai allumé une clope entre mes doigts tremblants. Gribouillé le visage de Cockburn sur la poussière du tableau de bord, puis écrasé ma paume dessus. Espèce de connard péteux et arrogant. Sourd à tout, hormis ses protocoles et ses points de droit, sa grosse bagnole et ses petits post-it à la con, stupidement persuadé d'avoir réponse à tout.

C'est ça…

« Cockburn, Cockburn ai-je marmonné contre le vent. Tu ne comprends rien à rien. »

J'étais partie longtemps, c'est vrai, mais je connaissais ce pays : je connaissais son peuple, les fous comme les sages, je connaissais son paysage craquelé. Je comprenais la manière dont les deux s'imbriquaient.

Quelque chose clochait. N'était pas à sa place. Je le sentais au creux de mes os. Déjà, ce matin-là sur la route de Green Swamp, j'en avais eu le pressentiment : j'ai repensé au nœud à l'estomac, à cette étrange sensation que quelque chose pesait sur l'horizon. Elle était toujours là, bourdonnant dans un recoin mal éclairé de mon cerveau, elle me mettait à cran.

Mon sang cessait tout juste de bouillir, une heure plus tard, quand j'ai repris le chemin de la ville. Coupant par les rues secondaires, j'ai longé la zone des logements sociaux et n'ai pu m'empêcher de repérer le Land Cruiser flambant neuf garé sur l'allée de la maison la plus anale de la rue : pelouse brutalement manucurée, tachée d'éclaboussures de pesticide, plantes en pots alignées comme au défilé d'une académie de police. Même l'allée avait été défoncée au karcher.

Cockburn, aucun doute. Il venait de laver sa voiture, qui sortait du garage. Passer sa mauvaise humeur sur une voiture. Ben voyons... Je me suis autorisé un bref sourire : peut-être que je lui tapais autant sur les nerfs qu'il me tapait sur les miens.

Les stores étaient baissés, la climatisation ronronnait sur le toit.

Cockburn décontracté : ça défiait l'imagination. J'ignorais tout de sa vie personnelle, mais j'imaginais déjà ce connard zélé en train de prendre son pied en matant des films de cul. Ou de vieilles comédies musicales. Suant sur son appareil de muscu, briquant ses médailles et ses coupes, recordant ses raquettes...

Qu'il aille se faire voir : je n'avais pas dit mon dernier mot. Quitte à me faire jeter, autant foutre le feu avant.

J'ai pilé net, fait demi-tour sur les chapeaux de roue, garé mon pick-up sur le trottoir et frappé à sa porte.

VILLE DE NÉGROS

Un adolescent m'a ouvert. Quinze ans, peut-être. Il avait un ballon de basket dans les mains, la mine renfrognée, une carrure svelte et athlétique. Des cheveux platine qui lui tombaient jusqu'aux épaules.

Des gosses. Merde. Je n'aurais jamais imaginé. Cockburn avait une famille.

Le garçon semblait aussi surpris – et tout aussi content – de me voir, que moi de le voir, lui.

« Vous voulez quoi ?

— Je m'appelle Emily Tempest. Je bosse avec ton paternel. Il est là ? »

Il m'a contemplée, les yeux vides, puis m'a tourné le dos sans dire un mot. À l'évidence, il était diplômé de l'école des bonnes manières qu'avait fondée son père.

Je l'ai entendu crier au fond de la maison : « Papa ! » Puis une volée de murmures furieux, parmi lesquels j'ai cru saisir le terme « négro ».

Une femme est venue me voir. Le visage fin, blonde décolorée, jolie – dans le genre anémique. Rouge à lèvres, eye-liner, tee-shirt en lycra, chaussures de jogging. Tous les membres de cette famille étaient-ils donc accros au sport ?

« Je suis désolée. Vous devez être Emily… » Elle a passé une main nerveuse sur sa cuisse tendue, jeté un coup d'œil par-dessus son épaule. « Je suis Kerry Cockburn. Bruce ne va pas tarder. »

Nous sommes restées plantées là, mal à l'aise, tandis que les échanges, au fond de la maison, se faisaient de plus en plus intenses. Mon envie de bagarre s'évaporait au fil des secondes.

« Je ne voudrais pas vous déranger…

— Pas de problème, vraiment – il sait que vous êtes là.

— Je ferais peut-être mieux de revenir plus tard.

— Non, je vous en prie. Entrez. »

Elle m'a guidée vers le séjour, immaculé.

« Je vous sers quelque chose à boire ?

— Merci. Un verre d'eau, ce serait parfait. Il fait sacrément chaud, dehors. »

Il faisait sacrément chaud à l'intérieur, aussi, à en juger d'après la dispute entre les deux Cockburn mâles. Quand Kerry a disparu dans la cuisine, j'ai soulevé un store pour jeter un coup d'œil derrière la maison.

Cockburn se tenait debout au milieu de la cour, solidement campé sur ses jambes, toutes artères saillantes, un rictus de colère aux lèvres. Il portait un short impeccablement repassé, un marcel vert fluo et des tongs bleues. Il tenait à la main une bombe aérosol. Visiblement, l'altercation avait interrompu son massacre de mauvaises herbes quotidien.

Son fils se dressait devant lui, et ils échangeaient des mots tendres. Plus que des mots, d'ailleurs : des doigts étaient pointés, des poings serrés. De vieilles batailles se rejouaient, ici. Malgré l'assurance de sa femme, le commissaire suppléant ne semblait pas près de se joindre à nous.

Je n'entendais pas grand-chose de ce qu'ils se disaient, dans le vacarme du climatiseur, mais d'un seul coup, l'ado a explosé : « Une famille ? Tu parles d'une famille ! Tu nous emmènes dans cette ville de négros, où il fait tellement chaud, putain, qu'on prend feu rien qu'à marcher dans la *rue* !

— Tu n'as pas honte de parler comme ça à ton père ?

— Mon père ! »

L'ado a craché le terme comme s'il s'agissait d'un gros mot. Il a fait volte-face et s'est éloigné.

« Jarrod ! Arrête-toi tout de suite ! »

Il s'est bien arrêté, mais juste assez longtemps pour jeter le ballon en direction de son père ; Cockburn a levé un bras et l'a dévié sur une vitre. Fracas, éclats de verre.

Relevant les yeux, Cockburn a croisé mon regard. J'ai rabattu le store. J'ai entendu claquer une porte-moustiquaire, et le garçon s'est rué à travers la maison. Il m'a lancé un regard au passage, les traits déformés par la rage.

Elle ne m'était pas adressée, ai-je deviné, mais à son tyran de père et à ce trou perdu de dix habitants pour deux pubs, où il avait forcé toute la famille à venir s'installer.

Ville de *négros* ? J'étais peut-être concernée, après tout…

Jarrod s'est rué dehors par la porte d'entrée et il s'est engagé dans la rue d'un pas furieux, ses longs bras battant l'air de part et d'autre de son corps.

Je me dandinais nerveusement, en me demandant comment j'allais pouvoir m'extraire de ce pétrin. J'étais venue ici pour chercher la bagarre, mais pas celle-là.

Deux secondes plus tard, Cockburn se tenait debout devant moi – le front ceint d'un turban de plis. Il a contemplé la porte, fulminant, puis s'est tourné vers moi.

Merde : c'est moi qui allais trinquer, maintenant ?

« Je suis désolé, ai-je eu l'immense surprise de l'entendre murmurer. Désolé de t'avoir imposé ça. »

J'ai cherché partout une réponse. « Pas grave », je n'ai pas trouvé mieux.

« Tu es mon invitée, chez moi…

— Une invitée pas invitée. »

Ses doigts pianotaient sur le mur, il semblait ne pas savoir comment s'y prendre.

« Les ados… »

Il a tenté un sourire diplomatique, mais l'échec était pathétique.

« Ne m'en parlez pas », ai-je compati.

Je n'ai pas pu m'en empêcher ; cet homme souffrait.

« Il n'y a pas si longtemps, dans mon souvenir, j'avais ce genre de scène avec mon propre père. »

Cockburn restait sans voix. Je découvrais une facette inattendue de cet homme : la facette je ne sais plus quoi faire, mon équipage se mutine.

« J'imagine que Bluebush, ça doit lui faire un choc en venant du Queensland, ai-je ajouté. Toutes ces plages, cette eau turquoise…

— Cette autre chose, aussi. Tu as entendu ce qu'il a dit. »

Silence pesant, à peine interrompu par le cliquetis de l'air conditionné.

« Il n'est encore qu'un gosse, ai-je répondu.

— Il n'a jamais entendu ce mot dans cette maison. Ni dans la bouche de sa mère ni dans la mienne. »

Il a marqué une pause, passé la main sur ses joues.

« Quoi que tu puisses en penser…

— Il a dû l'entendre dans un tas d'autres endroits ; pas de quoi vous ouvrir les veines. Vous ne voulez pas aller le chercher ?

— Généralement, il revient de lui-même.

— Il a déjà fait ça ? »

Je bénissais le ciel de ne pas avoir d'enfants.

Cockburn a marché jusqu'à la porte, jeté un regard à travers les mailles sombres de la moustiquaire. Il restait planté là, les mains sur ses hanches, ses mâchoires concassant un morceau de chewing-gum.

« Plus ou moins. Il a l'âge où… Faut qu'il s'oppose à tout. »

Si tu gères ta maison comme tu gères un commissariat, ai-je pensé, ça n'a rien de surprenant. Communiquaient-ils par post-it ?

À voix haute, j'ai déclaré : « Ouais, je suis passée par là… »

J'ai haussé les épaules.

« Rien ne vous plaît, et quand les choses changent, ça ne vous plaît pas non plus.

— Il avait la belle vie à Rockhampton. Même s'il ne s'en rendait pas compte. »

À travers la fenêtre, j'ai regardé les rues tristes de Bluebush, écrasées de soleil. Pas grand-chose à voir. Un chien luttait contre la marée de chaleur, langue pendante ; il s'est redressé, a largué une crotte sur la chaussée. Un joggeur aux yeux fous, en lycra, l'a frôlé en courant. En marchant, pour être plus exact, mais l'intention y était. Il descendait la rue en tortillant des fesses, comme s'il avait eu un canard planté dans le cul. Par-delà le fossé se déployait une vue panoramique sur le Camp des Ivrognes.

J'essayais de m'imaginer ce que pouvait ressentir un adolescent de quinze ans en se retrouvant dans ce trou paumé après avoir connu l'exubérance tropicale du Queensland. Et j'ai repensé à mes propres années rebelles où je ne songeais qu'à me tirer de là, aux crises de rage mensuelles, aux fleuves de larmes, à la manière dont je sublimais le deuil de ma mère disparue.

« Vous savez, ai-je repris, chaque fois que j'en avais ma claque et que je me cassais… ce qui arrivait assez souvent… il y avait toujours une partie de moi qui aurait voulu que mon paternel vienne me chercher. »

Cockburn a relevé la tête.

« C'était comme un test, ai-je développé.

— Un test ? »

Ses mâchoires se sont verrouillées.

« J't'en foutrais, moi, un test ! Il ne remettra plus les pieds dans cette maison tant qu'il ne se sera pas excusé.

— C'est vous qui décidez, vous êtes chez vous ; chez moi, on n'a jamais été très forts pour s'excuser. Mais avec le recul, quand je nous revois, mon père et moi, je crois que si je le provoquais comme ça, c'était juste pour voir à quel point je comptais pour lui. »

Cockburn a aperçu sa femme, qui tournait en rond dans la cuisine.

« Je vous raconte simplement ma propre expérience. »

Il jouait avec ses doigts en se balançant d'avant en arrière, l'esprit ailleurs.

« Et alors ?

— Alors quoi ?

— Il t'a retrouvée ?

— Il a fallu du temps. »

J'ai esquissé un sourire cassant.

« Je ne voulais pas lui rendre les choses trop faciles.

— Et maintenant, vous vous entendez bien ?

— Avec Jack le Mécano ? Ce vieux taré ? Je n'imagine pas le monde sans lui. »

Il a posé son bras sur la vitrine d'un meuble – croulant, n'ai-je pu m'empêcher de remarquer, sous les trophées de squash ; là-dessus, au moins, je ne m'étais pas trompée.

« McGillivray m'a un peu parlé de ton parcours. Ton père est blanc, n'est-ce pas ? Vous viviez dans un ranch en plein désert ?

— À l'époque ? Ouais, à Moonlight Downs. »

Kerry est apparue sur le seuil de la cuisine, des verres d'eau à la main, elle m'en a tendu un.

« Ça devait pas toujours être marrant, j'imagine, de grandir dans un endroit pareil…

— C'est sûr, parfois j'avais l'impression que ça allait me tuer. Je n'arrivais pas à trouver ma place, à décider si j'étais noire ou blanche. Si je voulais conquérir le monde ou m'enfuir en courant. J'crois pas avoir jamais balancé un ballon de basket dans la fenêtre, mais j'ai fait l'équivalent local – et pas qu'une fois. Les bâtons de combat volaient dans tous les sens, au campement de Moonlight, quand je vivais là-bas. Jack était généralement là, après, pour ramasser les morceaux. »

Cockburn et son épouse ont échangé un regard.

« Cela dit, ai-je ajouté, fallait encore qu'il sache où me chercher. »

J'ai avalé une gorgée d'eau ; les glaçons ont tintinnabulé. Cockburn a palpé de sa langue l'intérieur de ses lèvres, comme s'il cherchait son chewing-gum.

« Allons, ai-je insisté. Ça doit être beaucoup plus facile en ville que dans le bush – moi, j'avais un cheval ! Mon pauvre vieux avait des centaines de kilomètres carrés à couvrir…

— Le terrain de sport, Bruce, a suggéré Kerry. Il y passe la moitié de sa vie à faire des paniers et à courir dans tous les sens. Avec Crimsy, et tous les autres.

— Manquait plus que ça, a maugréé Cockburn. Crimsy !

— Au moins il a un ami, Bruce. Qui ne vient pas de ce que j'appellerais une famille respectable, mais…

— Son père est un escroc ! »

La voix de la femme tremblait quand elle a répliqué :

« Son père est chaudronnier, Bruce, avec une ancienne condamnation pour recel. Et franchement, où en serait Jarrod sans lui ? Sans lui et ses copains ? Il a besoin d'amis. »

Il y a eu un long silence, que seuls les battements du pied de Cockburn sur le sol venaient rompre. Il a fait craquer ses doigts et poussé un soupir, puis il a pivoté sur ses talons et s'est dirigé, lentement, vers la porte. Il a empoigné une casquette de base-ball rouge et des lunettes de soleil posées sur une table. Au moment de sortir, il a penché la tête vers moi.

« Qu'est-ce que tu voulais, Emily ?

— Je ne suis pas sûre que ce soit le moment…

— C'était au sujet de Green Swamp ?

— Je voudrais simplement passer quelques jours là-bas, traîner dans le coin. Et peut-être parler à ceux de Stonehouse Creek.

— Stonehouse ?

— Une communauté, à l'ouest de Green Swamp. Les gens que nous avons rencontrés sur le lieu de l'accident, l'autre jour. J'aimerais les interroger sur l'endroit où Doc faisait ses recherches. Si quelqu'un sait, ce sera eux.

— D'accord.

— J'irais bien voir les mineurs, aussi, au cas où certains auraient des…

— J'ai dit : d'accord.

— D'accord pour quoi ? »

Il a traversé la pièce jusqu'au porte-clés fixé au mur de la cuisine. Il a décroché un trousseau. « Pour ne plus t'avoir dans mes pattes pendant quelques jours. » Trousseau en main, il était de nouveau le boss. « Contact radio tous les matins. Carnet de bons de commande dans la boîte à gants. Le manuel devrait répondre à toutes tes questions. Vérifie bien le niveau d'eau et fais le plein. Pas d'auto-stoppeurs ! Usage exclusivement professionnel. »

Il m'a lancé les clés.

« Et s'il y a la moindre égratignure sur mon Toyota, ça sera prélevé sur ton salaire.

— Mon salaire ? Je n'en ai pas encore vu la couleur. »

Il s'est arrêté sur le seuil de la maison.

« Il faut d'abord le mériter. »

OH, DANNY BOY

J'ai fait un détour par le supermarché pour stocker des produits de première nécessité – tabac, thé et tampons. Je faisais la queue à la caisse quand j'ai entendu du barouf devant le magasin : une porte qui claquait, un cri de colère, un martèlement de pas au coin de la rue.

Je me suis précipitée sur le trottoir, tout comme Merv Todd, le propriétaire de la boutique voisine, Bluebush Electronics.

« Sale ordure ! » a rugi le commerçant en se tournant vers moi.

C'est parti, ai-je pensé. Mais je n'étais pas visée. Il est passé devant moi à toute vitesse, ou du moins à la vitesse que lui autorisait sa brioche d'homme entre deux âges, puis il est revenu à la raison et a abandonné. S'est plié en deux, les mains sur les genoux, pantelant.

« Emily, a-t-il haleté en m'apercevant. J'ai entendu dire que tu t'étais engagée. J'croyais que tu étais censée contrôler les petits salopards de voleurs de cette ville.

— Je me suis engagée chez les flics, Merv, pas au service du Troisième Reich.

— Tu l'as reconnu ?

— Tout ce que j'ai vu, c'est les talons de ses chaussures.

— S'il remet les pieds dans ma boutique, j'lui ferai la peau !

— C'était une métaphore mixte ?

— Non, c'était un iPod Touch, et il valait cinq cents dollars ! »

J'ai noté les détails, fait le tour des planques et des suspects habituels, sans trouver la moindre trace de l'iPod volé ni de son voleur. Je suis rentrée à la maison. Qui, quand je dormais à Bluebush, était la cabane de mon petit copain Jojo, sur la route de Three Mile.

En chemin, j'ai repéré une silhouette solitaire à l'ombre d'un bois-sanglant. Un garçon, ai-je jugé. Adossé au tronc, il contemplait le désert qui grignotait les faubourgs de la ville. En m'approchant, j'ai aperçu les écouteurs sur ses oreilles et un iPod argenté dans ses mains.

Je me suis rangée sur le bas-côté et j'ai éteint le moteur. Il était tellement absorbé par sa musique ou ses pensées qu'il ne m'avait pas remarquée.

À l'ouest, le désert symbolique, cycle infini de rivières et de vents, de collines rouges incandescentes et de plaines jaunâtres.

À l'est, derrière le garçon, se déployait la ville : un tourbillon de béton surchauffé et de bitume étincelant créé par les hommes blancs, parsemé de fonderies et de hautes cheminées, de nappes d'eau toxique d'un bleu surnaturel, de pubs et de magasins d'alcool plus toxiques encore.

Entre les deux – coincé, en quelque sorte, entre ces deux images contradictoires –, se tenait Danny Brambles.

Il avait des fragments de feuilles dans ses dreadlocks, des perles de sueur sur le front. Ses doigts jouaient avec l'appareil.

Je suis descendue de voiture et lui ai tapé sur l'épaule.

« Danny. »

Il a fait un bond, m'a regardée – moi, et ma voiture de police – nerveusement. Il a ôté ses écouteurs, planqué l'iPod entre ses mains.

« Em'ly.

— Il fait chaud.

— Ouais.

— Merv avait téléchargé des trucs sympas sur l'iPod ? »

Il s'est léché les lèvres.

« Euh – çui-là, c'est l'mien.

— T'as le reçu ?

— Le reçu ?

— Allez, Danny, je sais que quelqu'un vient de le piquer à Merv Todd. J'imagine que c'est toi, mais si on le rend tout de suite et qu'on s'arrange par exemple pour que tu bosses quelque temps dans sa ferme, peut-être qu'il tirera un trait.

— Oh, Emily… »

Il a soupiré, passé le pouce sur la surface brillante du lecteur.

« Tu sais combien de musique on peut mettre dans cette petite machine ?

— En travaillant un peu plus à la ferme, tu pourras peut-être t'en acheter un. »

Il s'est gratté la tête, a donné l'impression de vouloir se tirer, puis s'est ravisé. Il n'y avait pas beaucoup d'endroits où se planquer dans le coin, surtout en étant poursuivi par quelqu'un comme moi. Il l'a caressé une dernière fois et me l'a tendu.

« Où veux-tu que je t'emmène ? », ai-je demandé.

Il s'est tourné vers la voiture, méfiant, puis a haussé les épaules.

« T'as pas changé, hein, Emily ? Près d'chez mon père ? »

Le père de Danny était Bandy Mabulu, un métis aborigène originaire du Queensland qui était passé par là plusieurs années auparavant, en tant que guitariste du groupe Rick and Thel's Travelling Country Band, et n'avait plus jamais réussi à quitter Bluebush. J'étais trop jeune alors pour le connaître, mais je l'imaginais sans peine : la lueur dans les yeux, le roulement des hanches et un *swag*[1] qui avait hébergé la moitié des femmes célibataires de la région – et une bonne partie de celles qui ne l'étaient pas.

À un moment donné, il avait entretenu une relation épisodique avec Rosie Brambles qui, plus que toute autre, ne pensait qu'à prendre du bon temps. Mais le bon temps était désormais loin derrière ; il ne restait de leur liaison que le garçon en face de moi.

Bandy avait exercé presque seul le rôle de parent depuis le jour où en rentrant au Gutter Camp – le campement du Caniveau – il avait retrouvé son gamin de quatre ans hurlant au beau milieu d'une violente bagarre d'ivrognes. Et en dépit des circonstances, il s'était révélé être un excellent père.

J'ai ouvert la portière.

« Allons-y, Danny. »

Il est monté dans la voiture et, cinq minutes plus tard, nous entrions chez Bandy – un abri antiaérien en béton, sur Bleaker Street. Une poignée de silhouettes

1. Sac de couchage australien, protégé des intempéries et de la faune par une enveloppe de toile épaisse et garni d'un matelas. (*N.d.T.*)

dégonflées étaient allongées à l'ombre d'un acacia-candélabre. Certaines ont remué à notre approche. Deux sont parvenues à se hisser sur leurs jambes – alarmées, sans doute, par mon véhicule – et se sont éloignées d'un pas traînant.

Cowboy Coulter a débarqué, chancelant, de l'autre côté de la maison, avec un jean sale et un sourire mauvais ; prenant ombrage de la présence d'un pauvre bougre dans l'un des *swags*, il l'a roué de coups de pied.

Ledit bougre était en passe de recevoir une sacrée branlée, mais il s'est ressaisi suffisamment pour s'extirper de son duvet et rendre coup pour coup. Je l'ai aussitôt reconnu : c'était Jimmy Grimshaw, un poids plume blanc doublé d'un fameux joueur de football australien, célèbre pour ses drops sournois et ses tacles impitoyables.

Jimmy – ce n'était pourtant pas son genre – a agrippé la gorge de Cowboy, et les deux hommes ont disparu sous un nuage de fleurs et de poussière. J'essayais désespérément d'oublier que j'étais une sorte de flic, sans doute censée intervenir face à ce genre de désordre.

Le père de Danny est sorti de la maison. Il nous a aperçus, a relevé de force les combattants et, de deux ou trois coups de pied bien placés, les a renvoyés chacun de son côté. Puis il nous a rejoints et a serré la main de son fils.

« Danny, mon garçon… Emily.

— Salut, Bandy. »

Il portait un short kaki, une dent de requin en pendentif ; ses bras puissant étaient une jungle de tatouages bleus et verts. Les gens disaient qu'il avait dans les veines un peu de sang des îles du Pacifique. Pas de doute, il en avait l'allure : il me rappelait les

Tonguiens aux yeux-rasoirs qui surveillaient l'entrée des boîtes de nuit les plus malfamées de Melbourne. La quarantaine bien tapée, c'était encore un homme d'une violente beauté.

« C'était quoi, le problème ? »

J'ai désigné les deux noceurs qui s'éloignaient.

« Cowboy et Jimmy ? Bah ! Rien du tout. Un petit réveil musculaire…

— C'est l'heure du dîner.

— Ah bon ? Alors ils font des heures sup, j'imagine. »

Il m'a gratifiée d'un regard diaboliquement libidineux.

« Alors comme ça, Em', paraît qu'tu manies le bâton…

— Tu ferais mieux de surveiller ton langage, mon vieux : je représente la loi…

— Alors t'es vraiment flic ?

— ACPO. Et je ferais mieux de te refiler mon badge, vu comme t'as expédié Cowboy.

— Cowboy ? C'est rien qu'un sale mioche, faut lui apprendre les bonnes manières.

— Je m'en souviendrai le jour où il faudra que j'intervienne dans ses bagarres au *Black Dog*. »

Il a désigné d'un geste du bras la porte de sa maison et a adopté un ton inhabituellement formel :

« Puis-je vous offrir une tasse de thé ?

— Sûr. Il faut qu'on parle de Danny. »

Bandy s'est massé le front avec son poing, une expression d'intense lassitude a envahi son visage.

« T'es là pour le boulot ?

— En quelque sorte.

— Qu'est-ce qu'il a encore fait ? »

J'ai soudain éprouvé de la pitié pour ce vieux brigand. Des années à tenter de remettre la mère sur le droit chemin, et maintenant son fils qui prenait le même pli.

« Rien de bien grave, Bandy. Rien qui ne puisse être arrangé. »

Je faisais de mon mieux pour le rassurer.

« Il est descendu en ville faire du shopping, il a juste oublié de régler l'addition.

— Oh, Danny, Danny, a-t-il gémi en se tournant vers le garçon. Combien de fois vais-je devoir… ?

— C'est bon, suis-je intervenue. Je vais trouver une solution. Il s'agit de Merv Todd. Je sais qu'il a des clôtures à installer à la ferme du Bonheur.

— Putain, Danny ! »

Ses traits s'étaient assombris.

« T'as fauché des trucs chez Merv ? C'est chez lui que j'achète mes amplis, tout mon matos.

— T'avais un concert hier soir, pas vrai, Bandy ? »

Je me suis tournée vers les silhouettes endormies, au pied de l'arbre. J'ai senti qu'il était temps de faire diversion, et quand il s'agissait de Bandy, rien de tel que la musique.

« C'est un peu le chaos, ici.

— Ouais, dès qu'on se fait deux, trois biftons, les vautours rappliquent. »

Bandy jouait encore en ville, de temps en temps. Sa voix était râpeuse, bouffée par le tabac, et ses doigts moins rapides – *White Rabbit*, le fameux « Lapin blanc » de Jefferson Airplane, qu'il jouait autrefois à la vitesse de l'éclair, ne dépassait plus, désormais, celle du lapin. Mais il avait toujours la musique dans le sang. Le problème, c'est qu'il avait tout un tas d'autres choses dans le sang, dont aucune n'était susceptible de le faire figurer comme modèle sur les affiches préventives du Service de santé des aborigènes.

« T'as joué où, au *Dog* ou au *Dog* ? »

Il y avait deux pubs à Bluebush, le *White Dog* et son cousin tristement réputé, le *Black Dog*.

« Au *Black*.

— Bon Dieu, Bandy, ne me dis pas que t'as encore joué avec le groupe maison ? »

Random Andy Bytheway avait récemment touché un héritage – la rumeur racontait qu'il lui était parvenu par un vol de nuit en provenance d'Asie – et repris le *Black Dog*. Il s'efforçait d'en redorer l'image, d'« attirer la crème de la crème », pour reprendre son expression publiée dans la presse. Soirées dansantes du samedi, soirées poker, un petit crachat et on astique – on astiquait, surtout. Des crachats, il y en avait déjà bien assez. Mais tous les cocktails de crevettes et les animateurs aux voix mielleuses du monde ne parviendraient jamais à couvrir les cinquante années de sang et de vomi qui imprégnaient les boiseries.

« Ils avaient besoin d'un guitariste solo.

— Mais l'éthique, dans tout ça !

— Andy paie bien. Et il paie *vraiment*, contrairement à tout un tas de salopards en ville. »

J'ai soupesé l'argument.

« Ils t'ont fait jouer les Bee Gees ? »

Il a fait une grimace.

« Pire…

— Quand même pas ? »

Il a hoché la tête, l'air coupable.

« Air Supply[1].

— Merde. »

Il est rentré dans la maison, la queue entre les jambes ; nous l'avons suivi. Bandy a préparé le thé, ses mains puissantes maniaient avec délicatesse la

1. Duo australien à succès. (*N.d.T.*)

théière et les tasses, comme si elles avaient eu une quelconque valeur ; il a sorti du placard un paquet de biscuits Teddy Bear, a soufflé doucement pour expulser les charançons.

Un téléviseur rugissait quelque part ; un bébé s'est mis à hurler dans l'une des chambres. Une jeune Blanche svelte, d'allure hippie, que je ne connaissais pas, s'est approchée sans hâte et lui a enfoncé un téton dans la bouche, avant de s'allonger et de s'endormir aussitôt. La dernière conquête de Bandy, en ai-je conclu.

Danny était assis au bord de sa chaise, il clignait des yeux, mal à l'aise. Il a grignoté son biscuit, siroté son thé, martelé la table de ses doigts, jusqu'à laisser des marques.

« Et les Cowboys, Bandy, ça roule toujours ? »

Bandy se démenait depuis des années pour empêcher les Coral Cowboys – le seul groupe de country-blues-reggae-musique hawaïenne de la planète – de se séparer. La composition du groupe changeait sans cesse, au fil des emprisonnements, des hospitalisations et des querelles internes.

« Plutôt bien. J'ai Lefty Lovett à la batterie, maintenant.

— Un batteur manchot ?

— Ouais, mais il a un sacré bras – et ses deux jambes. Ricochet Geer à la basse. »

Il a surpris mon expression.

« T'as aussi un problème avec Ricochet ?

— Non, non… »

Mais les Coral Cowboys risquaient d'en avoir un, s'il ne se dépatouillait pas des mises en examen pour cambriolage et agression qui, je le savais, lui pendaient au nez.

« On fait un concert samedi prochain au *Memo Club*, Em'. Pourquoi tu viendrais pas ?

— Ce serait chouette. Je devrais être rentrée d'ici là.

— Rentrée d'où ?

— Je pars dans le bush demain, à Stonehouse Creek.

— Salue bien les vieux de ma part. »

Malgré ses démêlés avec elle, Bandy avait toujours entretenu des relations chaleureuses avec les parents de Rosie.

— Je n'y manquerai pas – et je devrais être rentrée à temps pour le concert. Je mettrai mes chaussures de danse.

— C'est des chaussures de sprint qu'il faudrait, pour suivre Lefty une fois lancé. »

J'ai fini mon thé, consulté ma montre. Si je voulais voir Merv avant qu'il ne ferme boutique, il était temps de partir. Danny m'a raccompagnée jusqu'à la porte.

« Je vais aller rendre ce truc à M. Todd, ai-je déclaré en tapotant l'iPod. J'vais voir si on peut s'arranger.

— *Yuwayi* », a-t-il murmuré.

Puis le fracas soudain d'un marteau-piqueur deux maisons plus loin l'a fait sursauter, souffle coupé. Une cargaison entière d'ouvriers des Travaux publics étaient en train de découper le trottoir : un au marteau-piqueur, quatre pour le surveiller.

« En attendant, tu te tiens tranquille, OK ? »

Il a marmonné une réponse, mais l'expression inquiète qui a parcouru son visage quand je me suis éloignée n'annonçait rien de bon.

Bon Dieu, ai-je pensé. À quoi tourne ce gamin ?

LA THREE MILE ROAD

J'ai coincé Merv Todd au moment de la fermeture, lui ai remis l'iPod, ai réussi à le persuader de faire travailler Danny pendant quelques jours, lui ai promis que nous réglerions tout cela à mon retour en ville. Dix minutes plus tard, le châssis du 4 × 4 vibrait sur la piste de terre qui menait à la cabane de Jojo.

La cabane de Jojo : l'expression en disait plus sur notre relation que je ne l'aurais souhaité. Mon garde forestier de petit copain était tendre comme une guimauve, dans le *swag* comme au-dehors, mais nous avions tous deux d'autres choses à faire dans la vie. Deux allergiques chroniques à toute forme d'engagement.

Je considérais toujours cette maison comme la sienne, pas la nôtre. Je passais le plus clair de mon temps à Moonlight Downs, et lui l'essentiel du sien dans le désert ; il travaillait à la création d'un sanctuaire pour la sauvegarde des bandicoots, au beau milieu du Del Fuego Desert. Cela faisait des semaines que j'étais sans nouvelles. Il était à mille lieues de tout réseau mobile, et ni lui ni moi n'étions très ponctuels à l'heure des contacts radio.

En remontant l'allée, j'ai aperçu une silhouette sur la véranda. Mon cœur s'est emballé : Jojo ? En m'approchant, j'ai vu une femme en robe turquoise. Mon cœur s'est calmé puis réchauffé.

Hazel Flinders.

Une embrassade naturelle, un murmure.

« Em'…

— Hazel.

— Tu m'as dit que j'étais la bienvenue quand je voulais…

— N'importe quand. »

Nos bras se sont crochetés, nous sommes entrées à l'intérieur. Nous avons discuté pendant que je préparais le thé.

« Tu restes longtemps ?

— Juste cette nuit. Je repars à Moonlight demain matin.

— Qu'est-ce qui t'amène ?

— J'ai livré des peintures. Cette galerie dont tu m'as parlé, à Sydney…

— Ubinger ?

— Cette femme vient jusqu'ici pour me voir ; elle veut d'autres toiles de moi.

— Je te l'avais dit, Haze. Ils reconnaissent la qualité au premier coup d'œil. »

Il m'avait fallu du temps pour la convaincre. Elle était immensément timide au sujet de son art, mais quelques semaines auparavant, nous avions empaqueté plusieurs de ses peintures pour les envoyer à une galeriste que j'avais connue dans le Sud.

« Elle parle d'une exposition en solo…

— Ça ne m'étonne pas. »

Les tableaux de Hazel étaient extraordinaires ; ils n'évoquaient pas seulement le pays, ils l'incarnaient.

« Elle veut qu'je descende à Big Smoke[1].
— Quand ?
— Plus tard. »
Une note d'incertitude.
« Quand je veux, elle a dit. Choisissez la date, on montera une expo. Tu crois que j'devrais y aller ? »
Hazel : si forte et si sûre d'elle dans son propre monde, si mal à l'aise dans celui des Blancs.
« C'est un nid de serpents là-bas, Haze. Dis-leur qu'il te faut une escorte policière. »
J'ai hoché la tête en direction de la voiture.
Elle a souri, froncé les sourcils.
« C'est l'autre raison de ma venue. Pour voir comment tu t'en sors avec ce job de *kurlupartu*.
— Il est sur le point de devenir intéressant.
— Je n'aime pas ça.
— Je pars dans le bush demain. »
Ses yeux se sont illuminés.
« Du côté de Moonlight ?
— De l'autre côté. Sur la Gunshot Road.
— Oh ? »
Elle a tourné la tête vers l'ouest.
« Alors peut-être tu retrouveras ce type, là, ton copain.
— J'en doute. Jojo est tombé amoureux d'un troupeau de bandicoots. Ils le voient beaucoup plus que moi. »
Nous nous sommes assises sur la véranda, gobelets de thé à la main, dos à dos. J'ai entendu une voiture débouler dans l'allée, et la camionnette violette de Bandy Mabulu s'est garée devant nous. La nuit était en train de tomber, mais je distinguais une silhouette

1. Surnom de Sydney, littéralement la « Grande Fumée ». (*N.d.T.*)

recroquevillée sur le siège passager – Danny, sans doute.

Je me suis levée, j'ai pris appui contre un poteau.

« Salut, Bandy.

— Salut, Em'. »

Il est descendu de son van, a jeté un regard derrière lui, vers la piste – un regard tendu ; il s'assurait qu'il n'était pas suivi.

« Tu connais Hazel Flinders, Bandy ?

— Sûr. La fille de Moonlight. Comment ça va, Hazel ? »

Elle a grogné une réponse.

« Tout va bien, Bandy ? ai-je repris.

— On a un problème.

— On ?

— Le gosse et moi. »

Hazel s'est levée.

« J'ferais mieux de vous laisser. »

Elle est rentrée dans la maison, peu désireuse à l'évidence de se retrouver impliquée dans le travail de la police.

« Qu'est-ce qui ne va pas ? ai-je demandé à Bandy. Il est retourné chez Merv et lui a tiré un écran plasma ?

— Pire – sa bagnole… »

Bandy se tortillait, guettant ma réaction.

« C'est cette maudite bande des frères Crankshaft – Danny était avec eux, c'est tout. Les flics les ont chopés sur la Brumby Road – ils ont essayé de se barrer dans le bush, mais quelqu'un a dû reconnaître Danny. Ils sont venus fouiner il y a une demi-heure. Moi j'ai rien dit, bien sûr, mais Danny craquerait au bout de trente secondes. Ce gosse saurait même pas mentir pour sauver sa peau.

— Quels flics ?

— Un gros qui parlait tout le temps. »
Harley.
J'ai baissé d'un ton.
« Bandy, je ne suis pas vraiment sûre que tu lui rendes service en le planquant comme ça. Et si je l'emmenais tout de suite au commissariat, pour expliquer…
— Ils le boucleraient pendant des années ! J'les connais, ces enfoirés. Il a déjà été relâché pour bonne conduite. »
Il est passé devant moi, m'a quasiment traînée jusqu'au bout de la véranda, hors de portée des oreilles de son fils. J'ai aperçu ses yeux défaits à la lueur d'une fenêtre.
« Il s'agit quand même pas de l'envoyer sur l'île du Diable, Bandy. J'ignore ce qu'il y a d'autre dans son casier, mais le pire qui puisse lui arriver, c'est un séjour à la prison pour mineurs ; la moitié des gosses de la ville sont passés par là.
— Mais il n'est pas assez fort, Danny. Un endroit comme ça, ça le cassera. Il est tellement bizarre ces derniers temps – il crie la nuit, il disparaît –, Dieu sait ce qu'il a pu prendre… »
J'ai croisé les bras.
« Il a eu de sacrés modèles, pas vrai ?
— Ouais, je sais. Je n'ai pas été le père idéal. Quant à sa mère… »
Il a haussé les épaules, impuissant.
« C'est justement pour ça que je veux absolument éviter qu'il prenne le même chemin. »
J'étais bouleversée de le voir planté là, les pieds joints, son chapeau écrabouillé entre ses doigts.
« Pardon, Bandy, c'était injuste de ma part. Tu as fait du beau boulot – c'est juste que c'est dur pour un gosse, dans cette foutue ville.

— C'est comme avaler un bol d'huile de vidange, a répondu Bandy en hochant la tête. C'est pour ça que j'veux l'envoyer dans le bush. »

Il m'a implorée du regard.

« C'est le seul endroit où je le sentirais en sécurité, et tu y vas demain matin… »

J'ai entendu un bruit derrière nous : Danny se tenait debout au pied des marches. Je ne savais pas au juste ce qu'il avait entendu, mais un seul regard à son visage hanté – on pouvait presque voir les gyrophares bleus dans ses iris, entendre les sirènes muettes dans ses oreilles – a suffi à me faire rendre les armes.

Quels avaient été les derniers mots de Cockburn ?

Pas d'auto-stoppeurs.

Je me suis demandé ce qu'il aurait pensé d'un fugitif.

« ÇA ME REND NERVEUX »

Bandy nous a laissés sur une accolade bourrue et une injonction adressée à Danny : rester à l'écart des ennuis et de la ville. Il est reparti sur la piste dans son van déglingué. Quand il a disparu, un silence embarrassé s'est abattu sur Danny et moi.

« On partira à l'aube », ai-je annoncé. Pas de réponse. « Tu veux manger un morceau ? » Il a dû grommeler quelque chose, mais la nourriture était la dernière chose dont il avait envie.

Nous avons rejoint Hazel à l'intérieur. Danny ne tenait pas en place, il avait l'air à cran, penaud. Il faisait le tour de la pièce, posant les mains sur les poutres comme s'il avait voulu absorber leur sérénité.

Au bout d'un moment, sa curiosité naturelle a repris le dessus et il s'est mis à attraper les objets posés au-dessus de la cheminée – un carillon que j'avais rapporté de Chine, un cristal d'azurite, un éléphant de bois sculpté – et à les faire tourner entre ses doigts maigres. Toujours aussi nerveux, cependant ; on aurait dit que l'éléphant allait le piétiner.

Hazel était assise, adossée à la cheminée. Elle l'observait.

« Cette statue a une histoire, a-t-elle murmuré.
— Comment ça ? a-t-il répliqué, méfiant.
— Raconte-lui, Em'.
— Il y a quelques années, j'étais en Thaïlande…
— T'as été en Thaïlande ?
— Elle est allée partout, mon gars, est intervenue Hazel. Ferme-la et écoute.
— T'as vu un éléphant ?
— Si j'en ai vu un ? Je suis *montée* dessus. »

Ses sourcils se sont arc-boutés.

« C'était comment ?
— Je ne le conseillerais pas… Ce foutu animal s'est emballé. »

Sa mâchoire s'est affaissée.

« Qu'est-ce qui s'est passé ?
— Un débile a pris une photo, et ça lui a fait peur. Le jockey a abandonné le navire, alors j'ai fait pareil. J'ai sauté d'un tas de chevaux dans ma jeunesse, mais il était sacrément plus grand qu'un cheval et je suis retombée sur le cul. Je n'ai pas pu marcher droit pendant toute une semaine et je me suis traînée à travers le pays comme une jument entravée. »

Il a ri, le genre d'éclat de rire spontané qu'il laissait échapper autour du feu de camp dans ses meilleures années.

« Allez, Danny… »

Je lui ai donné une tape sur l'épaule.

« Ne me dis pas que tu ne crèves pas de faim.
— C'est un garçon, a ajouté Hazel. Les garçons, ça a toujours faim.
— J'prendrais bien quelque chose », a concédé Danny.

Hazel et moi avons improvisé un repas d'œufs brouillés, de saucisses et de tomates frites. Tandis que nous nous activions en cuisine, j'ai entendu des cordes métalliques résonner de l'autre côté de la porte.

Je suis sortie sur la véranda. Il avait trouvé la guitare déglinguée que j'avais laissée là.

Ma guitare : quelle blague… Je l'avais sauvée d'un enlèvement des encombrants, quelques semaines plus tôt, en me disant que j'essaierais de faire enfin quelque chose des vieilles chansons country qui me tournaient sans cesse dans la tête. Tout ce que j'avais obtenu, jusqu'ici, c'était des cloques au bout des doigts et deux ou trois accords bizarres.

« Tu saurais accorder ce machin ? ai-je demandé.

— J'peux essayer. »

Il a gratté les cordes avec son pouce et, tournant les mécanismes, il a fait sonner à la perfection cet accord improvisé, qui s'est estompé peu à peu. Puis il s'est assis sur le canapé et il a enchaîné une mélodie avec une telle décontraction que ses doigts semblaient flotter au-dessus du manche.

Hazel est apparue sur le seuil, elle l'a écouté.

« Pourquoi tu traînes dehors à voler des voitures, mon gars, alors que t'as ce son en toi ? »

Nous n'aurions pas dû nous en étonner, vu son capital génétique.

Il a joué encore un peu, forgeant des chaînes d'argent mélodiques qui se déroulaient dans la nuit. Quand il a reposé l'instrument, il paraissait plus calme ; la musique lui faisait du bien. J'ai servi le dîner, qu'il a dévoré goulûment. Il a même demandé du rab.

À la fin du repas, nous nous sommes assis tous les trois sur les marches de la véranda, Danny avec la guitare, gratouillant sans effort. Il s'est interrompu, a fait craquer ses doigts. Il s'est étiré les bras au-dessus de sa tête, les mains entremêlées, ses dreadlocks oscillant sur l'instrument.

Hazel est entrée pour refaire du thé, elle est revenue avec une feuille de papier, la mine perplexe :

« C'est quoi, ça ? »

J'ai levé la tête.

« Tu te souviens, quand je suis allée à Green Swamp la semaine dernière ? Le vieux type blanc qui est mort ? Il y avait une pile de rochers dans sa cour. C'est un dessin de cette pile. »

Elle a fait pivoter le croquis, l'a tendu dans la lumière.

« C'est plus qu'une pile de rochers. Qui l'a dessiné ?

— Une Chinoise ; une sorte d'artiste.

— Elle avait l'œil.

— Ça t'évoque quelque chose ? »

Elle a passé le doigt sur la surface rugueuse, puis elle a tressailli.

« Je n'aime pas ça.

— Moi aussi, ça me met mal à l'aise. Et, putain, je sais pas pourquoi.

— Les gens devraient pas toucher au pays. Bousculer les choses. Des choses diaboliques. Dangereuses.

— Il avait peut-être ses raisons. Ce n'était pas un mauvais homme, ce Doc.

— Peut-être. »

Elle n'avait pas l'air convaincue, et le sentiment de bien-être qui gravitait autour de nous s'était soudain évaporé. Danny s'est penché, a longuement examiné le dessin. Il semblait encore plus troublé que Hazel, et il y avait de quoi. Ces roches se trouvaient sur son territoire, pas sur celui de Hazel. S'il y avait un prix à payer, ce seraient Danny et les siens qui passeraient à la caisse.

Quelque part au bord du ruisseau a retenti l'appel d'un *kurlunkurru*. Danny m'a regardée et il a frissonné ; par ici, cette colombe pacifique annonce une mort imminente.

Son regard s'est perdu au loin, et son front s'est plissé.

« C'est quoi, ce bruit ?

— L'oiseau ?

— Non – beaucoup plus loin – plus comme une machine. Ce sifflement, qui perçute et qui perce… »

J'ai tendu l'oreille, mais je n'entendais rien d'inhabituel. Danny restait assis, le pied posé sur la terre poussiéreuse, à se mâchouiller la lèvre en scrutant l'obscurité frémissante comme s'il avait peur qu'elle ne l'avale bientôt tout entier.

Nous sommes rentrés. J'ai préparé un lit pour lui, par terre, dans le salon. Comme il se glissait dans le *swag*, j'ai surpris son regard anxieux tout autour de la pièce, la nervosité qui s'emparait de lui comme une brume glaciale.

Hazel a sombré peu à peu dans le sommeil pur et apaisé du juste. Qu'est-ce qui me retenait d'en faire autant ? L'anxiété du garçon. Je la sentais à travers le mur : la respiration courte et hachée, les membres tendus. Le silence. La nuit était chaude, certes, mais son inconfort n'était pas dû au seul climat.

Je me suis levée et je l'ai observé depuis la porte. Il avait laissé la lumière allumée, il était allongé sur le *swag* ; il avait les jambes écartées et se bouchait les oreilles avec les mains.

« Tout va bien, Danny ? »

Pas de réponse.

« Danny ? »

Il a ôté ses mains.

« Em'ly, c'est toi ?

— Ouais.
— Je bougerais bien mon lit dehors. Je peux ?
— Sûr. Y a un problème ? »
Long silence.
« Danny… Parler, ça pourrait t'aider. »
Au bout d'un moment, il a murmuré :
« Ce réveil.
— Le réveil ?
— Il me rend nerveux. »
J'ai suivi son regard ; le vieux réveil vert de Jojo cliquetait sur la cheminée.
« Je peux l'éteindre.
— Je veux pas t'embêter.
— Ça ne m'embête pas. »
J'ai pris le vieux réveil, je l'ai retourné dans mes mains. Comment arrêtait-on ce foutu machin ? C'était un petit monstre trapu, couvert de boutons et zébré de rouille. De crustacés aussi, sans doute. Il était là depuis le Déluge.
J'ai exploré en vain les gadgets de l'engin, puis j'ai abandonné et je l'ai lancé par la fenêtre. Je l'ai entendu atterrir sur quelque chose de dur, dans un fracas métallique.
« Merde à Jojo et à son réveil – ils sont aussi peu fiables l'un que l'autre. Il y a autre chose à balancer, tant que j'y suis ?
— Il va faire la gueule ?
— Naaan… Ça lui fera les pieds, à ce foutu radin. Tu crois que tu vas pouvoir dormir, maintenant ?
— J'vais essayer. »
J'ai regagné ma chambre. Tout était silencieux, puis un murmure s'est élevé du côté de Hazel.
« C'est un garçon inquiet.
— Je crois qu'il ira mieux, maintenant. »

Je me suis tournée, blottie contre elle, et j'ai laissé le sommeil m'envahir. Je me suis réveillée au milieu de la nuit. Quelque chose ne tournait pas rond, je l'avais senti. Je savais avant de me lever que le *swag* de Danny serait vide.

Bon Dieu, quoi encore ?

J'ai repensé au commentaire du gosse, l'autre jour, sur la route, quand il m'avait dit qu'il était parti à Stonehouse pour s'éloigner des « moteurs et des roues de Bluebush » ; j'ai repensé, aussi, à son « sifflement qui percute et qui perce », plus tôt dans la soirée. Des bruits mécaniques persistants : ils avaient pris possession de son corps. Bizarre. Et inquiétant : attaqué par la drogue et l'alcool, Danny était en train de développer une allergie au XXIe siècle.

Qu'est-ce qui l'avait poussé, cette fois, à prendre le large ? Y avait-il d'autres bruits, dans la cabane, qui l'avaient rendu dingue ?

Le réfrigérateur s'est mis en route : un ronronnement heurté, intermittent.

Putain de merde. Balancer ça par la fenêtre, c'était beaucoup demander. Je n'avais pas trop envie de l'éteindre non plus : une saucisse n'aurait pas tenu cinq minutes en cette saison ; lait, viande, fromage. Bière fraîche.

J'ai exploré les alentours, inspecté la salle à manger, la véranda. Le gosse restait introuvable. Avait-il pris la fuite ? Était-il en train de piquer des bagnoles avec les frères Crankshaft ?

Alors j'ai entendu les vibrations assourdies de la guitare : un pétillement de notes métalliques, à travers la porte-moustiquaire. J'ai suivi la musique et je l'ai repéré, assis sous un arbre corail au bord de la clairière. Je l'ai rejoint sans bruit.

Sa voix résonnait dans le noir, le timbre délicat d'un jeune homme, d'une absolue justesse.

On est allés dans le désert, quatre ou cinq jours
Dans le vent, la chaleur, la brume du plein été
Lessivés, déchirés, cabossés, explosés
On a démarré le Toyota et pris la route du retour

Il a cessé de chanter et égrainé la mélodie, tout en douceur, en courbes et renversements inattendus.

« Danny ? »

Il s'est retourné, ses grands yeux étincelants à la lueur de la lune.

« Désolé, Em'ly. »

J'ai secoué la tête.

« Pas de quoi être désolé. »

Il gigotait, improvisant de petits riffs et des montées sur le manche de l'instrument.

« J'étais un peu flippé. Chanter, ça m'aide à me calmer. J'voulais pas te réveiller.

— Si on me réveillait comme ça toutes les nuits, je ne m'en plaindrais pas. Jolie chanson. Tu l'as écrite ?

— J'crois bien.

— Ça parle de quoi ? »

Il a tiré sur une dreadlock, l'a fait tourner entre pouce et index.

« Quand tu m'as montré ce dessin, ça m'a fait penser. J'ai écrit cette chanson sur un voyage que j'ai fait avec mon vieil oncle, le Jurupulla qu'est plus là maintenant. Il allait souvent dans le bush avec Doc.

— Eh bien, elle est superbe. »

Je l'ai dévisagé pendant quelques instants.

« Tu crois que tu peux dormir, maintenant ?

— Peut-être. »

Mais ses mains tremblaient. Le temps que je regagne mon lit, la musique avait repris.

Hazel a posé sa main sur la mienne.

« C'est bien, ce que tu fais, Em'. Ramener ce garçon chez les siens… »

STONEHOUSE CREEK

Nous sommes partis de bonne heure, Danny et moi, laissant Hazel debout sur le seuil. Une fois franchies les limites de la ville, j'ai allumé une clope, mis un disque des Pigrum Brothers dans l'autoradio et laissé l'énorme turbo s'en donner à cœur joie. La voiture filait sur l'autoroute comme un fauve échappé de sa cage.

Il nous a fallu deux heures pour atteindre la Gunshot Road et obliquer vers l'ouest. Nous sommes passés devant le relais routier sans même nous arrêter.

Le paysage devenait de plus en plus sec, âpre, la végétation plus clairsemée. Nous apercevions des vaches mortes, boursouflées, ramollies, prêtes à exploser. Des arbres morts, des poteaux de clôture solitaires écorchés par le feu du temps. Il faisait encore chaud ; il ferait chaud pendant des mois.

Nous avons fini par atteindre le squelette oxydé d'un vieux camion Bedford, avec une flèche et les mots « Stonehouse Creek » peints sur la seule portière qui lui restait. Nous avons suivi la flèche et mis le cap au sud. Passé les trois heures suivantes à négocier péniblement des pistes en tôle ondulée, des bancs de sable fin et des termitières à briser un carter.

Un vrai défi tout-terrain pour la bagnole de Cockburn. Elle s'en sortait plutôt bien.

Une inquiétude m'a prise quand nous sommes entrés dans le campement : ce pays n'était pas le mien, ses Rêves n'étaient pas les miens. Débarquant sans prévenir au volant d'une voiture de police, je devais prendre garde à ne pas réveiller les vieux fantômes.

La dernière expédition punitive de la police qui avait frappé le pays Kantulyu était encore dans les mémoires. Ces hommes, venus chercher vengeance pour le coup de lance qui avait tué un prospecteur blanc incapable de contrôler son pénis, avaient ravagé le pays pendant plusieurs semaines, massacrant tous ceux qui leur tombaient sous la main. Des centaines de Kantulyu avaient succombé. Les survivants avaient pris la fuite, terrorisés, et s'étaient réfugiés dans les missions et les villages isolés du bush.

Une poignée d'habitants sont sortis sans hâte pour nous accueillir. Méfiants, d'abord – la voiture, sans doute –, puis enthousiastes quand Danny est descendu. Il est allé rejoindre les autres garçons et je me suis retrouvée plantée seule, à mon grand embarras, au beau milieu de la communauté.

Le premier objet qui sautait aux yeux, c'était un vieux fauteuil club au rembourrage arraché, dont le tissu était d'un bleu fané, évanescent, sur le fond blanc du sable.

Pour le reste, Stonehouse Creek ressemblait à toutes les communautés aborigènes isolées, avec son amas de taudis échevelés et de huttes d'écorce, derrière un alignement d'épaves de voitures. Une pompe à main pour l'eau, des latrines. Mais l'endroit était beau, à sa manière, blotti au pied d'un immense pilier cramoisi, en forme de voile, bordé de gommiers-spectres et d'un ruisseau à sec.

Le produit intérieur brut de la communauté était pour l'essentiel constitué de chiens, et pour être bruts, ils l'étaient. Bouffés par les puces, assaillis par les mouches, couverts de croûtes et de cicatrices, d'un rose maladif, tout maigres et pelés, ils ont levé leurs têtes lasses. Puis ils ont décrété que je n'en valais pas la peine et se sont rendormis.

Une trinité d'ânes, tout sauf saints, erraient autour du camp : de vieux bourricots sauvages aux yeux de pierre et aux dents sournoises, qui dévoraient férocement la moindre plante assez stupide pour pointer la tête hors du sable.

Un vieillard efflanqué, avec un chapeau de cow-boy et des lunettes pare-balles, a détaché les yeux de son jeu de cartes, craché une chique de tabac dans la poussière et marché vers moi, ses jambes se demandant où était passé le cheval.

« Bien l'bonjour, sergent ! » a-t-il crié.

Excellent : une promotion, déjà.

Je lui ai serré la main, ou du moins la paume. Je suis tout juste parvenue à cacher mon malaise au contact de ses moignons lépreux, là où il aurait dû y avoir des doigts.

Il s'est aussitôt lancé dans une histoire – à ce que j'ai pu comprendre, et ce n'était pas grand-chose car son anglais était bancal, mon kantulyu plus encore et les deux ne semblaient pas se rejoindre. Le récit sautait dans tous les sens comme une puce sur une chienne en chaleur. Quelque chose au sujet d'un flic, d'un chameau et d'un esprit maléfique, un petit homme hirsute qui avait la manie de jouer avec les rêves et les poils de nez des dormeurs, lequel aurait pu être, ou pas, mon interlocuteur dans une autre vie.

Ce conte était peut-être le plus drôle de tous les temps – et son raconteur semblait le penser –, mais au bout de quatre ou cinq minutes de confusion la plus totale, je me suis mise en quête d'une porte de sortie.

J'ai été secourue par Meg Brambles, qui est venue nous rejoindre, boiteuse et souriante. « Ferme-la, vieil idiot, a-t-elle ordonné dans un éclat de rire – ordre auquel le vieux en question s'est plié avec jovialité. C'est la tenue que tu portes, a-t-elle expliqué. M. Watson travaillait autrefois comme pisteur pour la police, il t'a confondue avec un autre policier qu'il connaissait dans l'temps. »

Elle m'a fait visiter les ruines de la maison de pierre qui avait donné son nom à la communauté. Il n'en restait guère plus qu'une cheminée délabrée mais, soixante-dix ans plus tôt, l'endroit avait servi de résidence à un missionnaire espagnol qui avait commencé avec des cantiques et du vin de messe, pour terminer poivrot et père d'une demi-douzaine de métis aborigènes.

Meg m'a introduite dans le cercle des femmes, assises sous un acacia *mulga*, et j'ai passé les deux heures suivantes en leur compagnie – à gratter un lopin famélique planté de melons d'eau et de raisins, à trimballer de l'eau puisée à la pompe, à les aider à déchiffrer un livre de mots cachés que quelqu'un avait récupéré à la décharge de Bluebush.

J'ai rencontré une femme qui avait à peu près mon âge : Kitty O'Keelly, grande et mince, avec des yeux de chat et une chevelure généreuse, très belle tant qu'elle ne parlait pas – ce qui était rare. Après l'avoir entendue rameuter les enfants – et les rembarrer –, j'ai prié le ciel qu'elle ne s'intéresse jamais à mon cas.

Il y avait aussi un vieil homme, dont je sentais qu'il était le centre de quelque chose. Il était assis en tailleur sous un acacia *wirewood*, paupières mi-closes pour se protéger du soleil. Les gens lui lançaient des regards inquiets, comme s'ils avaient attendu qu'il leur donne le feu vert.

L'homme jouait avec une minuscule radiocassette, d'où s'élevaient les notes onctueuses et distordues du chanteur de country Garth Brooks. Au bout d'un long moment, il s'est levé péniblement et nous a rejointes clopin-clopant, appuyé sur deux bâtons, à ce point voûté qu'on aurait dit qu'il portait son père sur son dos. Danny est venu l'aider ; ils étaient intimes, à l'évidence.

Quand ils se sont approchés, j'ai compris que les yeux du vieillard n'étaient pas à demi fermés face au soleil, mais qu'ils l'étaient totalement face au monde. Le pauvre vioque était aveugle. Dans le coin, on appelle ça la maladie des grains de sable : le trachome, une affection fréquente chez ceux de notre peuple.

Il s'appelait Eli Japanangka Windmill. Il portait un pantalon large et une barbe plus large encore, un chapeau de cow-boy et un débardeur gris pigeon. Sa poignée de main, quoique douce, gardait une énergie réflexe qui laissait deviner que l'homme avait dû être solidement bâti avant d'être sapé par l'âge et la maladie.

« Bienvenue, m'dame. D'où qu'est ton peuple ?

— J'ai grandi à Moonlight Downs, mais ma mère, elle, venait du Golfe.

— Pays d'eau salée. »

Il a hoché la tête, pensif.

« *Yupawi*.

— Tu restes là ce soir ?

— Si ça ne gêne pas…

— *Yuwayi*, t'es la bienvenue. *Kurlupartu*, hein ?

— Flic ? Ouais, plus ou moins. »

Il a semblé trouver cela amusant, puis il a ajouté :

« C'te m'dame noire bien comme y faut… ramener ce garçon qu'est à nous… »

Avoir pris Danny à mon bord était un choix bien plus judicieux que je ne l'aurais imaginé.

« Ouais, il avait besoin de paix et de calme ; trop d'ennuis en ville.

— *Yuwayi*. »

Il a tourné ses yeux opaques vers le nord, a secoué la tête.

« Boire… ça rend fou un homme. »

Il n'a pas dit grand-chose de plus. Avant même qu'il n'ouvre la bouche, je l'avais soupçonné de tout savoir de moi. Mais quand Danny l'a raccompagné dans son coin, j'ai eu le sentiment d'avoir reçu sa bénédiction.

BODYCOMBE

Stonehouse ne m'avait pas semblé être le genre d'endroit où les visiteurs se bousculaient, si bien que j'ai été surprise d'entendre un moteur rugir dans le lointain.

« C'est qui ? », ai-je demandé à Meg. Nous étions assises côte à côte, à arracher des larves de poux dans les cheveux des enfants.

Elle a porté la main à son oreille. « C'te prêcheur-là – homme de Dieu… »

Presque aussitôt, un véhicule qui, comme le grand requin blanc, charriait avec lui toute une atmosphère, est entré dans le campement. C'était un énorme camping-car, visiblement doté de tout le confort d'une maison. Sur sa portière, un logo digne d'une chaîne de fast-food, et ces mots : *Confrérie évangélique aborigène.*

Le Confrère évangélique aborigène en personne – le pasteur Bodycombe, me suis-je souvenue, que j'avais rencontré à Green Swamp – est descendu de son 4 × 4 et s'est dirigé vers Magpie. Il lui a écrasé les métacarpes avec enthousiasme et lui a assené une claque sur les omoplates, puis il a entrepris de broyer toutes les chairs qui n'étaient pas assez rapides pour s'écarter de son chemin. Une véritable tournée à la manière des politiciens de Canberra : il en rajoutait des tonnes dans son maniement de l'argot, faisait un spectacle d'une bouchée de pain australien. Il se pourléchait les babines devant une larve de *witchetty*[1] et s'écriait, tout sourire : « Mmmm... juteuse comme y faut ! » Je n'aurais pas été surprise s'il avait ôté son dentier pour épater les indigènes avec la magie dentaire de l'homme blanc.

Au-delà de sa foutue condescendance, la simple existence de ce type, l'arrogance sous-jacente de son entreprise missionnaire me prenaient foutrement la tête. Mais je me suis contenue. Ce n'était pas mon pays, et me laisser aller à mon coup de sang habituel ne m'attirerait que des ennuis.

De toute manière, personne d'autre ne semblait s'offusquer. Ils l'ont écouté poliment tandis qu'il leur lisait un passage de la Bible, se sont mis en rang quand il a sorti le pain et le sirop de fruits rouge. Ils ont ingurgité la maigre nourriture et les prières plus maigres encore, se sont gratifiés les uns les autres de signes de la paix, ont marmonné leur accord quand il les a exhortés à remercier le Seigneur pour ses précieux dons.

J'ai supporté tout ça en silence, jusqu'à la fin. Comme il rangeait ses outils professionnels, le pasteur a repéré au loin les ânes de la destruction.

« Ah ! les poneys de Dieu !

— Comment ça ? s'est étonnée Meg.

— Les ânes. »

Il nous a gratifiés d'un sourire entendu.

« C't animal-là, qu'Jésus montait... »

1. *Witchetty grubs*, grosses larves blanches de plusieurs variétés d'insectes. (*N.d.T.*)

C'en était trop. J'ai fait basculer mon chapeau sur l'arrière de mon crâne, avalé une rasade de thé, brandi mon gobelet vers lui.

« À votre place, *padre*, je ne m'enflammerais pas trop. Bruno aussi…

— Pardon ? »

Le pasteur s'est retourné, cherchant du regard la source de cette remarque déroutante. Il m'a aussitôt repérée.

« Giordano Bruno. Il avait pigé que la Terre tournait autour du Soleil. Ceux de votre clique l'ont posé sur un âne et l'ont fait défiler dans les rues de Rome, avant de le brûler vif. »

Il a cligné des yeux.

« Ma clique ?

— Les moines de l'ordre de Saint-Jean-Décollé. »

Il a rejeté la tête en arrière.

« Pas vraiment ma clique.

— Oh, pardon… je vous croyais chrétien. »

Il se serait gratté le menton s'il en avait eu un.

« Et vous êtes… ?

— Emily Tempest.

— Nous nous sommes déjà rencontrés ?

— À Green Swamp, le jour où Doc est mort. »

Sourire électrisant.

« Ah oui, je me souviens.

— J'étais avec les policiers.

— Tout à fait. »

Son sourire n'a pas tremblé, on aurait pu le croire gravé au couteau sur ses lèvres. Mais quand il est remonté dans son camping-car, il m'a jeté un dernier regard, les yeux bouillonnant de colère. Quelqu'un venait de lui couper sous les pieds sa petite herbe minable, et ça le rendait furieux.

TRAVAIL DE TERRAIN

Une fois l'homme de Dieu reparti, je suis retournée m'asseoir par terre à côté de Magpie et de Meg. Armé d'un tournevis, le premier s'échinait à gratter les graines d'herbe incrustées dans le radiateur de sa Holden HQ, la seconde lui assenait des ordres.

« Ah, tu ferais mieux d'utiliser cette brosse-là ! »

Magpie s'est penché pour prendre une brosse métallique dans sa mallette.

« On dirait que tu bosses à la Bourse, ai-je remarqué en désignant l'attaché-case.

— Ben, j'ai une bourse, mais elle est vide », a-t-il répondu, l'air piteux. Il avait l'adorable manie de lever un sourcil quand quelque chose lui semblait drôle. Et comme tout lui semblait drôle, la stupéfaction bienheureuse constituait son expression de base.

J'ai jeté un coup d'œil dans sa caisse à outils, qui était en fait un ancien porte-cartes avec boucles de cuir et fermoir en cuivre. Elle était entrouverte : j'ai aperçu une bouteille d'eau, un dossier bleu, un couteau Stanley, une boussole qui avait perdu son couvercle et un os fendu. Le seul endroit où il avait pu dénicher une valise pareille, c'était dans un magasin d'occasions. Ou à la décharge municipale, autre lieu privilégié où chaparder du matériel. Magpie – la « Pie » – méritait bien son nom.

C'était le moment d'évoquer la vraie raison de ma visite. « Vous autres, vous connaissiez ce vieux *kartiya* de Green Swamp, celui qui nous a quittés l'autre jour ? »

Ils ont pris un air sérieux. Le vieil homme a posé sa brosse, nous a versé une tasse de thé.

« *Yuwayi*, nous, on l'a rencontré, a répondu Meg. Doc, c'est ça ?

— C'est lui. Danny m'a dit qu'il partait souvent dans le bush avec Jupurulla, qui lui aussi nous a quittés.

— *Yuwayi*, eux, ils ont fait un tas d'voyages ensemble. »

J'étais tentée de leur poser d'autres questions, mais je m'aventurais sur un terrain miné. La mort s'accompagne de toute une batterie de tabous, par ici.

Je leur ai montré la photo de Doc.

« Vous ne connaîtriez pas cet endroit, par hasard ? »

Magpie a étudié le cliché avec une intense curiosité – ce qui ne m'apprenait rien, d'ailleurs : Magpie aurait étudié sa tasse de thé du matin avec une intense curiosité. Enfin, il a caressé sa moustache et déclaré : « Plus mieux la montrer au vieux Windmill. »

Voilà qui sera intéressant, ai-je pensé en me demandant ce qu'un aveugle allait bien pouvoir faire d'une photographie.

Nous avons apporté la photo à Eli, qui sirotait son gobelet de thé à l'ombre de son arbre.

Les deux hommes ont engagé une conversation crépitante, en kantulyu. Magpie, à ce que je comprenais, décrivait les roches éparpillées au premier plan, les pentes striées de la montagne, le sommet déchiqueté.

Eli a tracé sur le sol ce qui ressemblait à une carte.

« Irinipatta, a-t-il annoncé.

— Irinipatta ? C'est le nom de cet endroit ?

— *Yuwayi*, a acquiescé Eli. C'est l'Rêve du Feu, c't endroit… Au nord-ouest d'ici. »

Il a basculé le menton et pointé ses lèvres dans cette direction.

« L'homme blanc l'appelle… comment c'est, ça ?

— Dingo Springs, a répondu Magpie.

— *Yuwayi*. Ce Dingo-là. Un peu très loin. »

Aussitôt, j'ai compris. Magpie savait parfaitement de quel endroit il s'agissait. Mais Irinipatta – Dingo Springs – appartenait au Rêve d'Eli. Lui seul avait donc le droit d'en parler.

« Vous y êtes allé, Japanangka ? l'ai-je interrogé.

— Au temps d'la marche à pied. »

Il a entonné quelques mesures d'un chant, a tripoté sa barbe puis éclaté de rire.

« Depuis que j'avais même pas d'moustaches ! »

Le regard de Magpie s'est tourné vers le Toyota de Cockburn, et une lueur gourmande a pris possession de ses yeux.

« Peut-être qu'on pourrait t'emmener là-bas ? » a-t-il proposé avec un sourire plein d'espoir.

J'ai tout de suite compris son petit manège. Redécouvrir un territoire traditionnel était toujours une épreuve. L'environnement était dégradé par trente ans d'abandon, envahi par les plantes, les animaux nuisibles. Toutes les sources étaient enfouies sous la végétation, une bonne partie de la faune avait disparu. Ces gens étaient presque tous vieux, leurs esprits et leurs corps affaiblis. Les véhicules à moteur représentaient désormais une ressource aussi précieuse que, jadis, les propulseurs de lance et les gourdes traditionnelles. Le Land Cruiser de la police, avec sa grande autonomie en carburant, son treuil et son réservoir d'eau, une radio sur le tableau de bord et une sœur aborigène au volant, constituait une alléchante opportunité.

Ma première réaction, ç'a été : bon Dieu, oui ! Mais avais-je assez de carburant ? Je regrettais de ne pas avoir refait le plein à Green Swamp.

Le nouveau joujou de Cockburn : j'ai frissonné, inspecté nerveusement le Land Cruiser. Une expédition au fin fond du bush, sur le terrain le plus rude du monde, n'était peut-être pas ce qu'il avait en tête en me filant les clés.

Oh, et puis merde ! C'était quand même un véhicule de police, et ce que je faisais, c'était mon travail de policière. Plus ou moins, d'accord. Je ferais simplement de mon mieux pour ne pas l'amocher.

Cette belle confiance m'a quittée le lendemain matin, au réveil, en découvrant que les enfants avaient gravé leurs noms sur la peinture métallisée du hayon.

« Doux Jésus… » ai-je marmonné en passant la main sur leurs gribouillis.

« Jésus », effectivement – il était là, sous mes yeux, Son nom incrusté entre les Rufus et les Wesley. L'influence du pasteur Bodycombe était plus grande que je ne l'avais cru.

Ravalant ma peur, j'ai allumé la radio.

« Bluebush 350 à la base. Vous me recevez ? Over.

— Base à Bluebush 350. »

Merde. Cockburn en personne.

« Bonjour, Emily. Où es-tu ? Over.

— Toujours à Stonehouse Creek, commissaire.

— Tu prends soin du véhicule ? Over. »

J'ai réussi à esquiver la question des améliorations apportées à la peinture du 4 × 4, mais il n'a pas eu l'air content quand je lui ai dit que je me dirigeais vers Dingo Springs.

« Tu vas où ? Over.

— Dingo Springs.

— C'est où, ça, bon Dieu ? Over.

— Quelque part vers l'ouest.

— Quelque part ! »

Son irritation a jailli de la friture, crachotante.

« Ça veut dire quoi, vers l'ouest ? Perth ? Tu voyages avec qui ? Over. »

J'ai jeté un coup d'œil à la file d'attente : des gamins saccageurs, des vieillards avec toutes sortes d'os dépassant de leurs poches. Un chien avec la tête comme une pièce montée dégoulinante, traînant derrière lui un panache de mouches. Bonté divine : il avait une chaussette de crotte suspendue à l'anus.

Pas d'auto-stoppeurs.

« Désolée, commissaire, je ne vous reçois plus. Ça capte mal, ici. Over.

— Fais gaffe au…

— Je réessaierai demain matin. Over.

— Écoute bien… »

J'ai éteint la radio. Le récepteur a tremblé une dernière fois, et moi aussi.

AU NORD-NORD-OUEST DE NULLE PART

Un autre véhicule, un Toyota jaune celui-là, était revenu pendant la nuit, conduit par un Nipper Crankshaft aux yeux défoncés. Nipper – le « Mioche » – ne devait pas ce nom à sa petite taille : il était grand. Il le devait au fait que quand les choses se compliquaient – et elles étaient rarement simples –, il avait tendance à téter toutes sortes de substances.

Il avait ramassé en route deux auto-stoppeurs : ses neveux, Benny et Bernie Crankshaft, qui cuvaient tous deux une atroce gueule de bois. La voiture était dans un pire état encore que ses passagers ; le pot d'échappement pendait sous le châssis, une paire de slips bouchait le réservoir.

Bernie a repris connaissance, il lui a fallu un moment pour comprendre où il se trouvait. C'était un garçon de la ville, ces derniers temps, un solide gaillard à l'imposante tignasse noire, comme un buisson de *carissa* ambulant. Quand il a appris que nous étions sur le point d'entreprendre une expédition dans le bush, il a immédiatement pris les choses en main, à la manière inimitable de la famille Crankshaft.

Il a retrouvé son fusil au milieu des détritus, tiré deux ou trois fois pour le tester, déniché une bouteille d'eau et un canif, annoncé qu'il était fin prêt pour diriger l'expédition.

J'ai repéré le frémissement d'un sourire sur les lèvres d'Eli Windmill.

Nous sommes partis peu après, un convoi de trois véhicules, une vingtaine de personnes en tout. Eli et Magpie se sont retrouvés sur la banquette à mes côtés, même si Magpie, l'hyperactif, passait davantage de temps à l'extérieur de la voiture que dedans.

On atteint rarement des vitesses autoroutières quand on se fraie un chemin dans des broussailles denses. Entre les passages au ralenti en mode « vitesses courtes » et les arrêts crevaison, Magpie avait tout le temps de courser un iguane, d'allumer un feu, de se lever d'un bond pour me guider, juché sur le pare-buffle. À un moment, tandis que nous traversions péniblement une prairie marécageuse, il s'est précipité devant la voiture et je n'apercevais plus que son chapeau à large bord bondissant au-dessus des herbes.

Peut-être était-ce la chaleur ; soucieuse d'économiser le carburant, je n'avais pas mis la clim et nous roulions au pas, vitres baissées au maximum. Peut-être était-ce l'intense émotion des Kantulyu, qui contemplaient avec des yeux d'enfants leur pays oublié. Peut-être était-ce la puissance des chemins rêvés que nous parcourions.

Quelle qu'en soit la raison, cette journée s'est déroulée comme une sorte de délire collectif, de rêve enfiévré dans lequel le temps, la géographie et notre petite troupe de voyageurs ne faisaient plus qu'un dans mon esprit.

Eli était recroquevillé à côté de moi. La plupart du temps, il semblait dormir. Il m'a fallu une heure pour comprendre que c'était lui, ce vieil aveugle infirme au souffle saccadé, qui menait la danse.

De temps à autre, il se redressait pour poser une question : « Deux gros rochers là-haut, hein ? Côté ouest ? »

Il se trompait rarement.

« Va sous leur ombre. Tu vois cette colline là-devant ? Pointue, comme une aiguille ? »

Une fois encore, il disait vrai.

« Pawalyu. Fais le tour. Le long du ruisseau. »

Puis il se rendormait. Nous opérions de subtils changements de direction en réponse à ses indications et les autres véhicules suivaient dans notre sillage.

Nous sommes descendus au fond d'un petit ravin, et il m'a dit : « Tourne un peu à l'ouest quand tu verras c'gros rocher-là. Bloc. Jawangu, d'l'autre côté de cette colline.

— Quelle colline ?

— Côté sud. D'où viennent les nuages. »

Il avait raison : des nuages dérivaient au-dessus d'une colline, au sud, mais comment diable pouvait-il le savoir ?

Danny a passé l'essentiel de la journée aux côtés du vieil homme, le visage illuminé, détendu, presque joyeux, absorbant tout le paysage.

Nous avons roulé jusqu'au soir, dressé le campement dans un coucher de soleil aux reflets de radium. Mes compagnons étaient excités et heureux : une vieille dame barbue a entonné une mélopée, plain-chant rempli d'amour, son sourire figé découvrant une unique dent, ravissante. Les autres se sont joints à elle, poètes illettrés scandant des mélodies immémoriales : ils chantaient des cantiques et des cartes du ciel, des airs de chasse, des incantations évoquant d'invisibles rivières. Ils célébraient le retour à un pays qu'ils avaient jadis parcouru à pied.

Danny était assis contre Eli, jambes croisées, le visage enflammé. C'était un garçon de la ville, jeune, mais fasciné. Désireux d'apprendre. De temps en temps, l'aveugle lui donnait une tape sur le genou, lui offrait une explication murmurée.

Tandis qu'ils chantaient, je suis restée assise près du feu, griffonnant dans mon carnet. Bien décidée à saisir l'essence de ce voyage pendant qu'il était encore frais dans mon esprit.

Où allons-nous ?

Sur des plaines ondulées parsemées de termitières, à travers des montagnes fissurées, des ravins courbes, des étendues de broussailles traîtresses qui raient nos carrosseries et lacèrent nos pneus.

Jusqu'aux rives d'un lac de neige ; nous marchons dessus, les cristaux de sel craquant sous nos pas, l'éclat du soleil de midi frappant comme un éclair.

Jusqu'au bord d'un cratère vaste comme un terrain de football : « Creusé par l'étoile, çui-là », selon Eli.

Nous longeons des falaises rouges, farouches, les crêtes d'immenses collines en forme de croissant.

Que voyons-nous ?

Un faucon tombant du ciel, traînant derrière lui un panache de fumée.

Le squelette d'un cheval qui est allé trop loin, piégé par la sécheresse : des lambeaux de cuir et du fer oxydé, les dents figées dans un sourire.

Que ressentons-nous ?

Principalement, la chaleur. C'est un rêve de Feu que nous poursuivons, et c'est ce que nous ressentons. La chaleur se cramponne à vous et vous dessèche, elle monte en vous comme un ferment.

Qu'ai-je appris ?

Que le mot « boussole », en kantulyu – warlujinta –, *signifie également le cercle, que le mot « montre »* – warlukari – *désigne aussi le soleil. Circulaires tous les deux, vivants tous les deux.*

Et que le feu – warlu – *forme le noyau des deux.*

DINGO SPRINGS

Le lendemain, en fin d'après-midi, nous avons contourné par le sud, tant bien que mal, une chaîne de montagnes fracturées, et enfin, à trois ou quatre kilomètres, il nous est apparu : le promontoire rocheux de la photo de Doc.

« Irinipatta », a psalmodié Eli. Dingo Springs.

J'ai continué au ralenti dans cette direction. Le promontoire se présentait comme un îlot de roches désordonnées qui étincelaient sous le haut soleil, tels les feux de son Rêve. Des roches cristallines, pour l'essentiel, une masse de blocs joints, en forme de parallélogrammes, parsemée de veines de fer mouchetées sur les hauteurs. La végétation était clairsemée : quelques figuiers et un olivier du désert, des plantes vénéneuses, agrippées aux pentes rainurées.

Nous sommes descendus de voiture pour continuer à pied. Deux dingos sont sortis des buissons et ont filé à travers le sable, avant de disparaître dans un invisible ravin.

Les femmes arrachaient des branches, contournant la base du promontoire en file indienne, balayant les roches du regard au fil de leur progression, faisant la paix avec tous les esprits qui pouvaient encore traîner par là.

Un wallaby a bondi des rochers, enchaîné quelques bonds maladroits, puis s'est planté sur ses pattes arrière pour nous observer.

« L'est tranquille », a murmuré Meg, stupéfaite.

Eli a basculé la tête en direction de l'animal, mâchoire verrouillée.

« Peut-être malade ?

— Peut-être. »

À cause de sa docilité, sans doute, de son regard absent, personne ne semblait d'humeur à le tuer.

Les parois de granite étaient lissées comme des miroirs à hauteur de wallaby, polies ; les kangourous avaient dû être légion par ici, autrefois.

Examinant de près une falaise écorchée sur le flanc est, j'ai aussitôt compris pourquoi l'endroit avait intrigué Doc. D'un point de vue géologique, ce promontoire présentait une diversité extraordinaire. Certaines de ses roches étaient à l'évidence d'origine volcanique : des coulées de rhyolites, peut-être. Mais juste à côté, on apercevait des *drop stones* – fragments rocheux déposés là par d'antiques glaciers, si j'avais bien retenu ma leçon, tombés de la calotte glaciaire qui aurait recouvert le globe voilà six cents millions d'années.

Il y avait d'autres veines entremêlées que je ne reconnaissais pas : des concrétions dolomitiques ? Les affleurements de carbonates mentionnés par Doc ? Des roches qui ne pouvaient avoir été formées que par un réchauffement brutal et extrême de l'atmosphère.

Même avec l'ampleur limitée de mes connaissances, une stratification aussi diverse – des roches de l'âge de glace et de celui du feu réunies dans une même montagne – me semblait inhabituelle.

Mais quel rapport cela pouvait-il avoir avec le meurtre sur lequel j'enquêtais ? Pourquoi quelqu'un aurait-il voulu effacer toute référence à cet endroit dans les archives d'un géologue gâteux ? Ce promontoire démontrait peut-être la valeur d'une théorie géologique, mais, bon sang, qui aurait tué Doc pour ça ? Un confrère géologue ? Absurde. Je savais que certains géologues n'hésitaient pas à démolir les théories des autres à grands coups de marteau, mais ils n'avaient pas l'habitude de planter ce dernier dans la gorge d'un concurrent.

L'endroit recelait-il d'autres richesses ? Doc avait-il découvert un filon de minerai, de l'or, du platine, ou un truc dans le genre ? Ça n'y ressemblait pas, mais il m'aurait fallu un matériel que je n'avais pas pour en être certaine.

J'étais frappée par l'abondance de fossiles, qui dataient pour la plupart de l'Édiacaran. Geordie Formwood m'avait parlé de ces fossiles que Doc agitait sous le nez du pasteur Bodycombe, quand ils se disputaient au sujet de la théorie de l'évolution. Était-ce ici que Doc les avait trouvés ? Mais des fossiles, il y en avait partout dans le désert. Le pasteur ne l'aurait quand même pas assassiné pour une foutue histoire d'évolution.

Une autre idée m'est venue, tout aussi improbable. Doc avait-il pu être tué pour avoir interféré avec la loi des aborigènes ? Qui sait, c'était possible. J'avais moi-même commis une erreur de ce genre, autrefois ; et je l'avais payée au prix fort. Or, ce lieu était à l'évidence un site important du Rêve.

Cette pensée s'est dissoute aussi vite qu'elle était apparue : je ne connaissais pas le moindre *kadaitja* capable de déchiffrer les notes de Doc, et encore moins de les voler. Les propriétaires traditionnels des lieux m'avaient amenée ici ; si une loi avait été violée, ils auraient été les premiers à le savoir – pourtant, ils n'avaient pas hésité à me conduire sur place.

Magpie et Meg se sont joints à moi, et nous avons entrepris l'ascension du promontoire, qui culminait à une vingtaine de mètres. À mi-chemin du sommet, il y avait une source, mince filet d'eau qui s'écoulait d'une fissure, donnant l'impression que la roche pleurait.

J'ai fait une vasque de mes mains et j'étais sur le point de boire quand un cri venu d'en bas a attiré mon attention.

« Em'ly ! »

C'était Danny.

Eli rampait vers nous, à quatre pattes, le visage pelé, paniqué, creusé de grimaces et de rides. Il semblait avoir pris dix ans d'un seul coup – on n'aurait pourtant jamais cru qu'il avait dix ans devant lui. Danny le soutenait tant bien que mal.

« Tu fais quoi, vieil homme ? a imploré Meg tandis que nous l'aidions à se relever. T'aurais pas dû monter tout seul.

— Quelque chose va pas... »

Ses vieilles griffes d'iguane ont empoigné l'air, impuissantes.

Nous restions plantés là, perplexes.

« Tout va bien, Japanangka. »

Il a scruté ses propres ténèbres, a secoué la tête.

« L'bordel total... Marche pas... »

Magpie a froncé les sourcils.

« Qu'est-ce qui marche pas ?

— Le chant du Feu. J'comprends pas. »

Meg a posé la main sur son épaule.

« Je t'en prie, Japanangka, calme-toi… »

Sa voix était aussi douce que le désert après la bruine.

« On s'fait vieux, nous tous, on a peur des ombres, on court en rond partout. Mais là on est revenus dans not' pays, comme y faut. Plein d'jeunes autour de nous, et l'pays revient à la vie.

— Mais aaaïe… »

Il a poussé un long soupir, s'est dirigé à tâtons vers une roche et s'est laissé tomber dessus. Des larmes étincelantes, ou des perles de sueur, coulaient sur ses joues ridées.

« P't-être juste moi, moi et ces foutus yeux bons à rien… »

Mais ce n'était pas seulement Japanangka : Danny le fixait du regard, et un nuage sombre a voilé son visage. Quel que soit ce que le radar ultrasensible de Japanangka avait pu détecter, Danny le sentait lui aussi, par osmose. Il m'inquiétait. Sa couche superficielle était une membrane délicate qui laissait passer trop de choses extérieures.

Danny a raccompagné le vieillard jusqu'au pied du rocher et a fait de son mieux pour le mettre à son aise. Ils formaient un étrange couple : l'adolescent élancé, l'Ancien trapu, reliés l'un à l'autre par l'instinct du pays. Et une même sensation de péril et de perte.

Magpie et moi avons poursuivi l'ascension jusqu'au sommet. Il s'est étiré, étudiant le paysage. « Des traces, là-bas : y avait une voiture. »

Il m'a fallu un moment pour les repérer : deux rubans jumeaux de poussière rouge, fendant les touffes jaunâtres d'herbe porc-épic.

« Droit vers l'est, ai-je constaté. Qu'est-ce qu'il y a par là-bas ?

— Continue tout droit et ça t'mène jusqu'à la Gunshot Road. Le relais routier…

— C'est peut-être le chemin que prenaient Doc et Jurupulla pour venir ici ?

— On devrait j'ter un œil. »

Nous avons désescaladé l'autre face du promontoire et marché jusqu'aux traces.

« Ils conduisaient quoi ?

— C'te vieille jeep-là, la bleue, qu'était à Doc. »

Ces empreintes étaient bien trop larges pour la jeep de Doc.

« Alors quelqu'un d'autre est venu par ici ?

— Faut croire. »

Il a étudié les traces de pneus, ramassé une poignée de sable, l'a laissée s'écouler entre ses doigts.

« Combien de temps ? ai-je demandé.

— Pas longtemps. »

Une idée hasardeuse m'a traversé l'esprit.

« Ces traces, ça viendrait pas du camping-car que conduit le pasteur ? »

Il a soupesé l'idée pendant quelques instants, puis s'est gratté le menton.

« P't-être pas si large que ça… »

Il s'est tourné vers l'est, a laissé échapper un petit sifflement inquiet, langue arc-boutée contre la base de ses dents.

Nous avons regagné les voitures. J'éprouvais une sensation désagréable. Et, je le sentais malgré moi, mon compagnon aussi.

Qu'est-ce que Dingo Springs avait à voir avec le meurtre de Doc ? La mort de deux vieillards ne pouvait justifier à elle seule l'impact disproportionné que ce lieu avait sur nous tous.

Nous avons dressé de grands feux, ce soir-là, mais l'atmosphère du campement n'avait plus rien à voir avec la beauté cristalline de la nuit précédente. Le ciel semblait plus sombre, plus profond ; les étoiles, en flammes. Les Kantulyu étaient agités, nerveux. Un chœur de dingos furieux d'avoir été ainsi expulsés de chez eux jappait dans les collines.

Assis sur son *swag*, Eli chantait doucement mais avec détermination, s'interrompant parfois pour siroter son gobelet de thé. Danny semblait à cran : une fois ou deux, il s'est levé, il a scruté l'obscurité, les narines tremblantes. Meg récitait une prière, elle implorait Jésus de veiller sur nous pendant la nuit. Apparemment, j'étais la seule à m'étonner qu'elle puisse ainsi invoquer un dieu étranger, lors d'un voyage au cœur de ses propres traditions.

Je me suis endormie de bonne heure, mais d'un sommeil agité. J'avais l'impression d'avoir à peine fermé les yeux quand j'ai été réveillée en sursaut par un hurlement de terreur.

MAUVAIS RÊVES

C'était Danny. Il était à demi sorti de son *swag*, son maigre corps frissonnant sous la lune, les mains plaquées contre ses tempes.

Meg était déjà à ses côtés, le réconfortant de ses vieilles mains douces et murmurant à son oreille. Au bout d'un moment, le garçon s'est calmé. Il s'est rallongé dans son *swag*.

« Mauvais rêves », a-t-il gémi.

Meg le couvait du regard, le visage anxieux.

« Qu'est-ce qui arrive à ce gamin, Em'ly ?

— Je crois que c'est le monde entier qui lui arrive, Meg.

— L'a fumé c'te marie-jeanne en ville, non ? a-t-elle deviné. Ça l'rend un peu dingue ? »

Sa clairvoyance n'aurait pas dû m'étonner ; elle avait vu sa propre fille, Rosie, la mère de Danny, perdre la tête en ingurgitant toutes les substances imaginables. Meg avait passé des années à la récupérer dans les cellules de dégrisement, les sections spécialisées des hôpitaux et les fossés du petit matin. Elle en savait probablement davantage sur les stupéfiants que n'importe quel employé des centres de désintoxication.

« Il a touché à tout. Décrocher de n'importe laquelle de ces drogues, ça vous perce un trou dans le cerveau. Mais avec toi et tous les siens pour veiller sur lui… »

J'ai tenté un sourire rassurant.

« … il se remettra, j'en suis persuadée. »

J'ai regardé Danny allongé là, le front luisant de sueur, la bouche ruminant en silence, et une vague de tendresse m'a submergée. Il était peut-être terrassé par ses rêves et ses hallucinations, mais il faisait de son mieux. Il était venu dans le bush, avait passé du temps avec ses aînés, tenté d'apprendre leurs mots et leurs coutumes, qui étaient sur le point de disparaître.

Pour un garçon qui avait grandi comme un sauvage dans les faubourgs jonchés de tessons de bouteilles et de boîtes de conserve de Bluebush, il ne s'en sortait pas si mal. Ses efforts avaient quelque chose d'héroïque.

Meg a massé le front de Danny avec la mixture à base de laiteron et d'écorce d'acacia parapluie qu'elle avait concoctée. Elle a jeté des plantes aromatiques sur les braises, posé sous la tête de Danny un oreiller de citronnelle. Le cocktail médicinal semblait opérer : la respiration de Danny s'apaisait peu à peu.

« Faut qu'on veille sur ces jeunes-là, a-t-elle déclaré. Sont tout c'qu'on a. »

Je me suis tournée sur le dos, j'ai contemplé le planétarium détraqué qu'était ce ciel nocturne, en maudissant les pièges et les chausse-trappes qui guettaient tous les jeunes de sa génération. Et Dieu sait combien de fois j'étais moi-même tombée dans certains de ces pièges. C'était le fait d'être revenue au Centre qui m'avait sauvée. Dans mon esprit, c'était son propre centre que le garçon était venu chercher ici.

J'ai soudain identifié, en arrière-fond de mes pensées, une sous-couche sonore, lointaine. On aurait dit le vrombissement d'un moteur, mais c'était peu probable, dans ce coin perdu du bush. Un animal – un dingo, un *brumby*[1] peut-être – avait-il déclenché un éboulement ? Difficile à dire : les sons vous jouent des tours, la nuit dans le désert, transitant sur des kilomètres dans l'air immobile.

« Tu n'as rien entendu, Meg ? »

Elle a scruté les ténèbres, secoué la tête.

« Non. »

Ce qui n'avait rien de concluant, d'ailleurs ; bon nombre de nos Anciens souffrent de troubles auditifs. La perspective d'un autre véhicule rôdant dans les parages me mettait étrangement mal à l'aise. J'ai empoigné ma torche, enfilé mes boots.

« J'vais faire une petite ronde avant de pioncer. »

Cette idée l'a rendue nerveuse.

« Mieux qu'tu restes ici, Nangali. Là-bas dans l'noir, y a du danger. Un p'tit démon qui s'amuse, p't-être, ou même pire…

— Ne t'inquiète pas pour moi. »

Mais sa mise en garde résonnait sous mon crâne tandis que j'explorais le pied de la paroi, avant de grimper jusqu'au sommet. Je suis montée sur un gros bloc pour observer la plaine bleu sombre.

Rien : s'il y avait un véhicule dans ce désert, alors il s'était arrêté, ou bien il avançait au pas, tous feux éteints. Tendant l'oreille, je n'ai rien entendu.

Je suis redescendue dans la plaine, le faisceau de ma torche balayant le sol devant moi. Hormis les animaux nocturnes furtifs habituels – une chauve-souris qui fondait en piqué, un rat *ningaui* qui

1. Cheval sauvage d'Australie. (*N.d.T.*)

bondissait sur une araignée aboyeuse –, tout était calme.

J'allais me remettre en route quand j'ai brutalement été arrachée à mes méditations par un énorme serpent *mulga* – il s'est tortillé sous mon pied, avant de disparaître avec fracas dans les buissons.

Putain de merde !

J'ai trébuché, le cœur battant, culbuté au fond d'une ravine. Mes bras ont mouliné, mes jambes tournoyé. Je suis retombée tête la première dans quelque chose de mou et gluant, comme un fruit pourri, mais parcouru d'angles tranchants et de bouts pointus. Une puanteur infâme m'agressait les narines.

J'ai rallumé la torche, et la terreur m'a coupé le souffle : j'avais atterri sur le cadavre en décomposition d'un wallaby aux orbites grouillantes d'asticots. J'ai braqué la torche alentour : il y en avait d'autres, au fond de cette ravine, une douzaine peut-être, recouverts d'une couche de terre et d'une poudre blanche. De la chaux vive ? Pas question de m'attarder ici pour vérifier.

Je me suis redressée tant bien que mal et j'ai pris mes jambes à mon cou, j'ai couru sans m'arrêter jusqu'au campement et son réservoir d'eau. Là, je me suis frotté les mains, récuré les bras et le visage, rincé la bouche, réprimant mes haut-le-cœur pour ne pas dégueuler. Sans vraiment y parvenir.

Magpie s'est retourné dans son *swag*.

« Ça va, Nangali ? »

J'ai craché une bouchée de saletés dégoulinantes, soupesé la meilleure réponse. J'hésitais à lui parler des wallabys morts ; son peuple avait déjà bien assez de soucis pour ne pas se préoccuper, en plus, d'un cinglé qui rôdait dans le bush et massacrait la faune sauvage – ce qui, apparemment, était le cas. Quelques mois plus tôt, à Moonlight, nous étions tombés sur une bande d'employés des abattoirs de Bluebush, qui n'avaient rien trouvé de mieux, pour se distraire, que de chasser les kangourous assis à l'arrière d'une moto-cross – à coups de machette.

« Un serpent, là-bas, ai-je répondu. Sacrément gros. M'a foutu la trouille… »

Il a renfoui la tête au fond du chapeau qui lui servait d'oreiller.

« Gaffe à çui-là, maintenant. P't-être un serpent, ou p't-être un Rêve… »

Ça n'avait pas eu l'air de le stresser, mais stressé, il l'était, le lendemain matin, en découvrant un autre serpent – plus petit mais tout aussi fatal, une vipère de la mort – tapi sous son *swag*. Il contemplait le reptile, horrifié, en marmonnant des paroles de mauvais augure, puis il a élevé la voix :

« Bon, tout l'monde, l'est temps de reprendre la route. »

Je ne l'aurais jamais cru capable d'accélérer – je croyais qu'il évoluait déjà à vitesse maximale –, mais il l'a pourtant fait, pliant le camp à la vitesse de la lumière et haletant à celle du son. Rassemblant notre matériel sans ménagement et nous forçant à quitter les lieux au plus vite.

Tout le monde l'a suivi. Nous rentrions à la maison.

C'était presque comme s'ils avaient senti les animaux massacrés. Ça, ou autre chose – les sombres pressentiments d'Eli, peut-être –, avait jeté un froid sur notre expédition. L'enthousiasme de la veille, le sentiment d'une redécouverte et d'un retour au pays s'étaient évaporés, sans que personne, apparemment, sache pourquoi.

Ou bien, s'ils le savaient, ils se gardaient bien de me le dire.

LE CHEMIN DU RETOUR

Avant de repartir, j'ai passé un bref appel radio à la base. Cockburn était occupé ailleurs, Dieu merci, et Harley aussi taciturne qu'à l'accoutumée. Je lui ai annoncé que je rentrerais dans un jour ou deux, et j'ai raccroché.

Nous avons pris le raccourci vers la Gunshot Road – il fallait que je refasse le plein, et aucun d'entre nous n'avait envie de s'éterniser dans le coin. Même si les traces de pneus fraîches rendaient le voyage autrement plus confortable que les errances labyrinthiques de l'aller, ponctuées de crevaisons, l'humeur générale n'est jamais parvenue à s'extirper de la morosité.

Danny semblait le plus abattu de tous. Assis à l'arrière de mon Land Cruiser, à côté de Windmill, il a passé la journée à grommeler des mots inintelligibles en regardant par la fenêtre. Ses joues étaient bleues, ses lèvres craquelées, ses longs cils entremêlés de débris visqueux.

Pour arranger les choses, tout au long du retour, nous avons repéré une demi-douzaine de serpents au bas mot, dont un monstre qui s'est insinué sur les traces de pneus avec une nonchalance brutale, sans que rien ni personne ne puisse le faire changer de cap. Quand j'ai foncé sur le reptile pour essayer de le chasser, il s'est arc-bouté dans les airs et s'est jeté sur le pare-buffle avec une telle violence que les gosses, à l'arrière, se sont précipités sous les couvertures.

J'ai contourné le serpent, le cœur battant à tout rompre. Un reflet m'a éblouie, venu d'un éperon ferreux plus au sud, et j'ai vu quelque chose bouger, là-bas, sur le sommet. Une tête, j'en étais sûre. Qui pouvait donc bien nous espionner ?

J'ai regardé une nouvelle fois, et je n'ai rien vu. Un jeu de lumière ? Peut-être, mais comment expliquer le frisson soudain qui m'avait parcouru l'échine ?

« Y a quelqu'un d'autre, par ici ? ai-je demandé à Magpie.

— Hein ?

— J'ai cru voir quelqu'un…

— Où ça ? »

Il s'est penché sur le côté.

« Sur cette colline noire. »

Magpie a étudié le relief en plissant les yeux, suspicieux.

« P't-être un kangourou. Un émeu…

— C'était un homme, j'en suis certaine. Pourquoi ne pas faire demi-tour, pour aller jeter un œil ? »

Mais cette proposition semblait horrifier tout le monde, et je n'étais pas très chaude moi-même. Meg était perdue dans ses pensées. Au bout de quelques minutes, elle a suggéré :

« Sur c'te colline-là, c'était p't-être Andulka que t'as vu…

— Andulka ?

— Le Jangala de Majumanu.

— Oh, je vois qui c'est. Tu crois qu'il est encore vivant ?

— Il est quelque part, par ici…

— J'ai entendu dire qu'une montagne lui était tombée dessus, Meg.

— Possible. C'est quoi, une montagne, pour un Noir qui sait voler ? »

Je me suis enfoncée dans mon siège et j'ai réfléchi. Andulka Jangala : j'avais toujours entendu parler de lui, mais il était difficile de faire la part des choses entre le mythe et la réalité.

Un jeune homme qui portait ce nom avait bel et bien existé, et le moins qu'on puisse dire, c'est qu'il n'était pas comme les autres. C'était l'un des derniers nomades à être sorti du désert, un fameux *nangkari* qui s'était pointé un beau jour avec toute sa famille, vingt-cinq ans plus tôt. D'origine Kantulyu, c'était sans doute un proche parent des gens de Stonehouse.

Je l'avais vu moi-même une fois, quand j'étais gamine. Je ne l'avais jamais oublié : la silhouette élégante, le front lisse, un contemplatif avec le ciel au fond des yeux et un pied dans l'autre monde. Son rêve était le Feu.

Andulka s'était installé dans la communauté de Majumanu, mais sa méfiance à l'égard de l'homme blanc, qui l'avait poussé à demeurer dans le désert pendant toutes ces années, ne l'avait jamais quitté. Il ne s'aventurait que très rarement en ville. Il était profondément perturbé par l'intense activité minière de la région, craignait qu'à force de cribler le sol de puits et de forages on ne dérange les esprits souterrains. Dès lors, il avait passé des périodes de plus en plus longues dans le bush, errant seul, dégageant des points d'eau, brûlant les mauvaises herbes, scandant les chants qui maintenaient l'harmonie du pays.

Trois ou quatre ans plus tôt, quand Copperhead avait rouvert la vieille mine de Green Saturn, un séisme avait ébranlé la région. Andulka y avait vu un avertissement : il avait débarqué sur le site de la mine et foutu le bordel, jetant des pierres dans les puits de forage, sabotant les engins, prenant à partie les mineurs. Ces derniers lui disaient d'aller se faire foutre, mais il semblait ne pas les entendre.

Finalement, par un après-midi éblouissant – c'était avant que je regagne le Centre, mais je tenais cette histoire de mon père –, les artificiers de Green Saturn l'avaient aperçu au sommet d'une colline au moment où ils déclenchaient une immense explosion en série. Andulka se trouvait pile au milieu du dispositif. Ils ont hurlé, mais trop tard : les charges avaient sauté, la colline avait disparu.

Un escadron de sauvetage de la police avait ratissé le secteur pendant des jours, mais ils n'avaient aucune chance de retrouver un corps enseveli sous la moitié d'une montagne.

« Andulka ! »

J'ai secoué la tête, dévisagé Meg.

« S'il était encore vivant, on aurait entendu parler de lui, non ?

— Mais c'est le cas, a-t-elle répondu.

— Où ?

— En rêve.

— Ah, d'accord… »

Magpie a détecté la pointe d'ironie dans ma voix.

« C't autre gars l'a vu, aussi.

— Quel autre gars ?

— D'la clique de Majumanu.

— Qu'est-ce qu'il a vu ?

— D'la fumée. Des empreintes.

— Ah oui… »

J'avais entendu ces histoires, bien sûr. De temps en temps, un voyageur de passage dans la région se réveillait en pleine nuit, sentant une présence inexplicable par-delà la lueur du feu, comme si quelqu'un était en train de l'observer. Tel autre, remontant une gorge isolée, entendait l'écho mystérieux d'un chant qui se répandait comme un incendie et murmurait : « Andulka… » Un chasseur apercevait la fumée d'un feu qui semblait humain, là où nul homme ne vivait.

Les rumeurs allaient bon train, une légende était née. Des gens affirmaient l'avoir aperçu au Rodéo d'Isa, dans un train pour Adélaïde. On racontait qu'il était capable d'apparaître simultanément en deux endroits distincts, de se transformer en chauve-souris et de voler la nuit, qu'il avait le pouvoir de faire tomber la foudre ou de lever une tornade.

Je n'en croyais pas un mot, mais après tout… Les miens avaient perdu tellement de mythes en chemin qu'en inventer de nouveaux ne pouvait pas faire de mal.

Face au mur de mon scepticisme, Magpie a préféré laisser tomber. Il a hoché la tête une nouvelle fois en direction de la colline et changé son fusil d'épaule.

« C'est p't-être ce garde forestier, là…

— Un garde forestier ? »

Mon cœur s'est arrêté de battre.

« D'la commission des Parcs…

— Lequel ?

— Oh, j'sais plus son nom, mais tu l'connais, c'te gars d'Bluebush qu'a le p'tit chapeau rouge, çui qui rit tout l'temps… »

Ça ressemblait à Jojo, ce con. Qui s'éclatait au fond du bush pendant que j'en étais réduite à m'amuser toute seule dans mon lit, ou à me retrouver embarquée dans une expédition de la mort en plein désert.

Magpie s'est lissé la moustache.

« L'est venu y a deux ou trois semaines, pour chercher ces *bilyaju*-là… »

Les bandicoots. Pas de doute, c'était bien mon vagabond de petit copain.

Mais aucune chance qu'il nous ait espionnés du haut de la colline ; Jojo était d'une nature conviviale, le genre de type qui passait dire bonjour et finissait toujours par rester dîner en vous écoutant raconter l'histoire de votre vie, sincèrement persuadé qu'il n'avait jamais rien entendu d'aussi passionnant.

« Tu ne saurais pas où il se trouve maintenant, par hasard ? » ai-je interrogé, pleine d'espoir.

Magpie a réservé au désert le privilège de son long regard pensif : « Doit être quèque part… »

Quelque part, putain ! Avec ça, j'étais renseignée : il y avait cent cinquante kilomètres carrés de poussière autour de nous, et Jojo pouvait être dans n'importe lequel d'entre eux. Oh, comme j'avais envie de le voir, à présent, d'embrasser son sourire stupide, paresseux, rassurant, de sentir ses mains rugueuses glisser sous mon pantalon.

La déprime qui couvait sous la surface depuis notre départ de Dingo Springs nous est soudain tombée dessus. Chacun la ressentait ; même les gosses baissaient les yeux, l'air piteux, comme s'ils avaient eu hâte de retrouver les lits crasseux et la limonade de Stonehouse Creek.

À l'approche de la Gunshot Road, les traces de pneus ont cédé la place à une piste décente. Passé midi, nous volions au-dessus du sable. L'humeur de la troupe, cependant, faisait plutôt du rase-mottes, et tout le monde a ressenti un vrai soulagement quand la piste s'est changée en route. Nous avons laissé derrière nous l'ancien champ de mines de Gunshot, et bientôt, le relais routier de Green Swamp est apparu à l'horizon.

Nipper est allé harceler le patron pour obtenir une rallonge sur son ardoise. Tous les autres se sont éparpillés vers les toilettes ou le bar, en fonction de l'état relatif de leur vessie et de leur gosier. J'ai refait le plein de carburant, et j'étais sur le point d'entrer dans le pub pour refaire le mien quand j'ai aperçu un vieux Nissan bleu garé au pied de l'éolienne. Ce véhicule me semblait étrangement familier. Jacob Jangala, de Dixon's Creek ?

Je me suis approchée, j'ai jeté un coup d'œil sur la plate-forme du pick-up. Ç'allait être la fête, ce soir-là, à Dixon's Creek : il y avait un dindon recouvert de branchages, deux kangourous, un porc-épic, un bidon rempli d'oranges du désert et – je n'en croyais pas mes yeux – un bandicoot !

« Hé ! C'est quoi, ça ? »

Une voix tonitruante dans mon dos.

« Un putain d'flic qui pique la bouffe d'un pauvre Noir, maintenant ? »

J'ai fait volte-face. Un cow-boy robuste dans une large chemise en jean se tenait derrière moi. Il était flanqué de deux Crankshaft, et les trois hommes semblaient bien se marrer de m'avoir prise au dépourvu.

« Jacob ! me suis-je écriée, un peu honteuse. Je regardais juste. »

Il a souri.

« Naaan… C'est bon, Em'. Benny m'a dit qu't'étais partie vers l'ouest.

— C'est quoi, ce bandicoot ? On n'est pas censé les chasser, tu sais. La loi des Blancs les protège…

— Mmmm… bonne bouffe, hein…

— Tu l'as chopé où ?

— Dans l'sanctuaire de Wild Tucker.

— Quoi ?

— C'te garde forestier-là s'en occupe près d'Galena Creek… L'a mis une clôture.

— Un garde ? Quel garde ?

— Jojo. »

Il a scruté ma réaction.

« Tu l'connais ?

— Ouais, je le connais. Et le sanctuaire n'est pas un garde-manger, Jacob, ils ne font pas de vente à emporter ! Donc Jojo est là-bas, pas vrai ?

— *Yuwayi*. J'lui ai parlé pas plus tard que c'matin. L'est v'nu chasser ces bandicoots-là.

— Il les chasse avec un appareil photo et un carnet, Jacob. L'idée, c'est de les protéger des branleurs affamés dans ton genre. »

Il a éclaté d'un grand rire haché, comme un *road-train* en train de changer de vitesse ; Benny et Bernie ont joué les choristes.

« Naaan, j'déconne, Em' ! Descendu un r'nard, il avait çui-là dans sa gueule. Jojo va être content – ces foutus r'nards, c'est son plus grand problème, ils bouffent tous les bandicoots. »

J'imaginais aisément Jojo et ce personnage chahuteur s'entendant comme larrons en foire.

Je me suis retournée vers la route.

« Galena Creek, hein ? C'est où, exactement ?

— Une ou deux heures en remontant la Gunshot dans l'autre sens, au nord de la route. »

Il a esquissé une carte dans le sable, et je l'ai recopiée sur mon carnet.

« Jacob, tu voudrais pas me rendre un grand service ?

— Quoi ?

— Ramener mes passagers jusqu'à Stonehouse ? »

Il a réfléchi une fraction de seconde.

« Pas d'problème. »

Jacob n'avait jamais été le genre à tergiverser.

« Faut qu'je file, j'vais voir c'te vieil oncle à moi.

— Quel oncle ?

— M. Watson.

— Ah, M. Watson… Dis-lui de te raconter celle du flic et du poil de nez…

— J'la connais.

— T'as compris de quoi ça parlait ?

— J'crois qu'il sait pas lui-même. »

Avant de partir chacun de notre côté, je suis allée voir Danny, qui attendait avec les hommes, sous un arbre.

« J'crois que c'est l'heure de nous dire au revoir… »

J'ai été touchée – et légèrement inquiète – en voyant une vague d'anxiété s'abattre sur ses traits.

« Faut qu't'y ailles, Em'ly ? »

J'ai ébouriffé ses cheveux.

« J'étais censée rentrer il y a plusieurs jours – ils vont envoyer les flics nous chercher, et on n'a pas envie de ça.

— J'peux venir avec toi ?

— C'est pas une bonne idée, Danny. C'est encore un peu chaud pour toi, en ville… »

Il a tendu le cou, enregistré le vaste horizon, le relais routier, la cabane de Doc de l'autre côté de la route.

« C'est eux, les rochers sur ta photo ? a-t-il demandé, apeuré.

— Oui.

— Pourquoi c'te vieux, il a entassé toutes ces roches-là ?

— Ça, j'en sais foutre rien. »

Il semblait soudain si jeune, si vulnérable. J'ai pris sa main dans la mienne.

« Écoute-moi bien, Danny : si tu as besoin de moi un jour, je serai là. T'as qu'à me faire passer le mot – y a plein de manières pour ça, la radio, les bagnoles – et je rappliquerai en courant. C'est promis, d'accord ? »

Il m'a regardée, la peur s'estompant au fond de ses yeux.

« Promis ?

— Juré craché. Reste un peu avec cette clique, on a besoin de toi pour veiller sur ces vioques. »

Comme par enchantement, Eli nous a rejoints, a posé la main au creux du bras de Danny : il avait peut-être perdu la vue, mais son ouïe restait fine, et son esprit plus fin encore.

« C'te jeune-là doit être mes yeux », a-t-il déclaré, tout sourire.

Danny a hoché la tête, résigné. Je les ai serrés dans mes bras. En faisant demi-tour pour mettre le cap à l'ouest, je les ai vus plantés là, les bras entrelacés, et ça m'a bouleversée.

Jacob m'a fait signe de m'arrêter.

« Bluebush, c'est de l'autre côté.

— J'y vais en passant par Galena Creek. »

Il m'a gratifiée d'un sourire conspirateur.

« Qu'est-ce tu vas faire par là ? »

Je lui ai fait un clin d'œil, l'humeur déjà en hausse.

« Faut qu'je parle au roi des bandicoots. »

MONSIEUR TÊTE DE COCHON

Je remontais la Gunshot Road, la main en visière au-dessus des yeux pour me protéger du soleil, guettant désespérément l'embranchement de Galena Creek. Je n'avais plus qu'une heure de jour devant moi et ne me faisais aucune illusion sur mes chances de retrouver Jojo dans le noir. La carte était pourrie, et les indications de Jacob plus encore.

Je ne prêtais pas vraiment attention à la route, je l'avoue – une sale habitude que j'avais prise depuis mon retour dans le bush. Il m'arrive même parfois de lire en conduisant. Rien de compliqué, cela dit – un polar peut-être, ou bien un magazine. Je ne suis pas la seule, à coup sûr. Croiser un autre véhicule dans un endroit pareil constitue un événement si considérable qu'en général on s'arrête pour en discuter.

C'est donc en partie par ma faute que j'ai failli mourir. Mais seulement en partie : si l'autre salopard n'était pas sorti du virage à toute berzingue, au beau milieu de la chaussée, nous n'aurions pas ainsi frôlé la collision.

Bref, un miroitement fugace dans un coin de mon champ de vision m'a fait braquer le volant à droite et je suis partie en dérapage sur le gravier du bas-côté. Le Toyota beige semblait constitué à quatre-vingt-dix pour cent d'un pare-buffle et de pneus, mais son pare-chocs arrière a crocheté le mien, me faisant perdre le contrôle.

Lors des secondes qui ont suivi, j'ai fait l'expérience de cette sensation de flottement vertigineuse qui vous envahit lorsque vous vous retrouvez sur deux roues, sur le point de basculer. Et à ce qui m'a semblé être le tout dernier moment, les dieux de la gravité et de l'équilibre se sont manifestés, et la voiture est violemment retombée sur ses quatre roues.

Je me suis cramponnée au volant, affolée, tandis que nous fracassions les graviers et les broussailles, décélérant progressivement jusqu'à une vitesse qui m'a enfin permis de rétrograder.

Mon véhicule s'est arrêté – contrairement, ai-je constaté avec fureur, à celui de l'autre salopard, qui s'éloignait à pleine vitesse comme si de rien n'était, chaînes cliquetantes, la bâche de toile de sa plate-forme claquant au vent.

Je me suis affalée sur le volant, le cœur martelant mes côtes comme un taureau en cage. J'ai jeté un regard haineux au Toyota en train de disparaître. Aucune chance de distinguer ses plaques avec toute cette poussière, mais une image étrange s'était imprimée dans mon esprit : la terreur m'avait-elle joué des tours, ou avais-je vraiment aperçu une tête de cochon arrimée au pare-buffle ?

Une tête de cochon. Très « Territoire du Nord », mais on n'y voyait tout de même pas ça tous les jours… Et pourtant, j'avais déjà vu ça. Un truc de ce genre n'était-il pas garé devant le pub de Green Swamp, le jour de la mort de Doc ? J'en toucherais deux mots à ce connard de porcophile si je le recroisais un jour.

J'ai inspecté les dégâts : un terrible entrelacs d'éraflures et de cicatrices sur le flanc droit du Land Cruiser. Cockburn allait être ravi. Je me suis dirigée vers l'arrière, craignant le pire.

« Oh, putain !… »

J'ai jeté mon chapeau par terre, shooté dans une pierre.

Le pare-chocs arrière était arraché, sa base toute vrillée. J'ai eu l'impression que mon larynx tombait au fond de mes intestins. Je me suis appuyée contre un arbre, au bord des larmes. Il allait m'arracher les membres un par un.

Peut-être y avait-il moyen de faire un détour par une tôlerie avant de lui rendre l'engin ? Peut-être le père de famille sensible que j'avais rencontré comprendrait-il que c'étaient des choses qui arrivaient quand on faisait ce travail, et ne s'acharnerait-il pas sur moi ? Peut-être la tête de cochon qui venait de me balancer dans le fossé allait-elle retrouver son ancien corps, se rattacher dessus et se laisser pousser des ailes.

Bon sang, ce foutu voyage tournait au désastre. Je suis remontée à bord et j'ai repris la route vers l'ouest, à la recherche de la piste menant à Galena. Plus que jamais, j'avais envie de voir Jojo.

Tandis que je conduisais, des questions concernant le pick-up destructeur remontaient à la surface de mon esprit. D'où diable venait-il ? Ce tout-terrain était trop luxueux pour appartenir aux membres de la Plèbe. Ce chauffard décérébré venait de la ville, pas de doute.

Pouvait-il s'agir du sale fouineur qui nous avait espionnés ? Et qui avait peut-être aussi, d'ailleurs, massacré les kangourous de Dingo Springs ? Une chose était sûre : il ne s'agissait pas d'un foutu écolo du WWF.

Je fulminais encore quand j'ai repéré des empreintes de pneus fraîches qui rejoignaient la route, en provenance du sud. Je me suis rangée sur le bas-côté pour les examiner.

Tête de Cochon, sans aucun doute. La poussière n'était pas encore retombée.

J'ai remonté les traces, qui disparaissaient sous un taillis d'arbres *mulga*, le long du lit asséché d'une rivière. Qu'était-il allé faire par là ? Pourquoi avait-il déboulé si vite sur la route ? Fuyait-il quelque chose, ou bien conduisait-il toujours comme ça ?

Je me suis hissée sur les marches du Land Cruiser pour mieux voir. J'ai repéré quelque chose, un nuage de fumée noire à l'horizon.

La curiosité m'incitait à suivre les traces en direction de la fumée, la prudence et la perspective d'un petit câlin avec Jojo m'enjoignaient de continuer vers l'ouest.

J'ai trouvé un compromis : je me suis donné une demi-heure au grand maximum et j'ai remonté le cours d'eau vers le sud.

Le terrain était rude, mais le Toyota assurait. J'ai enclenché le mode « franchissement de rochers », et pendant les dix minutes suivantes j'ai laissé l'engin rebondir et basculer à sa guise sur des pentes abruptes et ramper comme un scarabée sur le lit à sec du cours d'eau.

Le terrain a fini par s'aplanir, et j'ai atteint la source du panache de fumée : un feu de broussailles qui dévorait les buissons de spinifex. Il en avait déjà détruit un ou deux kilomètres carrés, mais il était venu buter contre des pentes stériles : il n'irait pas beaucoup plus loin.

La foudre ? Il n'y avait pas eu d'orage. Un feu de camp mal maîtrisé ? Possible. J'ai contourné l'incendie par l'est, trouvé un campement abandonné. Bouteilles et canettes vides, emballages et traces dénudées sur le sol, un jerrican percé. Le tout, récent. Des bâtonnets de métal noir : des baguettes à souder usagées.

Monsieur Tête de Cochon ? Probablement.

Qu'avait-il bien pu souder ?

Ramassant une poignée de brindilles encore chaudes, j'ai soufflé dessus. Des fragments et des cendres légères m'ont glissé entre les doigts.

Il restait quelque chose dans la paume de ma main. Du plastique fondu. Tuyau de PVC.

La bière et le jerrican, encore, je pouvais comprendre – tout le monde, par ici, avait besoin de carburant – mais le PVC ?

Irrigation.

Que pouvait-il bien faire pousser ?

J'ai marché sur la terre calcinée, j'ai gratté le sol alentour. Rien ne me sautait aux yeux ; tout ce qui avait pu se trouver là était totalement détruit.

J'ai regardé le soleil qui basculait vers l'ouest et j'ai remisé mes soupçons dans un coin de ma tête. Je les gardais au chaud, pour plus tard, tout comme Monsieur Tête de Cochon. Il était temps de repartir.

GALENA CREEK

Une autre rivière asséchée – la Galena, cette fois. D'autres traces de présence humaine. Des signes familiers, accueillants : une bâche de six mètres de long suspendue aux arbres, un banc en bûches du bush clouées ensemble par une main incompétente, un hamac mexicain et la chaise la plus étrange qu'on puisse imaginer – une simple assise en toile tendue entre des branches entrecroisées. Un coffre cadenassé dans lequel, imaginais-je, il stockait sa bouffe.

Et, accrochée au poteau central, une photo de… moi ! Tout était pardonné.

Mais à poil – le sale vicelard ! C'était moi, émergeant d'une vasque, les cheveux tourbillonnants, dégoulinante d'eau, photographiée à mon insu.

Où avait-il pris ça, cet obsédé ? Ça devait être lors de cette soirée, deux mois auparavant, où le climat était en train de basculer vers le mode fournaise, et où l'eau était devenue l'unique solution ; nous avions jeté les *swags* à l'arrière du pick-up et roulé jusqu'au trou d'eau de Purtulyu, où nous avions passé une nuit magnifique couchés sous les étoiles, et l'un sous l'autre.

J'ai balayé le campement du regard : tout était là, sauf le type que j'étais venue voir.

Allez, Jojo, bon Dieu, où te caches-tu ?

Je n'avais pas prévu cela, faire un détour de trois heures pour trouver un campement désert. Je n'avais pas le temps de m'attarder ici, et il pouvait très bien être parti pour plusieurs jours. Je savais comment il fonctionnait : quelque chose l'attirait – quelque chose d'inhabituel : un wallaby albinos, le vol nuptial d'un roi et d'une reine termites, un aigle tournoyant dans le mauvais sens – et il ne bougeait plus tant qu'il n'avait pas tout compris et rédigé un rapport, pour information. Il était capable de rester des jours entiers à contempler une fourmilière.

Le soleil s'était couché, à présent, mais le bush vibrait encore de sa postcombustion écarlate, transfiguré.

« Jojo, ai-je appelé à voix haute. S'il te plaît, ne me fais pas ça… »

C'est alors que je l'ai entendue, la réponse à mes prières : ce grondement sourd de moteur que je connaissais par cœur.

Trente secondes plus tard, j'ai aperçu un Toyota de la commission des Parcs, de la Faune et de la Flore – Annie, pour les intimes – qui remontait le cours de la Galena.

J'ai souri. L'occasion était trop belle. J'ai enlevé mes bottes à la hâte, grimpé dans un arbre, regardé la voiture ralentir à l'abord du campement. J'ai calculé le bon moment et sauté sur le toit du tout-terrain. Je me suis penchée pour passer la tête par sa vitre ouverte.

« Vous êtes en état d'arrestation ! »

Alors, j'ai failli tomber du toit.

Ce n'était pas mon homme.

RAIDE ET COURBATU

Si, en fait : quelque part au milieu d'une tignasse hérissée, j'ai aperçu son bonnet rouge.

Je ne l'avais pas reconnu : la chevelure en pétard, soufflée par le vent, la barbe en désordre, presque aussi noir que moi ; il était dans le bush depuis si longtemps qu'il avait commencé à se décomposer.

« *Fuck !* s'est-il exclamé, bouche bée.

— Si tu insistes... »

Je me suis laissée glisser à l'intérieur par la vitre arrière, pieds en avant, me suis redressée dans son dos et j'ai enfoui la tête dans le feuillage qui avait envahi son crâne ; j'ai rencontré quelque chose de cartilagineux, une oreille, espérais-je.

« Salut, Jojo, ai-je murmuré dedans.

— Emily ! »

Il a ri de bon cœur, s'est écarté de moi en secouant la tête. Ses cheveux bruissaient tant ils étaient encroûtés de sueur et de poussière. « Tu m'as foutu une de ces trouilles... Putain, qu'est-ce que tu fais là ?

— Je crois que ça s'appelle des préliminaires, mais ça fait tellement longtemps, maintenant, que le nom a dû changer...

— Comment m'as-tu retrouvé ? »

J'ai redressé la tête de l'endroit où je m'échinais à dégager un lobe d'oreille des boucles qui l'emprisonnaient.

« Tout le monde a l'air de savoir où tu es, sauf moi. »

J'ai marqué une pause en le fusillant du regard.

« Y a un problème ?

— Bien sûr que non ! J'avais prévu de rentrer. »

Je me suis penchée, j'ai posé la main sur son short.

« Eh bien, pourquoi ne pas rentrer là, tout de suite ? »

Il a souri, grogné.

« J'sais pas si je suis en état…

— Je vais te remettre en forme, ai-je répliqué en tâtant le terrain.

— Tu ne voudrais pas d'abord me dire bonjour ?

— C'est ce que je fais.

— J'ai passé la journée perché dans un arbre. J'me sens tout raide et courbatu…

— Raide, on y est presque.

— Oui, mais…

— Épargne-moi tes mais, je préfère tes mains – sur mes fesses.

— Laisse-moi juste une minute pour…

— Me faire une conférence sur les pratiques sexuelles du lièvre-wallaby ? Très peu pour moi, chéri, j'ai trop de retard sur mes propres pratiques sexuelles. »

J'ai passé la langue sur son cou, inspiré longuement pour savourer les arômes du désert : l'odeur d'huile et de brûlé, le tabac du bush, l'indigo sauvage et la menthe, la poussière rouge chargée de fer.

« Viens par là, toi… » ai-je murmuré, posant la main sur le levier pour basculer le siège en arrière.

J'ai escaladé ses épaules, fait sauter boutons et ceinturon, me débarrassant dans le même temps de mes vêtements. J'ai plongé vers son short, tête la première.

« Hé, bonjour ! »

Je me suis tournée vers Jojo, tout sourire.

« J'croyais que t'étais pas en état ?

— Ben faut croire qu'elle a une vie propre… »

Je me léchais les lèvres. Lui aussi. Je l'ai pris dans ma bouche.

« Aïe ! a-t-il jappé.

— Aïe ?

— Sans les dents, SVP.

— Désolée… elles ont dû pousser.

— Vas-y doucement, a-t-il grogné. Moi aussi, ça fait un moment…

— Ah ouais : à qui la faute ?

— Ne parle pas la bouche pleine. Tu pourrais obtenir bien plus que ce que tu réclamais.

— Mmmm…

— Ouais, mais si le Krakatoa entre en éruption ?…

— Laisse venir…

— Tu ne mangeras pas pendant une semaine. Aïe ! Ça fait combien de temps que tu ne t'es pas coupé les ongles des pieds ?

— Occupe-toi de tes affaires.

— C'est mes affaires. J'crois que tu m'as tranché l'oreille. J'me sens comme saint Pierre au jardin de Gethsémani.

— C'est lui qui coupe l'oreille de l'autre, imbécile ! Où est le Seigneur, alors ?

— Doux Jésus !

— Oh, mais Il est là…

— J'ai dit : sans les dents !

—… mais ça n'est pas fini tant que le coq n'a pas chanté. Trois fois, si je me souviens bien. »

Une minute ou deux s'étaient écoulées quand il a laissé échapper un gémissement tremblotant de mauvais augure.

« Hé, attends !

— Comment ça, attends ? s'est-il exclamé, la gorge serrée. On parle de forces irrésistibles et d'objets inébranlables, là…

— Je ne dirais pas que ton objet est inébranlable, mais j'aimerais bien… »

J'ai pivoté au-dessus de lui, lancé une jambe par-dessus sa tête, me suis laissée retomber sur lui, arc-boutée, et j'ai empoigné le volant.

« … être là quand ça arrivera.

— Hé, fais gaffe à mon rétro !

— Oh, la ferme !

— J'adore quand tu… aaaaah ! »

Il a frissonné, grogné, propulsé ses hanches en avant et ses bras autour de moi pour m'enlacer frénétiquement – puis s'est affalé sur le siège. Il contemplait le plafond, m'a gratifiée d'un sourire idiot. Puis il a fermé les yeux, ce bon à rien.

« C'est tout ? »

Il était en train de sombrer dans le Grand Sommeil.

« Ohé… je suis là ! »

Pas de réponse.

« Hé, Jojo ! »

Il a repris ses esprits juste le temps de marmonner.

« Oh allez, Em', j'suis vidé…

— Eh bien, j'espère que non… il m'en faudrait encore un peu.

— D'accord, c'est bon ! Laisse-moi juste cinq… »

Un silence interminable s'est ensuivi. Assez plaisant, quand on est d'humeur contemplative – un sphinx tête de mort battait des ailes de l'autre côté du pare-brise, un engoulevent est passé dire bonjour, planant dans les airs – mais j'avais d'autres choses en tête, plus terrestres. Les grillons chantaient, pas les sauterelles. Quelque chose a bougé à l'arrière de la voiture : pas un serpent, ai-je souhaité. Même s'il se montrait plus vigoureux que d'autres serpents, par ici.

J'ai donné une claque sur le front de Jojo.

« Cinq quoi ? l'ai-je interrogé poliment. Jours ? Semaines ? »

Quelque chose ne remuait-il pas sous mes fesses ?

« Minutes », a-t-il grommelé.

Si, ça remuait.

« À partir de quand ? »

Un sourire dans ses yeux.

« Oh – ça fait à peu près quatre minutes trente… »

PETIT DÉJEUNER CHEZ JOJO

Je me suis réveillée aux aurores.

Jojo était particulièrement moche, ce matin-là ; tête sur l'oreiller, les yeux exorbités, hérissé de piques emmêlées, il me regardait fixement. Sa langue a jailli de sa bouche, éjectant une fourmi qui passait par là.

« Jojo !

— Emily ? »

Il s'est retourné – il était en train de redémarrer le feu.

« Il y a un lézard cornu sur le *swag*.

— Ah, ça me rassure… Je me demandais où il était passé. »

Il s'est levé, a attrapé le reptile et l'a frotté amicalement du bout de ses moustaches.

« Vous vous connaissez ? ai-je demandé.

— Il traîne dans le coin depuis quelques jours.

— C'est lui que j'ai dû entendre dans la voiture, hier soir.

— Sans doute.

— Il a un nom ?

— Tête de pioche. Et c'est une dame.

— Je me disais bien… »

J'ai reniflé, soudain affamée.

« Il y a quoi, pour le petit déj ?

— Le sien, ou le tien ?

— Elle a déjà pris le sien. »

Il a souri, a reposé le lézard, m'a brandi sous le nez une boîte de conserve.

« Du corned-beef ? C'est une blague ? »

J'étais un peu choquée.

« C'est plein d'énergie.

— Ah ouais ? Comme ça, je pourrai courir jusqu'aux toilettes ! Je n'ai mangé que des choses naturelles, ces derniers jours : porc-épic, dindon sauvage…

— Ouais, comme tout le monde par ici. Mon boulot, c'est justement de protéger ces pauvres bestioles assiégées. Allez, je vais voir ce que je peux trouver pour relever mon ragoût. »

Farfouillant à l'arrière de son tout-terrain, il en a rapporté des patates sauvages, des graines d'amarante et de *mallee*, des noix. Il a jeté les unes sur les braises, les autres dans les cendres chaudes.

Comme il se redressait, un langrayen est passé à tire-d'aile entre nous, frôlant sa cuisse. « Essaie encore ! », s'est-il écrié, tout sourire, mais l'oiseau avait disparu.

Je me suis blottie dans ses bras, tandis que nous regardions notre petit déjeuner mijoter sur le feu.

« Alors, Em', quoi de neuf ?

— Ouh, vaste question…

— C'est bien ce que je me disais – j'aurais eu du mal à ne pas remarquer… L'une des choses qui m'ont paru neuves, hier soir, ressemblait bizarrement à un uniforme de police. Et, sauf erreur de ma part, il y a une bagnole de flics garée sous ce barringtonia. »

Je me suis roulé une clope et lui ai résumé l'histoire – prudemment. J'avais de bonnes raisons pour cela : Jojo était aussi enthousiaste que tous les autres au sujet de ma nouvelle carrière.

« Tu veux dire que Tom McGillivray t'a *encouragée* à faire ça ? »

Il se grattait la barbe, stupéfait.

« Tout à fait.

— Ouais... Et t'es venue ici pour enquêter sur la mort de Doc ? Ils te laissent te balader toute seule, comme ça ?

— En fait...

— J'imagine. Ils ne savaient pas à qui ils avaient affaire, en te donnant carte blanche. Ah, bon Dieu ! »

Il a contemplé le feu pendant un long moment.

« Je l'avais croisé dans le coin, tu sais...

— Dieu ?

— Lui aussi. Mais j'te parle de Doc. J'suis tombé sur lui et sur ce vieux Ted Jurupulla, un jour, près de Jingilyi Creek, à l'ouest de la Gunshot.

— J'ai entendu dire qu'ils venaient parfois se balader par ici. Ils se rendaient à Dingo Springs, non ? »

Il a suivi du regard une volute de fumée qui se déroulait dans les airs, puis il a hoché la tête, perdu dans ses pensées.

« Peut-être ; je n'ai pas tout compris à ce qu'ils racontaient, mais en tout cas, ils allaient dans cette direction. Une autre fois, je l'ai croisé tout seul près d'ici, ce vieux dingue.

— C'était quand ?

— Il n'y a pas si longtemps. Quelques mois, je crois.

— Je n'aurais pas cru qu'il était encore capable de se lancer dans ce genre d'expéditions solitaires.

— Il ne l'était pas. Il était perdu, mourant, un pneu crevé... Il donnait des coups de marteau sur la roue, pour essayer de débloquer les écrous. Il délirait comme un cinglé.

— Tu ne te souviendrais pas sur quoi il délirait, par hasard ? »

Tous ceux que j'avais rencontrés jusqu'ici avaient décrit les propos de Doc comme de pures divagations ; Jojo était le genre d'homme à prêter attention à la teneur de son charabia. Il n'avait pas son pareil pour décortiquer les choses.

« Si, bien sûr. Pour l'essentiel, il racontait n'importe quoi : que le monde était en train de brûler, que ces salopards n'arrêteraient pas tant qu'on ne serait pas tous crevés, ce genre de trucs… »

Le monde, en train de brûler ? Ç'avait un sens, du point de vue de Doc, si tordu fût-il. L'un des principes de la théorie de la Terre « boule de neige » était qu'après la grande glaciation le climat basculait vers l'autre extrême, avec une période d'intense réchauffement climatique. Étant donné les distorsions temporelles de son esprit dérangé, peut-être pensait-il que ce réchauffement avait lieu maintenant.

D'ailleurs, à bien y réfléchir, il n'avait pas vraiment tort ; le climat était devenu infernal, ces derniers temps, comme un avant-goût de ce qui, comme nous le savions tous, nous attendait.

« Il y a un truc qui m'a frappé, a ajouté Jojo. Il a dit qu'il voulait que ce soit gravé dans la pierre – car sinon, aucun de ces salopards ne le croirait jamais. »

L'image du jardin de pierres de Doc m'est soudain revenue à l'esprit.

« Il voulait que *quoi* soit gravé dans la pierre ? Le fait que le monde se réchauffait ?

— C'est ce que j'ai d'abord cru… mais alors, il a dit quelque chose de vraiment bizarre : que tout était sa faute.

— Quoi, le réchauffement ?

— Peut-être… cette conversation n'avait ni queue ni tête. »

Il a plissé les yeux, s'efforçant de faire remonter d'autres détails.

« Mais j'ai eu l'impression qu'il voulait parler du vieux Ted.

— Hein ? Il se sentait coupable de la maladie du vieux ?

— Je crois bien.

— Étrange.

— C'est ce que j'me suis dit. Ça m'a tellement turlupiné que j'ai interrogé l'infirmière de la communauté, et elle m'a répondu que ça n'avait pas de sens : Ted était en train de mourir d'un cancer.

— Ouais, mais qui pourrait savoir ce qui se passait dans la tête de Doc ? Il avait lui-même une tumeur au cerveau. »

Jojo a froncé les sourcils. Il nous a servi du thé, a fait tourner le sien dans son gobelet.

« Il semble y avoir pas mal de cancers dans le coin…

— C'est le XXIe siècle, Jojo : il est cancérigène. Et puis, bon sang, ils se faisaient vieux, tous les deux. Faut bien y passer un jour, on y passera tous. Alors, qu'est-ce que t'as fait de lui ? Doc, je veux dire. Tu l'as ramené chez lui ?

— Pas jusqu'au bout. On est tombés sur des types de la mine.

— La Plèbe ?

— Non, le nouveau site, Green Saturn. Ils ont été extra, ils l'ont ramené chez lui et ils sont revenus plus tard, pour chercher sa bagnole. J'ai même entendu dire qu'ils l'avaient fait réparer avant de la rendre à Doc.

— Sympa de leur part. Et c'est la dernière fois que tu l'as vu ? »

Il a retourné notre petit déjeuner sur les braises, et ma question dans sa tête.

« Nan… Je l'ai croisé une autre fois, juste avant sa mort.

— Combien de temps avant ?

— Une semaine, je dirais.

— Pas tout seul, alors ?

— Non, j'crois qu'il pouvait même plus conduire une voiture. Il était avec son frère. »

J'ai failli lâcher mon gobelet.

« Il était avec Wishy ?

— Oui, et alors ? Les frères sont là pour ça, non ?

— Je suis quand même étonnée que personne ne m'en ait parlé – surtout Wishy, d'ailleurs… Je l'ai interrogé pas plus tard que l'autre jour.

— Si j'étais toi, je n'en tirerais pas trop de conclusions. Doc était à peine conscient, recroquevillé dans un coin de la voiture, à parler à son compteur Geiger en mâchant un biscuit. »

J'ai jeté mon mégot au feu.

« Wishy t'a expliqué ce qu'ils venaient faire là ?

— Il m'a dit que le vieux était malade. Il pensait qu'une expédition dans son coin préféré lui remonterait un peu le moral.

— Ce qui a autant de sens, j'imagine, que tout le reste par ici… »

Un sifflement et un filet d'eau ont jailli du four improvisé, sous les cendres.

« La bouffe a l'air prête. »

J'ai servi le ragoût, l'ai testé.

« Pas mal », ai-je été forcée de reconnaître. Les graines et les herbes donnaient à l'ensemble une saveur plus agréable que prévue – moins proche de la pâtée pour chien.

Les rides au coin de ses yeux se sont froissées dans un sourire.

« Hé, tu t'attendais à quoi ?

— Je ne sais jamais à quoi m'attendre avec toi, Jojo.

— Combien de temps tu peux rester ?

— Je devrais être rentrée depuis hier… Le boss me souffle des flammes dans le cou.

— Tom McGillivray, souffler des flammes ? Il faudrait que quelqu'un craque une allumette sous son haleine, pas vrai ?

— Ouais, mais il ne s'agit pas de Tom. Il est en congé maladie. »

Ses sourcils broussailleux se sont arc-boutés.

« Tu ne m'avais pas dit. Qu'est-ce qui lui est arrivé ?

— Cookie Crankshaft…

— Quoi ?

— Il lui a cogné sur la tronche avec son déambulateur. »

Il a fait une grimace.

« La combativité légendaire de la famille Crankshaft ! Et le remplaçant, il est comment ?

— Cockburn ? Correct.

— Qu'est-ce qu'il fait de toi ?

— Pas grand-chose. Il joue beaucoup au squash. Mâche un tas de chewing-gums. Il aime que son uniforme soit propre, et sa bagnole encore plus. »

Une expression inquiète est apparue sur son visage.

« Ce ne serait pas sa voiture que tu conduis là, par hasard ? Cette vieille épave toute cabossée ?

— Elle n'avait pas cette tête quand j'ai quitté Bluebush.

— Je vois… »

Il a examiné la carrosserie.

« Et il y est particulièrement attaché ?

— Il croit que la lumière du soleil sort de son pot d'échappement.

— Ta carrière de flic risque d'être courte, alors… »

Il s'est approché du Toyota, a inspecté les dégâts.

« J'vais voir ce que j'peux faire. »

Nous avons terminé notre repas, puis Jojo a sorti une boîte à outils et s'est attaqué à la bagnole. Après une brillante session d'improvisation, il a réussi à lui redonner un aspect qui ressemblait assez à celui de départ. Il a martelé de l'intérieur les bosses les plus visibles, a pied-de-biché le pare-chocs dans sa position initiale, a enduit le tout d'une mixture à base d'huiles de plantes. Mais toute l'ingéniosité du monde ne pouvait compenser le manque de matériel.

Une fois qu'il a eu terminé, il s'est redressé, bras croisés, pour admirer son œuvre. Il a secoué la tête.

« Ton boss, c'est vraiment un gros con ?

— Un phénomène. »

Jojo a passé son doigt sur la carrosserie. Celle-ci avait la surface légèrement bosselée d'un *steel drum* jamaïcain.

« À ta place, je la garerais derrière le commissariat en pleine nuit et je me tirerais en courant. »

J'ai passé le doigt sur sa propre carrosserie, elle aussi légèrement bosselée.

« On fait quoi, alors ?

— Eh bien… »

Il m'a assise sur le capot, a fait courir ses doigts le long de mes vertèbres, sa joue au creux de mon cou. Son souffle avait un parfum de rose du désert.

« Voyons s'il reste un outil dans la caisse… »

UN DÉMON DANS LE NOIR

Je suis repartie dans l'après-midi, peu disposée à rentrer au bureau tant que Cockburn risquait de rôder dans les parages. Jojo m'avait promis de me rejoindre dans quelques jours.

Le jour baissait déjà quand j'ai atteint le relais routier de Green Swamp. Je n'avais pas l'intention de m'arrêter, mais au moment de quitter les lieux, en jetant un dernier regard dans mon rétro, j'ai aperçu de la lumière dans la cabane de Doc.

Je me suis rangée sur le bord de la route, curiosité et suspicion piquées. Peut-être les assassins revenaient-ils vraiment sur les lieux du crime. J'ai fait marche arrière, jeté un autre coup d'œil : la lumière avait disparu.

J'ai attrapé un *nulla-nulla* – le bâton de combat des aborigènes – sur la banquette arrière, traversé à pas de loup l'espace poussiéreux qui me séparait de la cabane, contourné son flanc ouest et jeté un coup d'œil à l'intérieur.

La pièce était plongée dans l'obscurité. Je me suis plaquée contre le mur, l'oreille aux aguets, les yeux grands ouverts au cas où l'intrus tenterait de s'enfuir.

Cinq minutes ont passé, interminables. Rien.

Je me suis faufilée vers la porte de derrière, qui n'était pas verrouillée. Je suis entrée dans la cabane, j'ai actionné la torche.

Merde ! J'ai laissé échapper un soupir de douleur, frappée à la main. Le coup semblait venir de nulle part – mais j'ai senti arriver le deuxième. J'ai lancé mon *nulla-nulla* vers le haut, dévié la frappe et me suis jetée dans la direction d'où elle était venue. J'ai rencontré un corps – lequel m'a aussitôt empoignée par le bras et envoyée valser à l'autre bout de la cabane.

Oh, putain ! s'est exclamé mon estomac à l'intention de mon cerveau, tandis qu'ils volaient tous les deux à un mètre du sol, avant de s'écraser lourdement dans un coin de la pièce.

Je me suis retournée et j'ai braqué la torche sur le visage de l'assaillant.

« Bon Dieu ! »

Elle se tenait en position de combat, la jambe en avant, un tisonnier à la main, prête à frapper de nouveau. Elle arborait un regard féroce, et pas grand-chose d'autre. Comment s'appelait-elle, déjà ?

« Jet ? »

Elle a cligné des yeux, et son regard s'est relâché.

« Le policier ?

— J'aimerais que tu cesses d'employer le masculin.

— Je m'excuse. Je t'ai cassée ? »

Je me suis relevée péniblement.

« Un peu, c'est tout. »

Elle a reposé la barre d'acier, a passé la main dans ses cheveux, s'est détendue.

« C'est les hommes…

— Sûr… Quels hommes ?

— Tous les hommes, dans ce pays. Ils me rendent folle ! » s'est-elle exclamée.

Elle a enchaîné de grands moulinets de bras pour bien montrer à quel point ils la rendaient dingue.

« Je vois.

— Tout le temps, ils n'arrêtent jamais, ces monstres poilus du désert, ils frappent à la porte à n'importe quelle heure, ils me reniflent comme si j'étais une femme chien en… en…

—… chaleur.

— La chaleur, oui, peut-être. Ou la sécheresse. Ou l'alcool. Ou le pas de femmes. »

Elle m'a jeté un regard suspicieux.

« Ils ont tué toutes les femmes ? Où sont-elles ?

— Des femmes blanches, il n'y en a jamais eu. Presque pas. Juste celles de ma clique.

— Oui, ta… *clique*. J'ai appris cette expression. Les gens de Stone House Creek, je les connais. Ils sont venus ici hier.

— Les gens de Stonehouse ?

— Oui, Magpie et Meg, Danny et les Crankshaft, la grosse dame avec des tennis ; ils reviennent d'un grand voyage – dans le désert. »

Elle a tourné la tête vers l'ouest en prononçant ces mots, qui dans sa bouche semblaient désigner l'enfer sur la terre.

« Je sais ; j'étais avec eux. Ils sont venus ici après mon départ ?

— Oui. M. Nipper voulait de l'argent. »

Elle a fait le tour de la pièce, allumant des lanternes, projetant des ombres dans toutes les directions.

« Je suis même allée dans leur petit village tout sale.

— Tu es allée à Stonehouse Creek ?

— J'y suis allée avec Kitty.

— Ah, tu l'as rencontrée, elle aussi ?

— Elle est mon amie – quand elle ne demande pas d'argent. Alors je suis sa pwoie. »

Kitty et Jet : tout un programme… Je les voyais mal, l'une comme l'autre, devenir la proie de qui que ce soit.

« Jet ?

— Oui ?

— Tu pourrais me dire ce que tu fais là ? J'ai failli te faire sauter la tronche, tout à l'heure.

— Ma tronche ? »

Elle a regardé autour d'elle, sans comprendre.

« Tête. »

Sourire sardonique.

« Ta tronche, peut-être, était plus en danger que la mienne. »

Je me suis frotté le poignet, je l'ai examiné : rien de cassé, mais il allait prendre une dizaine de teintes bleues d'ici au lendemain matin.

« Tu as sans doute raison.

— Je t'ai déjà dit, non ? Je dois passer du temps ici, essayer de comprendre cet endroit-puzzle.

— Je crois bien que tu me l'avais dit. Mais je n'avais pas saisi que tu avais prévu de faire autant de… compréhension.

— Et j'ai mon travail.

— Ton quoi ?

— C'est inclus dans la maison.

— Au pub ? Tu travailles pour Noel Redman ?

— Oui. »

Ça dépassait l'entendement, l'image de cette jeune chose sexy travaillant pour le Grand Singe de l'autre côté de la route. Au moins, elle savait se défendre.

« Un peu de ménage, a-t-elle expliqué. Le travail de bureau, parfois je sers au bar, je tire la bière… »

J'imaginais tout à fait : bières et pervers pépères.

« Alors, tu apprécies cette vie ?

— Plus, je dirais, que le pauvre monsieur qui occupait cette maison avant moi…

— Oui. Doc. C'est pour lui que je suis ici. »

Elle m'a dévisagée, le regard dur, a mordu l'ongle de son pouce.

« Je peux t'offrir une tasse de thé ?

— C'est quoi, ça ? Une compensation pour mon bras ? »

Elle a jeté un bref regard à mon poignet et elle a déclaré : « Ça va se réparer. » Elle ne faisait pas dans la compassion.

Elle a fouillé au fond d'un sac à dos posé près du lit, a passé sur son corps quelques bouts de tissu. Elle a marché jusqu'à la cheminée, jeté dedans des morceaux de bois.

Un peu plus tard, nous étions sur la véranda, tenant délicatement nos tasses remplies d'un thé au beurre parcouru de traînées jaunâtres, à profiter d'une vue imprenable sur les attractions de Green Swamp – c'est-à-dire le pub de l'autre côté de la route, où les lumières s'étaient allumées et où le volume sonore allait en s'amplifiant. La haute saison approchait – les tondeurs de moutons et les mineurs de la Plèbe picolaient furieusement chaque soir, histoire d'oublier l'espace d'une heure ou deux le néant de leurs vies.

Jet n'était pas du genre à tourner autour du pot.

« Cet homme qui est mort. Ozolins. Doc, on l'appelle, je sais. C'est quoi tes questions ?

— Tu sais qu'il était géologue ?

— J'ai vu ses pierres. J'en ai utilisé certaines dans mon travail.

— Quel est ton travail ?

— Je fais des choses.
— Des choses ?
— Des objets. »
Avec ça, j'étais renseignée.
« De l'art, quand j'ai de la chance.
— Avec des pierres ? »
Elle a fendu l'air d'un geste dédaigneux de la main.
« Avec tout ce qui marche. »
Eh bien, voilà qui répondait à toutes mes questions.
« Mais ta... *quête*, a-t-elle poursuivi. Ça concerne sa mort ?
— Probablement pas. Mais j'aimerais en être sûre.
— Je t'ai déjà dit, non ? Tu devrais regarder la pile de rochers qu'il était en train de construire. C'est ce que j'ai fait. »
Je n'ai pas répondu tout de suite, étudiant ses traits sévères à la lueur de la lune. Elle éveillait ma curiosité.
« Et ça a donné quoi ?
— Pour l'instant ça donne... rien. Le début d'un début, pas plus. »
Elle a reposé sa tasse, de nouveau elle a mimé des vagues avec ses mains.
« C'est un labyrinthe, un mandala. Mais là d'où je viens, nous passons nos vies à étudier les mandalas. Au bout d'un moment – une vie entière, peut-être – on commence à voir une signification.
— Je crois que c'est exactement ce que faisait Doc. Il étudiait la géologie d'un site, plus à l'ouest, un endroit qui s'appelle Dingo Springs. »
Elle a baissé les yeux.
« Dingo Springs ?
— Oui.
— Le dingo, c'est le chien sauvage, non ?

— Ouais. »

Elle a bu une gorgée bruyante de son thé.

« Mon employeur…

— Noel ?

— Il a la terre, là-bas.

— Je ne crois pas, non. Ce sont des terres de la Couronne, elles n'appartiennent à personne – enfin, pas dans le sens où les Blancs l'entendent…

— Il a un papier du gouvernement pour la recherche de l'or.

— Un permis d'exploration minière ? »

Elle a haussé les épaules.

Pas si inhabituel, me suis-je dit. Un tas de gens en marge de l'industrie minière aimaient tenter leur chance : des concessions de cette nature étaient tracées en pointillé partout dans la région. Mais alors, elle a ajouté :

« Il en était propriétaire ensemble avec ton M. Ozolins, je crois. Le Doc.

— Bon sang, comment tu sais ça ?

— J'ai fait de la comptabilité pour M. Wedman. »

Elle a plissé le front, pointé ses lèvres.

« *Red*man !

— Bien essayé – c'était pas loin. Donc tu tiens les comptes de Noel ? Tu as plusieurs cordes à ton arc, dis-moi…

— Je ne suis pas bonne. En vérité, je suis nulle. Mais je suis chinoise – ils partent du principe que je sais, moi je planque les erreurs. Parfois j'ouvre le courrier. L'autre jour, c'était lettre du… Service des mineurs, non ?

— Presque.

— À l'intérieur il y avait un document de renouvellement pour un permis d'exploration minière.

L'endroit était le même – ce Dingo Springs. Et les noms étaient deux ensemble : Ozolins et Redman. »

J'ai soupesé l'information pendant quelques secondes. Si Redman avait une concession là-bas, en partenariat avec Doc, ça compliquait énormément les choses. Une fois Doc éliminé, Redman serait le premier servi s'il y avait des minerais de valeur.

Plus le choix, maintenant : il fallait que j'interroge le tenancier du pub, pour avoir sa version des faits.

Un chahut soudain s'est élevé du pub. Une silhouette désarticulée a volé à travers la porte, s'est relevée tant bien que mal et s'est époussetée, avant de foncer rejoindre la fête, tête baissée. Un chœur déglingué à l'intérieur : boules de billard, boules de flipper, canonnade de rires.

L'*happy hour* au *Green Swamp*. Je n'étais vraiment pas chaude pour tenter de coincer Redman au beau milieu de ça. Cockburn allait devoir attendre un jour de plus pour récupérer son Toyota. Quelque part, ce délai m'arrangeait.

Je me suis adossée à un pilier de la véranda, intriguée par la femme au regard tranchant assise en face de moi.

« D'où viens-tu, Jet ?

— Tu l'as déjà dit : la Chine.

— J'ai rencontré quelques immigrés chinois. En général, ils sont comptables.

— Aussi moi : pour M. Redman.

— Tes paroles sont pleines de mandalas et de labyrinthes. Je ne t'imagine pas comptable. Quelle région de Chine ?

— Le Nord-Ouest.

— Gansu ? Xinjiang ? »

Elle m'a dévisagée, sur ses gardes.

« Tu es allée ?

— En Chine ? Il y a quelques années…
— Qinghai, tu connais ?
— Bien sûr.
— Mon peuple : les Tibétains. Minorité.
— Je vois. »

Ça expliquait un tas de choses : l'aisance avec laquelle elle évoluait sur une pente abrupte, ses mandalas, son atroce thé au beurre.

« Depuis combien de temps es-tu en Australie ?
— Cinq ans maintenant.
— Et tu vis à Sydney ?
— Pour le présent je vis dans cette cabane.
— Qu'est-ce qui t'a amenée dans le centre de l'Australie ? »

Elle a basculé la tête en arrière.

« Aaaaïe… je vois que tu es de la police.
— Curieuse, c'est tout.
— Curieuse ! »

Elle a prononcé ce mot d'un ton dédaigneux, puis a semblé se faire à l'idée que j'étais peut-être seulement une sale petite fouineuse.

« J'ai collègue à Sydney. Compatriote, beaucoup d'années en Australie. Artiste aussi. Quand je manque mon pays, que je pleure pour les choses que j'ai laissées derrière, il me dit de venir dans cet Outback. Il dit que je trouverai peut-être certaines des choses.
— Quoi, par exemple ?
— Mon Dieu, cette Emily Tempest ! »

Son visage taillé en biseau a frissonné dans la pénombre. Ses dents étincelaient.

« Les choses en commun ? Par où commencer !… Les faucons et les étoiles. Les hommes sur des chevaux. Les fantômes et les cordes d'air. Les dieux qui vivent dans les chants et font des montagnes. Les femmes têtues ! Les rêves !… »

Elle s'est levée.

« D'ailleurs c'est l'heure, non ? »

Elle a jeté le reste de son infâme breuvage dans l'obscurité avant de rentrer dans la cabane. Apparemment, ça voulait dire bonne nuit.

Les femmes têtues ! Elle pouvait parler. Le passé était visiblement une zone interdite.

J'ai dénoué mon *swag*, grimpé à bord du Toyota, et je suis restée allongée à contempler le ciel embrasé en pensant aux paysages et aux peuples qu'ils engendraient.

LE CHIEN PRODIGE

Je me suis mise en chasse de bonne heure, le lendemain matin. Je suis tombée sur June en train d'éponger la bouillie de Dieu sait quoi qui recouvrait le sol du pub. Elle a levé une main humide et un sourcil las, prononcé mon nom d'une voix traînante.

« Bonjour, June. Votre homme a émergé ?

— Chambre froide. »

Elle a tendu le pouce dans cette direction.

« C'est sa deuxième maison, ou quoi ? »

Elle a roulé de gros yeux.

« L'a ses p'tites corvées, il aime s'en occuper… »

J'ai parcouru le menu.

« Y aurait moyen de bouffer quelque chose ?

— Sandy n'est pas encore remis d'hier soir, mais j'peux vous faire une platée d'œufs au bacon.

— L'antidote parfait.

— À quoi ? »

J'ai grimacé.

« Le gruau de riz de Jet…

— Vous avez déjeuné avec Jet ?

— J'suis arrivée tard, hier soir. Vous aviez l'air un peu débordés – Jet était ce qui ressemblait le plus à un bed and breakfast… Le bed était pas mal, le breakfast dégueulasse. »

June a souri.

« Vous avez eu droit au thé à la graisse ?

— Le gruau, c'est pire. Je m'étais toujours demandé ce que voulait dire ce mot. Maintenant, je sais. Ça vient de glu et de grumeau.

— On devrait peut-être l'ajouter au menu, vu le nombre d'Asiatiques qui passent par chez nous.

— Ne vous laissez pas contaminer par leur gastronomie. »

Je suis partie sur les traces de son mari.

Trique, le chien hyperactif, était de garde devant la chambre froide, et j'ai eu droit à sa crise d'hystérie habituelle.

Redman était en train de massacrer la carcasse d'un animal qui, quelques heures plus tôt, ruminait encore dans son enclos. C'était à l'évidence le meilleur moment de sa journée : cet homme aimait sentir le poids d'une arme dans sa main, le craquement des os surgelés qu'il broyait sous sa lame. Il s'est retourné et a semblé – à en juger d'après l'énergie qu'il a mise dans le coup suivant – aussi heureux de me voir que son chien.

« Mam'zelle Tempest… »

Il a posé son hachoir, s'est étiré le dos, a rajusté le contenu de son slip kangourou. Il portait ce jour-là une tenue particulièrement élégante : un pantalon qui avait dû être blanc – dans une autre vie – avec un débardeur assorti et des plis de graisse qui débordaient entre les deux. La combinaison de chaleur, de froid et de sueur avait des effets alarmants sur le gribouillage de veines qui lui striaient les narines. Il a laissé échapper le souffle rauque et sifflant d'un homme sérieusement hors de forme.

« Qu'est-ce qui vous amène par ici ? a-t-il demandé.

— J'étais juste de passage sur la Gunshot Road.

— Les mines d'or ?

— Plus à l'ouest.

— Tel père, telle fille, hein ? Vous prospectez ?

— Peut-être, mais pas pour trouver de l'or. Je suis en mission… j'avais quelques questions à vous poser. »

Léger froissement des tempes.

« Crachez le morceau.

— J'ai cru comprendre que vous aviez une concession minière là-bas, vers l'ouest… »

Il semblait aussi méfiant qu'un chien de garde dans le bush – et en proie aux mêmes démangeaisons ; ou alors il s'efforçait de faire revenir le sang dans ses narines gelées.

« Et si c'était le cas ?

— En partenariat avec Doc, pas vrai ? »

Il m'a gratifiée d'un regard malveillant. Trique a perçu le malaise et s'est remis à japper.

« Là, ça me les coupe, a repris Redman. Ça ne va donc jamais s'arrêter ?

— Vous n'avez qu'à prendre un labrador.

— J'veux dire, les problèmes que me cause ce vieux dingue, même après avoir cassé sa pipe… D'abord faut que j'me farcisse ses délires de cinglé et son poil dans la main quand il s'agissait de travailler, et maintenant, v'là que j'ai une petite fliquette naine qui se croit la plus maligne et qui débarque chez moi en pensant que j'ai buté le vieux. »

J'ai désigné son hachoir.

« Eh bien, faut dire que vous avez l'air de savoir manier l'arme blanche. »

Son regard s'est intensifié.

« Écoutez, tout ce que je veux, ce sont des réponses claires, et après je vous laisse tranquilles, Trique et vous. Parlez-moi de cette concession. »

Les éclats de glace sur son front se sont réorganisés, comme de la limaille de fer sur un aimant.

« La concession ? Laquelle ?

— Celle de l'Ouest.

— Ouais, mais laquelle ?

— Vous en avez plusieurs ?

— J'en ai eu une demi-douzaine au fil des années. Chaque fois, c'était la même embrouille : Doc avait travaillé sur place, quand il faisait de la prospection pour Copperhead. Pensait avoir déniché le filon suprême, l'autre moitié de la colline de Broken Hill, le foutu Filon perdu de Lasseter, ce genre de trucs – il avait juste besoin d'un peu d'aide pour le trouver… Alors j'l'ai financé, j'ai payé les concessions et le matériel, j'ai même acheté sa bouffe, à ce vieux taré… Et c'est seulement quand j'suis allé là-bas…

— Vous êtes allé dans le bush avec Doc ?

— Moi, j'lui filais juste le fric et je signais les papiers. C'est seulement cette année que je suis allé faire un tour là-bas, dans l'Ouest. J'voulais voir ce qu'il foutait avec mon argent. »

Doc avait visiblement arnaqué tous les hommes valides de la région pour qu'ils lui servent de chauffeur.

« Où êtes-vous allés ?

— Où ne sommes-nous pas allés, plutôt… J'ai l'impression d'avoir fait le tour du Del Fuego Desert : une grande expédition sans queue ni tête, interminable, jusqu'au bout de l'enfer, dans les coins les plus durs qu'on puisse imaginer, scorpions, serpents, essieux brisés, crevaisons… Il m'a fallu une semaine entière de foutues souffrances pour capter enfin.

— Capter quoi ? »

Ses lèvres se sont plissées en un cercle étriqué.

« Que tout ça, c'étaient des conneries ! Doc n'en avait rien à cirer, de l'or ! Ce qu'il voulait vraiment, c'était comprendre la géologie. Mesurer les lignes de fractures, les failles, analyser l'eau… Il avait juste demandé les concessions pour qu'aucun autre type ne puisse venir tout déglinguer avant qu'il ait eu l'temps de tout étudier de près. Oh, il savait causer, c'est sûr – il délirait sur les forêts tropicales humides, les glaciers…

— Les boules de neige ?

— Ouais, il m'a parlé d'ça. La glace dans tout l'désert, il y a soixante millions d'années… »

Erreur de un à dix, mais bon…

« … mais l'or ? Les minerais ? Tout ce qui pouvait servir à faire bouillir la marmite ? Nada !

— Le p'tit déj' est prêt, Emily ! »

La voix de June s'est égrainée comme un crachin à travers la porte du restaurant.

Je me suis retournée vers son mari, un peu alarmée en le voyant passer son gros doigt sur le fil du hachoir. Instinctivement, j'ai reculé.

« Vous y êtes retourné, depuis ?

— Trop d'boulot, avec le pub…

— Mais votre nom figure toujours sur les permis d'exploration…

— Ben, j'ai quand même payé toutes ces foutues paperasses…

— Et s'il y a des bénéfices, c'est vous qui les empocherez, non ?

— Ah, bon Dieu ! »

Il a enfoncé son hachoir dans le quartier de bœuf.

« C'est du harcèlement !

— Noel ? »

June est apparue sur le seuil. Elle l'a regardé, anxieuse, puis s'est tournée vers moi.

« Vous feriez mieux de venir déjeuner, Emily. Noel est sous pression, ces derniers temps. »

Elle a dévisagé son mari, qui tremblait encore.

« T'as pris ta plaque de comprimés, chéri ?

— Ma plaque de comprimés ? »

La colère faisait voler en éclats sa diction.

« J'vais lui en trouver une, de plaque… une putain de plaque en marbre !

— Voyons, Noel, ça va pas…

— Cette petite salope s'amène ici en laissant carrément entendre que j'ai zigouillé le vieux…

— Je suis sûre que ce n'est pas ce qu'elle a voulu dire. »

Peut-être pas, me suis-je dit en quittant la chambre froide. Mais maintenant, bon Dieu, j'y réfléchissais bel et bien.

Je me suis assise devant mon petit déjeuner. J'imagine que c'était des œufs au bacon, mais ç'aurait pu être du gruau de riz grillé que ça n'aurait rien changé, tant mon esprit bouillonnait d'interrogations.

Pouvais-je croire Redman ? Il m'avait paru convaincant, j'étais forcée de l'admettre ; s'il était capable de feindre un tel degré de rage, alors il avait sa place au firmament des stars, aux côtés de Robert De Niro. Mais il était hors de question, pour l'instant, d'écarter l'hypothèse que Doc ait pu tomber sur un gisement de valeur et avoir été assassiné pour cette raison.

Mais Monsieur Tête de Cochon, alors ? Il avait fait pousser quelque chose par là-bas, et ce n'étaient pas des choux-fleurs. Doc avait-il pu découvrir son petit manège et menacer de le balancer ? Doc avait toujours été casse-couilles, et c'est un euphémisme.

Quant à Wishy Ozolins, avait-il quelque chose à voir là-dedans ? Sans savoir pourquoi, je n'arrivais pas à me débarrasser de ce soupçon – de cette crainte, presque, car l'homme me plaisait.

J'ai réglé l'addition, regagné la cabane en voiture et me suis garée à l'ombre de l'auvent bricolé par Doc. Alors, j'ai remarqué pour la première fois les petits drapeaux aux couleurs fanées accrochés sur le côté de la véranda.

Jet était agenouillée, un burin dans une main, un marteau dans l'autre, taillant avec férocité une dalle de granite. Les sursauts de ses omoplates, les ondulations de sa colonne vertébrale : elle était tout entière absorbée dans le travail en cours.

Je me suis plantée derrière elle pour étudier sa création.

Le carré de poussière à l'arrière de la cabane était recouvert d'un entrelacs quasi hypnotique de roches et de bouts de bois. Des cristaux de quartz étaient disposés tout autour de l'installation, de telle manière que la lumière se reflétait dessus et se précipitait comme un torrent le long des corridors de pierres.

Une série de croquis étaient posés contre les roches. Des interprétations de l'amas de pierres original assemblé par Doc, représenté sous tous les angles possibles, couvert de schémas et de lignes pointillées, de cercles et de flèches, d'équations mathématiques.

« C'est donc comme ça que tu… enquêtes ? »

Elle s'est retournée, les yeux changeants comme du mercure. Elle a posé ses outils, s'est levée, a passé les mains sur son visage, la langue sur ses lèvres. Elle portait un short bleu, un débardeur noir, des boots sales et un fleuve de sueur.

« Cette création du Doc – elle fascine… J'essaie de… copier ? Oui. Mais plus. De terminer. De donner à cet homme le silence qu'il devait rechercher.

— Quand tu l'auras trouvé, tu me diras à quoi ça ressemble, d'accord ? »

Ses lèvrcs ont dévoilé de petites dents pointues comme celles d'un renard.

« Ça commence, peut-être, par une tasse de thé ?

— Alors juste une tasse, avant de me remettre en route. Mais, s'il te plaît – je m'en occupe. »

Ignorant sa stupéfaction, je suis entrée dans la cabane, j'ai fouillé dans le placard, trouvé quelques sachets de thé Bushells, qui avaient appartenu à Doc. Préparé deux thés, l'un noir, l'autre jaune, et je suis sortie rejoindre Jet sur la véranda. Elle avait enlevé ses boots, exposant ses pieds magnifiquement cambrés au soleil du matin.

Je me suis assise près d'elle, le regard irrésistiblement attiré par sa création.

« Où as-tu appris à faire ce genre de chose, Jet ?

— Au monastère. »

Je me suis renversé la moitié de ma tasse sur les genoux.

« Dans le Qinghai, beaucoup font religieuses. Quand j'étais une jeune femme, je prononce la… comment dit-on ? La promesse ?

— Les vœux ?

— Les vœux. Notre travail, c'est restaurer les sculptures détruites par la Révolution culturelle.

— La Révolution culturelle a détruit un tas de choses, je le sais. »

Elle a tourné la tête, craché par terre.

« C'est karma. Mais je trouve que les sculptures que je fais – en taillant avec un marteau –, elles me font des émotions… Ça monte dedans, ça retombe plus. Pour moi, je comprends, l'art c'est mon chemin. Mon destin.

— Alors tu as laissé tomber les perles de prières et tu les as remplacées par un marteau ? »

Elle a eu un drôle de rictus.

« Certaines des perles. Parfois le marteau. »

Nous sommes restées assises en silence, nous imprégnant de cette sérénité. Profites-en bien, me suis-je dit – de la sérénité, tu n'en auras plus beaucoup quand Cockburn aura remis la main sur toi. Tu ne devrais pas faire ça, tu devrais rentrer en ville et affronter l'orage. J'ai fermé les yeux, et j'étais sur le point de m'endormir quand Jet a posé son pied contre le mien.

Yap ! Yap ! Yap ! Je me suis redressée d'un bond, renversant ma tasse de thé.

Un balai à chiottes affolé dansait frénétiquement au pied des marches : Trique le Chien Prodige – le prodige étant qu'aucun salopard ne l'ait encore mis hors d'état de nuire – avait retrouvé ma trace.

Il bondissait dans tous les sens, queue hérissée, la gueule pratiquement réduite à ses seuls crocs du bas. Je me suis demandé s'il n'avait pas été dressé pour détester les Asiatiques autant qu'il détestait les Noires, s'il n'était pas, en quelque sorte, un raciste favorable à l'égalité des chances.

Ramassant un bout de bois, je l'ai agité sous son nez.

« Casse-toi, sale clébard de merde ! »

Trique m'a fait un caca nerveux. Un caca de chien, en fait. Il m'a littéralement bondi dessus, excité à mort. Comme il s'en prenait à ma jambe, je lui ai flanqué un coup de pied qui l'a renvoyé au bas de l'escalier dans un saut périlleux tournoyant.

Putain, cet animal était vraiment nuisible. Je me suis levée pour rentrer.

« Couché ! » a crié Jet d'un ton sec.

Je me suis retournée.

Trique avait disparu.

« Merde alors – t'as appris ça au monastère ?

— Je me surprends moi-même. Peut-être le chien a trouvé quelque chose plus intéressant. »

Elle s'est plantée au bord de la véranda, mains sur les hanches.

« Il fait ascension de la pente… »

Je me suis tournée vers le pub. En parlant de choses intéressantes, les premiers clients étaient arrivés.

L'un d'eux avait garé sur le parking un pick-up beige, avec une tête de cochon arrimée au pare-buffle.

« Tu connais ce Toyota, Jet ? »

Elle a jeté un coup d'œil.

« Je vois les gens, pas ce qu'ils conduisent.

— Difficile de ne pas remarquer celle-là, avec sa tête de cochon…

— Ah oui – un homme avec la barbe wouge.

— Wouge ? »

Elle a froncé les sourcils.

« Rouge.

— Il a un nom ?

— On ne parle pas à celui-là. Il a un mur autour – des briques invisibles, non ? Mais j'ai entendu qu'on l'appelait… Bwent, peut-être ? »

Bwent.

« Un habitué, ce Bwent ?

— Peut-être pas. Parfois le week-end, le vendwe… vendredi soir.

— Il s'appelle peut-être Brent…

— C'est ce que j'ai dit. Je crois que c'est un homme de Bluebush. »

J'ai hoché la tête, contente de m'être épargné pas mal de recherches. Comme je l'avais deviné, ce type venait de la ville.

« J'irais bien lui parler avant de repartir. »

Elle étudiait mon visage avec intérêt.

« Tu prends parfois un moment pour regarder autour, méditer sur le silence ?

— Bien sûr que oui. Parfois. »

Je me suis frotté le menton en me demandant s'il m'était jamais arrivé de faire quoi que ce soit qui puisse de près ou de loin être décrit comme une « méditation sur le silence ».

« Ah, je crois pas. »

Elle a tendu les jambes, fermé les yeux, a laissé le soleil inonder son visage.

« Pour moi, c'est le silence qui définit ce pays. La paix. »

Ces mots étaient à peine sortis de sa bouche que la falaise qui surplombait la cabane s'est écroulée sur nous.

GLISSEMENT DE TERRAIN

Tout a commencé plutôt innocemment : un bruit sourd au-dessus de nous, un nuage de poussière, un écho parcourant la plaine.

Nous avons bondi sur nos pieds juste à temps pour voir le bloc en forme de crâne – celui sur lequel Jet était assise la première fois que je lui avais parlé – dévaler la pente. Il a pris de la vitesse et s'est envolé dans les airs en décrivant une trajectoire courbe, avant de s'écraser sur l'arrière de la cabane.

Nous sommes restées figées, abasourdies.

Un soubresaut assourdi a agité la ligne de fracture qui courait au pied du surplomb et la crête a soudain semblé se reconfigurer toute seule, à mi-hauteur.

Jet a craché quelques mots. À en juger d'après le ton, leur traduction approximative aurait pu être : « Putain de merde ! »

J'ai pris mes jambes à mon cou.

Elle était meilleure juge que moi, concernant les glissements de terrain : elle venait du Tibet, après tout. J'ai senti sa main qui m'agrippait le bras.

« Non ! » a-t-elle hurlé.

Elle s'est mise à courir vers l'orage de pierres. Un bloc noir menait la charge, progressant par bonds gigantesques. L'un de ces bonds l'a propulsé au-dessus de nos têtes.

Jet avait-elle perdu la sienne ?

Alors, j'ai compris qu'elle se frayait un chemin vers le seul abri que nous avions une chance d'atteindre : l'auvent métallique que Doc avait construit pour sa voiture.

Nous avons plongé dessous et nous sommes abritées sous le châssis du Land Cruiser, cramponnées de terreur l'une à l'autre, tandis que le tir de barrage s'abattait autour de nous dans un fracas à réveiller les morts. Il a frappé le toit, bombardé les murs et les poutres, fauché l'air au-dessus de l'espace découvert où j'aurais été pulvérisée si Jet ne m'avait pas traînée jusqu'ici.

L'édifice a tremblé, vacillé – et tenu le choc.

Le grondement s'est dissipé aussi vite qu'il s'était élevé.

J'ai jeté un coup d'œil dehors à travers un banc de poussière aveuglant.

« C'est fini ?

— Peut-être. »

Elle était allongée contre moi, le visage étincelant d'éclats de mica, son nez tranchant recouvert de poussière.

Soudain elle s'est penchée vers moi et m'a embrassée.

J'ai levé un sourcil.

« Oh ? »

Elle a souri.

« Une célébration…

— De quoi ?…

— La survie. »

Nous sommes sorties tant bien que mal de sous la voiture de Cockburn. À mon grand soulagement, elle n'avait subi aucun nouveau dommage. J'ai levé les yeux vers l'auvent qui grinçait.

« Ça va tenir ? »

Elle a suivi mon regard.

« Peut-être... »

Un filet de poussière est tombé sur son visage.

« Peut-être pas. »

Elle s'est jetée dehors.

Au moment où je l'imitais, le pilier central a cédé et un fatras de blocs et de pierres a traversé le toit, broyant le véhicule.

Nous nous sommes relevées péniblement, époussetées, et nous avons contemplé le chaos avec consternation : la cabane et l'auvent avaient disparu, réduits en miettes. Nous-mêmes, nous n'en étions pas loin. Le jardin de pierres de Doc avait disparu lui aussi, la sculpture de Jet également, enfouie sous Dieu sait combien de tonnes de rochers – comme nous l'aurions été sans l'aide de notre carapace d'acier.

Les gens du pub – Junc, Sandy le serveur, des clients matinaux – sont arrivés en courant pour nous donner un coup de main. Noel Redman, moins pressé d'apporter son aide, les suivait avec une lenteur suspecte.

« Vous n'êtes pas blessées ? s'est inquiétée June.

— Nous allons bien, ai-je répondu. On a eu une foutue chance », ai-je ajouté en désignant les édifices anéantis.

Mais nous n'allions pas tous bien, et nous n'avions pas tous eu de la chance. Le proprio du pub, fouillant dans les décombres, en a ressorti la dépouille de son chien, qui en avait fini avec ses jappements. Plus de

Trique – enfin, un dernier coup, avant d'être bouffé par les vers.

Redman m'a lancé un regard hostile, puis il est parti enterrer son petit pote.

Ne m'accuse pas, ai-je pensé. Ce n'est pas moi qui ai écrabouillé ton clébard ; et si je l'avais fait, ç'aurait été un canicide avec circonstances atténuantes.

June nous a conduites au pub, où elle nous a administré de fortes doses de thé chaud et de bière fraîche – panacée de l'Outback – que j'ai acceptés avec gratitude, l'un comme l'autre. Jet a opté pour le paquet de thé retrouvé dans son Transit, l'a préparé, m'a rejointe sur la véranda. Elle s'est assise, contemplant le carnage de la cabane, le regard de plus en plus intense.

« Saloperies de dingos de merde », a-t-elle fini par déclarer.

J'ai froncé les sourcils.

« Contente de voir que tu apprends le dialecte… Mais de qui parles-tu ? »

Ses traits se sont tendus, elle a craché de rage.

« Ils changent de visage et de couleurs de temps en temps, ils réarrangent le déguisement, mais en dessous ils sont les mêmes, non ?

— Peut-être.

— Tu as entendu ?

— Ou-i… » ai-je répondu, répugnant à avouer, même à moi-même, que j'avais entendu : l'explosion assourdie avant l'éboulement.

J'ai soupiré doucement.

Pourquoi tout était-il si compliqué ?

Les glissements de terrain sont fréquents dans cette région accidentée et couverte de roches ; c'est un phénomène naturel.

Mais pas celui-là.

J'ai jeté un coup d'œil au parking : je n'avais remarqué parmi nos sauveteurs aucun salopard à la barbe rouge susceptible de répondre au nom de « Bwent », mais la Tête de Cochon avait disparu.

« J'ai l'impression que tu sais de quoi tu parles, pas vrai, Jet ? »

Elle a avalé bruyamment une rasade de thé, fixant le vide, le regard noir.

« Tu as rencontré quelques dingos, dans le temps ? »

Elle n'a rien dit.

« Jet ? »

Sans plus insister, je me suis roulé une clope. Elle semblait hypnotisée par les mouvements de mes doigts, le tortillon de tabac, les craquements du papier.

« Sale habitude, a-t-elle commenté.

— Venant d'une femme qui malaxe la boue avec ses mains…

— L'habitude de mon père, aussi.

— La boue ?

— Fumer.

— Je vois.

— Mon père est homme calme, tu comprends. Paix… »

Les mots sortaient lentement de sa bouche.

« Un charpentier avec chapeau en fourrure de renard… »

Un peu de sang allait-il enfin couler de la pierre ?

« Travaille avec ses mains : la grande scie, la planche de bois. Veut pas une religieuse comme fille – mais accepte. Artiste, encore moins. Mais accepte. Après le monastère, je rentre à la maison, je travaille avec ma famille – bord d'un lac, près la ville. Lac des âmes, tu comprends ?

— Des âmes ?

— Tu devrais comprendre. Le lac est… la voix de divinité.

— Une sorte de site sacré ?

— Peut-être. Dans mon pays, comme dans le tien, beaucoup endroits comme ça. Mais l'armée aussi, qui vient dans des voitures d'acier, avec des fusils. Ils apportent leurs armes et leurs poisons : essais de bombes, radiations, déchets… Les Chinois… »

Elle s'est penchée en avant, a retroussé les lèvres et craché de nouveau par-dessus la balustrade.

« La maladie invisible et la mort se sont répandues dans le lac, les poissons, puis les chasseurs de poissons ; les religieuses protestent. Le gouverneur – M. Xing – répond avec les armes : beaucoup de religieuses battues, ou en prison, ou s'enfuient… »

Un sourire acide a tranché son visage.

« Sur la place une statue du président Mao Zedong ; symbole de l'harmonie entre nos grands peuples. Une nuit je vais à cheval en ville, avec mes outils. Au matin, les gens se rassemblent et rient si fort que leurs lèvres cassent : le cul du président transformé en visage du gouverneur Xing… »

Elle contemplait le fond de sa tasse, savourant ce souvenir.

« Je regarde des collines, cachée, pas trouvée… Mais ils reconnaissent ma main, je suis connue. Alors mon père on l'emmène au camp de travail. En un mois, il est mort. Deux mois, ma mère aussi. De chagrin – peut-être la honte de sa fille qui cause des problèmes… »

Je l'ai dévisagée. Je n'ai pas su quoi dire.

« J'ai pris cheval et *chupa*, je suis partie dans le vent. À travers plaines. Montagnes. Je voyage en camion, en bus, n'importe quoi ; je marche dans la neige jusqu'à la poitrine. Je bouge avec la mortitude dans mon cœur, avec des images et des souvenirs qui brûlent mon cerveau. Je traverse le Tibet, le Népal. Avec le temps – ici. »

J'ai regardé la cabane en ruine. Dans ses murs et ses poutres effondrés, j'ai vu un écho de l'histoire que je venais d'entendre.

« Je vois. »

Elle a hoché la tête, absente, a étudié la plaine vers l'ouest, a reniflé, inquiète.

« Il semble qu'il n'y a pas d'armée ici…

— On n'est pas très fort en armées…

— Sécurité publique ?

— Rien que moi.

— Pouh ! »

Ça ne l'impressionnait pas.

« Bombe atomique ?

— Pas dernièrement. Quelques-unes dans les années 1950. »

Elle a remué son thé, l'a contemplé.

« Tu as quelque chose, a-t-elle grogné. Quelque chose qu'ils veulent.

— Ils ?

— Les dingos. »

Elle a jeté le dépôt de son thé, s'est levée.

« Fais attention. »

Elle a traversé à grands pas les débris. Je l'ai suivie.

Elle s'est frayé un chemin vers l'intérieur de la cabane, a sauvé des décombres ses boots et un jeu de burins. Elle a fouillé encore un peu, a tiré sur le côté une table pulvérisée, est tombée sur une feuille à dessin couverte de poussière. Elle a brossé et soufflé les débris, trouvé d'autres dessins, les a alignés contre les rochers. Les a fixés intensément.

Puis elle a entrepris de ramasser des gravats, les a examinés, assemblés, disposés devant la cabane.

« Que fais-tu, Jet ? »

Elle s'est interrompue, une grosse pierre dans ses petites mains, les biceps de ses maigres bras étonnamment gonflés.

« Je finis ce que je commence. »

Et ce que Doc avait commencé, ai-je pensé.

J'ai travaillé à ses côtés pendant deux ou trois heures, rassemblant des roches, des gravats, les disposant plus ou moins fidèlement au modèle original de Doc. Jet dirigeait la manœuvre en m'indiquant où les poser, elle travaillait vite et efficacement.

La chaleur a fini par nous renvoyer vers la véranda du pub. Nous étions assises là, les pieds sur la balustrade, quand une voiture de police a déboulé sur la route et s'est garée en face de nous.

Griffo est sorti le premier, puis Cockburn a bondi du siège conducteur, mains sur les hanches, chewing-gum en bouche, son reniflement coutumier suspendu au-dessus des narines. Son regard s'est planté sur moi.

« Emily…

— Commissaire. »

Il a baissé ses lunettes noires pour examiner Jet, mais il est parvenu à garder ses soupçons pour lui.

« On nous a signalé un éboulement.

— C'est exact.

— La route est encore praticable ?

— Je crois bien, oui.

— Des dégâts ?

— Hum… Un peu.

— Plus précisément ? »

Les sillons de son front se sont soudain creusés ; il a fait un pas en arrière, a balayé le parking du regard.

« Où est ma voiture ?
— Ah, oui… Votre voiture… »

Il a suivi mon regard jusqu'aux décombres de la cabane de Doc, parmi lesquels on apercevait un éclat de métal broyé, un pare-chocs gondolé, un gyrophare bleu explosé.

« Alors là, ça me troue le cul… »

Le commissaire suppléant n'a pas prononcé un mot sur la route du retour ; il n'en avait pas besoin – ses oreilles radioactives en disaient bien assez. Mais en passant le seuil du commissariat, il s'est retourné vers moi et m'a lancé d'un ton cinglant : « Quart de nuit. Dès demain. Briefe-la, Griffo. »

Il a fait quelques pas, puis il a ajouté : « Et trouve-toi un vrai putain d'uniforme. »

CIMETIÈRE

Griffo s'est arrêté devant le *Black Dog*, a consulté sa montre, passé la langue sur ses lèvres.

« On pourrait entrer deux minutes, pour prendre un peu le frais. »

J'ai surpris l'échange de regards entre Bunter et lui. Ils n'allaient pas prendre que de l'air frais, mais bon Dieu, on ne pouvait pas leur en vouloir. Comment pouvait-il faire si chaud à une heure du matin ? Mon corps pesait une tonne. J'ai repoussé la mèche de cheveux trempés de sueur qui me tombait sur le visage, dégagé de mon sillon le pantalon pourri de mon nouvel uniforme.

C'était ma troisième nuit de service – cet horaire qu'on appelle ici le « quart du cimetière », pas parce qu'il est tranquille, mais parce que si on le fait trop longtemps, c'est là qu'on termine.

Ce service de nuit, Cockburn ne l'avait pas créé. Son innovation, c'était qu'on le faisait à pied, désormais. « Garder le contact avec la communauté », c'étaient ses mots, qui faisaient sans doute bonne impression dans les articles de presse et les rapports destinés aux huiles de Darwin.

Pour les pauvres larbins qui devaient s'en charger, ça voulait dire patauger dans une mer de sang sans aucun véhicule où battre en retraite.

J'ai parcouru du regard la rue principale, en me demandant si je devais suivre les gars à l'intérieur.

Megahead O'Loughlin, propriétaire du plus grand Lavomatique de Bluebush, s'est approché d'un pas chancelant, une boîte de chocolats dans les mains. Malgré ce sobriquet de « Mégatête », son principal trait distinctif était la taille de sa bedaine ; il avait la silhouette d'un chameau dressé sur les pattes arrière. Il a trébuché, renversé ses chocolats, les a suivis d'un regard désespéré tandis qu'ils roulaient sur le trottoir. Je l'ai aidé à se relever, j'ai fourré quelques chocolats à la liqueur à moitié fondus dans la boîte et l'ai envoyé promener.

Une foule grouillante avait envahi le terrain vague de l'autre côté de la rue, une femme à la voix de crécelle s'en prenait à quelqu'un, mais ce n'était pas à proprement parler une émeute. Elle viendrait plus tard, quand les pubs jetteraient leurs déchets humains à la rue.

Benny Springer était assis dans le caniveau, le regard caoutchouteux, rongeant un lambeau de viande. Il a pris une gorgée de sa bière et a vomi sur ses bottes. C'est ce qui m'a décidée. J'ai suivi mes collègues à l'intérieur du pub.

J'ai étudié le poster punaisé sur la porte : *Soirée crevettes et strip-teaseuses*. La crème de la crème, chère à Random Andy, avait fière allure… La tête d'affiche était une certaine Miss Fond-Lacaisse, qui était peut-être, ou pas, la femme qui se démenait sur scène quand j'ai pénétré dans l'antre surpeuplé.

Je me suis dit, naïvement, en la voyant totalement nue, recouverte de mousse blanche – c'était peut-être ça, la crème… –, remuant son cul comme un dirigeable en plein blizzard, que le spectacle avait atteint son paroxysme. Mais non, le meilleur restait à venir : un employé des abattoirs aux dents proéminentes, qui n'en revenait pas de sa chance quand elle l'a fait monter sur scène. Elle a baissé son pantalon, lui a enfilé sans ménagement une capote, l'a plaqué au sol et l'a enfourché illico.

La foule est devenue hystérique.

« Mon Dieu. » J'ai donné un coup de coude à Bunter. « C'est légal ? »

Il a haussé les épaules, tout sourire.

« Si ça ne l'est pas, j'te laisse le soin d'leur annoncer… »

Il a désigné d'un geste de la tête la foule en délire. Des employés des abattoirs pour l'essentiel, et même ceux qui ne l'étaient pas allaient tâter de la viande, cette nuit-là. Un type aux cheveux enduits de gel, qui portait une chemise violette trois tailles trop petite pour lui, a bondi sur la table, poussé un rugissement et jeté ses hanches en avant. Les videurs ont fait craquer leurs articulations avant d'entrer en action.

Adossés au comptoir, Bunter et Griffo appréciaient le spectacle.

Nouveau coup de coude. « Je crois que je vais tenter ma chance dehors. »

En ressortant sur le trottoir, j'ai repéré une altercation dans la foule, sur le terrain vague. Il y a eu un hurlement furieux, puis le bruit sourd caractéristique d'un poing s'écrasant dans une chair épaisse et enfin, une voix de femme qui gémissait. Visiblement, Madame Crécelle encaissait la réplique.

J'ai appelé les renforts dans mon micro-cravate, retroussé les jambes de mon pantalon, traversé la rue en courant, suis tombée sur un gros balèze agenouillé sur une femme, et qui l'enfonçait dans les graviers à coups de poing.

J'ai pris tout mon élan et je lui ai foncé dedans pour le déséquilibrer, j'ai réussi à lui passer les menottes avant qu'il n'ait compris ce qui lui arrivait. Ce qui aurait conclu de manière très satisfaisante cet incident si la victime, qui s'était redressée, ne s'était pas révélée être Cindy Mellow. J'ai remarqué aussitôt le *nulla-nulla* dans sa main droite.

Le premier coup a frappé mon prisonnier en pleine tête et il s'est effondré. Le second m'a frappée en pleine tête et je l'ai imité. Le troisième s'est abattu sur mon dos et je me suis demandé comment j'allais faire pour sortir de là en un seul morceau. Le quatrième était déjà en route quand Rosie Brambles, apparemment bien décidée à reprendre les choses là où elle les avait laissées la dernière fois, est sortie de nulle part et s'est jetée sur Cindy.

La foule s'est automatiquement répartie en deux camps adverses, en fonction des liens familiaux et des amitiés d'ivrognes. Le temps que les paniers à salade débarquent, une bagarre générale faisait rage, avec une ACPO traumatisée, attachée à cent dix kilos de graisse comateuse, recroquevillée sous un banc au milieu du désastre.

Quand tout a été terminé, que les derniers coupables ont été dispersés ou mis au frais, j'ai passé mes bosses en revue et me suis rendu compte, à ma grande surprise, que j'étais presque intacte. Je me suis fait ramener au commissariat par l'un des fourgons.

« Cette ville part en vrille », a grommelé Flam en secouant la tête et en embrassant la jointure fendue d'un de ses doigts.

Bunter a renchéri d'un grognement :

« Ça a toujours été l'bordel…

— Depuis que vous avez débarqué, vous autres », suis-je intervenue.

Un commentaire auquel, à ma grande surprise, ils ont réagi de bonne grâce.

« C'est l'économie… »

Griffo nous a fait profiter de sa vision globale des choses.

« La ville est en train de crever ; pas de boulot, pas d'espoir, rien à faire de leurs journées à part rester assis et picoler d'la bière… »

Il n'avait pas totalement tort : Bluebush n'avait jamais connu une telle dépression. Les élevages de bétail subissaient la pire sécheresse de mémoire d'homme, la situation des abattoirs n'était guère plus enviable. Même la compagnie minière Copperhead, socle rocheux sur lequel la ville était bâtie, avait viré des employés.

La réouverture de Green Saturn, un rejeton de Copperhead situé sur la Gunshot Road, avait nourri bien des espoirs et des discours qui s'étaient révélés, au final, n'être que des paroles en l'air, un ramassis de bobards, probablement destinés à faire grimper le cours de l'action. Cette mine d'or souterraine rapportait visiblement à certains d'excellents dividendes, et produisait des articles de presse à foison, bourrés d'expressions du genre « dernier cri » ou « high-tech »… Mais pour les entreprises déjà vacillantes de Bluebush, cela se traduisait seulement par l'embauche d'une poignée d'intérimaires qui faisaient des allers-retours en avion entre la ville, où ils habitaient, et la mine, où ils travaillaient parfois pendant plusieurs semaines d'affilée, avec des horaires intenables. Seule une infime partie du fric qu'ils gagnaient terminait sa course dans des poches locales.

Un appel radio d'urgence a interrompu ces pensées : une agression au village des retraités.

« Qu'est-ce que je vous disais… »

Bunter a braqué le volant.

« Même les retraités s'y mettent.

— J'suis surpris qu'ils aient encore l'énergie », a commenté Griffo.

Quelqu'un l'avait encore, cette énergie, à en juger d'après le hurlement à vous glacer le sang qui nous est parvenu depuis l'appartement de Fanny Bolt, tandis que nous remontions l'allée. J'ai prié pour que ça ne soit pas Fanny. Veuve de l'avant-dernier maire, présidente record de l'Association des femmes de la campagne, elle avait été dans sa jeunesse un véritable feu follet. À présent, elle devait peser dans les cent quatre-vingts kilos. Je n'avais aucune envie d'arrêter ou de réanimer un machin pareil.

Griffo a bondi de la voiture et ouvert la voie. Je l'ai suivi, à toutes jambes d'abord, puis en ralentissant le pas quand, arrivée sur la véranda, j'ai entendu grogner à travers la porte-moustiquaire une voix de basse craquelée par le tabac, qui ne pouvait être que celle de Fanny : « Ah, pourquoi tu veux toujours me baiser en levrette ! »

Parce que toute autre position serait fatale, ai-je pensé, tandis que Griffo ouvrait brusquement la porte. Il a actionné un interrupteur et s'est retrouvé devant l'image éminemment choquante de l'ancienne première dame à genoux sur le lit, cul nul, et de Jimmy Windschuttle en train de la prendre par-derrière.

J'ai couru aux abris, tandis que Griffo ressortait de la pièce à reculons, courbant le dos et tressaillant sous le blizzard d'insultes assené par Fanny.

Il se frappait encore la tête contre le volant quand nous avons atteint le commissariat.

« Oublie ça, a marmonné Harley après avoir entendu toute l'histoire dans la cuisine du poste. Moi, j'appelle ça un comportement de recherche d'attention…

— T'imagines même pas, a grommelé Griffo. Va p't-être me falloir un soutien psychologique…

— C'était comme enfoncer une cigarette dans un gâteau de riz », ai-je remarqué.

Harley s'est fendu d'un sourire béat.

« J'aurais aimé voir ça…

— Espèce de détraqué », s'est amusé Bunter, tout en s'éloignant avec Griffo pour aller remplir leur paperasse.

J'ai farfouillé dans le frigo et j'en ai ressorti des Weetabix et des bananes. Harley a réchauffé une tourte au micro-ondes, préparé un café trouble, s'est assis en face de moi.

« Alors, jeune Emily, ça te plaît le quart de nuit ?

— On s'ennuie pas.

— T'aurais pas dû fracasser le Cruiser du boss… J'y pense… »

Il a enfoui son visage dans la tourte, et à travers sa gueule pleine, dégoulinante de graisse, il a poursuivi :

« … ce pick-up Toyota dont tu m'as parlé…

— La tête de cochon ? »

J'avais fait part à mes collègues de ma théorie selon laquelle le conducteur du pick-up avait une plantation illégale près de la Gunshot Road, ce qui aurait pu être un mobile pour assassiner Doc. Cockburn, toujours pas remis de la disparition de son Toyota, n'y avait pas prêté grande attention. Les autres, encore moins, si bien que j'ai été surprise quand Harley m'a sorti le nom.

« Brent Paisley. »

Le « Bwent » de Jet.

« Tu le connais ? ai-je demandé.

— Les Toyota qui se baladent avec une tête de porc sur le pare-buffle, ça court pas les rues… Ouais, on l'connaît. C'est l'proprio de l'atelier de soudure, sur Hammer Avenue.

— Celui de Terry Greenleaf ?

— Paisley l'a racheté. Et t'as raison, il est bien allé dans l'Ouest. J'ai parlé à un pote qui s'occupe des terres de la Couronne – il a bien un permis d'exploration minière sur la Gunshot Road. J'en ai touché un mot à Jerker – il va aller jeter un coup d'œil.

— J'aimerais autant y…

— Si j'te dis tout ça, m'a interrompue Harley, c'est parce que ce Paisley est une vraie brute. En plus, il peut pas blairer les flics. J'ai remarqué que t'avais tendance à chercher les ennuis : j'me suis dit qu'il valait mieux te prévenir, pour que tu passes ton chemin au cas où tu l'croiserais en ville. Ça pourrait mal se terminer… »

Je ne m'attendais pas à cela : étais-je considérée, désormais, comme faisant partie de l'équipe ? Non, pitié…

« Cockie ne le connaît peut-être pas… »

C'était la première fois que j'entendais quelqu'un employer ce surnom pour parler du commissaire suppléant.

« … mais nous autres, pour sûr, on l'connaît.

— Il a un casier judiciaire ?

— Long comme le bras… Plus long, en fait, a-t-il rectifié en regardant le mien.

— Il a passé du temps derrière les barreaux ?

— Plus de temps derrière que devant…

— Quels motifs ? »

Il a expédié le reste de la tourte, a sorti un sachet de donuts glacés.

« Sa plus longue peine ? Dix ans à Long Bay – viol aggravé.

— Comment peut-on aggraver un viol ?

— Il lui a bouffé une oreille. »

Il a enfoncé la main dans le sachet de donuts, a sélectionné sa victime, en a arraché une énorme bouchée.

« Il s'est fait choper pour avoir piqué une bagnole, quand il avait treize ans. Depuis, il est parti en vrille… Agression, attaque à main armée, trafic de drogue… Toutes les conneries imaginables.

— Et dans le coin ? »

Il a agité sous mon nez un donut à moitié croqué.

« Pas encore… Ça fait seulement deux ans qu'il est dans le Territoire du Nord. Il a bossé au noir au Burning Angel, l'atelier de soudure de Terry Greenleaf, avant d'le racheter. J'sais pas où il a trouvé l'fric, mais tu peux être sûre que c'était pas très clair.

— Tu es sacrément renseigné…

— Y faut bien, dans cette ville. »

Il a enfourné le reste du donut.

« Tôt ou tard, ça t'sauve la peau… »

J'ai posé le doigt sur son coude.

« Merci, Darren. »

Un éclat d'or au milieu du râtelier, les moustaches qui se retroussent sur les boutons d'acné et les points noirs : il n'était pas en train de me sourire, quand même ?

« Pas d'problème. »

Mon Dieu, il me souriait…

« À long terme, on bouclera ce salopard ; à court terme, évite juste de croiser son chemin… »

J'étais vraiment reconnaissante.

Je n'avais évidemment pas l'intention d'éviter qui que ce soit, mais au moins, je savais maintenant qu'il faudrait me méfier.

Le long terme ? Rien à foutre.

ÉTINCELLES

Hammer Avenue traversait l'un des faubourgs les plus déglingués de la ville, là où le bitume se désintègre et où les chiens sont plus lourdingues encore que les engins qu'ils sont censés garder. Je suis passée à l'atelier dans l'après-midi.

Un panneau sur le portail : *Bright Spark : travail des métaux*. « Bright Spark », l'étincelle du poste à souder et celle du petit génie. Amusant. Je me suis garée devant et j'ai pénétré dans la cour.

J'ai repéré sur le parking la silhouette trapue du pick-up, un Toyota HZ575 ; il était équipé d'une batterie de projecteurs, de pneus surdimensionnés, d'un plus grand nombre de tubes qu'une radio populaire : pare-buffle, barre de remorquage, renforts latéraux…

La sinistre tête trônant sur le pare-buffle était bien plus éloquente, morte, qu'elle ne l'avait été de son vivant : déjà, elle annonçait que le type qui l'avait posée là était un guignol. Un guignol dangereux, peut-être – l'avenir le dirait.

De l'intérieur du bâtiment me parvenait le bourdonnement d'un poste à souder. J'ai gagné la porte d'entrée : jets d'étincelles, fumée âcre. Des ruisseaux de lumière scintillaient sur un mur de béton graisseux.

La tête du type à l'intérieur, quand elle a émergé du masque, ressemblait clairement à celle de la mascotte, sur le pick-up : pleine de Dieu sait quoi, grossièrement découpée, avec une barbe clairsemée, des yeux caves, des joues tombantes. Un visage rougeaud, incandescent, la trentaine peut-être.

Il s'est redressé, a ôté ses gants de cuir : il lui manquait le bout d'un doigt, la plupart des autres portaient des cicatrices ou des traces de brûlures. Quels que soient les crimes que Paisley avait pu commettre, et leur nombre, il n'avait visiblement pas fait semblant d'exercer son métier. Mon paternel était mécano dans le bush : il portait les mêmes marques.

Il a proféré un salut très professionnel, mais sa bonhomie s'est évaporée dès que je me suis présentée. La température a baissé d'un coup. L'endroit s'est transformé en zone de combat.

« J'avais quelques questions à vous poser, au sujet de la Gunshot Road.

— Vous pouvez toujours les poser. Ça veut pas dire que j'y répondrai.

— Vous avez un permis d'exploration minière dans la région… »

Il a empoigné un marteau, fait sauter les chutes de la pièce métallique. Les débris ont cliqueté sur le béton.

« On dirait qu'vous savez déjà c'que vous voulez entendre…

— À l'ouest du relais routier ?

— Vous comptez me poser une vraie question ? »

Au fil de notre conversation, son agacement allait croissant. Les tendons de son cou semblaient sur le point de rompre. Des forces telluriques bouillonnaient sous la surface monolithique du personnage.

« Vous y allez souvent ?

— Quand ça m'plaît. Quand j'en ai marre… »

Il a donné un violent coup de marteau.

« … que des foutus flics viennent me renifler autour.

— Ils n'ont pas reniflé tant que ça. Ça doit bien faire, quoi, des semaines que vous n'avez pas été condamné ?

— Des années. Trois. »

Un autre coup violent.

« Et en plus, dans cette affaire-là, on m'a fait porter le chapeau… Même quand on veut se ranger des voitures, putain, y a pas moyen ! »

J'ai balayé du regard son atelier. Des arcs-en-ciel sales sur le sol, des godets et des pièces de métal déchiquetées, des scories calcinées. Tout l'intérieur de l'édifice était fait d'angles nets et autres formes géométriques : meules et étaux, établis et boîtes de baguettes à souder. Paisley et sa barbe étaient les seuls objets flous dans mon champ de vision.

« L'autre jour, je roulais sur la Gunshot Road, ai-je repris, quand un abruti m'a balancée dans le décor… Un abruti avec une tête de cochon sur son pare-buffle.

— Vous devriez faire attention…

— Que faisiez-vous là-bas ?

— J'ai jamais dit que j'y étais.

— Et si c'était le cas ?

— Alors j'me serais mêlé de mes oignons… »

Il s'est interrompu. M'a dévisagée, perplexe, a reniflé l'air, suçoté la sueur qui ruisselait de ses moustaches. On lisait dans ses yeux la méfiance d'un animal pris au piège.

« C'est quoi votre nom, déjà ?
— Emily Tempest.
— Quel genre de flic êtes-vous, au juste ?
— Ça ne vous regarde pas. »
D'un coup, il a compris.
« T'es pas une vraie fliquette, à venir ici toute seule et à courir le bush… Et cet uniforme de bouffon ! T'es qu'une foutue traqueuse noire.
— Je grimpe les échelons un par un…
— Dégage de là, et va traquer les abos ! »
Il a allumé la flamme d'un chalumeau et l'a braquée sur mon visage.
« Attention avec ça… »
J'ai reculé d'un pas, trébuché sur un hayon endommagé.
Paisley a laissé entrevoir, l'espace d'un instant, ce qui restait de ses dents.
« T'as peur de finir sur le pare-buffle ?
— C'est vous qui risquez de finir à l'arrière du fourgon. »
J'allais poursuivre, mais l'expression haineuse qui lui a traversé le visage m'a stoppée net. Paisley était comme une chaudière en surchauffe : il suffisait d'actionner le mauvais levier et c'était l'explosion.
Le levier ? Clairement, la menace d'une nouvelle incarcération ; il avait connu ça, et n'avait pas envie d'y retourner.
Et il y avait quelque chose d'étrange dans son regard. Quelque chose de fêlé, une blessure. Ce type avait été condamné pour trafic de drogue, selon Harley. À en juger d'après son apparence, il avait dû aspirer la moquette pour ingérer les résidus.
« T'es qui, au juste ? a-t-il grondé. Une petite péteuse d'abo sortie de son campement, qui croit

qu'en enfilant une veste de flic elle peut venir enfoncer la porte d'un Blanc ? »

Il a remis son masque et il s'est penché sur son ouvrage, dévoilant un décolleté aux proportions dantesques. L'entretien était terminé.

En ressortant dans la cour, j'ai repéré un autre bâtiment, un hangar en tôle kaki adossé à la clôture du fond. Celui-là tenait davantage du bunker : rectangulaire, avec une porte équipée de plusieurs verrous, un chien gothique, une rangée de fenêtres, obscures et protégées par des barreaux.

La résidence de Paisley ? Pas vraiment un cottage aux façades couvertes de lierre, mais il ne m'avait pas frappée comme étant le genre de type à apprécier les cottages aux façades couvertes de lierre. J'avais déjà de la chance qu'il ne m'ait pas frappée tout court.

La curiosité – ce vilain défaut qui me suivait depuis toujours – m'a poussée vers le hangar.

J'avais à peine fait quelques pas quand une porte située sur le flanc gauche de l'atelier s'est ouverte brusquement. La bavure rousse qui servait de tête à Paisley est apparue.

« Foutu sens de l'orientation, pour une traqueuse.

— Je me débrouille mieux dans le bush.

— T'es sur une propriété privée. »

Hormis un léger frémissement des narines, son visage était de marbre.

« Sauf si t'as un mandat, la sortie c'est par là. »

Il a pointé son menton en direction du portail.

« Zoulou ! » a-t-il aboyé, puis il a sifflé.

Le chien – croisement entre le doberman, le chien des Baskerville et un camion Mack – s'est déroulé et a montré les crocs. Il était attaché au bout d'une chaîne, mais à peine. Les maillons oxydés n'inspiraient pas vraiment confiance.

J'ai pivoté sur mes talons, regagné ma voiture. L'intérieur de l'atelier était plongé dans l'obscurité, mais je sentais la présence de Paisley, son regard qui cherchait à me foutre les jetons.

Il y arrivait plutôt bien.

En m'asseyant derrière le volant, je tremblais. J'ai roulé jusqu'au *White Dog* pour une libation réconfortante de fin d'après-midi, au milieu des habitués, ceux qui tenaient encore debout. Quand j'étais revenue à Bluebush, j'avais été un temps serveuse dans ce bar, et je me sentais chez moi parmi ces vieux gentlemen vacillants.

J'ai passé une heure distrayante à rire de leurs éternelles blagues, à écouter la voix haut perchée de Roy Orbison qui se mêlait aux claquements secs des boules de billard et au cliquetis des os perclus de rhumatismes. Ils avaient même du Cold Chisel[1] dans le juke-box. Stan, le gérant, rattrapait le temps perdu : il était arrivé jusqu'aux années 1970.

Le soleil était bas sur l'horizon quand je me suis dirigée vers le Midnight Choir, la butte escarpée qui dominait l'ouest de la ville. J'ai pris mes jumelles et gagné à grand renfort de grognements le sommet, où je me suis blottie dans un recoin qui offrait une vue dégagée sur l'atelier de Paisley.

Si ce connard avait quoi que ce soit à voir avec la mort de Doc, je le découvrirais. S'il avait quelque chose à voir avec quoi que ce soit, je le découvrirais aussi. Je n'aimais pas me faire envoyer dans le décor. Je n'aimais pas qu'on me secoue un chalumeau sous le nez. Et, bon Dieu, je n'allais pas me laisser traiter sans rien faire de petite péteuse d'abo.

1. Célèbre groupe de rock australien des années 1970. (*N.d.T.*)

EFFRACTION

J'ai braqué mes jumelles droit sur lui. Il donnait des coups de marteau dans la pénombre – fracas du métal, étincelles volant au milieu des ombres. Au cours de l'heure qui a suivi, plusieurs clients se sont pointés. J'en ai reconnu quelques-uns : Brian Johnston, le patron de Brindle Bore, est venu récupérer un portail. La jeune Daisy Cutter et son pick-up FX tape-à-l'œil sont repartis en rugissant dans une flambée de gomme et de dettes impayées. Archie Skinner, tout sourire au volant du deux-tonnes de Fiend's Creek, a emporté un jeu de grilles en acier.

Même le révérend Bodycombe a fait une apparition : la silhouette de requin blanc du van Volkswagen est entrée en grondant dans la cour, et Paisley a inspecté l'avant du véhicule, apparemment endommagé, avant de griffonner un devis. Le révérend avait-il renversé des ânes ?

Vers six heures du soir, Paisley a fermé son atelier, puis il est parti à bord de sa Tête de Cochon. Je suis restée assise, et j'ai attendu. Il est revenu une demi-heure plus tard, est descendu de son pick-up les bras chargés de plats chauds et de bières fraîches.

Il a lancé quelque chose au chien, est rentré à l'intérieur, les épaules voûtées dans son débardeur trop large. Il se prépare peut-être pour une longue soirée devant un film d'art et d'essai, me suis-je dit – *Les Évadés*, par exemple, le film préféré de tous les criminels. Ou alors il parle à son chien ou s'astique la colonne. Ou il fait ce que font les brutasses de Bluebush pour tuer le temps, les soirs d'été, quoi que ce puisse être.

Je me trompais.

Le portail est resté ouvert – Paisley était encore plus occupé en dehors des heures d'ouverture que pendant. À dix heures, une demi-douzaine de véhicules étaient déjà entrés puis sortis de la cour.

La plupart sont restés anonymes dans le noir, mais j'ai reconnu Con Panopoulos, propriétaire de la moustache la plus graisseuse de Bluebush – à ce moment-là de l'année, il aurait pu frire ses patates dedans. Con était à la fois opérateur de taxis et pourvoyeur de mets gastronomiques à destination des masses. Il a débarqué en douce deux ou trois fois, les phares bas, le profil plus encore, il ne s'est pas éternisé.

Il était près de deux heures quand Paisley a enfin pris congé de son ultime visiteur, puis il a éteint les lumières, refermé le portail et il est parti.

Il ne dormait pas là. Chouette. J'ai laissé s'écouler une demi-heure, puis dévalé la pente.

J'ai essayé d'ouvrir le portail.

Merde ! Un monstre a jailli des ténèbres en rugissant et a bondi vers la clôture : dents féroces mordant le grillage, bave aux babines, les yeux en feu.

Zoulou. J'ai reculé en titubant, le souffle coupé. Tenté de maîtriser les battements affolés de mon cœur et pensé : Emily Tempest, apprentie détective.

Comment diable pouvait-on organiser pareille tentative d'effraction en oubliant le chien de garde ?

Je n'avais pas trente-six mille solutions. Abattre le clébard ? Un fusil à éléphants aurait fait l'affaire, mais je n'en avais pas sous la main. Appeler mon paternel, qui était capable de charmer hommes – ou du moins femmes – et bêtes ? Hors de question : Jack voyait d'un mauvais œil ce genre de mésaventures et n'avait pas encore compris que j'étais adulte, à présent ; il m'aurait fait partir d'ici illico et privée de sortie.

J'ai étudié la cour. Dans la faible lueur du projecteur fixé au-dessus de la porte de l'atelier, je distinguais des piles de métal, des rouleaux de grillage scintillants, de gros bidons. J'ai contourné l'enceinte. Zoulou ne m'a pas quittée d'un bout à l'autre, les couilles virevoltantes, son collier à clous lançant des éclairs de lumière. Le moindre geste de ma part laissant entendre que j'allais réessayer d'entrer faisait tonitruer son énorme cage thoracique.

J'étais plantée là, à balayer la scène d'un regard anxieux, quand quelque chose de râpeux a frotté ma jambe nue.

« Bon Dieu ! » J'aurais sauté au plafond s'il y en avait eu un. Le miaulement mièvre qui a résonné en écho m'a révélé l'identité de mon agresseur : c'était l'un de ces chats bouffés par les rats qui errent furtivement, la nuit, dans les quartiers les plus démunis de Bluebush. Il était là pour quémander. Il ronronnait une plainte asthmatique, craquelée, frottait ses côtes contre mes chevilles, enroulait sa queue galeuse. Il avait dû me prendre pour l'une de ces vieilles dames bizarres qui passaient leurs journées à nourrir les chats de gouttière avec du lait et des Kit-Kat.

« Dégage ! » ai-je grondé, mais la créature n'a pas bougé.

Je lui ai flanqué un coup de pied, et il a capté le message, arc-boutant le dos et me ratissant le mollet, sadiquement, avec ses griffes.

Enfoiré ! Jaugeant la cour du regard, j'ai empoigné l'animal par la queue, puis je l'ai fait tournoyer par-dessus le grillage, et il est retombé dans l'allée étroite qui séparait la clôture du hangar.

Le chat a hurlé sauvagement, à la tyrolienne, au long de sa descente et poussé un cri de douleur en heurtant le sol. Levant les yeux, il a vu le mont Vésuve fondre sur lui et pris ses pattes à son cou. Zoulou l'a poursuivi. Pendant la cacophonie qui a suivi, j'ai bondi vers un poteau de clôture, je l'ai escaladé à la hâte, je suis retombée dans la cour et j'ai foncé vers les portails en fer que j'avais repérés, posés contre le mur du hangar. Le chien a pigé mon manège, il a fait un demi-tour éclair et s'est rué vers moi.

J'ai attrapé les portails, qui n'étaient pas des portails mais de lourdes grilles – pas moyen de les soulever. Merde ! J'ai bondi sur le baril qui se trouvait là et j'ai tiré de toutes mes forces sur les grilles, tandis que le chien traversait les graviers ventre à terre.

Le doberman s'est envolé et les grilles sont retombées devant lui, l'emprisonnant dans un enclos improvisé entre la clôture et le mur.

Zoulou n'était pas content, et il le faisait savoir à la terre entière dans un tapage à réveiller les morts. Combien de temps allait-il s'écouler avant que quelqu'un n'intervienne ? Je ne le savais pas plus que lui ; nous étions dans un recoin isolé en périphérie de la ville mais même là, on croisait parfois un agent de sécurité patrouillant d'un pas lourd, ou un chauffeur routier au long cours s'arrêtant pour tirer un petit coup avec une prostituée gavée de dope ramassée à la station BP.

J'ai sorti ma torche pour examiner le bâtiment. De solides grillages soudés aux fenêtres, une grosse chaîne autour du portail.

J'ai secoué la chaîne sans y croire. Miracle : elle n'était pas cadenassée. Paisley devait avoir une foi infinie en son chien, et il avait de bonnes raisons pour cela – ce monstre aurait tétanisé n'importe qui ou presque. Il m'aurait tétanisée, d'ailleurs, si j'avais eu le moindre semblant de jugeote.

J'ai défait la chaîne, me suis faufilée à l'intérieur du bâtiment et l'ai balayé avec le faisceau de ma torche : table en formica crasseuse, bouteilles de Jim Beam, frites huileuses abandonnées par terre. Sur l'établi, toute une panoplie d'outils : clés à molette et marteau, masque de protection, lunettes de vision nocturne. Sur le mur, des outils d'un autre genre, qui pénétraient pour la plupart des femmes aux lèvres pulpeuses, à la peau sauvagement bronzée et aux poitrines siliconées.

Des arcs de chasse puissants étaient suspendus à un râtelier : deux modèles classiques, à double courbure, et une arbalète. De là venait sans doute la tête de porc sur le pare-buffle, mais ça n'avait rien d'illégal. On trouvait ça dans les cabanes de chasse de tous les péquenauds du pays, de Broome jusqu'à Bourke.

Avais-je risqué ma peau, affronté le chien et la clôture, enfreint Dieu sait combien de lois, pour ça ?

Il y avait une arrière-salle. Au point où j'en étais… J'ai trouvé la porte, je l'ai ouverte prudemment. Ce faisant, un éclair de suspicion m'a traversé l'esprit.

Les lunettes de vision nocturne : que faisaient-elles là ?

L'évidence m'a frappée en même temps que la chaîne du portail : elle s'est écrasée contre mon dos et m'a envoyée valser contre le mur.

J'ai entraperçu Paisley, un pied en avant, prenant son élan pour m'assener un autre coup. J'ai tendu le bras pour dévier la chaîne, rentré la tête dans mes épaules, balancé un coup de pied. En pure perte. Les funestes maillons se sont abattus une nouvelle fois, et l'explosion qui a suivi m'a précipitée dans les ténèbres.

UNE LUNE INJECTÉE DE SANG

Mon crâne a cogné contre une surface métallique. Pas nu, le métal. Recouvert d'un matériau rêche. De la toile ? Le côté gauche de mon cerveau me donnait l'impression qu'un cataplasme avait été cloué dessus, et solidement fixé avec du barbelé.

Un moteur a rugi.

J'étais à l'arrière d'un véhicule, qui rebondissait sur une piste mauvaise. La bâche battait au vent : aperçus fugitifs du ciel étoilé, des ramures des arbres aux ombres menaçantes. Pas d'éclairage public, pas de maisons, rien que les grondements de la nuit vide de l'Outback.

Je me suis alors rendu compte que j'avais du mal à respirer. Putain, qu'est-ce que… ? J'avais un Scotch sur la bouche. Autour des mains, aussi, ligotées au montant de la plate-forme : corde et ruban adhésif. Mes jambes étaient liées l'une à l'autre au niveau des chevilles. J'étais allongée sur le ventre, sur une surface rugueuse : une toile grossière posée sur un sol métallique rainuré.

Réprimant une nausée soudaine, je me suis redressée sur le coude et j'ai tendu le cou, parvenant à jeter un œil par la fenêtre. J'ai distingué une silhouette indistincte dans la lueur verdâtre, fantomatique, qui émanait du tableau de bord. Paisley, le regard rivé à la route, la clope au bec, la barbe rougeoyante.

Putain de Dieu – qu'est-ce que c'était que ce délire ?

J'ai tiré sur mes liens : pas moyen de les desserrer, ce type avait appris à arrimer une charge.

Je me suis attaquée au ruban adhésif. En vain. Poignets écorchés, lèvres déchirées. Comme une mouche prise au piège dans une toile d'araignée. Plus on se débat…

Le désespoir s'est formé au creux de mon estomac, a inondé le reste de mon corps. Putain ! ai-je grommelé, crachant dans le bâillon. Comment je fais mon compte pour me mettre dans de tels pétrins ?

Quel était le plan ? Me tuer et enterrer mon cadavre au milieu des broussailles ? Non. S'il avait eu ça en tête, il m'aurait liquidée pendant que j'étais inconsciente.

Nous roulions à vive allure, le panache blanc de la route filant dans notre sillage. Puis nous avons ralenti, et le voyage s'est fait plus rude : nous avons franchi un talus, nous sommes engagés sur un terrain défoncé, avons traversé des fossés et des ravines, les buissons raclant bruyamment les flancs de la plate-forme.

Hors-piste. Mon corps rebondissait et s'écrasait lourdement sur le sol métallique.

Après vingt minutes de cahots, le véhicule s'est brusquement arrêté. Une portière s'est ouverte puis refermée. La panique me transperçait les flancs, me coupait le souffle. Je me suis recroquevillée, tirant sur mes liens. En pure perte.

Des bruits de pas. La bâche qui se soulève. Paisley est apparu, silhouette floue sur un fond bleu et argenté. De l'eau et des étoiles.

D'où venait cette odeur âcre, insoutenable ? Les barrages de rétention. Oh, putain, c'était encore pire, si une telle chose était possible. Il m'avait emmenée dans le coin le plus aride et dévasté du pays, ces confins désolés, incrustés de substances chimiques, qui s'étendaient à l'ouest de la zone minière. Là où Copperhead déversait ses déchets depuis un demi-siècle. Étangs de cyanure d'un bleu aveuglant, hautes piles de débris, de quoi faire frissonner le cœur du mineur le plus endurci. Ma future dernière demeure.

Paisley tenait un fusil dans sa main droite – *le genre à rester sur ses gardes, pas la peine d'essayer de m'enfuir* – et ses yeux étincelaient. Non… cette brute portait des lunettes. Putain, je priais pour que ce ne soit pas des lunettes de lecture, celles qu'on enfile pour les travaux de précision.

Il a allumé une torche pour m'inspecter. Apparemment, tout lui convenait : les bras, la bouche, les chevilles ligotées, les yeux roulant de terreur, le cœur battant comme une foreuse.

Une expression gourmande a parcouru son visage, aiguisé ses lèvres. M'a cloué le cœur.

Il s'est hissé sur la plate-forme couverte, a calé son fusil contre la cabine, farfouillé dans le matériel empilé à l'arrière. En a sorti *oh, mon Dieu* une pioche et une pelle. Il les a posées contre le montant arrière de la plate-forme : il maniait ses outils professionnels avec précaution ; trop bête de s'enfoncer une écharde dans la main en creusant ma tombe…

Il s'est retourné vers moi, et j'ai repéré l'éclat d'une lame de couteau dans sa main. Quand il s'est avancé, j'ai déplié mes jambes pour le frapper dans les couilles. Échec pathétique. Il s'est penché sur moi, s'accroupissant dans cet espace confiné. Il a enfoncé le coude au creux de mon dos, m'a écrasé la tête contre le métal. Je me suis débattue, mais sa masse était inexorable. La puissance de ses muscles façonnés par le travail du métal écrabouillait mes petites vertèbres décharnées.

Il m'a murmuré à l'oreille, dans un souffle rocailleux : « Tu fais moins la maligne maintenant, hein ? » Il a approché son couteau de mon visage. L'a collé contre ma gorge.

Ça y est, ai-je pensé, *je vais mourir*.

Il a tailladé le Scotch autour de ma bouche, a tiré dessus d'un coup sec, m'arrachant la peau et les cheveux.

« J'aimerais bien t'entendre, maintenant… Je serai le seul. »

Il s'est penché pour trancher les liens qui m'enserraient les chevilles. A arraché brutalement ma jupe en jean et ma culotte, m'a écarté les cuisses. Il a regardé longuement.

Mes tripes se sont mises à tanguer sauvagement. Oh, mon Dieu, c'est donc pour ça qu'il m'avait gardée en vie si longtemps.

Son visage étrange, mort, pesait sur moi, les yeux cerclés de rouge derrière ses lunettes, dénués de tout sentiment humain. Dents irrégulières, il lui en manquait deux. Un junky baveux. Ses énormes mains-clés anglaises m'ont plaquée au sol.

Le poids. Je ne pouvais rien faire pour le soulever ; mes efforts dérisoires ont semblé l'amuser. Il a ricané en se penchant sur le côté pour appliquer une substance dans mon intimité. De la graisse ?

Crier aurait-il servi à quelque chose ? Non. J'ai quand même crié. J'ai tourné la tête, cherchant autour de moi.

Tu rêves… Le pick-up était rempli de matériel, c'est vrai – clés et limes, marteaux et baguettes. Tous utiles si j'avais pu mettre la main dessus, mais les miennes étaient ligotées.

Il y avait un poste à souder dans un coin, deux bouteilles de gaz. Je nous aurais fait sauter tous les deux si c'était la seule solution, mais il n'avait pas l'intention de s'asseoir dans un coin et de m'en offrir l'occasion.

Je l'ai entendu défaire la boucle de son ceinturon, baisser son pantalon. Il s'est collé à moi, et j'ai senti le bref contact de sa bite en haut de ma jambe juste avant le coup de bélier qui m'a déchirée. *Déchiquetée.*

Des vagues de désespoir ont ravagé mon corps.

J'ai écrasé ma tête contre le sol, brûlée de larmes. La lune faisait scintiller les outils éparpillés autour de moi.

La lueur de la lune. *Moonlight.*

Quelque part, à travers la douleur, à travers les grognements, une colombe a chanté. Une colombe diamant : mon Rêve, son *purrpurrpur*, un chant comme des ailes qui m'enveloppaient l'âme.

J'ai ouvert les yeux.

Retrouve-toi. Rassemble tes forces. Cet homme n'est rien. Le pays vit en toi : ton peuple vit ici depuis toujours.

J'ai tordu le cou, balayé du regard la plate-forme, derrière le va-et-vient des flancs de l'homme.

Le fusil. Il était calé contre la cabine, son canon décrivant un angle de dix degrés au-dessus de nous. J'ai levé ma jambe doucement, touché la crosse du bout de l'orteil, trouvé la sous-garde. Je l'ai contournée à tâtons, évaluant les angles. Le cran de sûreté était-il verrouillé ? Je n'en avais pas l'impression.

Paisley a donné un coup de boutoir, haletant, il a tressailli, tremblant de tout son corps et, enfin, il s'est effondré sur moi. Ses poils comme une couche de cendres toxiques, ses boutons et sa braguette me mordant la peau. Il a enfoui sa tête rugueuse au creux de mon épaule, dégoulinant de bave. J'ai senti des dents cassées, une langue.

Espèce de sale ordure, ne t'endors pas sur moi.

J'avais l'étrange impression de contempler la scène d'en haut, comme un rapace en train de planer. Ou une colombe. J'ai vu ses bras se déplier, son dos s'arc-bouter. La perspective aérienne a aiguisé mon jugement et m'a projetée vers l'instant T, dans un flash d'angles et de trajectoires.

Je me suis concentrée, j'ai fermé les yeux, je me suis tournée sur le côté et j'ai fait tomber le fusil d'une chiquenaude des orteils. J'ai senti le canon frôler ma jambe et retomber au creux de ses reins.

La détonation m'a giflé le cerveau. La cordite a envahi l'atmosphère confinée du pick-up, une odeur forte et chaude. Où s'était fichée la balle, je n'en avais aucune idée, mais peut-être Paisley serait-il sonné pendant assez longtemps pour…

Il a eu un sursaut, et il est retombé sur moi. Que se passait-il ? Je l'ai senti trembler et se tordre, glisser sur le côté. Ses yeux ont fixé les miens, puis ils se sont éteints. Les lunettes étaient tombées, la bouche s'agitait fort. Rien n'en sortait. Il a tenté de se redresser, n'a réussi qu'à poser le coude sur le sol. Puis il s'est effondré.

J'ai senti une décharge d'espoir me traverser. Il avait une balle dans le corps, quelque part.

« Ah, la salope… Ils m'avaient pourtant prévenu… »

Sa voix s'est estompée, cédant la place à une série de râles incohérents. Nous sommes restés allongés à côté l'un de l'autre, telle une parodie obscène, deux amants voués à l'enfer, sculptés dans le soufre.

J'ai rampé comme j'ai pu, en me tortillant, aussi loin que possible, à l'autre extrémité de la bâche ; l'autre bout du monde, ça n'aurait pas été assez.

J'ai tâtonné autour de moi, cherchant un objet dont j'aurais pu me servir pour trancher mes liens. J'ai fouillé le sol du bout de mon menton. Rencontré un bout de métal, la pointe d'une baguette à souder. Je l'ai calée entre mes dents, ai entrepris de scier le ruban adhésif qui m'enserrait les mains. L'ai fait tomber. Ai réessayé. L'ai perdue de nouveau. Ai tordu le cou pour la ramasser, la bouche pleine de poussière et de débris amers. Je l'ai serrée si fort que mes joues ont saigné. Je m'y suis remise. Chaque poussée me transperçait la bouche de douleur.

« … tu fous, putain ? »

Paisley, remuant encore, gargouillant, expirant du sang ; ses yeux rouges et tranchants étincelant de haine. Il a levé le bras, l'a jeté en travers de mon dos. Poids mort : il n'avait plus de force. Je l'ai repoussé et j'ai repris mon travail.

Le Scotch commençait à céder.

Les râles de Paisley allaient en s'affaiblissant.

J'ai cisaillé férocement, tiré de toutes mes forces. La déchirure s'est agrandie. Un ultime effort, et mes mains se sont libérées.

Je me suis redressée sur les genoux. J'ai rampé jusqu'à l'arrière de la plate-forme avec l'énergie du désespoir, pour quitter au plus vite ce lieu d'horreur. J'ai déverrouillé le montant, sauté dehors.

Un grondement soudain, une frénésie de griffes et une douleur déchirante à la jambe droite.

Zoulou. J'ai rebasculé sur la plate-forme et le chien m'a suivie, ses mâchoires féroces verrouillées autour de mon mollet. J'ai jeté une main au hasard, qui est retombée sur une clé anglaise, je l'ai écrasée sur le crâne de la bête. Le chien n'a pas bronché, il a secoué la gueule en émettant des grognements rocailleux, grinçants. J'ai cherché le fusil, l'ai tiré vers moi, calé contre les côtes du molosse, j'ai appuyé sur la détente. Le chien a été propulsé en arrière par la détonation. Il s'est recroquevillé en poussant des gémissements.

Je lui en ai collé une autre en pleine tête. Je me suis éloignée en courant du pick-up, hurlant, pleurant à chaudes larmes. Me suis roulée en boule au pied d'un arbre. Un haut-le-cœur m'a secouée.

Je me suis vidé les tripes, les spasmes me déchiraient l'estomac et la gorge. J'aurais voulu m'enfouir dans le sable, mais il n'y avait pas de sable, seulement une infecte vase verdâtre qui me piquait les pieds et se mêlait à mon vomi.

Enfin, les convulsions ont cessé dans un dernier sursaut. J'ai respiré profondément. Rassemblant tout mon courage, je me suis redressée et j'ai regardé autour de moi : une lune injectée de sang pleurait des larmes de lumière sur des lagons fantômes. Un oiseau bouffé par les vers était l'unique signe de vie.

Mon Dieu, quel endroit !... Personne ne venait jamais par ici. L'esprit du pays avait disparu depuis longtemps, dévoré par l'acide. J'aurais pu rester allongée là pour toujours, mes os peu à peu rongés, mon âme hurlant pour l'éternité.

Je suis retournée jusqu'à la voiture et j'ai sauté sur le siège conducteur, enclenché violemment le levier de vitesse. Je suis partie sur les chapeaux de roue, coupant à travers le bush, volant au-dessus des crêtes et des buttes, fracassant au passage termitières et branchages. À un moment, je me suis retrouvée sur deux roues, me frayant un passage au milieu des mares empoisonnées qui suintaient des murs de barrage craquelés.

Un pays mort surgissait dans les cônes lumineux des phares : des buissons de salicorne incrustés de poussière bleue, les fantômes creux de serpents et de rats, des grenouilles figées dans le temps.

J'ai accéléré de plus belle, craignant de m'échouer là, suspendue aux sursauts du moteur, terrifiée à l'idée de caler et de me retrouver coincée au beau milieu de ces monstruosités.

Je traversais dans des torrents d'éclaboussures des fossés et des tranchées fétides, la vase grise tournoyant dans mon sillage. Puis la vase a peu à peu disparu, cédant la place à une terre de plus en plus rouge, une herbe plus jaune, des feuilles plus vertes. Le pays revenait à la vie.

J'ai aperçu le signe de la tête de mort et des tibias croisés sur les fils flasques d'une clôture en barbelés : *DÉFENSE D'ENTRER. Propriété de W. Demsky, P-DG de Copperhead Mines.*

J'ai relâché le champignon. Cet endroit maudit serait bientôt derrière moi. J'ai poussé un soupir.

Alors une main ensanglantée est entrée brusquement par la vitre ouverte, m'a agrippé le visage, enfonçant ses doigts dans mes yeux, ma bouche.

Paisley : il s'était hissé hors de la plate-forme, avait contourné la cabine. Il se tenait debout sur les marches, empoignant d'une main le châssis.

Je lui ai donné un coup de poing, ai mordu son pouce de toutes mes forces et perdu le contrôle de la voiture. Nous sommes partis en dérapage, dans un tremblement de fin du monde.

La silhouette menaçante d'un gommier-spectre est apparue dans le faisceau des phares. J'ai braqué le volant à droite, et le flanc du 4 × 4 est allé fracasser les ramures de l'arbre. J'ai vu une branche morte transpercer ce salopard, juste sous les côtes. Sa tête a bondi vers l'arrière, avec une expression de choc et de douleur mêlés. J'ai écrasé la pédale de l'accélérateur, risqué un regard derrière moi : Paisley se tortillait sur sa branche, harponné comme un barramundi.

J'ai fracassé des clôtures branlantes et des portails effondrés, atteint la rivière et longé ses rives à toute allure. Atteint le réservoir d'eau de Bluebush. Ses eaux propres scintillaient sous la lune.

Je suis descendue jusqu'à la rive, j'ai écrasé les freins et bondi hors de la cabine. Je me suis déshabillée et j'ai plongé dans l'eau. Je voulais laver mon âme, éradiquer le souvenir de ce souffle brûlant de métal en fusion, de ces yeux morts, machinaux, de cette abjection d'un autre monde.

Puis, au bout d'un long moment, je me suis allongée sur la rive et j'ai pleuré. J'ai pleuré toutes les larmes de mon corps. C'est seulement une chose, me suis-je dit. Un corps d'homme.

Il ne peut pas atteindre ton âme de diamant.

J'ai donné un coup de poing dans le sable. J'ai ressenti, à travers la douleur, le premier signe de vie – la colère – s'infiltrer de nouveau dans mes os. Qu'il aille se faire foutre ! ai-je craché, lèvres tordues en un rictus mauvais. Qu'il aille se faire foutre un million de fois ! Je l'ai maudit, lui et tous ceux de son espèce, pour l'éternité. Je ne le laisserai pas me faire ça. C'est terminé. Fini.

Je me suis relevée et j'ai aperçu au loin les lumières de Bluebush. J'ai rassemblé les lambeaux éparpillés de mes vêtements et j'ai roulé jusqu'à la ville, grimpé les marches du commissariat.

Harley était à la réception. Ses moustaches se sont affaissées. « Putain, qu'est-ce qui… ? »

Je me suis aperçue dans le miroir, derrière lui : débraillée, en sang, mes cheveux mouillés tombant sur mes épaules, le regard fou.

« Paisley. Tu avais raison.

— Comment ça ?

— Quand tu me disais de faire attention. »

Le plancher vibrait sous mes pieds, les couleurs du bois se mêlant les unes aux autres.

« T'as eu une embrouille avec lui ? Il est où, maintenant ?

— Sur un gommier-spectre.

— Qu'est-ce qu'il fout là-haut ?

— Il en devient un lui-même…

— Il devient quoi ?… »

Le sous-brigadier avait l'air perdu.

« Un spectre. »

Mes yeux sont tombés sur l'horloge. Quatre heures trente. La nuit avait été longue.

Je me suis assise sur le banc. Puis, me ravisant, je me suis allongée. Harley décrochait le téléphone.

TOUT ÇA POUR RIEN

J'ai passé les deux jours suivants en position fœtale au fond d'un lit d'hôpital et d'une déprime atroce. Les rideaux tirés et un plateau de nourriture que l'on posait sur une table avant de le reprendre, intouché. Tout ce dont j'avais envie, c'était boire – de l'eau, par litres entiers. Il y avait quelque chose à l'intérieur de moi que je n'arrivais pas à lessiver.

Des sons me parvenaient du dehors. La chorale du petit matin, à Bluebush : les aboiements des chiens, les cris des ivrognes. C'était grâce à eux que je distinguais le jour de la nuit ; à part ça, le monde n'était qu'un flou nauséabond où se mêlaient douleurs physiques et pensées tout aussi insoutenables.

Physiquement, m'assurait-on, il n'y avait rien de vraiment grave : j'étais certes couverte d'ecchymoses, de sutures, de cicatrices et de sparadrap, j'avais perdu une ou deux dents. Mais aucun os n'était brisé, aucun organe vital endommagé.

Émotionnellement, c'était une autre histoire. La rage et la honte, impossibles à raisonner, s'abattaient comme des orages qui arrachaient les bâches fragiles tendues au-dessus de mon âme.

La femme médecin rigide, que j'avais rencontrée la dernière fois, et dont le nom était Marta Kokinos, faisait preuve à mon égard d'une sollicitude inattendue. Remettre d'aplomb les femmes noires victimes d'agressions sexuelles était, à l'évidence, un domaine dans lequel les médecins de Bluebush avaient acquis une certaine expertise.

Des gens venaient : j'avais dit à Marta que je ne voulais recevoir personne, et elle défendait farouchement mon intimité.

Le premier intrus qui a réussi à franchir ce rideau de fer était bien la dernière personne que j'avais envie de voir. Bruce Cockburn s'est faufilé dans la chambre le deuxième jour, en fin d'après-midi, cheveux peignés, son chapeau à la main, son uniforme amidonné. Le visage pareil, mais plus lisse encore. Si je n'avais jamais plus revu ce pauvre con avec sa cervelle de moineau, ça ne m'aurait fait ni chaud ni froid.

Mais il y avait, apparemment, du nouveau.

« Bonjour, Emily… »

J'ai levé sur lui mes yeux gonflés, visqueux.

« Commissaire. »

La conversation n'avait pas dépassé ce stade quand un fracas de portes nous a interrompus, aussitôt suivi par la charge furieuse, tête baissée, d'un homme. Ce dernier a écrasé Cockburn contre le mur, le souffle coupé, avant que j'aie eu le temps de comprendre ce qui venait d'arriver : mon père, qui cherchait quelqu'un à tuer.

Comme j'avais déjà tué le quelqu'un en question, il avait certainement décrété que le commissaire suppléant était le meilleur second choix possible.

« C'est toi, le connard qui remplace Tom McGillivray ? »

Pour toute réponse, Cockburn a émis un gargouillis étranglé.

« Qu'est-ce qui t'est passé par la tête, de laisser comme ça une jeune fille innocente se balader toute seule au milieu des saloperies de crapules visqueuses qui traînent dans le foutu cloaque qu'est devenue cette ville ? »

Cockburn, malgré ses vingt ans de moins et les aptitudes que je soupçonnais être les siennes, semblait étrangement peu disposé à se défendre. Je m'en suis chargée à sa place.

« Calme-toi, Jack ! suis-je intervenue, la voix rauque. Innocente ? Lâche-nous donc un peu… Il m'avait mise en garde contre les risques qu'il y avait à fourrer mon nez partout. J'ai fourré mon nez où il ne fallait pas. Ce n'est pas sa faute si je me le suis fait arracher. »

Il a écrasé de plus belle le policier contre le mur et l'a carrément décollé du sol.

« Jack ! »

J'ai vu Cockburn tourner au violet, et ses petites dents méticuleuses claquer dans le vide.

« Ça ne sert à rien ! »

Il ne m'entendait pas. J'ai attrapé un gobelet d'eau posé sur la table et je l'ai lancé sur son large dos. Il s'est retourné, a laissé tomber son fardeau. Il a marché vers moi et m'a enveloppée de son étreinte d'ours.

« Mon Dieu, chérie, ma petite Emily, je viens de l'apprendre… J'étais parti dans le bush… »

Étaient-ce seulement mes propres larmes que je sentais couler le long de mes joues ?

« Ne t'inquiète pas, papa. »

Je lui ai donné une petite tape dans le dos, j'ai frotté ce qui lui restait de cheveux.

« C'est fini, maintenant…

— C'est vrai. »

J'ai senti ses moustaches me racler la joue.

« Je survivrai.

— Bien sûr.

— Et j'ai même réussi à atteindre un de mes buts… »

Il a levé la tête, baissé les sourcils.

« Comment ça ? »

J'ai jeté un coup d'œil par-dessus son épaule, tentant de croiser le regard de Cockburn. Ce qui s'est révélé extrêmement difficile. Il n'y avait plus trace, sur son visage, de cette expression fière et dédaigneuse.

« Sans-Fil… J'ai réussi à le tirer d'affaire. »

Cockburn a relevé les yeux, puis les a détournés, puis baissés de nouveau. Il s'est raclé la gorge.

« Allons, ai-je insisté. Vous ne pouvez quand même pas le garder, maintenant.

— Emily…

— Nous savons que Paisley se trouvait au relais routier, ce jour-là. Il a été condamné pour trafic de drogue, c'est un maniaque, un assassin, un criminel professionnel plusieurs fois arrêté pour des agressions. C'est évident, non ? Doc est tombé par hasard sur sa plantation, il a menacé de le balancer. Paisley était le pire chacal qui ait jamais foulé le sol de cette planète. Aucun jury ne ferait condamner Sans-Fil, maintenant ; si vous ne leur dites pas, je le ferai. »

J'ai surpris un échange de regards entre Cockburn et Jack. Des regards qui ne me plaisaient pas.

« Quoi ? ai-je grondé en me tournant vers le commissaire. Vous et votre bande d'idiots, vous n'avez pas encore compris que Paisley était en tête des pronostics, pour l'assassinat de Doc ? C'est justement pour ça que j'lui collais aux basques.

— Nous avions compris, a-t-il marmonné, retrouvant enfin sa langue. C'est le médecin légiste qui devra le déterminer, mais oui, les preuves semblent l'indiquer.

— L'indiquer ? Mais qu'est-ce qu'il vous faudrait – qu'elles vous sautent à la tronche ? Passez-les en revue, ces preuves, vous verrez si ça correspond.

— Nous l'avons fait.

— Et alors ?

— Tu as raison, a-t-il soupiré. Paisley se trouvait sur les lieux du crime. On ne peut pas dire quand, mais ses empreintes figurent bien parmi celles qu'on a relevées sur place.

— Vous avez fouillé son atelier ?

— De la ganja et du speed en quantités commerciales, planqués dans une bouteille de gaz. Con Panopoulos a craché le morceau : Paisley avait une plantation sur la Gunshot Road, Con se chargeait de la distribution. Jenkins a tout vérifié. »

Je me suis redressée et j'ai agité sous son nez mon poignet bandé.

« Alors, qu'est-ce que vous attendez ? Pourquoi n'est-ce pas encore Bye Bye Junkie et Retourne chez Toi Sans-Fil ? »

Après un silence pesant, Jack a pris ma main dans l'une de ses grosses pattes.

« Sans-Fil est mort il y a deux jours. »

J'ai cligné des yeux, secoué la tête, me suis laissée retomber sur l'oreiller.

« Non…

— À Alice Springs. Dans sa cellule. »

Je me suis détournée. Je contemplais le mur.

Tout ça pour rien. Tout ça.

J'avais été torturée, suppliciée, fracassée et battue jusqu'à devenir plus noire que je ne l'étais déjà, orcée de descendre deux chiens fous – tout ça pour qu'au final ce pauvre vieux Sans-Fil crève dans le dernier endroit sur terre où il aurait voulu mourir.

La liberté et le grand air, le refus d'entrer dans le carcan de la société, la soif de temps et d'espace pour se raconter leurs délires et râler sur le monde : voilà ce qui avait conduit ces deux vieux excentriques à s'exiler sur la Gunshot Road, telles étaient les valeurs qui guidaient leur vie. Ça n'avait sans doute pas l'air de grand-chose aux yeux d'un autocrate droit dans ses bottes tel que Cockburn, mais c'était tout ce que Sans-Fil possédait. Qu'il soit mort dans une cellule pour poivrots à cause d'un crime qu'il n'avait pas commis, je ne pouvais pas le supporter.

Cockurn a broyé son chapeau et sa syntaxe.

« Attaque ; fulgurante. Serait sans doute arrivée n'importe où… »

Je lui ai lancé un regard noir.

« Oh, vous, sortez d'ici.

— Nous n'avons rien fait de…

— Ça, c'est sûr, vous n'avez rien fait.

— Nous avons suivi à la lettre les procédures opérationnelles standards…

— Dehors ! »

J'ai repéré ma chemise de police qui dépassait d'un tiroir, je l'ai attrapée brusquement et jetée au visage de Cockburn.

« Prenez ça avec vous, et enfoncez-la bien profond dans vos procédures opérationnelles standards, en poussant avec une perche ! »

Le Dr Marta a débarqué et les a chassés de ma chambre, m'a pris la main, fait une piqûre de je ne sais quoi. En tout cas, ç'a marché : je me suis roulée en boule, j'ai jeté un coup d'œil par la fenêtre embuée de larmes et je me suis endormie en sanglotant.

IL BOUGE ENCORE LÀ-BAS

Quand j'ai repris conscience, il faisait nuit. Et j'ai senti…

… qu'il était temps de partir.

Soudain, j'en ai eu assez de cet environnement de Blancs, de son air aseptisé, de ses dalles de marbre et de son acier inox. De ses flics qui vous embarquaient et vous tuaient avec leurs procédures opérationnelles standards.

Je voulais me casser d'ici, et vite.

Je me suis levée tant bien que mal, j'ai failli retomber aussitôt, j'avais la tête qui tournait et m'élançait, et l'estomac, pareil. Le sol et les fenêtres volaient dans toutes les directions. J'avais l'impression d'avoir un rat mort dans la bouche.

Je me suis assise au bord du lit, j'ai respiré profondément et j'ai réessayé. Je me suis écroulée. Quelqu'un m'avait-il fait une transfusion de ciment liquide ?

J'ai essayé encore et, cette fois, je suis parvenue à me mettre debout.

J'ai fouillé les tiroirs, à côté du lit, trouvé un paquet de tabac Drum et du papier à rouler ; papa avait dû les laisser là, ce cher vieux salopard grincheux. Je n'ai pas trouvé grand-chose, en termes de vêtements, mais bon… J'ai dû me contenter de la robe de chambre bleu clair qui se trouvait là. Je n'en avais pas vraiment besoin pour me réchauffer – il ferait encore chaud, dehors –, mais je voulais quelque chose pour cacher mes fesses nues, que je sentais dépasser à l'arrière de ma chemise d'hôpital.

Comme je posais un pied dans le couloir, un cri sec a tranché l'air pharmaceutique.

« Hé, vous ! Arrêtez. »

La voix du Dr Marta.

Elle ne s'adressait pas à moi. Gunther Blitzen se tirait en douce à l'autre bout du couloir, un bras en écharpe, l'autre relié à un goutte-à-goutte. Il l'a montré du doigt.

« Ce machin a des roues, s'est-il plaint. Elles servent à quoi, alors ?

— À vous aider à vous lever pour aller aux toilettes, comme ça les infirmières n'ont pas besoin de venir essuyer votre gros derrière poilu.

— Juste un p'tit verre ? Ça va bientôt fermer… »

Gunther était connu comme le loup blanc, en ville, mais avec Marta, il avait trouvé à qui parler.

« Au lit ! »

J'ai filé à l'anglaise dans l'autre direction, erré dans un dédale de couloirs, poussé une porte et me suis retrouvée sur la pelouse de l'hôpital. Je me suis assise sur un banc, j'ai sorti une clope, l'ai sucée jusqu'au filtre. Je sentais l'air tiède de la nuit caresser doucement ma peau.

J'ai dévoré cette première cigarette, si bonne, me suis jetée sur la suivante. J'ai pensé et repensé à quel point j'avais merdé. Pauvre vieux Sans-Fil. Quelle triste manière de partir ! Et moi, qu'avais-je fait pour l'aider ? Que dalle.

Au beau milieu de cette cruelle séance d'autocritique, j'ai remarqué des silhouettes sombres, fugitives, qui se déplaçaient de l'autre côté de la pelouse, le long de la rue. Quand elles ont traversé le cercle lumineux d'un lampadaire, je les ai reconnues : la bande des Wilyaku, un trio de frères Crankshaft, deux sœurs Whiskey.

Quelques minutes plus tard, Elsie Waterman et Cynthia Winton les ont suivis, Alf Tuckerberry à leurs trousses. Alf avait combattu aux quatre coins du pays avec la troupe de boxe itinérante de Jimmy Sharman, mais les seules cordes entre lesquelles il se glissait, ces derniers temps, c'étaient les ficelles qui tenaient le carton dans lequel il dormait.

Ils marchaient tous d'un pas étonnamment vif. Soit on offrait à manger quelque part, soit quelqu'un avait percé un baril de bière.

Sans trop savoir pourquoi, je me suis levée, j'ai rabattu la robe de chambre sur mes épaules et je les ai suivis. J'éprouvais un vague plaisir au contact chaud du bitume sous mes pieds, je sentais la douleur s'estomper, très légèrement, la vie envahir de nouveau mes membres, maintenant que le sang circulait.

À l'approche du centre-ville, j'ai remarqué d'autres marcheurs derrière moi, trop loin pour que je puisse les reconnaître, mais qui bavardaient gaiement et riaient de leurs blagues. Des volutes de rires virevoltaient dans la nuit.

Peu à peu, la foule grossissait : les vieux et les jeunes, les boiteux, les solitaires, les fatigués, les affamés, tous émergeaient des allées, des rues secondaires, des portails grinçants et des portes cassées.

J'errais avec eux dans l'anonymat réconfortant de la nuit.

Nous avions pratiquement atteint la grand-rue quand, soudain, j'ai compris où nous nous dirigions : le Bluebush Memorial Hall, où, à en juger d'après la musique qui résonnait au loin, la fête battait son plein. J'ai senti les notes de la basse avant de les entendre, un riff frénétique qui faisait vibrer l'air. En m'approchant, j'ai reconnu ce mélange unique de reggae/country/blues des îles pacifiques qui ne pouvait signifier qu'une chose : les Coral Cowboys étaient de retour sur scène.

Je me suis souvenue du concert dont m'avait parlé Bandy Mabulu. Ça devait être ça.

Je n'avais pas très envie de me montrer dans cet état, alors je me suis faufilée derrière la salle et j'ai essayé de jeter un coup d'œil à l'intérieur par une fenêtre. J'étais sur le point de repousser l'un des buissons de géraniums faméliques alignés le long du mur quand une porte s'est ouverte juste à côté de moi – quelqu'un voulait rouler une clope ou une pelle. Un tourbillon de lumière et de notes a envahi la rue.

Bandy était sur scène, sa voix puissante tonitruant au-dessus de la foule. Ricochet plaquait ses harmonies et Lefty enchaînait les prodiges sur les fûts de sa batterie, son unique bras couvrant davantage de terrain qu'un joueur de tennis japonais.

Tout le monde s'était massé sur la piste de danse. Dans ce genre d'événement, il n'y avait pas de spectateurs : retraités bondissant sur leurs jambes de lézards maigrelettes, gamins la morve au nez courant en cercle autour de la salle, cow-boys naufragés aux bottes peinturlurées, filles rock & roll aux tee-shirts étoilés ornés de slogans du genre : *Voie aérienne* ou *Shoot d'amour*. Et ils étaient beaux quand ils bougeaient de la sorte, explosion de joie arc-en-ciel, tandis que la musique se formait autour d'eux pour aussitôt se dissiper.

Je contemplais la scène, adossée au tronc d'un poivrier sauvage. J'ai senti une larme couler sur ma joue. J'ai fermé les yeux et j'ai été surprise, en les rouvrant, de constater que les danseurs étaient toujours là, devant moi. J'avais le sentiment de ne pas les mériter.

Plus tard, un type sorti de la foule – pantalon effiloché, bedaine bouffante, tignasse rouge – est monté sur scène d'un pas traînant. Dans n'importe quelle autre salle de concert de la planète, on l'aurait envoyé promener. Bandy a passé le bras autour de ses épaules et lui a tendu une guitare.

Il s'est adressé à la foule : « Écoutez, vous autres ! Nous avons la chance d'accueillir un grand homme ! »

Quand le nouveau venu s'est approché du micro, je l'ai reconnu : Kenny Wednesday, un Kantulyu qui vivait au campement du Caniveau. Ces derniers temps, Kenny et la sobriété, ça faisait au mieux deux et demi. Mais dans sa jeunesse, il avait été le leader de Buffalo Express, le meilleur groupe aborigène de l'époque, l'un des tout premiers de la région.

Le public s'est tu, plein d'attente.

« 'soir les amis, a salué Kenny, tout sourire, laissant échapper plusieurs mégawatts du charisme de rock-star qui sommeillait au fond de lui. J'vais vous envoyer au lit avec une nouvelle chanson. Elle vient d'sortir de ma guitare, OK ? »

Il a plaqué un accord mineur, enchaîné par un arpège. Une ballade planante, sur un rythme de valse, a jailli des enceintes.

Mon frère voyage à travers le temps et la lumière
Comme un miroir dans les collines
Un homme au rêve de Feu, noir comme la nuit
Celui qu'ils n'ont pas pu tuer
Il a pris une lance, il a pris un swag
Son chant a réveillé l'orage
Il allume un feu, la pluie s'abat
Le pays renaît à nouveau
Il marche autour des trous d'eau
À l'ouest des rouages qui tournent
Ils disent qu'il a disparu, mais moi je sais
Qu'il bouge encore là-bas

Quand le refrain est arrivé, tout le groupe jouait avec lui :

Au-delà des bouteilles brisées
Au-delà de la volonté du Blanc
Ils disent qu'il a disparu, mais moi je sais
Qu'il bouge encore là-bas

La voix de Kenny était un grondement souterrain, mais une mélodie somptueuse était tapie au fond de ses failles, ses crevasses.

De quoi parlait cette chanson, je n'en avais pas la moindre idée. Qui donc bougeait encore là-bas ? Il avait parlé d'un frère, au début. Dans mon souvenir, Kenny n'avait pas de frère, mais bon, ce terme pouvait signifier tout un tas de choses par ici. Celui qui appartenait à votre « nom de peau » – c'est-à-dire un homme sur huit – était votre frère. Un pote, on l'appelait aussi « frère ». Tous les aborigènes étaient des frères. Kenny aurait pu parler de n'importe qui. Sauf que…

Andulka, le nomade légendaire. C'était un Jungarayi, comme Kenny. Et ils partageaient le même rêve : celui du Feu.

Une fois encore, Andulka, mort depuis des années – enfoui sous l'explosion d'une montagne, à Green Saturn –, semblait jouer le rôle d'un paratonnerre qui attirait à lui l'esprit de son peuple.

L'homme en lui-même était insignifiant. Un frisson dans le vent, une pointe sous le soleil aveuglant ; l'important, c'était ce qu'il représentait. Andulka revêtait des proportions titanesques dans l'imaginaire des siens. Ils le voyaient tracer un chemin solitaire là-bas, dans le désert, remonter le cours asséché des rivières, arpenter la terre noire craquelée des plaines. Ils sentaient les grands cycles du Chant inonder la moelle de ses os. En lui, les histoires prenaient vie, le passé devenait présent.

J'ai pensé au public de la salle, devant moi, les ivrognes et les invalides, les sniffeurs d'essence et les bagarreurs du jeudi soir, les très vieux et les très jeunes.

Mon peuple.

Les femmes, dans le public : Dieu sait combien de fois elles avaient été violées ou battues ou maltraitées au cours de leur vie. Presque toutes, probablement. Et elles avaient survécu.

Pour la première fois j'ai ressenti, au plus profond de mon corps, ce que je répétais à mon cerveau depuis deux jours.

Moi aussi, je survivrais.

CAMPEMENT DU CANIVEAU

La foule s'est dispersée à la fin de la chanson, et je me suis mêlée à elle. Les gens me reconnaissaient, riaient gentiment de ma tenue légère, qu'ils trouvaient sympa. Quand nous sommes arrivés devant l'hôpital, je n'ai pu me résoudre à franchir de nouveau ces portes de verre froid, ces portes de Blancs. J'ai poursuivi mon chemin, me suis retrouvée à marcher aux côtés d'une grosse dame qui a posé sur moi ses yeux injectés de sang.

« Em'ly Tempest !

— Rosie... »

Rosie Brambles.

« Où tu vas, ma p'tite *parnparr* ? »

Sa voix, ravagée par des années d'excès, était bienveillante, presque chaleureuse. Je me suis demandé si elle se rappelait que, chaque fois que nous nous croisions, c'était au milieu d'une bagarre.

« J'en sais foutre rien, Rosie. »

Nous avions atteint le campement du Caniveau, un cercle de huttes d'écorce délabrées flottant sur une mer de canettes vides et de tessons de bouteilles éclairés par la lune, avec des silhouettes dépenaillées blotties les unes contre les autres, penchées au-dessus des feux de camp et sirotant leurs gobelets – de thé, ai-je constaté à ma grande surprise. Pas une goutte d'alcool à se mettre sous le nez. L'ambiance revigorante du Memorial Hall avait dû se répandre dans toute la ville.

Étudiant mon visage cabossé, Rosie a semblé reconnaître quelque chose. Une âme sœur ?

« T'as l'air perdue, Em'… T'as quèque part où dormir ?

— Je sors de l'hôpital, Rosie.

— Ouh, t'as pas envie d'retourner là-bas…

— Non, je crois pas.

— Reste ici, si tu veux. »

Kenny Wednesday gratouillait une guitare à deux cordes. Je me suis promis de lui donner la mienne dès que j'en aurais l'occasion : il en ferait meilleur usage que moi. Cynthia Winton allaitait un bébé. Les Crankshaft ronflaient dans une disharmonie à trois voix.

« C'est gentil de ta part, Rosie.

— Pourquoi t'étais à l'hosto ? Un type t'a foutu une trempe, pas vrai ?

— Plus ou moins.

— Ah, ma pauvre Nangali… C'est tous des salauds, ou quasi – et les salopes, c'est encore pire ! Fais gaffe à cette p'tite sournoise de Cindy – elle a un couteau papillon planqué dans le soutif. J'ai essayé de t'filer un coup d'main, l'autre soir.

— Je te remercie – tu m'as sauvé la peau. »

Elle est restée silencieuse pendant quelques instants, puis elle a repris :

« On m'a dit que t'étais partie t'balader dans l'Ouest avec mon gosse.

— Danny ? Ouais, tu peux être fière de lui. C'est un vrai gars du bush, maintenant. J'aime ce gamin : là-bas avec nos vieux, à apprendre le dialecte, les chants, à trouver sa propre nourriture… »

Rosie contemplait le campement miséreux d'un regard mélancolique. « *Yuwayi* – l'est mieux là-bas. »

J'ai entraperçu, alors, la femme qu'elle avait dû être avant de sombrer dans la picole. La femme qui avait emballé Bandy, donné le jour à Danny.

Elle a jeté l'un des Crankshaft hors de son *swag*, tiré ce dernier jusqu'à moi, m'a offert du thé, du pain grillé et de la mélasse, elle s'occupait de moi.

Quelque part, du côté des hommes, j'ai entendu Kenny Wednesday fredonner un air à mi-voix.

« Hé, Kenny !

— Emmy ?

— Ta chanson, à la fin du concert. Elle était très belle.

— Ben, merci… »

Le feu a soudain flamboyé, nous enveloppant tous d'une lueur surnaturelle.

« Elle parlait d'Andulka, pas vrai ?

— Mon *paparti*, *yuwayi*.

— Tu crois vraiment qu'il se balade toujours dans l'Ouest ?

— Oh, il est par là-bas…

— Je croyais qu'une montagne lui était tombée dessus.

— Faut plus qu'une montagne pour tuer un type comme lui. »

Il a éclaté d'un rire si extravagant que je n'ai pu m'empêcher de me joindre à lui.

« T'as déjà rencontré cet homme ?

— Ouais, une fois.

— C'était où ? »

Je lui ai raconté ma mésaventure avec Andulka.

J'avais dix ou onze ans à l'époque. Mon père faisait un peu de prospection au nord-ouest de Majumanu, cette communauté dans laquelle Andulka avait débarqué l'année précédente.

La réputation de Jack le Mécano l'avait précédé, et on l'avait réquisitionné pour jeter un coup d'œil au moteur d'une niveleuse toute neuve, qui ne tournait pas rond. Le coup d'œil s'était transformé en une semaine de boulot – la niveleuse toute neuve était en fait un chasse-neige d'occasion qu'un vendeur entreprenant avait refourgué à la communauté – et il m'avait mise à l'école.

Par un après-midi torride, Myrna, l'assistante de l'instituteur, nous avait empilés à l'arrière d'un pick-up pour nous conduire jusqu'au trou d'eau. J'étais la première à bondir de la plate-forme et j'ai galopé le long du chemin.

J'ai sauté par-dessus un tronc d'arbre mort et j'ai freiné des quatre fers, quand le serpent *king brown* qui se prélassait là s'est dressé devant moi, prêt à frapper. Ce qu'il aurait fait, si un boomerang tourbillonnant, venu de nulle part, ne l'avait percuté.

Un boomerang suivi de près par un jeune homme élancé, qui a propulsé le serpent dans les airs et lui a brisé le dos.

Il m'a dévisagée, la mine grave, le regard sombre, a laissé échapper un reproche cinglant. S'est laissé glisser jusqu'au trou d'eau avec un équilibre, une adresse, que je n'ai jamais oubliés.

Derrière moi, quelqu'un a inspiré brusquement : Myrna qui retenait, bras écartés, une bande de gosses aux yeux écarquillés.

« C'était qui ? ai-je demandé.

— Andulka », a-t-elle murmuré.

J'ai avalé ma salive, péniblement. L'homme du désert avait une sacrée réputation, dans le coin. Il pouvait vous tuer d'un regard.

« Qu'est-ce qu'il a dit ?

— Il a dit que t'es pas d'ici. Tu vas trop vite : vaut plus mieux qu'tu ralentisses, le temps qu'le pays apprenne à te connaître… »

Je me suis tournée dans la direction où il avait disparu, le front plissé, tout aussi honteuse de ma propre bêtise qu'agacée par son arrogance.

Ma seule autre rencontre avec Andulka avait eu lieu le lendemain, tandis que Jack et moi retournions prospecter dans le bush. Nous avions croisé une bande de jeunes en train de pousser sur la route une camionnette récalcitrante. À en juger d'après le bruit que faisait le moteur – c'est-à-dire aucun –, ils allaient devoir la pousser jusqu'à Bluebush.

Jack a jeté un œil sous le capot. Je l'ai regardé passer en revue les classiques : essence, bougies, douilles.

« Pas d'étincelle », a-t-il annoncé.

Un trio de jeunes hommes se sont penchés à l'autre extrémité du moteur. L'un d'eux était Andulka.

Quand Jack a trouvé une bougie de rechange dans sa caisse à outils et l'a installée, Andulka a contemplé l'étincelle qui volait entre les deux électrodes, perplexe, suspicieux. Jack a jeté la bougie défectueuse et, tandis que nous repartions, j'ai vu Andulka la ramasser. Il l'a étudiée avec une curiosité si intense que je n'ai pas pu me retenir :

« Hé, Jungarayi ! »

Il a levé les yeux vers moi.

« C'est compliqué, les machines… Tu ferais mieux d'te magner les fesses, si tu veux y comprendre quelque chose, vu comme t'es vieux ! »

Andulka m'a fixée, un ruban de lumière brune étincelant au fond de ses yeux, puis il s'est fendu d'un sourire si candide qu'il m'a fallu des jours pour me l'ôter de la tête.

Quand j'ai achevé mon histoire, le campement du Caniveau était devenu calme. Tous dormaient, ou m'écoutaient.

Une voix a brisé le silence, en provenance du *swag* de Kenny Wednesday.

« T'as dit çà, comme ça ?

— Je crois bien.

— Tu lui as dit d'se magner les fesses ?

— Si j'me souviens bien, ouais…

— À Andulka ?

— *Oui.* »

Nouvel intermède silencieux, puis une autre voix a jailli du coin des Crankshaft.

« Bon Dieu, Em'… t'as des couilles plus grosses que les miennes ! »

ONDES RADIO ET FLAMMES VERTES

Je me suis réveillée tôt. Mais pas aussi tôt que les mouches. Elles grouillaient au-dessus de ma tête – et sous mon menton, dans mon nez, sur les croûtes et les plaies de mon visage. J'ai rabattu sur moi la couverture, jeté un regard alentour par une fente étroite.

Un fin ruban de fumée bleue s'élevait d'un feu, tel un génie. Un reste de viande grésillait au fond d'une poêle, pan de graisse jaune accroché à un os calciné. Les couleurs chatoyaient à la surface des cendres. Du sable dans les cheveux, de la poussière dans les yeux. Les tessons de mille nuits d'ivresse scintillaient sur le sol terreux.

Un minibus a débarqué, deux nonnes indiennes sont descendues. L'une ronde comme un petit pain et douce, l'autre comme une tranche blanche et croustillante, qui assenaient des ordres. Soudain, tout le monde s'activait.

Elles m'ont distribué une soupe de première classe et une robe de seconde, elles semblaient connaître mon nom. Apparemment, un avis de recherche avait été lancé. Elles ont proposé de me reconduire à l'hôpital, mais je leur ai dit que je préférais marcher.

Je savais qu'il fallait y retourner – des gens devaient s'inquiéter pour moi. Je leur avais déjà causé bien assez de peine comme ça.

J'ai pris congé de Rosie en la serrant dans mes bras et je suis partie sur la route.

J'avais un sentiment étrange. L'esprit léger, revigoré. Je marchais comme dans un rêve, les pelouses éraflées et les espaces verts défoncés de Bluebush prenaient des contours indistincts, fantasmatiques.

Les murs en tôle de l'église catholique se dressaient sur ma gauche, étincelant aux confins de mon état second. J'ai jeté un coup d'œil à ses recoins sombres, frais. Je me suis dirigée vers l'édifice, poussée par Dieu sait quel élan, et je suis entrée.

Je suis restée plantée sur le seuil.

Il émanait des lieux, j'étais forcée de le reconnaître, une certaine sérénité. Les vitraux resplendissaient d'une lumière bleu-vert, l'autel de tous ses vases en cuivre, magnifiquement ciselés. Une bougie luisait sur un lutrin. La nef tout entière était emplie de silence.

J'ai remonté l'allée centrale. Je n'ai pu me résoudre à m'agenouiller, mais je me suis assise sur un banc, les mains jointes, les yeux fermés, et j'ai inspiré plusieurs fois, lentement, profondément.

Si j'avais voulu quelque chose, c'était simplement m'asseoir là et m'imprégner de solitude pendant quelques minutes, avant de me présenter à l'hôpital. Mais j'ai perdu toute notion du temps et c'est un bruit, dans mon dos, qui m'a fait réaliser que je n'étais plus seule. J'ai tourné la tête : un homme était agenouillé sur un prie-Dieu, près de l'entrée.

Merde ! Ma réputation était grillée.

Pas si sûr… L'homme ne semblait pas m'avoir reconnue, ni même remarquée : il était occupé à communiquer avec Dieu. Ses yeux étaient clos, ses poings serrés, ses lèvres en mouvement. Il était de taille moyenne, un type anonyme à la chevelure impeccable, légèrement dégarnie, avec des lunettes à la monture plaquée or et une bien jolie chemise. À rayures roses.

Monsieur Banlieue ; mais bon, c'était sa vie. J'aurais simplement préféré qu'il ne soit pas là.

J'étais sur le point de m'enfuir vers la sortie quand d'autres voix ont résonné dehors. Dimanche matin : une messe allait commencer. Une grosse flaque d'ombre a traversé le seuil, suivie de près par les silhouettes sac-à-patates de Graham Shuttlesmith et de son épouse. Graham était le maire de Bluebush, Lorraine son éminence grise.

Prise au piège. Je me suis recroquevillée sur mon banc, en leur tournant le dos. D'autres fidèles nous ont rejoints.

Cinq minutes plus tard, la salle était comble et le père Dal Santo faisait son numéro là-haut, sur la scène. Mon Dieu, au secours : c'était la deuxième cérémonie chrétienne que je subissais en l'espace de deux semaines. La troisième, en comptant les funérailles. En guise de prière, j'ai espéré très fort que ça n'était pas contagieux.

J'ai jeté un regard oblique sur la foule et ne suis pas revenue du nombre d'huiles locales qui étaient présentes – outre les Shuttlesmith, j'ai reconnu George Gellie, MLA (député au Parlement australien), Reg Smithers, DFC (médaillé de l'armée de l'air) et président de la RSL (l'association des anciens combattants) et Walter Demsky, P-DG de Copperhead Mines. J'étais un peu gênée de me retrouver au milieu d'un déploiement alphabétique aussi prestigieux : Emily Tempest, RDT – Rien du Tout.

Une vieille dame coincée s'est assise près de moi et m'a enfoncé dans l'épaule son doigt maigre et tendu son livre de cantiques, insistant pour que je chante. Une femme avec un nid d'oiseau sur la tête et des jambes comme une carte en relief des montagnes Bleues australiennes pompait sur la seule chose qu'elle ait jamais pompée : l'orgue. Une mère et sa meute d'enfants intenables ont pris place devant nous : la plus petite a bâillé, a posé la main sur ma jambe, fait courir ses doigts dessus. Elle s'est tournée vers moi et m'a souri béatement.

J'ai réussi à me faire oublier jusqu'à la quête, quand je me suis soudain retrouvée à contempler la sale tronche ahurie de Gellie, notre député local. Il était horrifié de me voir : sa lèvre inférieure tremblotait, ses fesses tout autant, flasques comme un bol de *jelly*. Normal, vu le nom de notre homme…

Apparemment, on ne croisait pas souvent des aborigènes dans cet endroit.

Il s'est vite repris, cependant, a secoué sa corbeille sous mon nez.

C'est un tournant historique, ai-je pensé : le député qui demande de l'argent à une aborigène. Et je ne lui en ai pas donné, ce qui m'a procuré une satisfaction perverse.

Gellie a remonté l'allée à grands pas, a versé l'argent dans un sac et l'a fait sonner sous ses doigts : mission accomplie. Son crâne huileux étincelait. Je me suis tournée vers l'autel, puis j'ai entendu une voix sinistrement familière trancher l'atmosphère sombre de l'église.

« 'scusez-moi, m'sieur… »

J'ai tourné la tête.

Danny Brambles. Bon Dieu, d'où sortait-il ? Je le croyais toujours dans le bush.

Il se tenait debout dans l'encadrement de la porte, on l'aurait dit tout droit sorti des bassins de rétention de la Gunshot Road : sale, ivre, désespéré. Il portait un sweat déchiré des Demons de Melbourne, l'équipe de football australien, un short noir, il avait les pieds nus.

Gellie l'a jaugé du regard – la même posture chancelante, la même stupéfaction –, il a levé un sourcil, retroussé la lèvre et s'est éloigné.

Danny n'allait pas abandonner une telle somme d'argent sans lutter.

« Z'auriez pas deux, trois dollars pour moi, vieux ? »

Le rictus méprisant de Gellie s'est crispé, il a accéléré le pas. Son propre visage n'était pas exempt des ravages de l'alcool mais lui, il avait les moyens de picoler derrière des portes closes.

« Siou plaît, m'sieur… »

Danny a commis l'erreur de lui toucher l'épaule.

Le politicien a repoussé son bras, les narines noircissant de nanoseconde en nanoseconde. « Ne me touche pas ! »

Danny s'est figé, a penché la tête de côté, cligné des yeux et passé les doigts dans ses cheveux. Il a balayé la salle du regard et a semblé soudain comprendre où il avait mis les pieds.

L'assemblée des fidèles avait les yeux rivés sur lui. Les dames faisaient cliqueter les perles de leur chapelet et poussaient des « tssss… » désapprobateurs, les hommes échangeaient des regards et roulaient de gros yeux, en se demandant si l'on pouvait vraiment virer un abo soûl d'une messe dominicale.

Le père Dal Santo ne se posait pas tant de questions. « Hé ! Gamin ! s'est-il emporté depuis sa chaire. Tu n'as pas honte de venir ici dans un état pareil ? »

Ses petites dents acariâtres m'ont rappelé quelqu'un – ou quelque chose : Trique, le pas-vraiment-regretté roquet de Green Swamp.

Danny a tourné vers lui ses yeux troubles, tout doucement, et l'a gratifié d'un regard plein d'animosité.

« État ? »

Ses dreadlocks lançaient des éclairs.

« C'est la maison de Dieu !

— De Dieu ? »

Les mots qui sortaient de sa bouche se réduisaient pour l'essentiel à des sifflements, des murmures.

« Oh, le pasteur nous en parle, de votre Dieu... C'est un Dieu cruel, çui-là. Il nous frappe avec les maladies et... nous brûle, oui, nous *brûle*... Un Christ-dynamite, çui-là...

— Petit démon !

— Démon ? Ah, démon ou Dieu, ça dépend d'quel côté vient la lumière. »

Danny a fait un pas sur sa gauche puis il a trébuché, s'est appuyé contre un banc, a coulé lentement vers le sol.

Il s'est assis par terre, adossé au banc, il a plissé le visage, apeuré, contemplant le plafond comme s'il s'attendait à le voir s'effondrer sur lui.

Une vieille tête hérissée de jeunes cheveux a jailli de la porte de la sacristie :

« J'ai appelé les policiers – ils arrivent.

— Ah, bon Dieu ! »

Je me suis levée de mon siège, soudain débarrassée de ma timidité.

« Vous n'auriez pas dû faire ça ! »

J'imaginais déjà le désastre, quand ces foutus flics débarqueraient. Le type aurait mieux fait d'appeler les nonnes indiennes – au moins, elles, elles étaient gentilles : elles vous offraient du bouillon de poulet et des robes rouges. Tout ce que les flics étaient capables d'offrir, c'était des ennuis.

« Danny… »

J'ai remonté l'allée.

Il m'a remarquée pour la première fois, stupéfait.

« Em'ly Tempest ? C'est toi, en vrai ?

— Je crois bien, oui.

— On m'a dit que t'étais à l'hosto.

— J'y suis plus.

— D'où tu viens ?

— Je passais juste, Danny. J'me suis dit que t'avais peut-être besoin d'un coup de main. »

Ses traits se sont vrillés.

« T'es toujours dans la police ?

— Plus maintenant.

— C'est bien. Tu ferais plus mieux d'rentrer à Moonlight. Plus sûr, là-bas. Dans mon pays, à l'ouest, ils vous tuent si on ouvre la bouche. »

Ses yeux ont dérivé, se sont posés sur l'une des stations de la Croix : Christ et la couronne d'épines. Il contemplait la scène, horrifié. Le visage émacié, tourmenté, les gouttes de sang, les yeux désespérés.

Il s'est tourné vers moi. Son visage était un miroir déformé de celui du tableau, sur le mur.

« Y a un grand feu là-bas, Em', brûle sous la terre, dans l'air, comme des couteaux brillants… Des flammes vertes, brûlent le sang, elles vous tuent lentement, ça fait mal… Si t'écoutes, tu les entendras. »

Il était au bord des larmes. Je ne l'avais jamais vu bouleversé à ce point. Il n'était pas seulement ivre ;

c'était bien plus que ça. Il était en proie à un genre de crise psychotique – l'effet du delirium tremens, me suis-je dit, de la drogue, ou des deux. C'était comme si son corps s'était vidé de son sang, ses muscles de leur énergie. Son angoisse des bruits avait dégénéré en paranoïa totale.

Les nerfs, ai-je pensé, ces circuits tortueux, fragiles, parcourant le cerveau : un foutu champ de mines. Et dès qu'on pose un pied au mauvais endroit, bon Dieu, ils vous le font payer. Il avait été un garçon sensible, mais en l'espace de quelques jours, il avait basculé de l'anxiété à la folie furieuse.

Quand l'avais-je vu pour la dernière fois ? Le jour où nous nous étions dit au revoir au relais de Green Swamp, deux semaines auparavant. Putain, que s'était-il passé depuis ? Il avait encore plus mauvaise mine que moi, moi qui m'étais fait tabasser, violer et pratiquement écrabouiller par un foutu glissement de terrain.

J'ai balayé la salle du regard, cherchant désespérément un moyen de le faire sortir de là avant que les flics ne débarquent. Je le voyais déjà en train de frapper dans le tas, et d'être traîné en prison, où il serait soumis à Dieu sait quelles horreurs.

Comme pour exaucer mes prières, un membre de la congrégation s'est avancé.

« Puis-je vous aider ? »

C'était l'homme qui était arrivé à l'église avant la messe. Monsieur Banlieue, avec ses rayures roses. Mais je m'en voulais à présent de m'être moquée de lui : le type était peut-être un peu coincé, mais il était la seule personne assez sensible, là, pour comprendre que Danny avait davantage besoin de compassion que des flics.

« Sûr que ça m'arrangerait…

— On devrait peut-être le ramener chez lui – s'il en a un ?

— Il a un chez-lui. Vous avez une voiture ? »

Il m'a regardée comme si je lui avais demandé s'il avait une tête.

« Bien sûr.

— Ça serait formidable. Il n'a vraiment pas besoin d'embrouilles avec la police, en ce moment ; il a assez de problèmes comme ça… »

Il m'a rejointe, avec une démarche prudente et un sourire diplomatique.

« Il semblait dire que la police, c'était vous…

— J'étais ACPO, mais plus maintenant. Vous êtes garé où ?

— Juste devant. »

Je me suis agenouillée à côté du gosse ratatiné.

« Danny, écoute-moi… »

Ses paupières ont palpité.

« Qu'est-ce qu'il y a, Em' ?

— On va te ramener chez toi, d'accord ? Chez Bandy. »

Il m'a fixée d'un regard vague, l'haleine chargée d'essence. Mais il nous a laissés le relever.

En le soutenant par les coudes, Monsieur Banlieue et moi l'avons conduit jusqu'à un Range Rover bleu métallisé, et je me suis assise avec lui sur la banquette arrière.

Comme nous sortions en marche arrière, j'ai repéré le panier à salade qui déboulait au coin de la rue, avec au volant l'uber-simpatico Harley. Danny l'a vu aussi et s'est mis à remuer, affolé.

« Calme-toi, lui ai-je murmuré. Personne ne te fera de mal.

— Mais ils nous font du mal ! À nous tous. Je l'ai lu dans le journal.

— Il disait quoi, le journal ?

— Oh, Emily, faut qu'tu fasses attention – ils te butent si tu sais, putain, ils te coupent la gorge... »

J'ai jeté un regard à notre conducteur : ce n'était sans doute pas le genre de langage auquel il devait s'attendre, quand il était parti de chez lui ce matin-là pour se rendre à l'église, mais il ne semblait pas s'en offusquer.

« Ils tuent notre pays...

— Qui ça ? »

Un regard vitreux, un rictus dépité.

« J'sais pas...

— Et comment ils le tuent ?

— Ondes radio... a-t-il marmonné, presque inaudible.

— Avec des ondes *radio* ? »

Bon Dieu, il perdait la boule.

« Quèque chose comme ça, a-t-il répondu d'une voix râpeuse. Elles sont partout...

— Les ondes radio ? C'est vrai, mais à ma connaissance, elles ne sont pas dangereuses. Qui t'a parlé de ça ?

— Je l'ai lu dans l'journal.

— Quel journal ?

— Oh, j'sais pas – un journal de Blancs. »

J'étais bien avancée. Danny semblait perdu dans l'écho de son propre reflet sur la vitre.

« Ces Blancs, avec leur papier... Ils en ont tellement – papier journal, papier toilettes, billets, cartes et cigarettes... »

Il a eu un rire nerveux – aucune trace d'humour là-dedans.

« Tu les allumes, tu rabats les bords et tu brûles... »

Il a aperçu la croix fixée sur le toit de l'église, il l'a regardée, abasourdi.

« Em'ly ?
— Oui, Danny ?
— Ces *kartiya* – pourquoi faut qu'ils découpent l'ombre en morceaux ? Eux et leur dieu-machine ?
— J'aimerais bien le savoir.
— Le pasteur nous dit qu'il vient du désert, ce Dieu-là. »
Son regard s'est tourné vers l'ouest ; il a tressailli.
« J'me dis qu'il doit l'apporter avec lui… »
J'ai donné une tape sur le siège conducteur.
« Allons-y. »
Notre Bon Samaritain s'est retourné vers nous, le visage partagé entre inquiétude et curiosité. C'était à l'évidence un type plutôt bien, mais, comme beaucoup de Blancs situés au sommet de la chaîne alimentaire, il y avait fort à parier qu'il avait passé pratiquement toute sa vie en quarantaine, se défiant des aborigènes au milieu desquels il vivait.

Je les connaissais par cœur, lui et les siens. On pouvait passer du bureau climatisé au club privé, puis rentrer dans sa maison avec sa clôture tout autour et son gros chien de garde, sans croiser aucun aborigène, hormis celui qu'on enjambait, de temps à autre, effondré dans le caniveau.

« Où allons-nous ?
— Bleaker Street.
— Derrière les bâtiments administratifs ?
— C'est ça. »

LE MUR DES CAFARDS

Nous avons parcouru les rues calmes du dimanche matin, atteint la maison de Bandy en un rien de temps.

Il était chez lui, Dieu merci ; il est sorti, a tout de suite pris les choses en main.

« Danny, Danny… » a-t-il gémi quand je lui ai raconté ce qui s'était passé. Il l'a pris par le bras pour le conduire à l'intérieur, mais à peine franchi le portail, le garçon lui a échappé et s'est écroulé sur le sol. Je me suis précipitée pour lui porter secours, et le conducteur nous a rejoints ; à nous trois, nous sommes parvenus à le porter au bout de l'allée, dans la maison. Une fois à l'intérieur, Bandy l'a soutenu jusqu'à un lit inoccupé.

« Tu mets la bouilloire en route, Em' ? » a-t-il crié depuis la chambre.

Monsieur Banlieue et moi sommes passés en cuisine. Pendant que je préparais le thé, il a inspecté la pièce, sourcils froncés. Toi, c'est la première fois que tu entres dans la maison d'un aborigène, ai-je pensé. Un couple de cafards copulait au sommet d'un mur, une souris a pointé son nez hors d'un quignon de pain. Un film de poussière recouvrait tout. Bienvenue dans le monde réel.

« Voulez une p'tite tasse ? » ai-je proposé.

Un coup d'œil à la vaisselle encroûtée de saletés, au fond de l'évier. « Pas pour le moment, merci. »

Il a dégagé un espace sur la table de la cuisine, rassemblant les détritus en un tas bien net. Des cartons de pizza, une chemise remplie de tablatures. Un éparpillement de médiators et autres articles de guitariste ; une vieille sacoche en cuir d'où dépassaient d'autres chemises, apparemment l'endroit où Bandy gardait toutes ses partitions.

« Pardonnez-moi, a repris le type. Votre prénom m'a échappé…

— Emily.

— Enchanté, Emily. Moi, c'est Kevin. »

Nous avons échangé une poignée de main. Dans une chambre, à l'autre bout de la maison, nous avons entendu la voix d'un jeune garçon, une plainte sombre.

« Nous aurions peut-être dû l'emmener à l'hôpital, a suggéré Kevin.

— J'crois pas. »

Bandy avait cette manière étrange de débarquer sans crier gare, comme un taureau qui rôde.

« C'te bureaucratie des Blancs, ça t'plante les griffes dessus et t'sais jamais où ça t'emmène… Y a c'flic-là, Em', il est revenu m'voir…

— Harley ?

— Il venait encore fouiner au sujet du gosse. T'inquiète, j'ai déjà connu ça. J'garderai un œil sur lui. Une tasse de thé, ça l'calmera. »

Il a serré la main du conducteur.

« Bandy Mabulu, mon gars.

— Kevin Brock.

— J'voudrais vous remercier de m'avoir ramené mon gosse. »

Il a ouvert le pot de sucre, en a tiré une poignée de billets.

« J'peux vous filer quelques dollars, pour le dérangement ? »

Kevin a repoussé l'offre d'un geste du bras.

« Je vous en prie… ce n'était rien.

— Une tasse de thé, alors ? »

Il a regardé sa montre.

« Une autre fois, peut-être. Ma p'tite femme va croire que j'ai été kidnappé… »

Bandy l'a raccompagné jusqu'à la porte, puis il est retourné au chevet de son fils. Danny était roulé en boule sur le lit, possiblement endormi, mais loin d'être à son aise. Un bras en travers de l'oreiller, une jambe pendant sur le côté du lit. En nage.

« J'espère qu'il pourra dormir, ai-je dit. Il a subi un sacré choc. »

Bandy a secoué la tête, las jusqu'à la moelle.

« C'pauvre petit con, l'a passé sa vie en état de choc…

— Je ne l'avais jamais vu si mal. Et à l'église ! Le père Dal Santo ne savait plus à quel foutu saint se vouer. Quand est-il revenu en ville ?

— Hier soir, tard.

— Il a dit pourquoi il rentrait ? »

Bandy a passé la langue sur sa lèvre supérieure, visiblement embarrassé.

« Voulait t'parler.

— Ah bon ?

— J'lui ai dit de pas t'embêter – l'a pété un plomb quand j'lui ai dit que t'étais à l'hosto… Il s'est tiré. L'a dû tomber à un moment sur ses copains d'picole. Et là, tu m'le ramènes ici, l'cerveau azimuté…

— Ça, tu peux le dire. Il m'a fait un délire sur les ondes radio et un foutu feu, ou quelque chose dans le genre.

— Les ondes radio ? Un feu ?

— Quand nous sommes allés dans l'Ouest, nous suivions un rêve de Feu, ai-je grimacé. Un truc puissant, Bandy. Peut-être trop puissant pour lui. »

Bandy s'est approché en traînant les pieds, il s'est raclé la gorge.

« Écoute, Em'... J'sais qu't'as passé un sale moment, toi-même... »

Comme toute cette foutue ville, apparemment.

« J'apprécie qu'tu prennes soin du gosse comme ça, mais il est p't-être temps de prendre plus soin d'toi... C'est mon fils. T'en fais pas. J'ai p't-être été distrait, par moments, mais j'suis quand même son vieux. J'veillerai sur lui.

— Je sais bien, Bandy. J'en ai jamais douté. »

J'ai surpris l'éclat au fond de ses yeux, et j'ai su que le gosse était en de bonnes mains. « Mais il ne va pas bien », ai-je ajouté.

Danny s'agitait sur le lit : il avait le souffle court et sifflant, comme si un feu interne avait consumé tout son oxygène.

« Y a un médecin à l'hôpital – le Dr Kokinos – Marta ; j'ai confiance en elle. »

Bandy a réfléchi quelques instants.

« J'reconnais qu'ça me soulagerait d'être aidé par un pro. T'es sûre qu'elle le balancera pas aux flics ?

— Elle protégera sa chambre comme une vraie tigresse.

— P't-être que, quand il sera calmé, j'l'emmènerai là-bas.

— C'est ce qu'il y a de mieux à faire. »

J'ai vidé ma tasse, me suis levée.

« Faut que je me sauve.

— J'te déposerais bien, mais vaut mieux pas laisser le gosse…

— Bien sûr que non. Je suis restée vautrée au lit toute la semaine, ça me fera du bien de marcher un peu. »

MONSIEUR BANLIEUE

Mais la matinée était caniculaire. J'ai été agréablement surprise, en sortant du jardin, de constater que le Range Rover bleu était encore là. Une vitre teintée s'est ouverte, le visage de Kevin est apparu.

« Je vous dépose quelque part ?

— Je croyais que votre petite femme attendait.

— Je me suis dit que ce n'était pas bien de vous laisser marcher par une chaleur pareille.

— Vous êtes un ange, mon vieux ! Vous pourriez me laisser devant l'hôpital ?

— Pas de problème. »

J'allais monter à bord quand un marteau-piqueur a démarré de l'autre côté de la rue. Les gars des Travaux publics remettaient ça. Ou du moins l'un d'entre eux, un type sec comme un coup de trique sous son gilet fluo, qui tailladait le trottoir. Même le dimanche, maintenant – ces salopards ne se reposaient-ils donc jamais ? Je me suis approchée et lui ai tapé sur l'épaule.

« Excusez-moi ! »

Il a sursauté, n'a pas semblé apprécier d'être ainsi interrompu : la mèche de cheveux orange qui dépassait du casque s'est hérissée.

« Dites, vous pourriez pas baisser d'un ton ? »

Il m'a lancé un regard qui disait, assez judicieusement : « Comment voulez-vous que je baisse le volume d'un marteau-piqueur ? »

« Vous ne pourriez pas commencer par l'autre bout de la rue ? ai-je suggéré. Il y a un gosse malade à l'intérieur. »

Le type a acquiescé d'un haussement de ses maigres épaules, et je suis montée dans le Range Rover. Le modèle dernier cri, climatisation agréable, des sièges qui invitaient le passager – même aussi pouilleux que moi – à se pelotonner et à prendre ses aises.

« Désolé, a déclaré Kevin en démarrant. Vous vous appelez comment, déjà ?

— Emily – Tempest.

— Tempest ?... Tempest. Ça me rappelle quelque chose...

— Pas un mauvais souvenir, j'espère.

— Ah oui, le type de la mine de Burnt Shirt... Jack Tempest. Un parent ?

— Éloigné. C'est mon père.

— Vous avez de quoi être fière. C'est une vraie légende, par ici ; Burn Shirt est la petite mine la plus célèbre de la région – quelle réussite ! »

Un sourire fin comme une gaufrette.

« Alors j'ai bien fait de vous filer un coup de main. Vous toucherez un sacré pactole, un de ces jours...

— Un pactole ? De Jack ? J'aurai déjà de la chance si j'hérite de sa chemise ! Visiblement, vous ne le connaissez pas personnellement...

— Non, c'est vrai.

— À ma connaissance, il a amassé et perdu au moins trois fortunes au cours des vingt dernières années... »

Il a haussé les épaules.

« Ce sont les aléas du métier, hélas. »

Une pause.

J'ai passé en revue ses CD. Céline Dion. Whitney Houston. U2.

« Vous êtes du métier ? l'ai-je interrogé, me creusant la cervelle pour trouver des sujets de conversation.

— Les mines ? Oui, mais plus du côté administratif. »

Pas étonnant : il avait la tête d'un employé de bureau.

« Chez Copperhead ?

— De manière détournée, oui.

— Tout dépend de Copperhead, mon vieux, si on fait un détour assez long…

— Je travaille pour le cabinet de consultants Roi des Montagnes. On s'occupe de gestion stratégique. »

Nouvelle pause.

« Ça consiste en quoi exactement, la gestion stratégique ?

— Pour l'essentiel, passer ses journées devant un ordinateur, à essayer d'anticiper le cours des minerais. »

Il a haussé les épaules, s'excusant presque.

« Rien à voir avec le monde dans lequel évolue votre père.

— Je comprends, maintenant.

— Vous comprenez quoi ?

— Les mains lisses, les ongles propres, la belle bagnole… »

Il a contemplé piteusement ses mains sur le volant.

« Ils prennent soin de nous. Mais nous faisons notre part…

— Ah ouais ?

— Oui. J'aime à penser que nous apportons notre pierre à l'édifice. Pas seulement pour l'entreprise : pour la communauté – pour la nation. Ce que nous tirons du sol constitue nos principaux revenus d'exportation. Ça ne finance pas seulement la voiture que je conduis… au bout du compte, ça finance notre mode de vie à tous – même vous.

— Alors là, mon vieux, je coûte vraiment pas cher : un paquet de tabac, un plein d'essence, et avec un peu de chance, un paquet de saucisses. »

Il a souri.

« Mais bon, vous prêchez une convertie, ai-je ajouté. N'oubliez pas que mon père est mineur…

— Alors vous comprenez : nous travaillons dur et longtemps pour mériter nos privilèges – même nous autres, derrière nos bureaux – et nous prenons des risques.

— Eh bien, vous en avez pris un, de risque, ce matin…

— Comment ça ?

— En aidant un gosse en détresse devant tous ces gens, à l'église. Et je vous en suis reconnaissante. »

Il tripotait ses lunettes, embarrassé par mes louanges.

« Ce n'était rien. Je crois vraiment que ça devrait être le premier endroit où chercher de l'aide.

— Quel endroit ?

— L'église. Si nous sommes incapables de faire preuve de compassion à l'égard de ceux qui, dans notre paroisse, sont dans le besoin, à quoi ça sert tout ça ?

— Dommage que tout le monde ne partage pas ce sentiment… »

Je me suis enfoncée dans le siège, profitant de l'air réfrigéré qui faisait onduler ma robe. Kevin s'est engagé dans la grand-rue, il conduisait lentement, prudemment.

« Nous avons encouragé Copperhead à jouer un rôle plus proactif dans ses relations avec les communautés indigènes, a-t-il développé. Mise en place d'un système d'apprentissage, programmes d'assainissement et de remise en état des terres, ce genre de choses. Copperhead emploie des centaines de personnes : combien d'aborigènes, à votre avis ?

— Pas beaucoup. »

Il a abattu son poing sur le volant ; ce sujet, c'était son dada.

« Deux ! C'est tout ! Et en plus, ils ne sont pas de la région. Ils sont vraiment très en retard, de ce point de vue-là – et pas très avisés. Trouver du personnel, c'est la chose la plus difficile dans l'opération des mines isolées, alors qu'ils disposent d'une main-d'œuvre prête à l'emploi, juste en bas de chez eux… Votre jeune ami, là-bas – comment s'appelle-t-il, déjà ? Danny ?

— Danny Brambles.

— Il est de Bluebush ?

— Son pays est situé plus au sud. Stonehouse Creek, sur la Gunshot Road.

— Stonehouse. Je n'en ai jamais entendu parler.

— Oh, vous n'êtes pas le seul dans ce cas.

— Eh bien, je pourrais peut-être lui trouver quelque chose. Mécanique, aménagement du paysage… Vous savez ce qu'il aime, dans la vie ?

— En ce moment ? Fumer, boire et jouer de la guitare.

— Je vois… »

Il a réfléchi un instant.

« Mais il est d'une famille bien, ça saute aux yeux. Il sait lire et écrire ?

— Il a eu une éducation assez perturbée. »

J'ai repensé à la chanson qu'il nous avait fredonnée à la cabane de Jojo.

« Je ne sais pas ce que vaut sa lecture, mais en tout cas, il est doué pour les mots. Il est juste un peu instable.

— Oui, j'ai eu cette impression. »

Il a tourné dans la rue de l'hôpital.

« Vous avez une idée de ce qu'il racontait ?

— Pas la moindre. Les ondes radio. Je suis sûre que ce ne sont pas elles qui lui grillent le cerveau… »

Kevin a acquiescé d'un sourire gentiment moqueur, tandis qu'il se garait sur le parking de l'hôpital.

« Eh bien, merci de votre aide, Kevin.

— C'était un plaisir, Emily. Écoutez, ce n'étaient pas des paroles en l'air, au sujet du garçon. J'en toucherai un mot au service du personnel – on verra ce qu'on peut lui trouver. »

Il m'a saluée d'un coup de klaxon en repartant.

Un boulot pour Danny ? ai-je pensé. Bonne chance.

HEURES DE VISITE

J'ai eu la joie d'apercevoir un Toyota familier garé au pied du bâtiment, encroûté de poussière, avec sur sa portière le logo de la commission des Parcs. Devant la réception, j'ai repéré mon homme en grande conversation avec le Dr Marta.

Je me suis approchée derrière eux et, à voix basse, j'ai dit : « Hé, Jo… » Il a fait volte-face, m'a enveloppée dans ses bras, fébrile.

« Tu t'es toujours pas rasé, ai-je marmonné, les lèvres enfouies dans sa barbe. J'ai l'impression d'avoir un porc-épic qui me saute au visage.

— Emily, j'étais sacrément inquiet pour toi ! »

Il m'a examinée de haut en bas, puis écrabouillée de plus belle.

« Hé, doucement, ai-je grimacé. J'aimerais bien sortir de là avec quelques os intacts…

— Où étais-tu passée, bon Dieu ? J'ai roulé la moitié de la nuit, je t'ai cherchée partout.

— Comme nos agents de sécurité, a ajouté Marta, sévère.

— Je suis désolée.

— Emily Tempest, qui s'excuse ? »

Jojo s'est tourné vers le docteur.

« Vous lui avez donné quoi ? »

Marta elle-même semblait un peu interloquée.

J'ai haussé les épaules :

« J'avais juste besoin d'air. Je ne voulais pas vous causer tant de souci.

— Quelqu'un nous a dit qu'il t'avait vue au concert du Mémorial. J'ai fait le tour des endroits habituels. Et d'un tas d'endroits inhabituels…

— T'as essayé le campement du Caniveau ? »

Il s'est gratté la barbe.

« J'suis pas allé jusque-là !

— Ou l'église catholique ?

— Bon Dieu !

— Lui-même. »

Il m'a tenue à bout de bras, m'a examinée, suspicieux.

« Me dis pas que t'as eu une révélation mystique, façon saint Paul sur le chemin de Damas ?

— T'inquiète pas, Jojo, il faudrait plus qu'un psychopathe blindé de coke pour me tourner vers le Seigneur. J'ai croisé le jeune Danny Brambles, le pauvre…

— Le gamin de Rosie ?

— Ouais. Complètement défoncé. Il a essayé d'emprunter du fric dans la corbeille, pendant la quête. Dieu sait à quoi il tourne… J'ai jamais vu personne perdre les pédales aussi vite. »

Il a levé les yeux au ciel, les a plissés.

« Il n'y a pas si longtemps, y avait pas plus rapide que lui sur le terrain de basket de Bluebush. J'savais qu'il avait pas mal picolé, mais je l'ai croisé dans le bush dernièrement…

— À Stonehouse ?

— Pas loin, ouais. Il chassait avec ses grands-parents. Je l'ai trouvé en forme.

— Ben à l'heure qu'il est, il a vraiment pas la forme. »

J'ai haussé les épaules.

« Enfin, je suis mal placée pour dire ça… Allez, tirons-nous d'ici.

— Vous voulez quitter l'hôpital ? »

Le docteur a fait cliqueter son stéthoscope.

« Je vous le déconseille, Emily, pas tout de suite. Vous avez vécu une expérience traumatisante ; nous aimerions vous garder en observation pendant encore quelques jours.

— C'est quoi cet endroit d'où on ne vous laisse plus repartir ? L'hôtel *California* ? »

J'ai passé le bras autour de la taille de Jojo, je l'ai serré contre moi.

« Je vous remercie, Marta, mais j'ai eu ma dose d'hôpital. Jojo a consacré bien assez de temps comme ça à sauver les bandicoots ; il est plus que temps qu'il fasse la même chose avec moi.

— La voix de son maître, a déclaré Jojo. Désolé, Doc, je crois qu'on va rentrer chez nous. Quand Emily décide quelque chose… »

Marta a froncé les sourcils.

« Bon, puisque vous n'en faites qu'à votre tête commotionnée… Mais je noterai sur votre dossier que c'était contre mon avis. Vous avez besoin de repos. Jojo, ramenez-la-nous si vous constatez la moindre évolution de son état. Et je vous enlèverai ces sutures jeudi. »

SORTIE D'HÔPITAL

Comme nous passions la porte, nous sommes tombés – littéralement – sur Wishy Ozolins qui déboulait dans l'autre sens, un rictus sombre aux lèvres, les bras chargés de fleurs et de chocolats.

« Emily, a-t-il déclaré, visiblement gêné. Je venais juste vous rendre visite.

— C'était moins une, alors.

— Vous rentrez déjà chez vous ?

— Renvoyée pour indiscipline.

— Je… j'ai appris… Je veux dire, pour… »

Il ne trouvait pas ses mots.

Je l'ai tiré d'embarras.

« Ce sont des merdes qui arrivent, Wishy. Heureusement, le pire est arrivé à la merde elle-même. »

Il a baissé les yeux vers moi, une expression quasi paternelle sur le visage, ses yeux bleus inondés de larmes et d'émotions que je ne parvenais pas à déchiffrer. De l'affection, qui était bienvenue – moi aussi, je l'aimais bien. Et de la pitié – inévitable, sans doute, mais de mon point de vue, moins il y en avait, mieux c'était.

Mais il y avait quelque chose d'autre, quelque chose d'aussi insaisissable et trompeur qu'un grain d'or au fond d'un tamis rempli de gravier. De la peine ? Pas de la culpabilité, quand même… De quoi aurait-il pu se sentir coupable ?

Il a fait un pas en arrière, a désigné la voiture qui nous attendait.

« J'vais vous laisser partir, alors ?

— C'est ce qui est prévu, oui, mais techniquement parlant, nous sommes encore à l'intérieur de l'hôpital. Alors si ces Ferrero Rocher ont mon nom marqué dessus…

— C'est qu'elle doit aller mieux, est intervenu Jojo. Elle a déjà l'esprit aux nourritures terrestres ! »

Wishy a souri, m'a offert les chocolats, puis le bouquet de fleurs, avec autant d'aplomb qu'un homme de son espèce pouvait en rassembler en pareilles circonstances.

« Eh bien, merci. »

J'ai enfoui mon visage dans les fleurs, inspiré les senteurs lourdes des bougainvillées et des gardénias.

« Elles viennent de votre jardin ?

— Fraîchement cueillies.

— Embrassez toutes vos jolies filles de ma part, lui ai-je lancé comme nous nous dirigions vers le parking. Dites-leur que j'ai travaillé mon lancer de balle – je viendrai pour la revanche avant qu'elles aient eu le temps de dire ouf. Et remerciez Loreena pour les fleurs. »

Nous l'avons abandonné, l'air perdu, dans le hall d'entrée.

« Il devra attendre un moment, a commenté Jojo, tandis que nous marchions vers le Toyota.

— Pour faire quoi ?

— Remercier Loreena.

— Pourquoi ça ?

— Elle est aux États-Unis. »

J'ai failli lâcher les chocolats.

« Les États-Unis… d'Amérique ?

— Ouais.

— Mais qu'est-ce qu'elle fout là-bas ? »

J'étais assez vexée que Jojo, à peine rentré de son long séjour dans le bush, en sache déjà plus que moi sur ce qui se passait en ville. Mais c'était tout Jojo, ça : il avait l'art de gagner instantanément la confiance des gens et d'obtenir sans rien demander des informations pour lesquelles d'autres personnes moins avenantes – moi, par exemple – devaient suer sang et eau.

« La fille aînée…

— Simone.

— Sa mère et elle ont pris l'avion hier. Elles sont parties à Seattle pour une opération. »

Un sale pressentiment m'a étreint la poitrine.

« Quel genre d'opération ?

— Une greffe.

— Une greffe… de quoi ?

— De la moelle osseuse.

— Ça veut dire quoi ?

— Ça veut dire, j'imagine, qu'elle a une leucémie.

— Oh, la pauvre… Je savais qu'il y avait un problème. »

Nous sommes montés à bord, mais j'étais trop sonnée par la nouvelle que je venais d'apprendre pour faire quoi que ce soit d'autre que de rester assise là à ne rien dire, et chercher le peu de réconfort que je pouvais trouver au fond de ce siège si familier qu'il avait pris la forme de mon corps, et dans les parfums de gardénias et de bougainvillées qui embaumaient l'habitable.

« Comment sais-tu tout ça ? ai-je demandé.

— Je suis passé chez Wishy ce matin, quand je te cherchais partout. J'ai subi l'interrogatoire d'une petite chose plutôt autoritaire qui s'appelait… Lili la Tigresse, c'est ça ?

— Elle ne s'appelait pas comme ça au départ mais maintenant, oui.

— Elle m'a mis au courant. Elle m'aurait fait l'exposé complet du dossier médical si son père n'était pas venu nous rejoindre. Il n'a pas dit grand-chose…

— C'est sa nature, visiblement.

—… mais il prend l'avion lui aussi, demain matin. »

Tout s'expliquait : l'aspect maladif de Simone, sa personnalité opiniâtre, le trouble que j'avais deviné, bouillonnant sous la surface en apparence solide de cette famille. J'aimais beaucoup cette fille, mais la nouvelle de sa maladie provoquait chez moi un malaise étrangement disproportionné.

Nous restions assis sans bouger, murés dans le silence. C'était la première fois que nous nous retrouvions seul à seule depuis…

Jojo a passé le bras autour de mes épaules, a collé son visage au mien.

« Sale moment, a-t-il marmonné.

— Ça, tu peux le dire. Mon Dieu, ce qu'elle doit traverser…

— Je parlais de toi.

— Oh. Ça…

— J'aimerais que tu saches à quel point je suis désolé, Em', pour cette horrible histoire. »

J'ai senti la morsure de la tristesse, la honte. Je n'avais pas envie de sombrer là-dedans. Trop peur de ne pas remonter.

« C'est ma faute, ai-je répondu d'un ton brusque. J'ai déconné.

— On fait tous des conneries, de temps en temps. Mais en général, on ne le paie pas si cher. »

J'ai déniché un coin de peau au milieu des moustaches, j'y ai déposé un baiser.

« C'est bon, Jojo. Merci, mais je vais m'en sortir. »

Il a saisi le message, reculé, fait reculer la voiture. Pris la direction de la Three Mile Road.

Nous nous sommes garés chez Jojo, et j'ai repéré un filet de fumée s'élevant des broussailles, le long de la cabane.

« De la visite », a déclaré Jojo.

Je suis descendue. Sous un arbre, un feu chatoyant, couronné d'un panache bleu. De l'autre côté des flammes, une femme au front carré, dans une robe turquoise.

J'ai marché jusqu'à elle. Elle a levé les yeux à travers la fumée, ses yeux aussi luisants que les flancs d'un cheval fourbu.

« Hé, sœurette…

— Hazel. »

Je me suis assise à côté d'elle.

« Tu sors d'où, comme ça ?

— Jojo est venu me prendre à Moonlight.

— J'peux pas lui faire confiance. Tient pas en place, ce Jojo…

— J'allais venir, de toute façon.

— Pourquoi ? »

Son silence en a dit plus que bien des discours.

Ma tête est tombée sur ses genoux, mes larmes sur sa robe. Elle a passé ses doigts dans mes cheveux, ses paumes le long de ma colonne vertébrale. La fumée me piquait, mais c'était une sensation plaisante, revigorante. Baissant les yeux sur les braises, j'ai reconnu la colophane de spinifex en train de fondre. Un agent cicatrisant. Tout comme les huiles de plantes du bush avec lesquelles Hazel me massait les tempes, les chants qu'elle murmurait à mon oreille.

« J'oublierai, Haze.

— Ça j'sais pas, Em'. Pas complètement. Tu l'porteras avec toi toujours. Mais tu t'en sortiras. Bon Dieu, on porte tous quelque chose. »

D'épaisses mèches noires dérivaient sur son front. Un chant de réconfort, sans mélodie ou presque, bourdonnait au creux de ses pommettes. Ses bras m'enveloppaient comme une couverture, puis ils sont devenus couverture. Levant les yeux, j'ai vu Jojo agenouillé près de nous. Il avait jeté sur nous un vieux plaid en laine australien. Il a ranimé le feu, m'a embrassé le front.

Ce n'est pas la fumée, ai-je pensé, tandis que je partais à la dérive ; ce n'est pas la résine de spinifex, les huiles, ni même les chants.

C'est l'amour qui les porte.

RÊVES DE FEU

À un moment, dans la pénombre, j'ai senti qu'on hissait mon corps. J'ai ouvert les yeux : Jojo me portait dans ses bras, à l'intérieur, par la porte de derrière. Il m'a déposée sur le lit, a remonté le drap jusqu'aux épaules.

Je me suis rendormie, mais ce sommeil était à son tour une expérience sombre, agitée, traversée de cauchemars rouges et bleus. J'ai su que j'avais touché le fond quand je me suis retrouvée en train de conduire à travers une vaste plaine écrasée de soleil, totalement paniquée, poursuivie par… un feu de broussailles, contre toute attente.

J'étais au volant de mon petit Hilux blanc. Je roulais à toute vitesse et je jetais un regard en arrière : une soudaine bascule du vent, et l'incendie surgissait devant moi, son éclat rougeoyant m'éblouissant à travers le pare-brise, me brûlant les yeux et les lèvres.

J'obliquais vers l'ouest, mais il était par là aussi. Alors, seulement, je m'apercevais que l'incendie ne se propageait pas de lui-même : il y avait un homme qui courait le long de son front. Il tenait à la main un tison enflammé et en effleurait les buissons de spinifex, qui prenaient feu sur son passage.

Paisley ? Cette pensée éphémère m'a secoué les tripes. Mais non, le coureur était un aborigène, son corps nu étincelant de graisse d'iguane et de scarifications rituelles.

De petits animaux – mulots *dunnarts*, geckos, dragons barbus – détalaient devant le brasier ; des oiseaux de proie planaient au-dessus de la plaine, plongeaient à travers la fumée et les emportaient dans leurs serres, en poussant des hurlements terrifiants.

Je faisais demi-tour pour fuir en direction de l'est, mais c'était peine perdue : j'étais encerclée. Des nuages noirs asphyxiants obscurcissaient le ciel, une lumière violente assaillait l'habitacle de ses éclats tranchants. Quelque chose – quelqu'un ? – tombait sur le toit, le martelait sauvagement.

Je me suis réveillée en sursaut, haletant de peur et tremblant d'une intuition soudaine : cette histoire n'était pas encore terminée.

Ce n'était pas terminé. Oh, mon Dieu – qu'est-ce que ça signifiait ?

J'ai reconnu l'homme de l'incendie, qui courait dans mon rêve : Andulka. Et j'ai compris ce qu'il représentait : le refus de tout compromis, de me contenter de quoi que ce soit d'autre que la vérité.

Emily Tempest, me suis-je dit, tu as fait un compromis. Un choix malavisé, de deuxième zone, débile.

J'avais voulu me persuader que j'avais résolu le mystère de la mort de Doc, mais c'était des conneries, je le savais. La vérité, c'est que je m'étais pris une raclée et que je ne voulais pas me relever de peur d'en recevoir une autre.

Ça ne collait pas.

Une volée de questions sans réponses ricochaient sous mon crâne.

Doc avait-il vraiment été assassiné parce qu'il avait découvert par hasard une plantation de ganja ? S'il ne s'agissait que de cela, alors pourquoi les dossiers concernant la Terre « boule de neige » avaient-ils été dérobés ? Paisley aurait-il vraiment pris le risque de traîner sur place pour passer en revue les dossiers de Doc, à cause de la possibilité, hautement improbable, que quelqu'un puisse établir un lien entre sa petite pépinière et un obscur site géologique situé dans l'Ouest ?

Les derniers mots de Paisley se sont faufilés entre mes blocages mentaux : « Ils m'avaient pourtant prévenu… » Qu'est-ce que ça voulait dire ? Qui l'avait prévenu ?

Y avait-il quelque chose que j'ignorais, au sujet de Dingo Springs ? Doc avait convaincu Noel Redman d'acheter un permis d'exploration minière à cet endroit : dans son esprit, sans aucun doute, cette démarche visait à s'assurer un libre accès au site, pour mener ses recherches sans être dérangé. Mais s'il était tombé sur quelque chose d'autre, quelque chose pour lequel quelqu'un était prêt à tuer ?

Cette nouvelle hypothèse induisait plusieurs options possibles. Redman lui-même, déjà ; s'il y avait des minerais précieux sur le site, il toucherait le pactole. Il existait, le concernant, d'autres facteurs incriminants : c'est Redman qui avait découvert le corps, il ne supportait plus le vieux géologue, il avait bondi comme un taureau touché par un aiguillon électrique quand je l'avais interrogé sur les permis.

Il y avait aussi le glissement de terrain. Trique s'était précipité à l'assaut de la colline juste avant l'explosion – courait-il après son maître ? Ou après quelqu'un d'autre, pour faire son petit numéro de chien de garde ?

Même le révérend Bodycombe n'était pas au-dessus de tout soupçon. Un différend de longue date l'opposait à Doc. Il avait disparu dans sa camionnette aux alentours de l'heure du crime. Et je n'avais jamais vu un salopard aussi sournois – une opinion peut-être influencée, je suis forcée de le reconnaître, par ce principe que je suivais depuis toujours : ne jamais faire confiance à un homme qui porte des croix sur son col.

Un troisième homme rôdait aux confins de mon esprit : Wishy.

Je n'aurais su dire pourquoi, exactement, mais son comportement m'avait paru étrange dès le début. Il ne m'avait pas parlé de son voyage dans l'Ouest avec son frère. Il était l'héritier de Doc ; et, il l'avait reconnu lui-même, Doc était parfois l'homme le plus exaspérant de la terre. Et sa fille, Simone : y avait-il là un mobile ? Il n'habitait pas vraiment la rue de la Misère, mais en envoyant sa fille dans les rouages avides du système de santé américain, il savait forcément que la facture allait être salée.

Enfin, résonnant obstinément sous toutes ces spéculations, telle une basse continue, il y avait l'image des roches que Doc avait disposées dans sa cour : je n'avais pas la moindre idée de la manière dont elles pouvaient s'imbriquer avec les événements de ces dernières semaines, mais je ne pouvais m'ôter de l'esprit ce soupçon – cette prémonition, quasiment. Je pouvais presque sentir la présence de Doc, il me tendait le bras, essayant de me dire quelque chose.

Les quelques secondes frénétiques du glissement de terrain me sont revenues comme un flash. Le but avait-il été de se débarrasser de moi – ou bien de

Jet et de sa sculpture ? L'assassin de Doc savait-il qu'elle constituait la clé permettant de résoudre le mystère de sa mort ?

Une cérémonie du Feu, un Chant brisé, un géologue mort, un glissement de terrain, une adolescente atteinte d'une maladie mortelle, une sculpture de pierre et de bois. Éléments disparates, telles des planètes en orbite autour d'une même étoile.

Mais cette étoile, c'était quoi – ou qui ?

Quel pouvait être le lien entre ces éléments ? Pourquoi mon sentiment que ce lien existait était-il si tenace ?

Une autre révélation m'est apparue sans crier gare, inattendue. Indésirable, plutôt, car elle me glaçait d'effroi. Un seul esprit était à l'œuvre dans cette histoire, une force invisible, qui manipulait tout le reste, tirait les ficelles, disposait des pièges, lançait des diversions, des feintes. Toujours un coup d'avance sur moi.

J'ai grogné, au bout du rouleau, accablée par le simple fait de penser, épuisée par les épreuves des derniers jours. Je me suis tournée sur l'oreiller et j'ai enfoncé la tête sous mes bras, les pas explosifs du cauchemar résonnant encore dans mon esprit.

J'étais bien réveillée, maintenant, mais ce son était toujours là, qui se répercutait tout autour de la cabane.

Quelqu'un martelait du poing la porte d'entrée.

J'ai regardé ma montre. Plus de minuit. Que se passait-il ? Jojo s'était réveillé, lui aussi – les voisins eux-mêmes avaient dû être réveillés, et ils vivaient à des kilomètres… Jojo a bondi sur ses pieds – ou du moins, l'un de ses pieds. Il enfilait son short en titubant, tout en sautillant vers la porte.

RÊVES D'EAU

« J'arrive, a-t-il grommelé. J'arrive ! »

J'ai relevé la tête, distingué une silhouette féminine, entendu une voix frénétique déchirée de sanglots et de halètements.

« L'est là, Em'ly Tempest ? Des ennuis en ville, trop d'ennuis…

— Putain mais… s'est exclamé Jojo. Meg ? »

Je me suis extirpée du lit, j'ai grimacé : aïe, ça faisait mal ! Mes os étaient comme attaqués par les termites. J'ai empoigné un sarong, gagné la porte clopin-clopant.

Meg Brambles se tenait debout sur le seuil, prête à forcer le passage ; Magpie se dressait en arrière-plan, son chapeau à la main. Le Toyota jaune était garé dans l'allée, son moteur Diesel hoquetant.

« Oh, Nangali… »

Elle a presque pleuré de soulagement en m'apercevant.

« Que se passe-t-il, Meg ?

— T'es toujours dans la police, Em'ly ?

— Eh bien, non…

— Faut qu'tu viennes, et tout d'suite… On a besoin de toi ! »

Sa bouche a déversé un flot de mots incohérent.

« S'passe des choses terribles en ville. J'ai peur qu'ils tuent ce garçon…

— Doucement, Meg. Qui tue qui ?

— Y a eu une bagarre affreuse en ville. Un Blanc, liquidé. Les *kurlupartu* z'ont bouclé ce p'tit-fils-là à nous…

— Danny ?

— *Yuwayi.*

— Pourquoi ?

— P't-être la bagarre, p't-être la picole – j'comprends pas. Son père a fini à l'hôpital. »

Une nouvelle bagarre d'ivrognes à la maison ? Bandy gravement blessé ? Possible, je le savais : même s'il était un type bien, Bandy vivait dans un monde où la violence pouvait surgir à la moindre inhalation, à la moindre gorgée.

Jojo bataillait avec les boots qu'il avait laissées près de la porte.

« Laisse-moi m'occuper de ça, Em'.

— Pas question ! »

J'ai attrapé un pantalon cargo et une chemise, empoigné mon sac.

Jojo m'a suppliée du regard.

« Emily – t'en as pas encore eu assez ? »

J'ai hésité, mais pas longtemps.

« J'ai promis à ce gosse que je serais toujours là quand il aurait besoin de moi. »

La porte de derrière s'est ouverte : Hazel nous avait rejoints depuis son campement, sous l'arbre, elle s'est arrêtée net en nous voyant tous plantés là.

« Qu'est-ce qui se passe ?

— Le gosse a encore des problèmes.

— Danny ?

— J'en ai peur. Je vais régler ça. »

Elle a posé sur moi un regard inquiet.

« Ça s'est passé où, Meg ?

— Au terrain de basket.

— Viens – on parlera en chemin. »

J'ai pris mon pick-up, Meg s'est assise à mes côtés, toute tremblante sur son siège, gémissant à mi-voix, Jojo et Magpie nous suivaient. Nous avions laissé Hazel sur la véranda, une couverture sur les épaules, des rides au front.

« T'étais là quand ça s'est passé ? ai-je interrogé Meg.

— Non, on dormait là-bas, au campement du Sud.

— Qui t'a prévenue ?

— L'jeune Jimmy Crankshaft est venu nous dire qu'y avait eu une grosse bagarre en ville, l'a dit qu'les *kurlupartu* avaient bouclé Danny, et qu'son papa était dans un sale état.

— Vous êtes arrivés quand à Bluebush, toi et ta clique ?

— Hier.

— Pourquoi êtes-vous venus ?

— Danny voulait te parler.

— Tu sais ce qui le travaillait ? »

Elle a soupiré, regardé par la fenêtre.

« L'est malheureux depuis qu'on est rentrés d'ce voyage à Dingo Springs…

— Ce matin, il délirait sur les ondes radio et Dieu sait quoi. Tu saurais pas ce qui a déclenché tout ça, par hasard ? »

Ses fins cheveux gris oscillaient dans le vent ; elle a repoussé les mèches tombées sur son front, posé le menton sur sa paume.

« En rentrant à Stonehouse l'aut' jour, on s'arrête à Green Swamp. Danny a parlé à cette Chinoise… »

J'ai laissé échapper un grognement muet. Jet. Tout s'expliquerait, alors – elle aurait rendu dingue n'importe qui. Les gens semblent me considérer comme un sacré numéro, mais comparée à cette religieuse en cavale, j'avais l'air d'une pacifiste mâchonnant son muesli.

« Danny l'interroge sur c'machin-là, c'te statue de pierre…

— La sculpture ?

— *Yuwayi*, l'truc que cette Chinoise-là avait construit. Avant de partir, Danny emmène l'vieux Windmill la voir, lui fait toucher les pierres avec sa main… »

J'ai repensé à Doc. Il avait la même approche tactile de sa propre discipline.

« Il en a tiré quelque chose ?

— *Yuwayi*. Il nous dit qu'c'est une carte. »

Elle a tapoté sur le tableau de bord, dessinant une sorte de carte en pointillé.

« Comme une peinture, tu vois ?

— Ouais. »

Cartes et œuvres d'art étaient intimement liées par ici ; la moitié des peintures exposées dans les galeries d'Alice Springs sont, d'une manière ou d'une autre, des cartes. Représentant non pas le tracé des lieux, mais celui des esprits.

« Une carte de quoi ?

— Un Rêve, dans l'Ouest…

— Un rêve de Feu ? »

Je me suis soudain demandé si mon rêve de cette nuit-là n'avait pas été, comme je l'avais pressenti, une prémonition.

« D'Eau…

— Quoi ?

— C'rêve d'Eau qui court de Kirlipatu à Eagle Creek, tu sais ?

— Pas vraiment. »

Tant de Rêves s'entrelacent sur les terres de l'Ouest qu'il faudrait une éternité pour les démêler.

« Mais je te crois sur parole. »

Tout en conduisant, je m'efforçais désespérément de placer ces derniers éléments dans le puzzle : Doc avait construit – et Jet copié, et Windmill identifié – une carte en trois dimensions de la piste d'un chant de l'Eau qui traversait l'ouest du pays.

Ce qui pouvait signifier mille choses, ou ne rien signifier du tout. Ça pouvait n'être que la rencontre fortuite des imaginations de deux vieillards. Mais pourquoi Danny avait-il été secoué à ce point ? Savait-il quelque chose que j'ignorais, ou tout cela était-il le fruit de son imagination gavée de drogue ?

Il allait falloir m'intéresser de plus près à tout ça. Mais plus tard. Car j'avais pour le moment des choses plus urgentes à traiter. Nous avions atteint les premiers faubourgs de la ville et le stade de basket se dressait devant nous.

J'ai aperçu aussitôt, éparpillé autour de la tribune, un sinistre assemblage de paniers à salade et d'ambulances, d'agents de la police scientifique et de badauds – ce que j'avais appris à reconnaître comme la scène d'un crime.

SOUS LES PROJECTEURS

Les policiers avaient installé un projecteur, dont le faisceau jaunâtre illuminait lugubrement un cadavre gisant dans une mare de sang. Bunter montait la garde pendant qu'un expert faisait glisser un fragment de quelque chose dans un sachet en plastique. Harley se tenait à l'écart, adossé à une clôture, tirant sur une clope.

Descendant de voiture, j'ai jeté un coup d'œil au cadavre : un Blanc, solidement charpenté, la peau brûlée. Sur le dos. Je ne connaissais pas son visage. Il avait une coupe de soldat, un jean noir, un tee-shirt brillant.

J'ai repéré Cockburn, avec deux autres types en uniforme, qui parlaient avec – ou plutôt parlaient à – un groupe de jeunes hommes. Ils les avaient fait aligner contre la clôture, les renforts à portée de main au cas où ils tenteraient de se faire la malle. Je me suis approchée, derrière lui.

« Commissaire ? »

Il était occupé à griffonner sur son carnet, mais je l'ai senti se tendre dès le moment où j'ai ouvert la bouche.

« Là, Emily, j'suis un peu occupé…
— Où est Danny ?
— Tu devrais être à l'hosto.
— Je veux juste savoir ce qui s'est passé, bon sang ! »

J'ai reconnu certains des jeunes : des garçons de la ville, un ou deux du campement de l'Ouest, les autres du campement des Scorpions, plusieurs portaient encore leur tenue de basket. Leurs paupières battaient nerveusement, ils jouaient et pianotaient avec leurs doigts. Pas trace de Danny.

« Ce qui s'est passé, c'est que ces… *jeunes*… »

À en juger d'après le ton de sa voix, *petits abos de merde* aurait exprimé plus franchement sa pensée.

« … faisaient ce qu'ils savent le mieux faire : boire, se battre et, plus généralement, faire des conneries. Sauf que cette fois, tout a dégénéré, et qu'un passant innocent – un Blanc – s'est retrouvé avec un couteau planté dans le cœur. »

J'ai désigné le type au crâne rasé gisant sur le gravier.

« C'était qui ?
— On ne sait pas encore. Quelqu'un dit que c'était peut-être un proche d'un des jeunes impliqués dans la bagarre. »

Il a remarqué ma stupéfaction.

« Oui, des jeunes Blancs étaient également impliqués. Des petits comptes à régler après un match de basket. La plupart d'entre eux se sont tirés avant notre arrivée. »

Et t'as seulement réussi à choper les Noirs ?

« Mais je ne comprends toujours pas. On m'a dit que vous aviez bouclé Danny Brambles…
— Le jeune ? »

Il a relu ses notes, s'est détourné dans un claquement de langue désinvolte.

« C'est exact : il est en prison, maintenant. C'est lui qui a poignardé le type. »

J'ai posé ma main sur son coude.

« Ce n'est pas possible, commissaire. »

Il m'a regardée de biais.

« Parce que tu étais là, Emily ?

— Vous savez bien que non, mais je connais ce garçon. Il n'aurait jamais pu…

— Nous avons des témoins – dont un agent de police.

— Mais ça n'a aucun sens ! Qu'est-il arrivé à Bandy ?

— Qui ça ?

— Son père.

— Le type plus âgé ? Il a perdu beaucoup de sang, mais on m'a dit qu'il devrait survivre.

— Survivre à quoi ?

— On lui a tranché la gorge.

— Merde ! »

Je me suis tournée vers le cadavre.

« C'est lui qui a fait ça ?

— Il semble que oui.

— Sacrément déchaîné, votre foutu passant innocent…

— Eh bien, si c'est le cas, il l'a payé au prix fort. Maintenant, si ça ne te dérange pas… »

Il m'a tourné le dos pour s'occuper de ses prisonniers.

En regagnant ma voiture, j'ai repéré deux jeunes Blancs tapis dans l'ombre de la tribune, qui contemplaient les graviers, adossés aux piliers. Mes yeux se sont posés sur le plus proche des deux : des cheveux blonds jusqu'aux épaules, svelte, athlétique. Le fils de Cockburn.

Je me suis approchée.

« Hé, Jarrod… »

Il ne m'a pas reconnue tout de suite. Il n'y avait pas beaucoup de lumière, mais ce n'était pas la seule raison : le garçon semblait être en état de choc.

« Jarrod ? Tu te souviens de moi ? Emily. Je travaille avec ton paternel. »

Il m'a effleurée d'un regard flottant, puis a cherché son père des yeux.

« Bien sûr que je me souviens, a-t-il marmonné. Vous êtes la fille qui…

— As-tu assisté à ce qui s'est passé ce soir ? »

Il a baissé la tête, son visage disparaissant sous un amas de cheveux.

« J'suis pas censé en parler…

— Qui a dit ça ?

— Papa. »

L'autre jeune – la peau ravagée, trapu, un nez rouge en train de peler – était moins réticent.

« Allez, mec, elle est avec les flics. Dis-lui ce que tu m'as raconté.

— Papa a dit…

— Jarrod a tout vu, l'a-t-il coupé. Il l'a poignardé.

— Ferme-la, Crimsy.

— Qui ça, “il” ? ai-je insisté.

— Le maigrichon, celui qu'ils ont bouclé ; il jouait dans l'équipe des Scorpions. Danny, c'est ça ? Ça chauffait un peu sur le terrain de basket, hein… Rien de bien méchant, les Scorpions et nous, c'est tout. Un type vient voir ce qui se passe et là, Danny l'plante avec un couteau…

— Emily ! »

La voix de stentor de Cockburn a interrompu le récit, de l'autre bout du terrain. Je lui ai fait face.

« T'es en train d'interférer avec le témoin d'un homicide ! Tu veux finir en taule, toi aussi ? »

J'allais répondre, mais je me suis ravisée. J'en avais assez entendu. Crimsy n'avait pas l'air d'avoir inventé la poudre, mais il n'avait pas non plus l'air d'être un menteur. Je me suis éloignée, la tête me tournait. Tout cela semblait irréel, sordide au-delà des mots. Putain, qu'était-il arrivé à cette ville ? La chaleur avait-elle fait perdre la boule à tout le monde ?

J'ai regagné ma voiture, les épaules voûtées, le regard bas. Magpie et Meg m'attendaient avec impatience. Jojo, le regard sombre, est venu nous rejoindre.

« T'as appris quelque chose ? lui ai-je demandé.

— Plus que je n'aurais voulu. Les choses s'annoncent mal pour Danny. Concernant Bandy, les ambulanciers pensent qu'il s'en tirera.

— J'ai entendu à peu près la même chose. Cockburn dit qu'un de ses hommes a tout vu.

— Harley. Il y a eu une baston après le match ; la patrouille de nuit a essayé de calmer le jeu. Apparemment, le type a été poignardé derrière la tribune.

— Tout ça n'a pas grand sens, ai-je rétorqué. Danny, tuer quelqu'un ? C'est un maigrichon de quinze ans ; la sonnerie d'une horloge le ferait sursauter ! »

Mais j'ai repensé à lui, à son attitude à l'église ce matin-là. L'éclat fou dans ses yeux, la colère et la confusion, le délire. Qu'est-ce que j'en savais ? J'avais eu faux sur toute la ligne, ces derniers temps ; il n'y avait pas de raison pour que je ne me trompe pas une nouvelle fois.

J'ai balayé du regard le complexe sportif : les policiers quadrillaient le terrain, leurs silhouettes-diamants projetant des rayons de lumière, leurs ombres pareilles à des trolls.

Je me suis souvenue de ma promesse à Danny : je veillerais sur lui.

Là-bas, près des scellés qui délimitaient la scène du crime, Harley allumait une clope ; dans l'éclat de l'allumette, entre ses mains jointes, j'ai lu une indifférence cruelle. Bunter se grattait les couilles en bâillant. Ils faisaient ça toutes les nuits. Cockburn s'est tourné vers l'un des jeunes ; ses épaules raides et son port militaire respiraient le mépris.

Pouvais-je vraiment confier le bien-être de Danny à ces gens-là ?

Tu parles…

SONNE-VENT

J'ai donné une tape dans le dos de Jojo.

« Allons-y.

— Où ça ?

— Voir Danny. »

Ils ne nous ont pas laissés. Nous nous sommes pointés tous les quatre chez les flics, mais Griffo, à la réception, avait reçu des instructions strictes : pas d'accès au public tant que Danny n'aurait pas été interrogé.

« Je ne suis pas le public, ai-je argumenté. Je suis des vôtres, tu te rappelles ? Je suis des nôtres !

— Ça, c'était avant qu'tu démissionnes.

— J'ai parlé trop vite.

— Eh bien, faut pas confondre vitesse et précipitation. Et crois-moi, Emily, c'est ta fin de carrière que t'as précipitée. »

J'ai posé une main sur le guichet. Choisi mes mots avec soin.

« Je venais juste de me faire violer. »

Il a tressailli, détourné le regard.

« Un interrogatoire en bonne et due forme aura lieu dès que tout sera prêt, a-t-il grommelé en s'adressant au mur. Après, sa famille pourra le voir.

— Son père est à l'hosto avec la gorge tranchée ; sa mère, c'est Rosie Brambles. »

Griffo s'est mordillé l'ongle.

« Tout ce que je demande, ce sont quelques minutes. Ce garçon est perturbé – on ne peut pas simplement le jeter au fond de ce foutu trou noir et l'oublier… S'il arrive quoi que ce soit, Griffo, c'est toi qui devras en répondre – ça, bon Dieu, j'y veillerai personnellement ! »

Je l'ai vu vaciller, alors j'ai enfoncé le clou :

« De toute façon, personne n'a officiellement accepté ma démission. Je n'ai signé aucun papier. Techniquement parlant, je fais probablement encore partie des forces de l'ordre. »

Il a trié quelques papiers, avalé péniblement sa salive. Quand je l'ai vu regarder la pendule, sur le mur, j'ai su que c'était gagné.

« Cinq minutes. » Il a déployé les doigts d'une main, au cas où je n'aurais pas compris. « Et rien que toi. »

Il m'a conduite le long de couloirs sinistres, a pris la clé dans le coffre, désigné la cellule.

J'ai fait coulisser la trappe. Danny était étendu sur une paillasse métallique, dos tourné à la porte, à peine visible dans la lueur pathétique d'une ampoule nue. Il portait encore son sweat-shirt des Demons. Le tissu rouge remontait jusqu'à ses côtes et semblait ruisseler sur sa peau comme un filet de sueur ou de…

« Bon Dieu, Griffo, il est couvert de sang !

— Celui de la victime. Lui, à ce que j'ai pu voir, il a pas de blessure.

— Vous auriez au moins pu lui donner des vêtements…

— C'est pas un foutu supermarché K-Mart, ici ! »

Il a ouvert la porte, s'est planté sur le seuil. Je suis entrée.

Les lampadaires de la rue projetaient des rais de lumière bleu sale à travers les barreaux de la fenêtre. Dehors, les grillons chantaient. Des machines cliquetaient et bourdonnaient au loin.

« Danny ? » ai-je murmuré.

Pas de réponse. En m'approchant, j'ai vu qu'il tremblait ; pas de froid, à coup sûr ; on étouffait dans cette cellule qui empestait l'urine chaude et le vomi froid.

« Danny ? »

J'ai posé la main sur son épaule ; il s'est retourné, la peur et la stupéfaction au fond des yeux. M'avait-il reconnue ? Impossible à dire, tant il était en état de choc.

J'ai suivi son regard : il contemplait Griffo, qui se tenait debout dans l'encadrement de la porte, des lances de lumière jaillissant des contours de son corps.

« Tu ne pourrais pas nous laisser seuls, Griffo ?

— Tu sais que je n'ai pas le droit, Emily. »

J'ai approché ma joue du garçon, lui ai chuchoté tendrement :

« Danny, c'est Emily. Emily Tempest…

— Em'ly ? »

Un murmure monté du fond du puits, mais enfin, une réponse. J'ai cherché sa main, je l'ai serrée fort : ses doigts étaient comme des brindilles tremblotant dans le vent.

« Tu es venue ?

— Bien sûr que je suis venue. Je te l'avais promis.

— On peut partir, maintenant ?

— Ce n'est pas si simple, Danny… »

Un éclat paniqué a traversé ses yeux ; ses joues étaient incrustées de graviers, maculées de poussière et de sang.

« Oh, Em'ly, ils t'attrapent... Te chopent par surprise et t'emmènent tout au fond...

— Qui ça ?

— Les *yungkunu*... »

Les esprits menaçants qui hantent la nuit.

« Ou leurs hommes d'ombre... »

Il a tiré sur ma manche.

« Ils ont tué mon père.

— Ton père va bien, Danny. Il a pris un coup de couteau dans la bagarre, mais il va s'en tirer. »

Il a soufflé doucement, un soupir de soulagement.

« Mais c'est après moi qu'ils en ont.

— Qui sont-ils ?

— Les spectres blancs – des sonne-vent – des mineurs, des conducteurs, des gorilles... On ne sait jamais qui ils sont, d'où ils viennent... »

Il m'a tirée vers lui, a posé ses lèvres sur mes cheveux.

« Emily ?

— Oui, Danny ? »

Un murmure torturé.

« Ils m'attendent là, dehors...

— Il n'y a personne dehors, Danny.

— Si, si, ils sont là. On entend leurs voix – leurs voix terribles... On dirait un oiseau, un faucon. Ça m'fait trembler. »

Il s'est tourné vers la fenêtre, les yeux comme des miroirs convexes remplis d'étoiles et de barreaux. J'ai suivi son regard, n'ai rien vu et encore moins entendu d'inhabituel : quelque part un ivrogne hurlait, un camion changeait de vitesse.

« Je t'en prie, Em'ly... »

Il transpirait à présent, les doigts écrasés sur ses tempes, les lèvres rigides. « Je t'en prie, ferme la fenêtre… »

La grosse voix de Griffo a retenti dans mon dos.

« C'est fini, Emily.

— Attends une minute, Griffo. Tu ne vois pas qu'il est mal ?

— Je le serais aussi, si je venais de buter quelqu'un. »

Le sang m'est monté à la tête.

« Nous ne savons pas ce qui s'est passé là-bas ! »

Griffo a haussé les épaules.

« Je n'y étais pas, mais une demi-douzaine d'autres ont tout vu. Le commissaire sera bientôt là. Tu verras ça avec lui. »

Cockburn. Je n'osais même pas y penser : il avait plus de sympathie pour sa voiture que pour ses prisonniers.

Je me relevais pour partir quand Danny m'a empoignée par la main.

« Emily ! »

Je me suis penchée vers lui.

« Danny ?

— J't'en prie, il faut qu'je sorte d'ici.

— Je ferai tout mon possible.

— Ils vont m'avoir », a-t-il murmuré.

Le blanc de ses yeux luisait faiblement.

Ça me tuait de l'abandonner là, ce pauvre gosse effrayé, au bord de la démence. Qui voyait des démons partout, les oreilles emplies de bruits terrifiants, les ongles égratignant l'air.

J'ai suivi Griffo le long du couloir, l'esprit tournant à plein, ma détermination durcissant au fil des secondes.

Depuis les bassins de rétention…

Dis son nom, Emily. Depuis Paisley, tout un tas de choses s'endurcissaient en moi.

J'ai observé attentivement Griffo pendant qu'il rangeait les clés dans le coffre, puis j'ai rejoint les autres dans le hall d'entrée.

J'ai fixé Jojo droit dans les yeux.

« Il faut qu'on parle. »

GUÊPES CARTONNIÈRES

Quittant le commissariat, nous nous sommes réunis devant les voitures.

« À Stonehouse, ai-je demandé à Meg. Y a quelqu'un là-bas ?

— *Yuwayi*. Kitty. Japanangka. M. Watson. Ces jeunes Crankshatf-là, Benny et Bernie.

— Il vaudrait peut-être mieux que vous alliez attendre là-bas.

— Mais Danny…

— J'appellerai l'aide juridique demain, à la première heure. Pour essayer de le faire sortir. »

Jojo a levé un sourcil interrogateur, et je me suis expliquée :

« S'il sait que vous êtes là-bas, à l'attendre, ça l'aidera.

— Ces *kurlupartu*-là vont le laisser sortir ?

— Bien sûr que oui. Vous et toute la clique, rentrez chez vous maintenant, reposez-vous un peu. Je veillerai sur lui. »

J'ai mis du temps à les convaincre, mais Magpie et Meg ont fini par monter à bord de leur bolide taille basse, et ils sont repartis.

« C'était vraiment une bonne idée ? s'est étonné Jojo.
— Pour eux, oui. Je voulais les éloigner de tout ça.
— Il ne s'agit pas d'un délit mineur… Ils disent qu'il a tué un homme. Il ne sera jamais libéré sous caution.
— Qui a parlé de caution ? »
Il a penché la tête sur le côté, plissé les yeux.
« Jojo, j'ai un grand service à te demander… »
Grognement étouffé.
« Tu ne vas quand même pas…
— Attirer l'attention de Griffo.
— Et voilà… »
Il a levé les yeux au ciel, s'est gratté frénétiquement la barbe.
« Putain, je le savais ! Dès que je t'ai vue ressortir de la cellule, j'ai su que tu préparais un mauvais coup !
— Juste une minute, pas plus.
— Emily, te rends-tu compte de ce que tu suggères ? Du nombre de lois que tu es sur le point d'enfreindre ? »
Il a levé les bras dans un geste de désespoir, réussissant l'exploit de ressembler à un dindon qui s'envole.
« Ah, bon Dieu, pourquoi est-ce que je… ? Bien sûr que tu… »
J'ai levé la main.
« Sans-Fil. »
Il s'est figé net. A jeté un regard inquiet au commissariat, par-dessus son épaule.
Il connaissait l'histoire des lieux aussi bien que moi. Les fantômes qui s'étaient réfugiés dans leurs boiseries, les nœuds coulants improvisés, tous ces

hommes qui avaient glissé tandis qu'ils résistaient à leur arrestation. C'était un Blanc, mais quand même… Il avait passé une grande partie de sa vie à courir le bush en compagnie des miens.

Et c'était un homme bon. Dans son for intérieur, il devait se poser la même question que moi, la question qu'avait posée le père de Danny : combien de temps le gosse allait-il tenir au fond de ce trou noir ? Avant de basculer comme Sans-Fil avant lui.

Moi, bien sûr, je n'avais pas le choix. J'avais fait une promesse.

« Bon Dieu… a soupiré Jojo en secouant la tête.

— Gare-toi dans l'allée, derrière le bâtiment.

— Rien n'est jamais simple quand tu es dans les parages.

— Je n'y suis pour rien si ces choses arrivent. »

Il semblait sur le point de contester cet argument. Puis il a changé d'angle.

« Je viens avec toi.

— Pas question.

— Si, je…

— Écoute Jojo. Mon chéri. J'aimerais que tu m'accompagnes, mais il n'y a absolument rien à gagner à nous mettre tous les deux dans la merde. Et puis, franchement – une nénette noire violée dans l'exercice de ses fonctions, à peine sortie de l'hôpital, chamboulée –, est-ce que je risque vraiment de me faire taper sur les doigts ? »

J'ai vu la question se former au fond de ses yeux.

« Mais toi, tu travailles pour l'État ; tu perdras ton job. Tout le boulot que tu as fait sera jeté aux chiens – enfin, surtout aux renards, en l'occurrence. Pense à tous ces bandicoots. Et puis, j'ai besoin que tu sois ici ; tu pourras contacter l'aide juridique, négocier avec la police. Je le ramènerai, mais seulement si c'est pour aller à l'hosto. Je te tiendrai au courant.

— Comment ? » a-t-il demandé.

J'ai su que c'était gagné.

« Radio ? Pigeon ? Signaux de fumée ? J'sais pas, je trouverai bien un moyen.

— Tu iras où ?

— À Stonehouse Creek, si j'arrive jusque-là. Et si les choses tournent mal...

— Mal ? Elles ont déjà tourné au foutu désastre !

—... j'aurai besoin de quelqu'un qui ne soit *pas* en taule, pour me remonter le moral et m'approvisionner en clopes. Bon, tu vas t'y prendre comment, avec Griffo ? »

Il a posé le doigt sous son menton, humé l'air, examiné la silhouette sombre des arbres dominant le lit asséché de la rivière, s'est creusé les méninges.

« Laisse-moi quinze minutes. »

Ça ne lui en a pris que quatorze.

J'ai contourné le commissariat jusqu'à l'allée de derrière, trouvé un endroit qui offrait une vue dégagée sur le bâtiment, patienté parmi les ombres.

« Allez, Jojo, bouge-toi le cul... » ai-je murmuré, craignant que Cockburn et ses hommes ne débarquent avant lui.

J'ai laissé échapper un soupir de soulagement quand le Hilux s'est pointé au coin de la rue et a remonté l'allée.

Je suis sortie de ma cachette.

« C'est bon ?

— Pas de problème. Je t'ai mis un peu de bouffe, j'ai rempli ta bouteille d'eau. »

J'ai observé le bâtiment. Calme plat.

« Ça prendra combien de temps ? s'est-il inquiété.

— Je n'ai pas consulté les horaires... »

Il a dû remarquer mes sourcils froncés dans le noir.

« Pas trop longtemps, je pense, a-t-il estimé.

— Alors tu ferais mieux de te tirer de là. Arrête-toi à la station BP et mange un morceau.

— Là, je pense vraiment à tout sauf à manger.

— Moi aussi. Je pense à des alibis, aux caméras de vidéosurveillance… »

Je lui ai infligé le baiser qu'il méritait et je lui ai dit au revoir.

« À bientôt, Jojo.

— J'espère, bon Dieu…

— Embrasse Hazel pour moi.

— Comme si c'était fait.

— Tu t'y es pris comment ? l'ai-je interrogé tandis qu'il s'éloignait d'un pas nonchalant dans l'allée.

— *Ropalidia romandi.*

— Quoi ?

— Guêpes cartonnières. »

Il venait à peine de disparaître au coin de la rue quand un juron étranglé a jailli des entrailles du commissariat, aussitôt suivi d'un second.

Et d'un troisième : « Aaaaïe putain de Dieu putain putain *ouille* merde !… »

J'ai entendu claquer la porte d'entrée principale. Une silhouette massive s'est ruée à travers la pelouse avec une grâce étonnante – plus qu'elle n'en avait jamais montré sur le terrain de basket –, a arraché sa chemise, baissé son pantalon, s'est mis à rouer de tapes et de claques son énorme corpulence.

J'ai sauté par-dessus la barrière, désactivé l'alarme de la porte de derrière – ils m'avaient fait confiance, pour celle-là –, me suis glissée à l'intérieur. Tapant le code que j'avais vu Griffo utiliser pour ouvrir le coffre, j'ai pris la clé.

Danny a inspiré brusquement quand j'ai ouvert la porte, expiré avec soulagement quand il a vu que c'était moi.

« Tu veux toujours sortir d'ici, Danny ?

— Oh, il faut qu'je sorte.

— Pour aller à Stonehouse ? »

Il m'a agrippée par la main.

« N'importe où, sauf ici… »

J'ai verrouillé la porte derrière nous, rangé la clé dans le coffre – plus longtemps l'évasion passerait inaperçue, mieux ce serait.

Nous étions dans la voiture en moins d'une minute, et sur la route en moins de deux.

CIBLE MOUVANTE

Il n'était pas gros, mon Toyota Hilux, et il n'avait pas de diesel turbocompressé, mais quand on le lui demandait, il était capable de foncer. Là, c'était le moment.

Nous filions sur l'autoroute éclairée par la lune, sans savoir combien de temps nous avions devant nous, ni d'où viendraient nos poursuivants. Sur le fait qu'il y aurait une poursuite, en revanche, je n'avais pas le moindre doute. Et une poursuite furieuse, étant donné l'état d'esprit qui serait inévitablement celui de Cockburn quand il se rendrait compte de ce que j'avais fait.

L'esprit de Cockburn : ça, c'était une énigme. Je n'étais même pas sûre que ce salopard en possédait un. À en juger d'après ce que j'avais pu voir jusqu'ici, en soulevant son chapeau et sa coupe impeccable, tout ce qu'on aurait trouvé, c'était un post-it avec marqué : *Procédures opérationnelles standards*.

Comment réagirait-il à une évasion commise dans l'enceinte dont il était le responsable ? Il serait hors de lui, évidemment, mais serait-il encore capable de réfléchir efficacement ? Je le voyais déjà en train d'étudier la carte, de soupeser les différentes options. Pour s'enfuir de Bluebush, un évadé avait le choix entre quatre ou cinq routes : celle du nord, celle du sud, et tout un réseau de pistes en plein désert, plus ou moins praticables.

Puis il y avait les campements en périphérie de la ville, les maisons des aborigènes en ville, les collines avoisinantes et leur maquis. Et les effectifs de Cockburn étaient limités, dans tous les sens du terme.

Son intelligence était la seule chose à peu près aiguisée dans cette cabane à outils, mais jusqu'à quel point l'était-elle ? Allait-il anticiper mes mouvements ?

J'ai réalisé, avec un vague sentiment de honte, que je n'en savais rien. J'avais été tellement occupée à faire son examen critique au cours de ces dernières semaines que je ne m'étais même pas demandé s'il en faisait de même à mon égard.

Une prudence instinctive m'a poussée à lui accorder le bénéfice du doute. J'ai quitté le bitume au niveau de Teapot Creek, emprunté des routes secondaires cahoteuses, rejoint la Gunshot Road juste avant le relais de Green Swamp. C'était moins rapide par là, avec davantage de portails et de poussière, mais j'avais moins de chances d'être interceptée ou rattrapée.

Des chauves-souris, des oiseaux plongeaient dans le faisceau des phares. Çà et là, la silhouette fugitive d'un bouvillon. Un vieux chameau, l'air surpris mais flegmatique.

J'étais impatiente d'atteindre l'embranchement de Stonehouse ; une fois sur cette piste, nous serions à mi-chemin de la maison. Enfin, de chez Danny, mais j'étais prête à y tenter ma chance. Une fois là-bas ?

Plein d'endroits où se planquer, plein de gens pour effacer nos traces, nous ravitailler en douce. Nous pourrions y rester des mois si nécessaire, assez longtemps en tout cas pour négocier avec les autorités et faire en sorte que le gosse reçoive des soins appropriés.

Danny était recroquevillé dans un coin de l'habitacle, muet, le rythme des ondulations de la piste et son épuisement nerveux le berçant dans une demi-conscience.

Le relais routier de Green Swamp Well est apparu au loin, des lumières partout, le groupe électrogène vrombissant dans l'air immobile de la nuit ; j'ai bien repéré une ou deux silhouettes au passage, mais je n'avais pas le temps de m'attarder pour saluer mes connaissances.

J'ai remarqué que Danny avait refait surface. Il contemplait avec angoisse les ruines de la cabane de Doc.

« Meg m'a dit que t'avais parlé avec Jet.

— La Chinoise ? *Yuwayi.*

— Elle t'a montré la sculpture de Doc. »

Il a avalé sa salive.

« Oh, c'est une chose sombre, ces pierres-là… Traquer le démon… Il était malin, ce vieux-là – un *kartiya*, mais il connaît l'pays…

— Il a passé sa vie à l'étudier, à la manière des Blancs. Il était géologue – un docteur de la Terre.

— La Terre a besoin d'un docteur, avec tout c'que les *kartiya* lui font. »

Géologues et aborigènes, ai-je pensé. Ils ont beaucoup de choses en commun : ils habitent tous un paysage invisible. Mais il y a beaucoup de choses qu'ils n'ont pas en commun.

« J'imagine que Doc n'avait pas le même regard que le vieux Windmill.

— Peut-être, mais l'a vu la même chose au final, c'est pour ça qu'ils l'ont tué. Quand les démons attaquent, tout c'qu'on peut faire c'est se planquer, ou se sauver : une cible mouvante, c'est plus dur à toucher. »

Ses yeux sautillaient nerveusement, puis il a porté les mains à sa tête.

« Ferme la fenêtre, Emily, s'il te plaît – ils parlent trop fort dans mes oreilles…

— Qui te parle aux oreilles ?

— Les sonne-vent, a-t-il répondu d'une voix caverneuse.

— Ça n'existe pas, Danny. »

Il a ignoré ma remarque.

« Ils te prennent en chasse, te tranchent la gorge…

— Personne ne nous pourchasse. »

Un regard dans le rétro a fait de moi une menteuse. Des phares qui bondissaient au loin, les yeux d'un chat sauvage.

J'ai écrasé le champignon. Notre poursuivant en a fait de même, mais son champignon était plus gros que le mien : la distance entre nous diminuait lentement, sûrement. Un chauffard croisé par hasard, un ivrogne qui rentrait chez lui, ou quelqu'un animé de sombres intentions ?

Danny a regardé par-dessus son épaule, en proie à une crise d'hyperventilation. Il a serré les genoux, fermé les yeux.

« Oh, mon Dieu !

— Reste calme. »

J'ai posé une main réconfortante sur son épaule. Attendu le gyrophare bleu, qui n'est jamais venu.

Nous approchions à tombeau ouvert de l'épave de camion indiquant l'embranchement de Stonehouse. Maintenant, nous allions bien voir qui suivait quoi : j'ai éteint mes phares et me suis engagée sur la piste. J'ai continué sur une centaine de mètres, puis j'ai pilé net en poussant un juron.

Un barrage de police se dressait devant nous.

BARRAGE

Un barrage de police version Territoire du Nord, c'est-à-dire plutôt informel – un flic s'extirpant de son *swag* déplié près du feu, et l'inimitable silhouette de Jenkins le Branleur en train de se purger dans les buissons, puis reboutonnant sa braguette. Une bouteille de whisky luisait parmi les gobelets, les lanternes. Je les avais pris au dépourvu. On leur avait dit que nous viendrions peut-être par là, mais ils n'étaient pas sûrs.

Je suis restée plantée derrière mon volant pendant quelques instants, ne sachant quelle décision prendre.

Notre mystérieux poursuivant ne s'embarrassait pas d'options aussi modérées que se poser des questions – et encore moins, lever le pied. Il a déboulé à toute vitesse, nous a dépassés dans un déluge de rugissements, de lumière et de cliquetis.

Jenkins, abasourdi, a regardé la voiture, une Holden HT lépreuse, partir dans un effroyable tête-à-queue avant de venir percuter son propre véhicule, qui a basculé sur le flanc.

Deux ombres s'étaient jetées par les portières de la Holden juste avant l'impact : l'une des deux a aussitôt bondi sur ses pieds, battant des ailes comme un émeu piqué par une clôture électrique : « Hé ! Ça va pas d'te garer comme ça au milieu de la foutue piste ! » La silhouette familière et filiforme de Bernie Crankshaft. « Va y avoir des blessés, 'spèce de débile ! J'vais appeler les flics, moi ! »

Était-ce une illusion, ou avait-il lancé un regard discret dans ma direction ?

Jenkins rougeoyait dans le noir.

« J'y crois pas, 'spèce de singe ! l'ai-je entendu beugler. C'est *nous*, les foutus flics ! Et ça, c'est un barrage routier officiel ! T'es aveugle, en plus d'être con ? »

Benny, le frère cadet, s'est roulé par terre, la tête entre les mains.

« Je vois plus rien ! J'suis devenu aveugle ! »

Le deuxième agent – Jake Trail, à en juger par son allure – est ressorti des buissons où il avait plongé pour éviter la voiture folle. Il s'est tourné vers Benny, paniqué.

« Aveugle ?

— J'vois plus rien. »

Il a passé le bras autour des épaules de Benny.

« Vas-y mollo, mon gars.

— Emily… »

La voix, dans mon oreille, m'a fait sursauter : Jet, penchée à ma fenêtre.

« Viens. Nous avons quelques secondes.

— Qu'est-ce qui se passe ? »

Elle s'est tassée dans l'habitacle.

« Mon voiture est derrière nous, sur la route… »

J'ai fait demi-tour, me suis tirée de là sur les chapeaux de roue.

Elle s'est tournée vers Danny, a constaté l'état dans lequel il était.

« Mon garçon, tu es en de bonnes mains. S'il y a quelqu'un qui peut te libérer… »

Danny a répondu d'un gémissement à peine audible.

Je l'ai déposée devant sa camionnette, puis nous avons remonté la route sur un kilomètre et demi, avant de nous garer pour un rapide briefing à la lumière d'une torche.

« Comment diable savais-tu qu'on allait arriver, Jet ?

— La police est venue te chercher. Ils ont fait tout le cirque ! Mon ami, l'agent Bwad…

— Qui ça ? »

Un geste d'impatience.

« Le policier.

— Jenkins le Branleur ? C'est ton *ami* ?

— Quand j'en ai besoin, a-t-elle confirmé en haussant les épaules. Et maintenant, j'ai besoin de lui. Il me dit que tu ramènes Danny à la Stonehouse ; que tu l'as échappé de la prison…

— Il t'a dit pourquoi Danny était en prison ?

— Il n'a pas dit, et je m'en fiche. Je commence à connaître ton peuple – le monde est sa prison – je sais qu'il n'est pas… mauvais. »

Pas mauvais ? Dans la bouche de Jet, c'était sans doute un compliment.

« On a essayé de prévenir, a poursuivi Jet, mais t'es passée à toute vitesse… Ça c'est l'Emily Tempest, j'ai dit à mes Crankshaft – toujours pressée. Et les policiers, ils sont en… attente ! Les frères ont été obligés de – comment on dit déjà, réactionner vite ? Improviser ?

— Spectaculaire, comme improvisation ! »

Elle a haussé les épaules.

« Leurs vies, c'est l'improvisation.

— Il y a d'autres barrages de police ?

— Je ne sais pas mais une, peut-être deux voitures de police sont passées dans la nuit. Vers l'ouest.

— Merde. »

Ça voulait dire qu'ils avaient probablement bloqué la Gunshot Road. Nous avions peut-être réussi à contourner un barrage ou deux en empruntant les petites routes, mais Cockburn avait compris mes intentions. Il avait deviné que nous tentions de regagner le pays de Danny.

Il nous avait barré la piste de Stonehouse ; quelles étaient les probabilités qu'il en ait fait de même pour la piste du nord, celle que nous avions empruntée au retour de Dingo Springs ? C'était une partie d'échecs, chacun de nous deux s'efforçant d'anticiper les mouvements de l'autre. La radio de la voiture retournée fonctionnait-elle encore ? Jenkins avait-il démasqué les Crankshaft et appelé des renforts ?

Bon Dieu, qu'allions-nous faire maintenant ?

J'ai balayé la carte avec le faisceau de ma torche, examinant les différentes options qui s'offraient à nous.

La solution m'a sauté aux yeux : Galena Creek. Le campement de Jojo. Nous nous y planquerions pendant un jour ou deux, puis foncerions vers Stonehouse une fois la pression retombée, quand la traque se serait calmée. Il y aurait des vivres là-bas, et de l'eau. Et peut-être une femelle bandicoot éplorée, se languissant de Jojo.

Mais gagner Galena Creek ne serait pas non plus chose facile ; il pouvait y avoir des barrages n'importe où. Il ne faudrait pas longtemps à Cockburn pour comprendre ce qui s'était passé à celui de Jenkins.

Jet a désigné un panneau ailé au nord-ouest du relais routier.

« C'est quoi ?

— Une piste d'atterrissage. Ça doit être celle de la mine de Green Saturn. »

J'ai jeté un bref coup d'œil à la pancarte, puis un second : Green Saturn ne contribuait certes pas beaucoup à l'économie locale, mais elle allait peut-être grandement contribuer à notre fuite.

Derrière la mine partait une piste qui se déroulait vers le sud-ouest, rejoignant la route près des mines d'or de Gunshot Goldfields. C'était une manière sacrément détournée de se rendre où que ce soit, mais cette nuit-là, j'y voyais le meilleur moyen de passer inaperçue.

Ça comportait des risques. La mine de Green Saturn elle-même, pour commencer. Il nous faudrait la contourner dans l'obscurité et retrouver la piste de l'autre côté. Quelles mesures de sécurité la compagnie minière avait-elle mises en place – et comment ses gardiens allaient-ils réagir en voyant des intrus s'infiltrer à tâtons dans leur périmètre –, je n'en avais pas la moindre idée.

Ensuite, il y avait les Gunshot Goldfields. Nous allions devoir traverser les lieux, et il y avait là-bas des gens qui me connaissaient : ceux de la Plèbe.

Enfin, il y avait mon passager : depuis la mort d'Andulka à Green Saturn, les Kantulyu s'étaient scrupuleusement tenus à l'écart du site. Danny était bien assez chamboulé comme ça ; comment réagirait-il à la violation de ce tabou ?

Mal, j'en avais peur. Mais à l'évidence, nous n'avions pas vraiment le choix. Avec un peu de chance, nous aurions quitté les lieux avant même qu'il ne s'en rende compte.

Nous nous sommes dit au revoir. Ou plutôt, je le lui ai dit – Jet s'est contentée de rester plantée sur le bord de la route dans son débardeur moulant et ses grosses boots, elle a secoué la tête en marmonnant : « Aïïïe… Cette Emily Tempest… »

Tu peux parler, ai-je pensé. Jet se laissait gagner par le chaos perpétuel des confins frontaliers – et des frontières, par ici, il y en avait de toutes sortes : entre les Noirs et les Blancs, l'organique et le mécanique, le hasard et la malédiction. Tout ça vous collait à la peau.

Jet a disparu derrière nous dans un nuage de poussière.

GREEN SATURN

Nous avons atteint sans encombre la piste de Green Saturn. Obliqué vers le nord. Danny se tortillait sous la ceinture de sécurité, se mordait les lèvres en fixant intensément le rétroviseur.

Peut-être était-ce dû au bon état de la route. Peut-être l'anxiété alourdissait-elle mon pied sur l'accélérateur. Toujours est-il que la mine nous est apparue bien plus vite que je ne m'y attendais.

Nous roulions depuis vingt minutes à peine quand une tache fluorescente s'est dressée au loin, un entrelacs de lumières, la réflexion du métal argenté projetant des éclats fantomatiques sur les collines avoisinantes.

Je me suis arrêtée, j'ai coupé le contact et contemplé la mine.

Des rubans, des filaments enflammés embrasaient la nuit. Un réseau de projecteurs illuminait les installations : le puits immense et la fonderie, la salle des machines, les ateliers, une rangée de préfabriqués. Sur un replat, vers l'est, un long corridor de lumière. La piste d'atterrissage ? Plus longue que je ne l'avais imaginé. Il y aurait forcément des agents de sécurité. Nous avaient-ils déjà repérés ?

J'en doutais. J'avais passé l'essentiel de ma vie à traîner sur des sites miniers. Dans un endroit pareil, au milieu de nulle part, l'équipe de surveillance se réduisait sans doute à un vieux poivrot obèse ayant dépassé d'un an ou deux l'âge de la retraite, plus occupé à repousser le sommeil que d'éventuels intrus.

Je n'avais d'ailleurs nulle intention de jouer les intruses : mon but était de me faufiler autour du site aussi discrètement que possible, puis de foncer vers Galena Creek.

J'avançais au ralenti, tous feux éteints, moteur en sous-régime. Le terrain, de ce côté-ci de la mine, était plat et dénudé – nivelé. Tant mieux : peu de chances de crever un pneu ou d'avoir à faire rugir le moteur pour se sortir d'une ornière. Deux ou trois cents mètres avant le poste de garde, j'ai quitté la piste ; il y aurait forcément une clôture, quelque part, et le long de celle-ci, un chemin de service.

Tout s'est déroulé comme je l'avais prévu. J'ai trouvé le chemin périphérique, récemment aplani, et je l'ai suivi pour contourner l'enceinte. La mine était étrangement calme ; étant donné le battage médiatique dont elle faisait l'objet, je m'étais attendue à ce qu'elle fonctionne vingt-quatre heures sur vingt-quatre, mais hormis le ronronnement du générateur et un claquement électronique de temps à autre, tout était silencieux.

Jusqu'à ce que nous franchissions un passage canadien, à l'ouest du puits.

Une batterie de projecteurs m'a explosé au visage, et un Hummer rugissant surgi de nulle part nous a coincés contre la clôture sans me laisser le temps de dire ouf.

Une portière s'est ouverte brusquement, une silhouette en est descendue, une voix a retenti de l'autre côté du mur lumineux : « Sortez de la voiture ! »

J'ai poussé Danny dans l'ombre et je suis descendue. Je suis restée debout à côté de la portière, prête à baratiner pour me tirer d'un pétrin dont j'ignorais l'ampleur.

« Gardez les mains en l'air, que je puisse les voir. »

À en juger d'après le ton, il allait falloir que j'invente un baratin sacrément convaincant. J'ai examiné la voiture : ils étaient deux. Des mecs balèzes. Des durs. Sécheresse soudaine dans la bouche, le pouls qui s'accélère. L'un des hommes est resté dans le véhicule, l'autre s'est avancé, a braqué sur moi une énorme Maglite et une paire d'yeux inquisiteurs. Il arborait un uniforme impeccablement repassé, un pistolet sur une hanche, la matraque sur l'autre, un émetteur radio agrafé au col de sa veste.

Apparemment, les mesures de sécurité avaient été renforcées depuis la dernière fois.

« T'es qui, putain ? » a-t-il aboyé.

Un élan de panique inhabituel. Je me suis forcée à garder les idées claires. Me suis demandé si l'alerte lancée par la police avait atteint jusqu'aux agents de sécurité des mines de la région. Peut-être pas : derrière le ton strident, je distinguais de la méfiance, sans aucun doute, celle d'un professionnel zélé. Mais ce n'était pas le ton d'un homme qui aurait été prévenu qu'une femme noire et un gosse en fuite risquaient de passer par là.

Mieux valait jouer la prudence.

« Je m'appelle Emily Temple, m'sieur l'agent.

— Qu'est-ce que tu viens faire par là, en pleine nuit ? »

J'ai porté la main à mes lèvres, feignant l'embarras – ce qui n'était pas très difficile.

« J'reviens d'chasse, j'ai pas r'trouvé ma clique, on est paumés…

— C'est une zone interdite. T'as pas d'jugeote, gamine ? T'as rien à faire ici ! T'as pénétré sur une propriété privée. »

Il a collé son visage contre le mien.

« J'vous connais, vous autres, toujours à fouiner partout pour nous piquer des trucs.

— J'ferais jamais ça, m'sieur l'agent. »

J'ai baissé les yeux en me trémoussant.

« On aurait tout à fait le droit de te boucler. Et de te livrer à la police de Bluebush. C'est ce qu'on fait, normalement, avec les intrus. »

Ne fais pas ça, putain…

« J'essaie juste de r'trouver le chemin de chez moi, m'sieur l'agent.

— Chez toi ? »

Il a reculé d'un pas.

« C'est où, chez toi ?

— Dixon's Creek, m'sieur l'agent.

— Dixon's Creek, a-t-il éructé. Tu t'es plantée de plusieurs kilomètres. »

Il a baissé la torche. Dans le reflet de son faisceau, j'ai aperçu un plissement calculateur des yeux, un rictus impitoyable au coin des lèvres. Il m'a examinée de haut en bas.

« T'es venue toute seule ?

— *Yuwayi* », ai-je murmuré.

Je n'ai pas eu besoin de feindre le sursaut de peur qui m'a secoué les tripes.

Il a balayé le Hilux avec sa torche, pour s'assurer que je ne trimballais pas une cargaison de matériel volé. Le faisceau allait se poser sur Danny quand son talkie-walkie s'est mis à grésiller.

« Base à agent patrouilleur. Tout va bien, Kubal ? Over.

— Intrusion. Over.

— T'as trouvé quoi ? Over.

— Une p'tite abo, le long de la clôture. Over.

— Ramène-la, mon gars. Brock est là – il veut qu'on lui signale tout événement inhabituel. J'vais prévenir les flics, qu'y viennent la chercher. Over. »

Il y a eu un long et douloureux silence, que seuls les battements de mon cœur venaient interrompre. Je gardais les yeux rivés au sol, mes poings serrés. Enfin, il a consulté sa montre, un rictus dédaigneux aux lèvres.

« Laisse tomber, Mark. Trop de foutues complications… J'la laisse partir avec un avertissement ? Over.

— C'est toi qui vois. Over.

— J'finis ma ronde, j'reviens dans vingt minutes. Over and Out. »

Il s'est tourné vers moi.

« Tu comprends bien que je viens de te rendre un fier service, hein, gamine ? »

Il a marqué une pause. Je distinguais son souffle lourd ; je sentais son haleine. Elle n'était pas si déplaisante. Une touche de café frais, une autre de menthe fraîche.

Ma gorge s'est contractée, et j'ai avalé de la bile.

Nouveau battement de cœur. Puis il a poussé un grognement, et ses lèvres se sont tordues dans le même rictus dédaigneux. Trop de foutues complications.

« C'est bon, casse-toi – et qu'on te reprenne pas à traîner par ici.

— Merci, m'sieur l'agent. »

J'ai repris le volant, roulé jusqu'à ce que nous soyons hors de sa vue, puis je me suis arrêtée. La main agrippée à la plate-forme du pick-up, j'ai vomi toutes mes tripes.

En me redressant, j'ai vu Danny qui me contemplait, horrifié.

« Tu t'sens bien, Emily ? »

Bonne question.

Je n'étais plus la femme que j'avais été une semaine plus tôt.

Je ne le serais jamais plus.

J'ai regardé attentivement le gosse, son angoisse reflétant la mienne. Reprends-toi, me suis-je dit. Tu as des responsabilités.

J'ai passé la main sur mon visage, m'efforçant d'en maîtriser les tremblements.

« Ça va, Danny. »

En regagnant mon siège, j'ai repéré les premières traces de couleurs qui pointaient à l'horizon. J'ai fouillé le sac que Jojo nous avait laissé. J'ai trouvé des bouteilles d'eau, en ai lancé une au gamin, j'ai bu une gorgée de la mienne.

« Tirons-nous d'ici. »

J'ai écrasé la pédale d'accélérateur et le moteur a rugi, nous propulsant vers les premiers contreforts des Ricketswood Ranges.

TROU NOIR

Tandis que je conduisais, un malaise insistant titillait ma conscience. Un signal d'alarme s'est allumé sous mon crâne. Quelque chose d'important s'était déroulé là-bas, mais je n'arrivais pas à cerner de quoi il s'agissait au juste. Un truc que j'avais vu ? Quelle que soit cette chose, elle refusait de sortir de sa planque. Je l'ai écartée d'un haussement d'épaules.

Le temps que j'atteigne les anciens forages de Gunshot Diggings, le jour s'était levé. J'ai ralenti. C'est dans le coin que ceux de la Plèbe tiraient de la terre leur misérable subsistance. Ils étaient peut-être une cinquantaine en tout, prospecteurs, perceurs de galeries itinérants et autres desperados installés en plein désert. Bon nombre d'entre eux me reconnaîtraient sûrement. Profil bas de rigueur.

J'ai repéré deux types au milieu de cet amas de caravanes et de cahutes démontables que les gens de la Plèbe considéraient comme leurs maisons : un maigrichon qui s'étirait en contemplant le vide abyssal de la journée à venir, un gros qui tentait d'achever un excavateur en le rouant de coups de pied. Aucun des deux ne m'a prêté attention.

L'endroit de tous les dangers serait le puits d'eau, à la jonction de la Gunshot Road. La plupart des gratte-rochers venaient s'y approvisionner et tailler le bout de gras – du moins, le peu de gras qu'offrait ce monde dont la principale activité consistait à s'attaquer à coups de pioche à des montagnes de roches dans l'espoir d'y dénicher quelques grains d'or. Je me suis approchée prudemment du tuyau à l'air libre : comme je m'y attendais, il y avait un vieux camion Mack garé juste à côté. Je connaissais ce bahut. Comme bon nombre de véhicules dans le coin, il s'était lentement décomposé jusqu'à devenir le reflet de son propriétaire : il était rouillé et poussiéreux, les jointures grippées, avec des morceaux qui pendaient çà et là, réduit à l'essentiel. À l'image du type qui se tenait debout sur la remorque.

Relevant la tête, il m'a saluée d'un geste.

Merde ! Geordie Formwood : des yeux de rapace, la bouche comme une benne de tracteur. Si je ne lui fermais pas le bec, dans quelques minutes, on ne parlerait plus que de nous aux quatre coins de la région.

Je me suis arrêtée, j'ai reculé jusqu'au camion.

« Hé, Geordie.

— Emily Tempest ! Levée avec les poules ! »

L'accent pétillant d'Aberdeen, la dernière chose que j'avais envie d'entendre ce matin-là.

« Qu'est-ce qui t'amène sur la Gunshot, à une heure pareille ?

— Un léger… euh… problème en ville, Geordie.

— Un problème ? »

Il a plissé les yeux.

« Dis-moi, t'as rien vu qui ressemble à un flic par ici ? »

Ses yeux se sont plissés de plus belle.

« Non, à part toi.

— Je crois bien que je suis passée dans l'autre camp.

— Oh. Ce genre de problème... »

Il m'a gratifiée d'un hochement de tête plein d'empathie : c'était une situation qu'il connaissait très bien. La plupart de ces personnages avaient passé leur vie à flirter avec l'illégalité : les concessions des autres mineurs étaient faites pour être violées, le carburant laissé sans surveillance pour être siphonné, les objets en tout genre pour être libérés de leurs propriétaires, dès lors qu'ils étaient assez inconscients pour les laisser traîner l'espace d'une fraction de seconde.

Il est descendu de la remorque, a gratté son short trop large et son derrière plus large encore, balayé du regard la piste dans un sens puis dans l'autre. Il a allumé une clope et laissé libre cours à la chorale Formwood du petit matin : un déferlement effroyable de grognements, d'expectorations, une crépitation généralisée de ses conduits internes. Bon Dieu, si le tabac ne tuait pas cet homme, j'allais peut-être devoir m'en charger.

« Non, Em', pas vu un chat.

— Super, Geordie – et tu m'as pas vue non plus, hein ? »

Il a secoué la tête, tout sourire. Il connaissait la chanson. « Pas vu, pas pris... » Il s'est penché à ma fenêtre, a aperçu Danny.

« Hé, salut, toi... »

Le gosse n'a rien dit, mais la manière dont il s'est recroquevillé dans son coin a suffi pour que Geordie comprenne.

« C'est qui, ce gamin ?

— Danny.

— Qu'est-ce qu'il a ?
— T'as entendu ce qui est arrivé à Sans-Fil ? »
Les cloques sur ses lèvres ont soudain gonflé.
« Ouais – enculés d'flics. Sans vouloir t'offenser…
— Tu ne m'offenses pas, Geordie – j'te l'ai déjà dit, je bosse plus pour eux.
— Qu'est-ce qu'il a fait d'mal, alors ?
— Rien – Sans-Fil non plus, d'ailleurs… »
Sa bouche s'est faite tranchante comme du granite.
« J'ai jamais trop cru que c'était lui qu'avait buté Doc…
— Moi non plus. »
J'ai enclenché une vitesse.
« Tu l'emmènes où, Em' ?
— Si j'te le disais, mon vieux, je serais obligée de te tuer. »
Il a reculé.
« Vaut mieux éviter, alors. »
Il a passé la main sur son short graisseux, nous a salués d'un grondement de toutes ses cavités.
« Bonne chance, Em'. Danny… »
Le gosse n'a rien répondu.

J'ai poursuivi sur cette piste en tôle ondulée, dont les vibrations menaçaient de faire sauter les fixations des roues. Vingt minutes de ce cauchemar et nous avions atteint les confins occidentaux des anciens terrains aurifères qui avaient donné leur nom à cette région. La piste serpentait au pied de la mine désaffectée de Gunshot. Je me suis arrêtée pour observer les environs. On ne voyait pas grand-chose par-delà la déferlante des collines, les buissons de térébenthine. Ça ne me plaisait pas. Il fallait que je trouve un endroit dégagé.
« Pourquoi on s'arrête ? s'est inquiété Danny.

— J'vais monter jusqu'au sommet ; pour voir ce que cache le terrain… »

J'ai poussé le pick-up jusqu'en haut de la pente, sauté sur la plate-forme et examiné la Gunshot Road : aucun signe de poursuivants, pas de nuages de poussière révélateurs, aucun autre mouvement que celui d'un faucon crécerelle flottant au loin sur les courants thermiques.

En me penchant vers le puits de la mine, j'ai tressailli. Je n'avais jamais aimé cet endroit. J'étais venue ici enfant, et mon père m'avait tout raconté. Le site avait commencé comme une mine souterraine conventionnelle, avant d'être converti en mine à ciel ouvert quand le puits s'était refermé sur la douzaine de malheureux qui travaillaient à l'intérieur.

La mine avait fermé des années plus tôt, mais un immense cratère avait subsisté – ainsi qu'une pancarte criblée de balles proclamant que la compagnie engageait une « réhabilitation de classe mondiale » du site.

La seule réhabilitation visible, jusqu'ici, était la pancarte elle-même et des buissons rachitiques agrippés aux pentes.

Sans réfléchir, je me suis hissée sur le toit de la cabine et penchée au-dessus du puits. Un abîme effrayant me contemplait : d'austères parois de roche ferrugineuse parcourues d'incisions, de ravines et de tunnels profonds. Une gueule vertigineuse, émiettée, quatre-vingts mètres de hauteur sur cinq cents de diamètre. Elle me rappelait le campement des Ivrognes, à Bluebush : un lieu sombre, blessé. Un désastre abandonné qu'on préfère oublier.

J'ai repensé à la mise en garde d'Andulka : tous ces puits creusés, ces explosions réveillaient les vieux fantômes. Il ne s'était pas trompé de combat.

Tout au fond de la mine, une nuée de corbeaux s'arrachaient une charogne, sans doute un wallaby qui s'était aventuré trop près du bord.

J'ai fait volte-face, étudié la plaine à mes pieds. On apercevait une poignée de bâtiments abandonnés : les installations de l'ancienne mine de Gunshot, des bureaux délabrés, un atelier, le concasseur à minerai, réduit au silence depuis trente ans.

Au-delà, le désert broussailleux.

De nouveau, tout semblait dégagé.

J'allais sauter de la plate-forme quand je me suis ravisée. N'était-ce pas un éclat lumineux que j'apercevais là-bas, au milieu d'un bosquet d'acacias *mulga*, derrière les bâtiments ? J'ai plissé les yeux, mis ma main en visière. Je regrettais de n'avoir pas pris mes jumelles. Puis la lueur a cligné de nouveau à travers le feuillage gris-vert.

Un pare-brise, reflétant le soleil bas du matin ? Les jumelles d'un observateur embusqué ? Ou peut-être un simple débris métallique du temps jadis, un mortier pour broyer le minerai, abandonné depuis longtemps, le chevalement écroulé d'un ancien puits, un tesson de bouteille.

Pas le choix. Il fallait que j'aille vérifier ; l'ouest était la seule route dégagée. Les autres viendraient de l'est, et sans doute plus tôt que tard. Je suis redescendue, et j'ai parlé à Danny.

« Je vais aller jeter un coup d'œil là-bas, devant nous.

— Qu'est-ce que t'as vu ?

— Rien, sans doute, mais je veux m'en assurer. Il vaut mieux que tu m'attendes ici. »

Cette idée ne lui plaisait guère, mais je ne lui ai pas laissé le choix. Je n'avais aucune chance de passer inaperçue avec ce gosse titubant, que son ombre faisait sursauter.

J'ai remarqué un chèvrefeuille *grevillea*, à côté du pick-up. J'ai arraché une longue fleur orangée, je la lui ai tendue.

« Essaie ça… »

Il l'a portée à sa bouche, le filet de nectar qui s'est répandu sur sa lèvre et a coulé sur son menton a semblé lui offrir un bref soulagement.

« Fais gaffe », a-t-il murmuré, puis il m'a déchiré le cœur d'un long silence implorant.

J'ai ébouriffé ses cheveux et je me suis mise en route.

À demi accroupie, utilisant tout le couvert disponible, je me suis frayé un chemin vers le sud de la piste. J'ai traversé d'épaisses broussailles, de hautes herbes, longé les installations désaffectées que j'avais aperçues d'en haut.

Le plus élevé des bâtiments était le concasseur à minerai, une tour de tôle qui culminait à près de vingt-cinq mètres. À cent mètres de distance je pouvais entendre crépiter des cliquetis et des craquements inquiétants au sommet de la tour, les poutres et les plaques de métal se dilatant sous les rayons solaires.

Je me suis figée. Ce concasseur semblait sacrément dangereux, comme sur le point de s'effondrer. Il fallait que quelqu'un le détruise.

Au sud du bosquet de *mulga* se dressait un promontoire rocheux qui offrait le double avantage du point de vue et de la cachette. J'ai gravi sa face sud, me tortillant entre les deux blocs de grès du sommet, puis j'ai baissé les yeux sur le bosquet.

« Bon Dieu… » me suis-je murmuré à moi-même. Il y avait une voiture là-dessous, pas de doute – une voiture de police.

Ils avaient laissé tomber les barrages, au profit d'une stratégie plus subtile.

« Bonjour, Emily. »

La voix était satisfaite d'elle-même, familière – et à deux doigts de mon oreille. Je me suis retournée brusquement et j'ai roulé dans la poussière, tête la première, en me maudissant d'avoir été aussi idiote, aussi incompétente.

Il était appuyé contre le bloc situé sur ma droite, les bras croisés, ses yeux bleus froidement triomphants.

Bruce Cockburn.

MUR DE BRIQUES

J'ai désigné le pistolet à sa ceinture et je lui ai lancé d'un ton sec :

« Vous êtes prêt à vous en servir ?

— Prêt à faire tout ce que les circonstances exigeront.

— Si vous pensez que je vais vous donner Danny, vous pouvez toujours vous gratter !

— Il s'est soustrait à une détention légale.

— C'est à l'hosto qu'il devrait être, pas en prison. »

Je me suis relevée, époussetée, tentant de me débarrasser d'une partie de la peur que je sentais grandir en moi.

« Et comment vous m'avez retrouvée, d'ailleurs ?

— Je commence à te connaître, Emily, toi et tes petits mystères.

— C'est censé m'impressionner ?

— J'ai bien compris qu'il n'y avait guère que la Seconde Venue du Christ qui pourrait t'impressionner. Mais si tu pouvais m'écouter, ça m'arrangerait.

— Vous écouter ! »

Je l'ai fusillé du regard.

« Je n'ai fait que cela, vous écouter, depuis un mois ! Je vous ai écouté quand vous vous pavaniez aux quatre coins de ce pays où j'ai grandi, comme s'il vous appartenait. Je vous ai écouté quand vous avez envoyé Sans-Fil à la mort. Je vous ai écouté quand vous avez jeté Danny au fond du même trou. Je crois que je vous ai assez écouté. Commissaire…

— Tu avais raison. »

Je ne sais pas si ma mâchoire s'est vraiment décrochée, mais j'ai bien failli baisser les yeux sur le sol, à mes pieds, pour m'en assurer.

« Quoi ?

— J'ai parlé à mon fils.

— C'est déjà un progrès. »

Il a hésité. Ôté ses lunettes noires.

« L'incident au terrain de sport n'était pas aussi… clair que nous avions pu le croire.

— Rien ne l'est jamais. Que vous a-t-il dit ?

— Il dit que, oui, ton jeune ami – Danny – a bien poignardé le Blanc. Mais à ce qu'il semble, c'est le type qui l'a attaqué en premier. Sans provocation apparente. Jarrod a vu le garçon qui marchait le long de la tribune, quand le type est sorti de l'ombre. Le père est arrivé juste après, il a essayé de l'aider – c'est seulement une fois qu'il a été blessé que le garçon a riposté. À première vue, avec le couteau de l'agresseur. »

J'ai donné un coup de botte dans le sol, tentant d'insérer ce nouvel élément à la bonne place.

« Alors, c'était de la légitime défense ?

— On dirait bien. Ça ne colle pas vraiment avec d'autres versions qu'on nous a données, mais ce qui est sûr, c'est que ça complique les choses.

— Comment va Bandy ?

— Le père ? Il s'accroche, je crois.

— C'est déjà bien. »

Il a rajusté sa ceinture, posé sur moi un regard calculateur.

« Bon, alors on fait quoi, Emily ?

— Ça dépend.

— De quoi ?

— De ce qui va arriver à Danny.

— D'après les preuves que nous avons jusqu'ici, il ne lui arrivera rien du tout. Il y aura une enquête mais, à moins que de nouveaux éléments n'émergent, il sera libéré. Cela dit… »

Sourire sardonique.

« … toi, ce sera une autre histoire. »

Je m'étais posé la question. Complicité d'évasion : c'était quoi le tarif, pour ça ? Aucune idée. Avoir fait passer Cockburn pour un idiot ? Pire encore, sans doute. Et personne ne m'avait encore annoncé dans quelle sorte de merde je m'étais fourrée en tuant Paisley.

Mais pour l'instant, c'était le cadet de mes soucis. Si Danny n'était pas condamné à finir en taule, je pourrais le ramener en ville et il serait soigné par des professionnels.

Il y avait d'autres choses que j'avais besoin de savoir.

« On a identifié le macchabée ?

— On travaillait là-dessus quand j'ai appris que notre prisonnier s'était évadé. Apparemment, il bossait pour les mines.

— Mineur ?

— Agent de sécurité. »

J'ai senti le malaise onduler sur ma peau.

« Il s'appelait comment ?

— Wellman.

— "Homme-bien" ? Sacré nom, pour un mort…

— Deux de nos agents avaient déjà eu affaire à lui – inspections de sécurité, mise en place de stratégies de réduction des vols, contrôles des armes à feu, ce des choses comme ça…

— Je me demande ce qu'il faisait.

— Je crois qu'on découvrira des liens de parenté avec un des gamins impliqués dans la bagarre…

— *Vous* avez des liens de parenté avec un des gamins impliqués dans la bagarre.

—… ou alors, c'était juste un foutu voisin qui en avait marre. »

Je l'ai dévisagé, méfiante.

« Marre de quoi ? »

Il a haussé les épaules.

« Marre de Bluebush.

— Marre des aborigènes, vous voulez dire ?

— Je n'ai pas dit ça. »

Voilà qu'on me reprenait à parler à un mur de briques.

« Cockburn, vous n'avez toujours pas compris ?

— Compris quoi ? »

J'ai levé la main pour repousser une mouche – j'aurais aimé pouvoir me débarrasser aussi facilement de ce crétin.

« Ce ne sont pas des événements isolés.

— Je t'ai dit qu'il y aurait une enquête.

— Elle sera belle, votre enquête, si vous partez du principe que l'agent de sécurité qui a tenté de tuer Danny n'était finalement qu'un chic type décidant de faire sa propre loi. Ou que Doc n'était qu'un vieux taré qui s'est pris un coup de marteau au cours d'une bagarre de poivrots. »

Cockburn s'est livré à l'imitation assez convaincante d'une perruche poussant de toutes ses forces pour pondre un œuf d'autruche.

« Tu ne vas quand même pas me ressortir ta théorie du complot ?

— Il y a trop de choses inexpliquées : trop de morts, trop de mystères…

— Des morts ? Des mystères ? Évidemment qu'il y en a – c'est à ça que sert ce boulot. Des gens meurent sans arrêt. Ils sont autant de mystères, jusqu'à ce que nous comprenions ce qui s'est passé. Et ce qui s'est passé, en général, c'est que quelqu'un a dit un mot de travers à un type qui en avait sa dose, ou surpris un de ses potes avec sa petite femme. Bon Dieu, Emily… »

Il s'est essuyé le front ; il suppliait presque, à présent.

« Regarde les choses rationnellement : on a deux personnes tuées dans des bagarres entre ivrognes, à cent cinquante kilomètres de distance. Rien qui permette d'affirmer que les deux aient un quelconque lien.

— Il est justement là, le lien : celui ou ceux qui sont derrière tout ça utilisent la même technique.

— Quelle technique ?

— Déguiser leurs actions ; ils ont quelque chose à cacher. Il y a une logique, dans tout ça.

— Tu n'arrêtes pas de le dire. »

Il a croisé les bras, soupiré longuement.

« Mais tu ne m'apportes jamais la moindre preuve. »

Sur le sable, à mes pieds, une fourmi à viande s'échinait à trimballer un papillon – dix fois son poids. Je connaissais cette sensation.

« Ce n'est pas le genre de chose qu'on peut prouver – pas à la manière des Blancs, en tout cas. Pas encore… Mais parfois, il faut savoir faire confiance à son instinct. Même une intuition est basée sur des faits ; elle est juste plus subtile.

— Subtile ? Le jour de mon arrivée dans cette foutue région, l'un de tes chers compatriotes a tabassé à mort un de ses potes, parce qu'il lui avait piqué son poulet rôti. Tu trouves ça subtil ?

— Ça l'est sans doute, sur le long terme. Y a des raisons à tout. »

Il s'est ébroué, a repoussé sa casquette sur le dessus de son crâne.

« Bon Dieu, ce que tu peux être exaspérante ! Tu rends les choses si compliquées.

— C'est parce qu'elles *sont* compliquées ! »

Un oiseau chantait quelque part. Le roucoulement menaçant d'une colombe pacifique. J'ai fait volte-face, inquiète. Rien à l'horizon, mais mon malaise grandissait. Je me suis tournée vers Cockburn.

« On ne peut pas voir le changement, si l'on ne sait pas comment étaient les choses au départ, mais si vous restez assez longtemps dans le coin, vous comprendrez. Je ne suis qu'une débutante, moi-même, mais j'en ai suffisamment vu pour savoir que tout est connecté… Les Rêves et les morts, les cours d'eau, les chemins et les plantes. Tout. Et dès qu'un élément n'est plus à sa place…

— Emily », m'a-t-il coupée.

Il s'était balancé d'un pied sur l'autre en m'écoutant parler, s'était gratté le crâne. Il aurait pu aussi regarder sa montre, ce con.

« Je suis sincèrement désolé de ce qui t'est arrivé, et je suis sûr que le procureur en tiendra compte quand il se prononcera sur une éventuelle inculpation. Mais si tu passes ton temps à voir des foutus complots partout où tu fourres ton nez, tu vas perdre la boule. Ça fait vingt ans que je suis dans la police, et tu peux me croire : il faut choisir entre la connerie pure et simple et le complot ? Eh bien, à tous les coups, choisis la connerie… »

À quoi bon ?

« Ça va, Cockburn, j'abandonne. »

J'ai reculé, à cran, les mains verrouillées sur mes coudes.

« Restons-en là, avant que ça dégénère encore.

— Donc tu viens avec moi ?

— J'ai le choix ?

— Non, mais j'aimerais autant éviter les ennuis. Tu es déjà dedans jusqu'au cou… Où est notre jeune ami ? »

J'ai pointé les lèvres pour désigner l'endroit.

« Là-bas, près de la mine à ciel ouvert.

— Je t'y conduis.

— Je préfère marcher. »

Il a mis sa main en visière et observé la plaine à travers les buissons chatoyants. Le chant des cigales montait et s'estompait, les roches diffusaient des bouffées de chaleur. Le sable était comme de la neige brûlante. Des perles de sueur – inhabituelles – brillaient sur le front de Cockburn.

« C'est un vrai cagnard, Emily…

— Vous en faites pas, chef – je vais pas me tirer.

— Il faut qu'on rentre, la moitié du commissariat est partie à ta recherche. »

J'ai cédé.

« D'accord, mais déposez-moi à distance. Il faut que j'explique la situation à Danny ; il bondira hors de sa peau s'il vous voit débarquer dans une bagnole de flic. »

Nous sommes descendus jusqu'à sa voiture dans une chaleur moite et un silence glacial, et nous avons roulé jusqu'à la mine. Je contemplais mes pieds, ruminant douloureusement, me demandant si j'avais pris la bonne décision.

Danny était traumatisé, mais au moins, il n'allait pas croupir en taule. Ça, je pouvais m'y fier : Cockburn avait peut-être autant d'imagination qu'une termitière, mais c'était, je le sentais, un homme de parole.

Avec un peu de paix et des soins appropriés, le garçon irait mieux. Puis, une fois que tout aurait été réglé en ville, Danny pourrait retourner plus tranquillement à Stonehouse. Quant à moi, il y avait de fortes chances que je sois occupée ailleurs. Au bout du compte, je le savais, ce serait le meilleur traitement : donner au pays et à ses guérisseurs – Windmill, Meg, et même l'esprit errant d'Andulka – le temps d'exercer leur magie.

« Y a quelqu'un là-haut », l'ai-je entendu remarquer.

J'ai levé les yeux, distingué une silhouette qui traînait autour du terril, au pied du concasseur.

« Les gratte-rochers s'en sortent plutôt bien, ces temps-ci, ai-je répondu. Les cours de l'or sont tellement hauts qu'on peut se faire quelques dollars rien qu'en fouillant dans les déchets. »

L'homme nous a entendus arriver ; il s'est figé, appuyé sur le manche de son outil – une masse ? –, a tourné la tête dans notre direction.

Nous n'étions plus qu'à une centaine de mètres quand un élan d'appréhension m'a traversé l'esprit.

« Attendez une seconde, commissaire.

— Qu'est-ce qu'il y a ?

— J'sais pas.

— Alors pourquoi… ?

— Faites attention, c'est tout. Il y a un truc qui cloche. »

Il a fait claquer sa langue.

« J'ai déjà entendu ça, Emily.

— Et cette fois-là aussi, j'avais raison. »

Comme pour souligner sa remarque, il a accéléré. Le type au pied du concasseur nous a regardés approcher. Il avait le visage bronzé et tendu, le corps musculeux. Il portait un sac en bandoulière, une mèche de cheveux orange dépassait de son casque. Vaguement familière. Ce qui n'avait rien d'étonnant – j'avais croisé un tas de mineurs, par ici, à un moment ou à un autre. Pourtant, mon radar s'était mis à sonner.

Je n'arrivais pas à détacher mes yeux de cet homme. Il a posé la masse, a empoigné un autre outil – une sorte de hache ?

Cockburn poursuivait son chemin sans même lui prêter attention.

Où avais-je déjà vu ce type ? Nous traversions l'ombre du concasseur quand ça m'est revenu : devant la maison de Danny, la veille au matin, en train de découper le trottoir au marteau-piqueur. D'ailleurs, en y repensant, qu'est-ce qu'il faisait là-bas, à travailler tout seul ? Et le dimanche matin ?

« Arrêtez-vous ! C'est un piège !

— Bon Dieu, Emily… »

Le type au sommet du terril a posé un pied devant lui, levé sa hache avant de l'abattre violemment sur les roches à ses pieds.

Une explosion assourdie s'est fait entendre, et un câble sectionné a fendu les airs au-dessus de nous.

Instinctivement, j'ai suivi du regard la plus longue extrémité du câble – elle était reliée à un point situé à mi-hauteur de la machine. J'ai entendu un son étrange, terrifiant, un crissement métallique, comme des perruches en train de se battre au-dessus de nos têtes. L'édifice s'est mis à trembler sur sa base.

« Pas par là ! »

J'ai agrippé le volant, tentant de le braquer vers moi.

« Mais qu'est-ce que… ? »

Il s'est tu en voyant qu'une centaine de tonnes de métal étaient en train de nous tomber dessus.

BOULE DE NEIGE

C'était presque beau : des plaques d'acier se sont détachées et se sont mises à planer dans les airs, leur flottement tourbillonnant faisant diversion, détournant nos regards de la formidable énergie accumulée dans la structure de l'édifice.

Les cris de perruches se sont amplifiés, cédant la place à un vacarme métallique d'une violence inouïe – poutrelles, armatures, acier torturé. La structure s'est effondrée sur la voiture, dans la voiture, l'écrabouillant de sa force brute, nous précipitant dans un chaudron de relents chimiques, de métal vrillé et d'éclats de verre.

Peut-être avais-je anticipé la chose, peut-être avais-je réagi une fraction de seconde plus tôt, peut-être le volant avait-il entravé ses mouvements : toujours est-il que j'ai eu le temps de me réfugier sous le tableau de bord, mais pas Cockburn.

Je me suis tournée vers lui au moment où une poutrelle d'acier traversait le pare-brise. Elle l'a embroché au creux des côtes, le clouant à son siège. Son corps s'est ébranlé, puis affaissé, son visage s'est vrillé sous le choc.

Nos regards se sont croisés, et je n'oublierai jamais ce que j'ai vu au fond du sien. La compréhension, dans ses derniers instants, du fait qu'il n'avait rien compris. Qu'il s'était aventuré dans un monde qui le dépassait. Un endroit plein de paradoxes et de puzzles, qui pouvait vous tomber dessus en un clin d'œil. Mêlés à cette révélation, le désespoir et les remords. Peut-être même l'ébauche d'une excuse.

Sa main a bougé dans ma direction, n'est jamais arrivée au bout de son geste.

Il a tenté de parler, en vain – une coulée cramoisie a jailli de sa bouche, éclaboussant sa poitrine. Il l'a regardée avec effroi, puis sa tête a basculé vers l'avant.

Un crissement de bottes sur le gravier épais.

J'ai jeté un coup d'œil à travers le pare-brise explosé. Mèche orange enjambait les rochers, sa lourde hache à la main, ses bottes floues dans leur mouvement.

J'ai tenté d'ouvrir la portière : sans espoir, bloquée sous une avalanche de métal.

Prise au piège.

Notre agresseur a dégagé une plaque d'acier, s'est hissé sur le capot pour évaluer la situation. Il a arraché une tige métallique, l'a brandie et lancée sur l'endroit où j'aurais dû me trouver, si je ne m'étais pas écartée.

Retroussant les lèvres, il a levé son arme une seconde fois, bien décidé à ne pas manquer sa cible. Il y avait peu de chances : c'était une affaire de gros poisson dans un petit baril.

La lance improvisée s'est abattue vers moi – puis elle a dévié avant de retomber sur le côté, tandis qu'une explosion faisait trembler l'habitacle et que le visage de l'homme se décomposait, de fines lignes de fractures, écarlates, se dispersant à partir du trou qui venait d'apparaître sur l'arête de son nez.

Il est resté debout pendant quelques secondes, suspendu à sa propre stupéfaction, puis il a basculé en arrière.

J'ai tordu le cou, abasourdie.

Cockburn, pistolet au poing, l'habitacle rempli de relents de cordite et de poussière mêlées.

Il m'a regardée, haletant. Ébahi, interrogateur – comme s'il avait vu quelque chose de miraculeux. Il a lutté pour bafouiller un truc comme : « Le gosse… »

Puis il a lâché le pistolet, s'est effondré.

J'ai essayé d'arrêter le sang, en sachant qu'il était trop tard.

« Oh, Cockburn… » ai-je gémi.

J'ai pris sa main dans la mienne, je la tenais quand il est mort.

Puis, ramassant le pistolet, j'ai rampé à travers le pare-brise déchiqueté, l'arme au poing ; dessiné un arc de cercle dans l'air.

Mèche orange gisait à plat ventre sur le gravier. Son casque éjecté par l'impact de la balle, tout l'arrière de son crâne aussi. À part ça, rien. Personne d'autre à l'horizon.

Avait-il agi seul ?

Qui était-il, bon Dieu, hormis un ouvrier des Travaux publics bidon ? Et quel avait été son rôle, exactement, dans la foutue tournure qu'avaient prise les événements ?

Je l'ai retourné sur le dos. Beurk. Heureux de vous avoir connu, mon cher… J'ai fouillé dans ses poches : clés, balles, une boîte de détonateurs, un portefeuille. Le sac qu'il portait en bandoulière était une sacoche de cuir, vaguement familière.

Je l'ai ouverte. À l'intérieur, un dossier bleu ; griffonnés sur la couverture, les mots *Terre boule de neige*.

Je me suis sentie comme un homme affamé s'asseyant devant un repas : les questions qui me taraudaient depuis plusieurs semaines allaient-elles enfin trouver réponse ?

Dans le dossier, un carnet à reliure de toile, identique à ceux que j'avais retrouvés dans le classeur de Doc.

L'écriture frénétique du vieux géologue.

J'ai lu les premières pages en diagonale : les notes de terrain d'une sortie dans l'Ouest. Apparemment, c'était le premier d'une longue série de voyages qu'il avait faits avec Jurupulla. Leur destination : Dingo Springs. Il était tombé par hasard sur ce site plusieurs années auparavant, en prospectant pour Copperhead. D'emblée, cet endroit l'avait intrigué – à présent, il voulait l'examiner de plus près, à la lumière des dernières théories géologiques.

J'ai lu sa réaction devant la structure si particulière des falaises de Dingo Springs, sa perplexité devant le fait que des roches glaciaires et volcaniques puissent s'y côtoyer. Vers la douzième page, une phrase révélatrice :

Coulées de rhyolites interstratifiées avec les glaciaires et les carbonates ? Et l'érosion ? Devrait être faible, à cause des niveaux de CO_2. Mais non. Comment est-ce possible ? À moins que... la glace ?

C'était le premier signe du fait que les roches lui parlaient, lui révélaient quelque chose concernant la Terre « boule de neige ».

J'ai continué :

Combien d'années ? Protérozoïque ? Nécessité d'analyser les âges radiométriques pour établir un synchronisme – Namibie, sud de la Chine...
635 Ma ?

Toute la première moitié du carnet était de la même veine, succession d'observations gribouillées témoignant d'une certitude croissante : le site semblait une parfaite illustration de la théorie de la Terre « boule de neige ». Doc était de la vieille école, il n'avait jamais voulu croire à cette hypothèse radicale, avait de la peine à concilier ce en quoi il avait toujours cru et les éléments nouveaux qu'il découvrait là.

Mais au fil du carnet, des considérations d'un autre ordre se glissaient peu à peu dans la narration, à commencer par une remarque sur le comportement étrange de son compagnon :

Jupurulla toujours aussi troublé – passe des nuits entières à chanter, pour chasser... chasser quoi ? Foutues superstitions. Poison ? Plantes flétries – animaux – wallabys ? Il répète sans arrêt : « Les chants et l'eau »... De quoi parle-t-il, bon Dieu ? Suis tenté de rejeter tout ça, mais combien de fois ai-je vu ses délires préfigurer la science ?

Quelques pages plus loin, une série de calculs mathématiques :

$K = 10^{-3} + 13{,}8$ km/j
$I = 500/50$ km
Vol. = 4,9 Mt
Vit. = 13,8 x 0,01
P – 138 km/j = 50,5 km/a

Bon Dieu, qu'est-ce que le volume et la vitesse pouvaient bien avoir à faire avec les roches ? Rien, sûrement. Il parlait d'eau, d'eau en mouvement. Cela avait-il un rapport avec un océan à l'ère protérozoïque ? À l'évidence, km/a voulait dire : kilomètres par an. Ce n'était donc pas un glacier. Bien trop rapide. Il avait dû calculer le débit d'un aquifère actuel, et non pas l'écoulement de la glace des centaines de millions d'années en arrière.

J'ai repensé à ce que Windmill avait déclaré au sujet de l'amas rocheux disposé derrière la cabane de Doc : que c'était la carte d'un rêve d'Eau.

Doc tentait de déchiffrer la configuration de l'écoulement de l'eau qui se trouvait sous le Del Fuego Desert, mettant à profit des connaissances géologiques accumulées à l'échelle d'une vie pour retracer le parcours de la source qui jaillissait à Dingo Springs.

Les pages suivantes contenaient essentiellement des illustrations annotées, des croquis et des cartes.

La première était un carte géologique centrée sur Dingo Springs, qui s'étendait de Handbrake Bore à l'ouest jusqu'aux Ricketswood Ranges à l'est. Il avait mis en évidence les types de roches présents, une alternance de couches de schiste et de grès sur un socle granitique, analysé leurs lignes de clivage et leur porosité.

Les notes ici devenaient ésotériques : *fractures exacerbées par les explosions ? – possible – dépend de la forme du grain – arrondi, anguleux – débit rapide ?*

Explosions. Quelles explosions ? Les mines ? Les Travaux publics ? Wishy Ozolins avait évoqué une carrière, dans la région. Peut-être lui ou ses hommes avaient-ils eu recours à des explosifs. Ce type étalé devant moi pouvait-il être l'un des employés de Wishy ?

Plus loin, une coupe transversale tremblotante de la région située à l'est de Dingo Springs, jusqu'aux Ricketswood Ranges. Doc s'était particulièrement appliqué à recenser toutes les autres sources d'eau – Wild Dog Creek, le puits de Burning Angel, le trou d'eau de Water-the-Horse, les sources de Ricochet Springs et de Billy Cans – ainsi que leurs liens respectifs avec la géologie des lieux et leurs connexions avec Dingo Springs. Des dates figuraient à côté de plusieurs de ces points d'eau. Que signifiaient-elles ? Qu'il s'y était rendu, avait prélevé des échantillons ?

Il dressait la carte d'une propagation. Celle d'un agent contaminant, qui se répandait dans l'eau, sans jamais préciser lequel.

Son écriture se détériorait au fil des pages, les notes devenaient plus confuses, pour se tarir purement et simplement à la fin, avec la désintégration de son état de santé.

Bon Dieu, mais d'où ça vient ?

Qu'est-ce qui venait d'où ?

J'allais ranger le carnet, frustrée, après l'avoir feuilleté une dernière fois. Attends un peu. Des feuilles pliées étaient scotchées sous la couverture. Une série de documents imprimés : Laboratoires Kells, université d'Adélaïde. Les résultats des analyses. Sur la première page :

Échantillon d'eau 689 : 7Q : Dingo Springs
Parties par milliard : Cs : 127 Bq
I : 75 Bq
U : 963

Le symbole *U* m'a frappée comme un fouet. Uranium.

Cs ? Césium. Et *I*, c'était l'iode, autre indicateur de radioactivité.

Tous trois à des niveaux plus hauts que la normale. L'eau de Dingo Springs – cette eau que Doc, Jupurulla et à peu près tous les êtres vivants de la région buvaient depuis toujours – était radioactive…

Ces wallabys recouverts de chaux vive. Quelqu'un avait tenté de faire disparaître les preuves. D'autres détails m'avaient-ils échappé ? Qui sait, mais il devait y avoir une multitude de signes : même un aveugle les avait sentis. J'ai passé en revue les autres résultats d'analyses :

Échantillon d'eau 689 : 7R : Bolt's Rockhole
Parties par milliard : Cs : 67 Bq
I : 32 Bq
U : 107

Échantillon d'eau 710 : 7A : Ricochet Springs
Parties par milliard : Cs : 67 Bq
I : 17 Bq
U : 68

Une annotation sur la dernière page du rapport, griffonnée de la main tremblante de Doc : *Bon Dieu – comment une source au milieu de nulle part peut-elle être contaminée par des* DÉCHETS RADIO *?*

Radio : l'abréviation maison de l'épithète « radioactif ».

L'interrogation qui avait tourmenté Doc m'a ébranlée à mon tour : putain, comment un trou d'eau au beau milieu du désert avait-il pu être contaminé à l'uranium ?

Doc avait consacré ses dernières forces physiques et mentales à la résolution de ce problème. J'ai repensé aux dernières semaines de ce vieillard au bout du rouleau, s'échinant en plein cagnard pour entasser ses lourdes pierres. Cherchant désespérément à résoudre ce dernier mystère.

Il fallait qu'il soit sûr, avant de lancer des accusations. Qu'avait-il dit à Jojo ? Qu'il voulait que ce soit gravé dans la pierre… Tout le monde le croyait déjà fou : ils auraient ignoré, au mieux, de telles allégations ; au pire, ils l'auraient bouclé en prison.

Ou tué.

J'ai posé le dossier par terre et je l'ai examiné de nouveau : la couverture bleue toute froissée, le papier jauni des pages, qui tombait en lambeaux. Ça me rappelait quelque chose. Je me suis creusé la cervelle, piochant mentalement dans ce fatras d'associations qu'avaient engendrées les événements chaotiques de ces dernières semaines.

Quelque part, au loin, un oiseau entonnait des cantiques : une pie. Et les images qui tournoyaient sous mon crâne ont soudain fusionné pour n'en faire plus qu'une.

Magpie – la « Pie » ! Il l'avait eue entre les mains. C'était la sacoche qu'il avait ce jour-là, à Stonehouse Creek. Je m'en souvenais, à présent. Oui, il y avait un dossier bleu à l'intérieur. Mais, bon sang, comment Magpie avait-il pu tomber sur les documents de Doc ? Je ne pouvais pas l'imaginer en train de tuer qui que ce soit.

Le cliché mental a changé : l'accident sur l'autoroute, le jour où j'avais fait mon entrée dans la police. Magpie était là, à fureter autour de la scène de l'accident pour ramasser les objets épars. Il voulait aider, bien sûr, mais il restait une pie – curieuse, attirée par ce qui brille.

Parmi les débris qu'il avait collectés, il y avait eu un sac. J'imaginais très bien Magpie en train de farfouiller dedans et d'y trouver le dossier. Il était évidemment incapable de le lire, mais les cartes et les schémas représentant son pays l'avaient forcément captivé.

Cependant, une autre image s'agitait, réclamant mon attention. J'avais revu le sac après ce jour-là, j'en étais persuadée.

Danny, le matin où je l'avais ramené chez lui, après l'église. La sacoche sur la table de la cuisine. J'avais pensé qu'elle appartenait à Bandy, je m'étais trompée. C'était le sac de Danny. Et le dossier bleu se trouvait encore à l'intérieur, caché au milieu du désordre.

Danny l'avait trouvé au campement de Stonehouse, avait dû en deviner l'importance, surtout après que Windmill lui avait expliqué la signification des roches empilées par Doc. Si Magpie n'avait pas été capable de le lire, Danny avait sans doute reconstitué, dans les grandes lignes, ce qui était en train de se passer.

Voilà ce qui l'avait fait basculer : la révélation qu'on – quels que soient ceux que ce « on » désignait – faisait subir des choses terribles à son pays.

Il n'avait pas compris tous les détails, sans doute, et certainement pas le rapport d'analyses. Mais cette phrase finale – *Bon Dieu – comment une source au milieu de nulle part peut-elle être contaminée par des DÉCHETS RADIO ?* – avait dû suffire à réveiller ses craintes les plus intimes, même s'il avait confondu *RADIO WASTE* (déchets radioactifs) avec *RADIO WAVES* – ses fameuses « ondes radio »…

Il ne connaissait pas la provenance de ces produits toxiques, ni même leur nature. Tout ce qu'il savait, c'était qu'ils se répandaient aux quatre coins de son pays et qu'ils étaient mortels.

Il avait gardé ce secret, ne sachant quoi en faire, ni à qui en parler. La mort de Doc et de Jurupulla, l'agression dont il avait été victime avec son père lui avaient révélé ce qu'on faisait subir à tous ceux qui savaient.

Cette pression avait pu suffire à le rendre à moitié dingue, au point de confondre ces forces obscures du monde des Blancs avec les esprits dangereux et les pâles fantômes des rêves Kantulyu. Comment les appelait-il, déjà ? Les sonne-vent…

J'ai repensé aux mises en garde qu'il m'avait murmurées :

Y a un grand feu là-bas, Em', brûle sous la terre, dans l'air, comme des couteaux brillants... Des flammes vertes, brûlent le sang, elles vous tuent lentement, ça fait mal... Ils tuent notre pays.

« Ils. » Mais putain, c'était *qui* ?

Ils avaient tenté d'éliminer Danny avant son arrestation, ils y seraient parvenus sans l'intervention de Bandy. Mais comment avaient-ils su que Danny, à sa manière quelque peu embrouillée, était au courant de leurs agissements ?

Quelqu'un avait vu ou entendu quelque chose : suffisamment, en tout cas, pour savoir qu'il leur fallait tuer dans l'œuf ce secret qui menaçait de se diffuser.

J'imaginais que l'homme gisant à mes pieds, s'il avait encore été de ce monde, aurait pu m'en apprendre plus. C'était sans doute pour ça qu'il avait joué les ouvriers devant la maison de Danny : pour pouvoir le surveiller. Et récupérer la sacoche à la première occasion.

Pour qui travaillait-il ?

En inspectant son portefeuille, je suis tombée sur un permis de conduire qui l'identifiait comme étant Desmond Harvey, 27 Korps Road, Bluebush.

Korps Road – « rue des Kadavres »… Ça lui irait bien, désormais.

En creusant plus profond, j'ai trouvé une photo, un cliché pris au vol, à travers la vitre d'une voiture : une maison en béton, un acacia *holosericea*, trois personnes qui luttaient pour passer le portail. Au milieu, un gosse maigrichon portant un maillot de football australien rouge et bleu, qui regardait derrière lui, le blanc des yeux luisant de peur. Bandy Mabulu le soutenant par un bras. L'autre était appuyé sur une petite femme vêtue d'une robe rouge, couronnée d'une tignasse noire. Moi.

Qui avait pris cette photo ?

La réponse, non seulement à cette question, mais à cette vaste et obsédante énigme, m'a frappée comme une explosion.

Pire : elle m'a frappée exactement au même moment qu'une explosion – écho fracassant du métal percutant la roche, là-haut, sur la colline où j'avais laissé Danny et la voiture.

J'ai levé les yeux, des sirènes muettes hurlant sous mon crâne.

Danny.

C'est lui qu'ils poursuivaient depuis le début, et je l'avais abandonné là-bas.

AU FOND DE L'ABÎME

Je me suis précipitée vers la colline, ignorant la chaleur, l'absorbant presque, la sentant qui brûlait à l'intérieur de moi comme l'explosion d'un missile et donnait des forces à mes jambes. J'ai couru le long de la crête. À cent mètres du sommet, j'ai vu que le Hilux avait disparu. Facile à suivre : les balafres dans le sable, les éclats de verre.

Les traces labouraient la pente jusqu'au précipice de la Gunshot Mine. J'ai repéré un poteau brisé, un fil de fer arraché, les vestiges d'une clôture : la voiture l'avait fracassée, avant de basculer dans le vide.

J'ai sprinté jusqu'au trou, me suis arrêtée juste au bord de l'abîme. Vingt-cinq mètres plus bas : une épave pulvérisée, roues tournant dans le vide. Un nuage de poussière rouge.

J'ai reculé en titubant, en proie au désespoir : qui aurait survécu à ça ?

Oh, mon Dieu ! Comment avais-je pu être assez stupide pour le laisser seul ?

C'est alors que j'ai remarqué un pied décharné, noir, dépassant des herbes hautes, sur ma gauche. Il avait dû quitter le navire à mi-pente.

Je me suis ruée vers lui. Il gisait sur le dos, son corps maigre immobile dans le maillot maculé de sang. Une sale blessure au-dessus de la tempe : fracture du crâne ? Sa bouche était ouverte, ses yeux fermés.

Plus poignant encore, la fleur de chèvrefeuille qu'il tenait toujours dans sa main.

« Danny ! » Pas de réponse. Pas de respiration, pas de pouls que je puisse trouver. « Oh, mon Dieu, Danny, qu'est-ce qu'ils t'ont fait ? »

Je me suis lancée dans un bouche-à-bouche frénétique, l'esprit ravagé par l'atroce vision de ce qu'avaient dû être ses derniers instants, la terreur qui l'avait étreint en voyant ses pires cauchemars – ses sonne-vent, les *yungkunu* – jaillir des entrailles de la terre pour l'y précipiter.

Salauds ! Ce cri silencieux a résonné sous mon crâne. Voilà ce qu'ils font : ils déchirent le pays, broient ses hommes et leurs Rêves pour satisfaire leurs propres appétits. Pour nourrir leur propre avidité. Ils font ça depuis un siècle, et c'est exactement ce que Jet me disait : ils changent de visage et de couleur, ils réarrangent le déguisement. Mais dessous, ils sont les mêmes, ils ne changent jamais.

Si grande était ma détresse que quand j'ai enfin entendu le grondement du moteur, les grosses roues écrasant les graviers, ils étaient quasiment sur moi. Deux portières se sont ouvertes, deux paires de boots se sont avancées en crissant.

Ils m'avaient attendue. J'ai relevé la tête, imaginant déjà ce que j'allais découvrir : un Range Rover bleu métallisé et deux hommes que j'avais déjà rencontrés. Armés, tous les deux.

L'un était blême, athlétique, portant un jean et un tee-shirt noirs, il tenait son fusil à verrou, calibre 308, comme s'il était né avec. C'était quoi son nom, déjà ? Flint. La dernière fois que je l'avais vu, il faisait moins le fier. Il gisait au bord de l'autoroute, son complice écrabouillé sous l'épave de leur voiture.

Le deuxième homme n'était pas aussi à l'aise avec son arme – le dernier bijou technologique, pourtant. Comme sa voiture, ce que l'argent pouvait offrir de mieux. Je savais déjà qu'il n'aimait pas se salir les ongles avec de la poussière – ou du sang. Mais il était infiniment plus dangereux : son rôle, c'était d'organiser, d'évaluer les risques. C'est lui qui savait réfléchir vite et bien, et qui donnait les ordres.

Je ne l'avais rencontré qu'une fois, pendant quelques minutes, mais cela lui avait suffi pour voir un garçon craquer dans une église, le repérer comme menace potentielle, s'approcher suffisamment de lui pour pouvoir l'identifier – et mettre en place une stratégie pour l'éliminer.

Il y avait certes eu un ou deux accrocs en cours de route : le petit personnel laissait à désirer, par ici. Alors Kevin Brock avait décidé de retrousser ses manches et de s'assurer une bonne fois pour toutes que le boulot serait bien fait.

Dans quel domaine m'avait-il dit qu'il travaillait ? La gestion stratégique… Là, il n'avait pas menti ; et maintenant, j'avais une idée plus précise du genre de stratégies qu'il gérait.

Je comprenais, trop tard, qu'elles impliquaient toutes sortes de choses : la vie et la mort, les illusions, les rêves, les faux-semblants – et une mine qui n'était plus du tout une mine, mais un dépôt sauvage de déchets radioactifs. J'avais même entendu l'un des agents de sécurité mentionner son nom quand nous avions traversé Green Saturn :

Brock est là – il veut qu'on lui signale tout événement inhabituel.

Je m'en souvenais aussi, à présent, Jojo m'avait dit qu'il avait laissé Doc aux bons soins d'un groupe d'hommes travaillant à la mine de Green Saturn. Le vieux avait dû laisser échapper quelque chose. Signant ainsi son arrêt de mort.

Brock a fait un signe de la tête. Flint le visage pâle s'est concentré, soudain. Il a braqué sur moi le calibre 308.

CERVEAU

Flint s'est figé. Il a regardé autour de lui, aux aguets ; il avait entendu un bruit.

Moi aussi.

« Attends », a ordonné Brock.

La source du bruit est apparue : un autre véhicule, qui venait vers nous, se frayant péniblement un chemin vers le puits.

Pour la première fois de ma vie, la vue d'un Land Cruiser de la police m'a remplie de joie.

Cockburn avait dit que la moitié de ses effectifs étaient à ma recherche. Il avait dû les prévenir par radio pendant qu'il m'attendait ; ou alors, il avait donné rendez-vous ici à l'un de ses hommes. Quoi qu'il en soit, j'étais sacrément heureuse qu'ils m'aient retrouvée.

Flint s'est tourné sur le côté, dissimulant son arme.

Je me suis tendue, soupesant mes options. Brock m'a fixée droit dans les yeux, d'une voix tranchante comme du métal il a articulé : « Un mot, et tu es morte. »

Ils sont restés plantés là, sans rien dire, tandis que la voiture s'approchait lentement.

Je l'ai examinée. Merde. Un seul occupant. J'avais espéré une armée entière. J'ai jaugé la situation. Ils avaient déjà tué un flic – un de plus, ça ne changerait pas grand-chose. D'un autre côté, s'ils abattaient celui-ci, ils ne pourraient plus faire croire à l'accident…

Le fusil a bougé, imperceptiblement, prêt à l'action.

Brock a gratifié son partenaire d'un geste d'impatience : « Baisse-le ! »

Une fraction de seconde d'inattention de la part de Flint m'a suffi. Je me suis jetée en avant, droit sur ses côtes, je l'ai fait tomber et je me suis lancée dans la pente en agitant les bras.

« Attention ! »

La voiture a freiné brusquement et Darren Harley a bondi par la portière, son faible cerveau peinant à comprendre la scène qui se déroulait devant lui.

« Tire-toi ! » J'ai couru jusqu'à lui. « Ils ont des… »

Il a balancé un large crochet qui m'aurait envoyée au tapis s'il ne m'avait pas percutée au moment où je bondissais vers lui, et il a entrepris de me traîner vers les autres, au bas de la pente.

« Harley, espèce de débile ! »

J'étais empêtrée dans ses bottes, ses bras et les branches cassées des buissons de spinifex. « Ce n'est pas moi – ce sont ces connards ! Ils ont déjà eu… »

Il m'a jetée à leurs pieds.

« Monsieur Brock… »

Je l'ai regardé, bouche bée, stupéfaite d'abord, ma courte joie s'effondrant lamentablement, tandis que les dernières pièces du puzzle s'organisaient d'elles-mêmes.

Ils avaient quelqu'un dans la place : c'était obligé.

C'est pour ça qu'ils m'avaient vue venir, qu'ils avaient toujours eu un coup d'avance. Harley était là, le premier jour, sur le site de l'accident. Il savait que j'étais allée dans l'Ouest avec la clique de Stonehouse – c'était ça qui les avait poussés à dissimuler les preuves, à Dingo Springs. Ils avaient su que Danny s'était évadé, ils avaient deviné notre destination.

Et ce n'était pas tout. La révélation s'est nouée au fond de ma gorge.

Je me suis redressée sur mes genoux et j'ai levé la tête sur le sous-brigadier, une rage froide aiguisant les lames de mon regard.

« Tu m'as jetée entre ses pattes…

— Quoi ?

— Paisley. »

Il a regardé Brock.

Non. Tu n'as pas fait ça, hein, sale crétin ?

Harley n'était pas assez futé pour ça ; il n'était qu'un des petits poissons au fond du petit étang, de ceux que Brock avait été forcé d'utiliser pour atteindre son but. Tout comme Brent Paisley. Il y en avait tout un tas d'autres, à coup sûr : des bureaucrates à tous les échelons de la hiérarchie, des politiciens, des businessmen de haut vol à Sydney, Canberra, et dans tous les coins d'où étaient expédiées les saloperies qu'on balançait au fond de ce puits.

Je me suis tournée vers Brock. Il m'a gratifiée de son regard de marbre, sans un clignement de paupières derrière ses lunettes.

C'était donc lui, depuis le début. Brock. C'est lui qui avait tout organisé, depuis le piège dans lequel Sans-Fil était tombé jusqu'au déchaînement de Paisley. J'avais pressenti l'œuvre d'un cerveau unique derrière tout ça : je l'avais devant moi, mis à nu. Le visage de Bon Samaritain avait gardé sa forme, mais quelque chose de dur et d'avide était remonté à la surface. Il a regardé Flint – son profil aussi tranchant qu'une scie égoïne, le nez tordu, les lèvres rigides. Une figure de l'Apocalypse.

Il a fait un signe de la tête d'une froideur terrifiante, à l'intention de Flint. « Finis le boulot. »

LAISSER UNE TRACE

Brock s'est éloigné, laissant le sale boulot à ses subalternes.

Mon Dieu, j'avais déconné.

Un tourbillon d'images défilait sous mon crâne. J'étais tournée vers l'ouest, le pays Kantulyu. Je voyais en esprit les hommes qui lui appartenaient, qui lui donnaient un sens. Les vieilles dames déterminées avec lesquelles j'avais voyagé il y avait quelques jours à peine, elles qui avaient l'âge où la plupart des femmes en sont réduites aux ragots et aux petits gâteaux : dans leur lenteur, elles me donnaient de la vitesse. Je voyais le vieux Windmill, cartographiant le pays avec l'aide de sa seule mémoire : dans sa cécité, il me donnait une vision parfaite. Je voyais mon pauvre Danny, mort à présent : dans la confusion de son alcool et de ses drogues, il me donnait la clarté.

Première étape : j'ai interpellé Brock, « Vous ne croyez tout de même pas que j'ai fait tout ça sans prendre mes précautions ?

— Quoi ? »

Il s'est retourné brusquement.

« Je sais ce que vous faites. Je le sais depuis le début. J'ai laissé tous les détails – des documents… »

Il m'a dévisagée.

« Si vous voulez passer vos derniers instants sur cette terre à débiter des conneries…

— Les rapports d'analyses de l'eau, les recherches de Doc… Je sais que vous stockez des déchets radioactifs au fond de la mine de Green Saturn, je sais qu'ils se sont répandus dans les nappes phréatiques. À cause du tremblement de terre, j'imagine – c'était quand, déjà, il y a trois ou quatre ans ? Allons, Brock, je ne suis pas aussi débile que vos idiots du village ! Ça fait des semaines que j'ai tout compris. Je me suis arrangée pour que d'autres le sachent. »

Seuls ses yeux glaciaux ont tressailli.

« Qui ? »

Grognement de mépris.

« Vous me croyez bête à ce point ? Tout ce que je peux vous dire, c'est qu'ils sont malins et coriaces, et qu'ils vous cloueront les couilles au mur s'il m'arrive quoi que ce soit. »

Brock n'a pas esquissé un geste. J'ai haussé les épaules.

« On n'est pas obligé d'aller jusque-là, Kevin. Ça m'énerve de vous voir empoisonner le pays, mais pas au point de mourir pour ça. Je suis prête à négocier. »

Pour la première fois ce jour-là, Brock a laissé transparaître un semblant d'émotion, même s'il était difficile de savoir s'il s'agissait d'agacement ou d'amusement.

« Ah bon ? Chouette ! »

Il s'est tourné vers ses hommes.

« Elle est prête à négocier.

— Qu'est-ce qu'elle raconte ? »

Flint. Tendu comme une arbalète. Bref coup de langue entre ses dents, son doigt s'est contracté sur la gâchette.

« Ce qu'elle raconte, c'est que Harvey a merdé. Une fois de plus ; et franchement, Craig, je commence à me poser des questions sur toi et tes soi-disant "professionnels"…

— Harvey a été artificier toute sa vie. Connaît les explosifs comme personne !

— Eh bien, j'ai l'impression que cette fois, ils lui ont sauté à la tronche. »

Flint s'est tourné vers le concasseur effondré, la colère froide de son regard m'a fusillée.

« L'problème, c'est celle-là. Elle est pas… normale. »

L'exaspération a envahi les traits de Brock.

« En cas d'imprévu, il faut toujours avoir une solution de repli ; il faut prendre toutes les précautions. Je t'avais bien dit de rester avec Harvey. Visiblement, il était à côté de ses pompes, à se balader comme ça dans le désert en trimballant le dossier sur lui. Maintenant, il faudra que tu retournes là-bas pour tout nettoyer. En attendant, ferme-la et occupe-toi de… »

Deuxième étape : « Mais l'église, alors ? »

Brock s'est figé, déstabilisé.

« Quoi ?

— Dimanche matin, chez les grenouilles de bénitier… Si vous étiez venu pour graisser la patte des huiles locales, encore, je comprendrais. Mais vous étiez là le premier. Vous ne faisiez pas semblant. Et ça, je n'arrive pas à le comprendre – comment peut-on être assis là-bas à réciter ses prières, puis sortir et faire ce que vous êtes en train de faire ? »

Brock s'est raidi, a ôté ses lunettes. Ses yeux étaient petits et durs, perçants comme des lasers. Il a choisi ses mots avec soin.

« Si l'on veut laisser une trace ici-bas, mademoiselle Tempest, il faut concentrer son énergie. »

Laisser une trace ? Bon Dieu, était-ce donc aussi simple que ça ? Une grande partie des drames et des peines de ma vie – de nos vies à tous, d'ailleurs – n'avaient-ils pas été causés par ce genre d'attardés et leur désir de laisser une trace ? De pisser autour d'eux pour marquer leur territoire, comme une meute de dingos en costume ?

Troisième étape : « Pour l'amour de Dieu ! ai-je supplié. Vous ne pouvez pas... Je vous en prie, ne faites pas ça. »

Je percevais leurs réactions. Harley : surpris, méfiant, mais tournant au ralenti. Pistolet au fond de l'étui, encore sanglé : il ne représentait pas une menace immédiate. Flint : soulagé à l'idée de pouvoir enfin nettoyer un peu tout ce bordel. Brock, un rictus aux lèvres : il était presque déçu – il attendait mieux de moi. Un éclat a traversé ses yeux, que mes tripes ont tout de suite reconnu : il ne daignerait pas me tuer lui-même, mais il allait prendre son pied en regardant un autre le faire.

Collectivement, j'ai senti qu'ils se relâchaient.

« Je vous en prie... »

J'ai agrippé la jambe de Brock.

Il m'a donné le coup de pied méprisant que j'attendais.

Je me suis laissée rouler en arrière et je me suis relevée avec un poing rempli de sable, le pistolet Glock de Cockburn dans l'autre.

« Attention ! a hurlé Flint. Elle a... »

Brock était devant moi : je lui ai balancé le sable à la figure et une balle en pleine poitrine. J'ai eu la brève satisfaction de voir le choc désagréger les traits de son visage. Il a baissé les yeux et vu tous ses rêves s'effondrer, sa propre vie qui s'écoulait hors de son corps.

J'ai braqué le flingue sur Flint, mais il avait été plus prompt que moi : il m'a frappée avec la crosse de son fusil et balancé un coup de pied circulaire dans les côtes qui m'a fait décoller du sol. M'a arraché des mains le pistolet, envoyé son autre botte dans la figure pour faire bonne mesure, le talon en avant cette fois.

Extinction des feux.

LE COUP DU FEU

Le cri douloureux d'un cacatoès.

Étais-je consciente ? Difficile à dire. J'étais allongée sur le flanc, la tête fendue, le corps en morceaux. À deux doigt d'abandonner tout ça – l'existence, le monde – comme une plaisanterie cruelle. Faite par un dieu malveillant à l'esprit tranchant comme une lame de rasoir, qui se payait nos têtes.

J'en avais assez. Je n'en pouvais plus de ce cauchemar sans cesse renouvelé qu'on appelait la vie. L'autre monde ressemblait au nirvana, vu de l'endroit où je gisais. Comme il était tentant de se laisser aller, de lâcher prise et de flotter…

De ce qui ressemblait à leur volonté propre – en tout cas, contre mon gré –, mes yeux se sont ouverts d'un coup. Une tache floue, bleu sombre, est apparue à travers mes cils ensanglantés.

Oh, mon Dieu. Danny, ses membres sans vie. Ils m'avaient balancée à côté de son cadavre.

Quelque part, dans mon dos, des voix masculines, l'une d'elles jurant abondamment. « Nettoyer ! Qu'est-ce que t'entends par "nettoyer", bordel de merde ! »

Harley, au bord de la panique.
« Nettoyer, c'est tout. »
Flint, le sous-off zélé. C'est lui qui commandait, maintenant.
« Ramener Brock avec nous.
— Le *ramener* ? On va l'attacher sur la galerie du toit, ou quoi ? Et si on...
— Aller voir ce qui est arrivé à Des – il était censé s'occuper de celle-là. »
La voix de Flint vibrait d'une énergie malveillante assez puissante pour faire taire toute opposition.
« Se tirer d'ici. Tout a vraiment merdé du début à la fin, sur ce coup-là. Maintenant, on va laisser Demsky se dépatouiller de tout ça...
— Et ces deux-là ? »
Plus fort : il s'était retourné vers Danny et moi.
« Balance-les avec la bagnole. Y a aucune trace qui permettrait de remonter jusqu'à nous. On devrait pouvoir s'en tirer sans...
— C'est quoi, ce truc ? »
Harley, abasourdi.
« Quoi ?
— Là-bas, à l'horizon.
— Putain, Darren, c'est pas une excursion touristique ! »
Long silence.
« T'as raison, putain... C'est quoi ce... ?
— Une sorte de... boule de *feu* ? Un feu de broussailles ?
— Non, regarde comme ça flotte au-dessus du sol. Et la fumée, elle est où ?
— Là, il y en a une autre ! Elles bougent, ou je rêve ?
— Difficile à... Des débris, peut-être. Ou alors des boules d'herbes sèches qui ont pris feu.

— Des herbes sèches ? Non mais t'as vu la *taille* de ces machins ? Et elles se déplacent – elles approchent. T'as déjà vu des lumières de Min Min[1] ?

— C'est la nuit qu'on les voit, abruti. »

J'avais l'impression que mon corps était lesté d'enclumes, mais je suis parvenue à me redresser sur le coude, contenant à grand-peine les douleurs atroces que m'infligeait chaque souffle. Je me suis retournée.

Harley et Flint se tenaient debout au bord du puits à ciel ouvert, contemplant l'horizon, vers l'est, envoûtés.

J'ai suivi leur regard, n'ai rien vu d'inhabituel. Ciel bleu, le soleil déjà haut, les replis violacés, au loin, des Ricketswood Ranges. Aucun mouvement : ce qui frappait, au contraire, c'était le calme olympien de l'air.

« Elles brillent de plus en plus, a commenté Harley.

— Une illusion d'optique ? Un truc qui reflète le soleil ? »

Harley a mis sa main en visière au-dessus des yeux.

« J'sais pas ce que c'est, mais ça tourne comme une roue.

— Allez viens, tirons-nous d'ici. »

Mais aucun des deux n'a bougé.

Je me suis demandé si je n'étais pas encore en train de rêver. Les deux hommes étaient-ils en proie à des hallucinations, sous ce soleil de plomb ? Ou bien était-ce moi ?

C'est alors que j'ai vu quelque chose – mais pas dans la direction où les autres regardaient.

1. *Min Min lights*, phénomène lumineux parfois observé dans l'Outback australien, dont l'origine demeure à ce jour inexpliquée. (*N.d.T.*)

Le Land Cruiser de Harley, là-haut au sommet de la butte, oscillait sur ses roues.

Un mouvement quasi imperceptible, un tressaillement de la gomme sur les pierres.

J'ai gardé les yeux rivés à la voiture, incertaine de ce que j'avais vu. Le Cruiser s'est balancé de nouveau, discrètement. Un craquement, peut-être celui du frein à main. Quelqu'un dans la voiture ? Je ne voyais personne, mais le pare-brise était un reflet mouvant, impénétrable, du ciel matinal. Était-ce un filet de fumée que j'apercevais derrière le tout-terrain ?

Le Cruiser a bougé encore ; plus aucun doute, cette fois. Son châssis a sursauté, puis s'est mis à glisser vers l'avant. A basculé dans la pente, silencieusement d'abord, puis prenant de la vitesse au fil des secondes. Bientôt, il rebondissait sur les pierres comme une balle en caoutchouc.

J'ai observé Harley et Flint : ils étaient sourds, ou quoi ? Ils restaient plantés là, le regard tourné vers l'est. Envoûtés.

Envoûtés… Peut-être.

Le véhicule lancé à toute allure donnait l'impression d'être en feu. Et puis il a *vraiment* pris feu, une volute de fumée émergeant du capot et de sous le châssis, vitres et jantes lançant des éclairs. Les deux hommes ne se rendaient compte de rien, jusqu'à ce que l'essence explose et que le tout-terrain se jette sur eux comme une bombe incendiaire. Flint a fait volte-face, l'a vu arriver, a tenté – des années, une éternité trop tard – de s'écarter.

La voiture les a percutés tous les deux, les a engloutis, a poursuivi sur sa lancée furieuse, inéluctable, puis elle a basculé par-dessus le rebord du puits, vers le fond de l'abîme.

L'explosion a fait trembler la terre, envoyé un panache de fumée tournoyer dans les airs.

L'un des deux hommes avait survécu. Façon de parler : une forme atroce portant ce qui avait dû être un uniforme et qui se tortillait sur le sol, juste à côté du précipice. Ses souffrances insupportables pour les yeux et les oreilles.

Alors, une autre silhouette est apparue, au coin de mon champ de vision. Un homme noir, grand et fin, qui s'est relevé de la poussière. Il a descendu la pente d'un pas aérien, fredonnant à mi-voix. A jeté un bref regard à la chose qui se tordait sur le sol, puis l'a poussée du bout du pied.

Le pauvre salopard – Harley, à en juger d'après la corpulence – a basculé dans le précipice.

« J'CROIS QU'T'Y ES PRESQUE »

L'intrus s'est retourné, nous a examinés.

Je ne l'avais pas vu depuis mon enfance. Je n'en croyais pas mes yeux, mais je l'ai reconnu tout de suite : le front dégagé, les yeux perçants, la barbe épaisse. Il portait un short kaki tenu par une lanière de cuir, tout un attirail d'outils et d'armes autour de la taille.

Il avait l'air en super forme pour un type qui était mort depuis des années.

« Andulka… »

Il est remonté sans hâte vers l'endroit où nous gisions.

Il s'est agenouillé à côté de Danny, a pris son poignet, s'est penché pour poser l'oreille contre sa poitrine. Il s'est tourné vers moi, le regard investi d'un pouvoir menaçant.

« C'est l'petit Jangala, çui-là ? »

C'était, ai-je pensé avec tristesse en acquiesçant du chef. Quel malheur que tu sois arrivé trop tard ! Il a tiré de sa ceinture un fin rouleau en écorce de *paperbark*. Comme il le déroulait, j'ai entraperçu ce qu'il contenait : des os, des boules de résine, des cristaux de quartz de la taille d'un œuf de canard, un poignard au manche de nacre, une pelote de fil de cheveux[1].

Je me suis assise et j'ai observé.

Il a cueilli – dans l'air ? – deux plumes, les a posées sur les yeux sans vie de Danny. Ses mains se sont touchées, à peine, puis écartées de nouveau, dévoilant une flammèche qui vacillait au creux de ses paumes. Il a soufflé dessus, puis l'a déposée sur la poitrine du gosse, où elle a semblé se raffermir quelques instants avant de disparaître.

Soudain, Andulka s'est activé. Il a entrepris de marteler le corps de Danny – épaules, jambes, bras. Il lui a massé l'abdomen et les cuisses, ses coudes œuvrant avec vigueur. Comme s'il avait joué les kinés amateurs en plein bush, pour une équipe de football australien.

À ma grande stupéfaction, une bosse est apparue au creux des côtes du garçon. Toute l'attention d'Andulka s'est concentrée sur elle. Il l'a compressée, pincée, l'a prise dans sa bouche et a aspiré bruyamment. Il a fermé les yeux en entonnant un chant, et alors – c'est du moins ce qu'ont cru voir mes yeux abasourdis – il a plongé la main dans la bosse et en a retiré un cristal. Il s'est éloigné de quelques pas et a lancé le cristal en direction de l'ouest.

Il est revenu vers le gosse et s'est accroupi près de lui, les yeux clos, fredonnant à mi-voix. A posé la main sur son crâne. Enfin, il s'est levé et m'a regardée : « Il veut de l'eau, il a guéri comme il faut. »

Guéri ? Bon sang, il était optimiste.

1. *Wirriji*, ou fil de cheveux, fabriqué avec des cheveux humains, à l'aide d'un simple fuseau de bois, ce fil étonnamment solide garde encore aujourd'hui des usages à la fois pratiques et cérémoniels. (*N.d.T.*)

Danny était mort. Comme tous les hommes et les lieux touchés par ce désastre.

J'ai laissé mes yeux et mon esprit vagabonder au-dessus de la plaine, vers l'est, ils se sont perdus dans la fumée qui s'élevait toujours de l'épave, au fond de la mine. J'ai hésité à descendre là-bas, pour voir s'il y restait le moindre signe de vie. Puis j'ai repensé à toutes les choses qu'ils avaient faites, et j'ai décidé de ne pas prendre cette peine.

Il faut que je rentre, ai-je pensé. Alerter les autorités, enfin, celles qui étaient encore vivantes.

Alors, j'ai entendu un gémissement discret.

Je me suis tournée vers Danny. Ses lèvres bougeaient, imperceptiblement. Mon cœur s'est mis à palpiter. Les paupières de Danny ont frémi, puis elles se sont ouvertes. Il a porté la main à son visage, s'est frotté les yeux, a secoué la tête. Je me suis traînée jusqu'à lui, à genoux.

« Emily ? a-t-il murmuré.

— Mon Dieu…

— Qu'est-ce qui se passe ? »

Ma langue était gelée.

« Y a pas à boire, ici ? »

Ses paroles résonnaient avec une clarté que je ne lui avais plus connue depuis un bon moment.

« Je crève de soif… »

Une demi-heure plus tard, Danny et moi étions assis à l'avant du Range Rover bleu. Sa tête était enturbannée des bandages que j'avais trouvés dans la trousse de premier secours, au fond de la boîte à gants, mais il respirait avec une relative aisance. Il s'est tourné sur le côté, a appuyé la main contre la vitre, poussé un grognement de douleur. J'ai démarré le moteur. Andulka se tenait debout à côté de la voiture.

« Faut que j'emmène le gosse à l'hôpital. Tu viens pas avec nous ? »

Il a fait non de la tête.

« Pas mon endroit.

— Un tas de Blancs vont venir fouiner ici dans une heure ou deux – si tu veux être tranquille, tu ferais mieux de décamper. »

J'allais partir quand Andulka a posé sa main sur le rebord de la fenêtre et s'est penché à l'intérieur.

« Je t'ai dit un jour, tu t'souviens, d'prendre le temps, d'écouter l'pays ? »

Il parlait fort, en homme qui avait passé trop d'années dans la solitude. Il a penché la tête sur le côté.

« Ben, j'crois qu't'y es presque. »

Il a donné une tape sur le toit de la cabine. J'ai embrayé et nous sommes partis.

J'ai repensé à la peine de la vieille Gypsy, devant la ruine du Chant de son pays. Peut-être était-on vraiment en train de les briser, ces chants. Peut-être n'y avait-il rien à faire contre les forces qui s'acharnaient sur eux.

Mais qui pouvait le dire ?

Peut-être la musique était-elle plus subtile, plus résistante que nous ne le pensions. Andulka, lui, n'avait pas jeté l'éponge.

Et tant que ce serait le cas, il restait de l'espoir, pour nous tous.

J'ai freiné et j'ai crié par la portière :

« Tu te débrouilles pas mal aussi, le vieux ! »

Il m'a semblé le voir sourire. Puis il a pivoté sur les talons et s'est lancé dans la pente pierreuse, de son pas méthodique, vers les plaines immenses.

RAMANT DANS L'ÉDEN

J'ai retrouvé Wishy à l'aéroport. Il faisait les cent pas, nerveux, dans la salle panoramique, ses inévitables fleurs et chocolats sur les bras.

« Vous êtes venue vous joindre à la fête de bienvenue ? »

Il semblait heureux de me voir.

« Non. J'aimerais bien, mais je préfère vous laisser en famille.

— Pouh ! Ça lui ferait plaisir de vous voir. À tout le monde, d'ailleurs.

— Quand même…

— Pourquoi ne pas venir dîner à la maison ?

— Peut-être. »

Son regard s'est perdu au loin. Une petite brise faisait onduler les poils sur son cou. « Vous vous souvenez, ce petit livre que vous avez envoyé à Simone ? »

Les œuvres complètes d'Emily Dickinson, reliure cuir.

« Elle m'a montré un poème, la semaine dernière, et elle m'a dit que c'était vous.

— Laissez-moi deviner : *Je partis tôt, pris mon chien...* ?

— Loupé : c'était quelque chose comme *Nuits sauvages, nuits sauvages*... »

Je n'ai pu m'empêcher de rire.

« Ce bouquin lui a fait du bien, sans doute plus que l'opération.

— Elle adore ces poèmes... et elle vous adore.

— J'essaierai de passer vous voir. Qu'est-ce qu'il y a au menu ?

— Je pensais concocter un ragoût de bœuf aux épices.

— Concocter ou réchauffer ?

— Eh bien...

— Ce plat-là, c'est un de ceux que je lui ai préparés, monsieur Master Chef.

— Oh, vraiment ? Il y en a tellement dans le congélateur que je ne sais plus...

— Tout le monde voulait participer, qu'elle soit bien accueillie.

— C'est vrai.

— Toute la ville a suivi son évolution.

— Ça, c'est cette foutue Mardi – elle a la bouche plus grande encore que son derrière ! Enfin, Em', sachez qu'il y aura toujours une place pour vous à notre table. »

J'avais passé pas mal de temps à la table des Ozolins au cours des deux derniers mois, pour garder les jumelles pendant que Wishy et Loreena se trouvaient aux États-Unis, m'occuper du jardin et des animaux quand tous étaient partis rejoindre Simone pendant sa convalescence.

J'ai désigné le ciel d'un geste du menton. « J'ai l'impression qu'on va enfin avoir un peu de répit. » L'été avait été terrible, sec comme un coup de trique, chaud comme l'enfer. Mais là-bas, au nord-ouest, de gros nuages noirs se formaient. Des éclairs zébraient l'horizon.

Wishy a grimacé, jeté un bref regard au ciel.

« Nan, ça passera pas par ici. Trop loin au nord. J'commence à me demander s'il pleuvra un jour sur Bluebush. Il y a une malédiction sur cette ville – ou bien un effet-parapluie. »

Son attention s'est reportée sur moi.

« Quelles sont les dernières nouvelles, du côté de Copperhead ?

— Les avocats de Demsky l'ont enduit d'huile comme un verrat de concours agricole. Il glisse entre les mains de la justice, une vraie savonnette ! McGillivray est sur son dos comme un chien avec son os, les fédéraux retournent ciel et terre, mais la compagnie s'en tient à sa version : Brock était un électron libre, ses supérieurs n'avaient jamais entendu parler de déchets nucléaires…

— Bon Dieu… qui pourrait croire un truc pareil ?

— Croire et apporter des preuves sont deux choses différentes, Wishy.

— Ils ont découvert d'où venaient ces saloperies ?

— C'est compliqué – pas beaucoup de traces écrites mais apparemment, ça fait des années qu'ils les importent en douce : Taïwan, Corée du Sud, les Philippines…

— Elles arrivaient comment ?

— Certaines par avion, d'autres par la mer. Brock avait passé l'essentiel de sa carrière à bosser pour l'industrie de l'uranium ; il avait des contacts dans le monde entier.

— J'ai entendu le cri de guerre des compagnies minières : être responsables des ressources d'un bout à l'autre du cycle. Les extraire dans le nord du pays, les enfouir dans le Centre. Et ceux de Copperhead osent encore clamer leur innocence dans toute cette affaire ?

— Ils essaient, mais ils se sont pris sur la tronche tout un tas de poursuites civiles, et les opérations de nettoyage vont probablement ruiner la compagnie. Au moins, il y en aura un, de nettoyage – ces salopards auraient sans doute continué comme ça pendant des années si Doc et Jurupulla ne les avaient pas pris la main dans le sac…

— Ils l'ont payé cher. Tous les deux. »

Son visage s'est assombri, puis illuminé de nouveau.

« Comment s'en sort cette bonne vieille Jet ? »

La religieuse en fuite était venue m'aider pour le baby-sitting et les tâches ménagères. Wishy l'avait rencontrée, il avait semblé intrigué, amusé.

« Étonnamment bien. Elle a tout de suite accroché avec mon amie Hazel.

— L'artiste ?

— Ouais – elles s'entendent comme larrons en foire ! Elles parlent d'organiser une exposition commune. Je me demande bien comment elles vont l'intituler : fusion noir-jaune ? »

J'ai plongé la main dans ma sacoche.

« Je voulais vous montrer un truc, Wishy. »

Je lui ai remis la lourde enveloppe. Il l'a examinée, a lu le nom de l'expéditeur.

« Qui c'est, Jim Boehme ?

— Un professeur de géologie à l'université d'Adélaïde. Un ancien camarade de fac de Doc, d'ailleurs, mais c'est une autre histoire.

— Pourquoi vous a-t-il écrit ?

— Ouvrez-la. »

Wishy a déplié la lettre, l'a lue à haute voix :

Chère Emily,

Veuillez trouver ci-joint une copie de l'article, comme promis. Les résultats d'analyses sont encore plus probants que je n'osais l'imaginer. Je n'ai pas encore reçu l'accord officiel de la revue Nature, *mais on m'a assuré qu'il était en bonne voie ; les collègues qui ont examiné le contenu de l'article sont aussi enthousiastes que nous. L'hypothèse d'Albie, concernant l'existence d'un lien entre phénomènes volcaniques et glaciaires, ainsi que les preuves qu'il a réunies constituent à l'heure actuelle le Saint-Graal des géologues du monde entier.*

Vous jugerez peut-être préférable de soumettre cette idée à la famille, mais sachez que j'ai pris la liberté de la baptiser Théorie d'Ozolins – c'est son travail de terrain qui a permis cette découverte, et son intuition brillante qui nous en a montré l'importance. J'aurais tant aimé qu'il soit là pour le voir – mais qui sait ? Peut-être est-il là, quelque part... Cela, les roches sont incapables de nous l'apprendre.

Je vous remercie une nouvelle fois de m'avoir transmis ces documents – et de votre hospitalité. Dites à Magpie que je lui ai envoyé par la poste une paire de chaussures neuves, et que nous attendons avec impatience le voyage à Yankirri.

Affectueusement,

Jim.

Il a relevé les yeux, stupéfait.

« Des chaussures ?

— Jim a remarqué qu'il n'en avait pas, quand nous sommes allés dans le bush.

— C'est quoi, ce voyage à Yankirri ?

— Magpie est en train de devenir aussi doué que Doc pour embaucher des chauffeurs ! Ils veulent étudier d'autres sites de la région. »

Il a posé la lettre, désarçonné.

« Qu'est-ce que c'est que cette histoire, Emily ?

— Vous m'aviez dit un truc à l'enterrement d'Albie : que ses idées folles n'allaient pas changer la face de la géologie de l'Outback. Eh bien, c'est la géologie mondiale qu'il va bouleverser. C'est ça, la folie – une des rares choses capables de changer le monde.

— Mais je ne... »

Il s'est gratté la tempe.

« À mon retour de la Gunshot Road, j'ai contacté le Pr Boehme et je lui ai envoyé les notes d'Albie. J'ai expliqué sa théorie, ce qu'il avait trouvé. Il a rappliqué en moins de deux, et nous l'avons emmené dans l'Ouest, Magpie et moi.

« Les roches de Dingo Springs ont plus ou moins mis tout le monde d'accord. La glace et le feu y sont réunies au sein d'une même strate, ce qui signifie que la théorie de la Terre "boule de neige" fonctionne : elle tient debout. Si ne serait-ce que la moitié des hypothèses d'Albie se révèlent correctes, elles enrichiront considérablement notre connaissance de la manière dont le climat évolue. De la vie, en fait. »

Wishy est resté planté là, sourcils levés, bouche bée.

Derrière lui, j'ai aperçu l'éclat métallique d'un avion à l'approche, ses ailes chahutées dans le chaudron des nuages.

« Elles arrivent. »

Il ne bougeait toujours pas.

« À plus tard, alors », ai-je ajouté.

J'ai fait volte-face et un pas vers la porte.

« Emily ! »

Il m'a serrée fort dans ses bras.

« Je ne sais pas ce que j'ai fait, m'a-t-il dit dans un murmure bourru, pour être entouré de gens que… des gens qui m'entourent.

— C'est gentil de votre part, Wishy. Mais maintenant que nous sommes si proches, puis-je vous poser une question ? »

Il m'a lâchée.

« Ça me turlupine depuis le jour où j'ai appris que Simone allait être opérée.

— Je vous écoute. »

Je l'ai fixé droit dans les yeux, bien décidée à ne pas perdre une miette de sa réaction.

« Où avez-vous trouvé l'argent ?

— Quel argent ?

— Pour tout ça – pour que Simone soit opérée à Seattle, au Centre de recherche sur le cancer Fred Hutchinson…

— Ils sont les seuls à le faire.

— Je sais bien, et ça coûte un bras. J'ai vérifié : clinique privée, une greffe de cellules souches extraites d'un cordon ombilical plus tous les protocoles qui vont avec, ça va chercher dans les cinq cent mille dollars. Et puis il y a les allers-retours, l'escale à Hawaï… Tout ça me semble un peu haut de gamme, pour un banal géomètre du bush… »

Il a pris un air vexé.

« Banal ? Je suis le patron, ici.

— Oui, mais quand même. »

Il a croisé les bras.

« C'est pour ça que j'ai accepté le boulot – j'avais besoin de cet argent. Pour payer son traitement et gagner peut-être quelques centimètres sur le rêve de pouvoir un jour financer une opération.

— Vous êtes le directeur régional d'une agence gouvernementale des Travaux publics, pas le P-DG de la compagnie minière BHP ! Vous avez vendu la boîte, ou quoi ? Les contrôleurs des impôts vont adorer… »

Il a marché jusqu'à la baie vitrée de la salle panoramique. Il contemplait l'avion qui se préparait à atterrir.

« Emily, je crois que vous êtes la créature la plus entêtée que j'aie jamais rencontrée !

— Je ne supporte pas de faire les choses à moitié. »

Il a poussé un long soupir, s'est adressé à la vitre :

« L'argent venait d'Albie.

— Vous m'aviez dit qu'il ne possédait rien.

— Et de vous.

— Moi, je *sais* que je n'en ai pas !

— La première fois que vous êtes venue chez nous – vous m'aviez conseillé de faire expertiser la collection de Doc. Vous vous souvenez, vous m'aviez même donné le nom de ce marchand – Cockayne ?

— Et… ?

— Je l'ai contacté. Il est venu ici, il a jeté un œil aux pierres et nous a offert plus d'argent que je n'en ai eu de toute ma vie ! C'était une vraie caverne d'Ali Baba – il y avait plein de trucs dans ces cartons, des minéraux dont je n'avais jamais entendu parler : cuivre natif, or de Gympie… Je n'ai pas cherché à négocier – nous savions exactement combien allait coûter le traitement de Simone. »

Tout cela était logique. Il n'y avait pas plus droit que ce Cockayne ; il aurait été facile de lui demander confirmation, mais je savais que Wishy disait la vérité.

Il s'est éclairci la gorge.

« Vous vous rappelez, le jour où je suis venu vous voir à l'hôpital ?

— Je ne risque pas d'oublier… »

Il a avalé sa salive.

« Je n'ai pas eu l'occasion de vous dire à quel point j'étais peiné par ce qui vous est arrivé. Combien ça m'a fait mal de voir souffrir une fille bien comme vous, juste au moment où mon rêve le plus fou venait de se réaliser… Et surtout grâce à vous. La honte, Em'. C'est ça qui nous empêche de… »

Sa voix s'est étranglée.

« Je me sentais même un peu coupable de ne pas avoir pris soin de mon frère, obsédé que j'étais par mes propres problèmes… De vous avoir laissée vous débrouiller seule, faire ce qu'il fallait et en subir les conséquences. »

Il m'a fallu un moment pour digérer ses mots. J'ai passé mon bras sous le sien, l'ai entraîné dehors, sur la terrasse.

« Je n'ai pas besoin que quelqu'un soit responsable de moi, Wishy. En général, je suis très forte pour me mettre dans le pétrin toute seule. Venez, ils atterrissent. »

Nous avons regardé l'avion réussir un atterrissage aussi lisse qu'un miroir et rouler jusqu'à la passerelle. La porte s'est ouverte. L'hôtesse n'avait pas encore eu le temps de se mettre en position qu'une petite silhouette blonde a bondi hors de la carlingue, sauté sur la rampe métallique et glissé jusqu'au tarmac.

Une autre, plus fine et plus sombre, est apparue en haut des marches. La démarche assurée. En forme. Elle a regardé autour d'elle. A croisé les bras et inspiré profondément.

J'ai souri et me suis dirigée vers la sortie. Puis ravisée.

« Wishy ! l'ai-je interpellé.
— Em' ? »
Je lui ai envoyé un baiser.
« Moi non plus, je ne sais pas ce que j'ai fait. »

Je suis montée dans le Land Cruiser flambant neuf du poste de police de Moonlight Downs et j'ai regagné doucement la ville par la route qui contournait le lac. Sans réfléchir, j'ai quitté la route et me suis garée au bord de l'eau.

Je suis descendue de voiture et me suis adossée contre le pare-buffle. J'ai épongé la sueur sur mon front. Des nuages violacés s'enroulaient autour des collines. Ils avaient fait ça tout l'été mais, comme Wishy l'avait remarqué, la pluie avait la mauvaise habitude de tomber toujours ailleurs.

J'ai repensé à la dernière fois que j'étais venue ici ; mais, bon Dieu, si on laissait le passé nous emprisonner, on mourrait au fond de ce trou.

Un vent sombre a froissé l'eau du lac. L'air était électrique.

J'ai jeté un coup d'œil autour de moi. Il n'y avait pas beaucoup de voitures, aujourd'hui, malgré la chaleur moite. Mais n'était-ce pas la camionnette de la Confrérie évangélique, là-bas, et une silhouette filiforme qui se battait à l'arrière avec un canot pneumatique en jetant des regards anxieux vers les cieux ?

Je me suis demandé ce qu'il allait penser, lui et les autres conducteurs, d'ailleurs, en voyant le nouvel agent de police aborigène de la communauté de Moonlight Downs se baigner à poil.

Qu'est-ce que j'en avais à...

J'ai enlevé mon uniforme, couru jusqu'à l'eau et plongé.

Le temps que je remonte à la surface, la visibilité avait chuté à moins de vingt mètres : la surface du lac bouillonnait et les nuages déversaient un torrent de gouttes noires, énormes, des cordes, des murs, un monde d'eau.

Je n'avais jamais rien vu de semblable : la pluie martelait le fond de ma bouche, mes yeux, le lac, les montagnes bossues, les plaines parcheminées. Elle s'abattait avec une énergie joyeuse, musicale, qui menaçait de tout emporter dans sa danse et nous faisait renaître.

REMERCIEMENTS

Comme toujours, je suis particulièrement redevable à mes amis aborigènes du centre de l'Australie, qui m'ont ouvert leurs cœurs et confié leurs histoires.

J'ai embêté un tas de gens aux quatre coins du pays pour m'assurer que les moindres détails de ce livre étaient exacts. Toute ma gratitude à :

Marion Anderson
Galen Halverson
Gavin Mudd
Maree Corkeron
Brian Davey
Phil Hyland
Simon Maddin
John Dunster
Daniel Franks
Daniel McIntyre
David Nash
John Bell
Joy Bell
Patricia Rich
Gerard Roche
Riva Bohm

Jim Green
Nat Wasley
Wojciech Dabrowka
Graham Brown
Herb Evans
Roger Wood
Fiona Soutar

Pardon à tous ceux que j'aurais oubliés. Cela est davantage dû à mes prises de notes chaotiques qu'à un quelconque manque de reconnaissance de vos efforts.

Parmi les nombreux ouvrages consultés durant l'écriture de *La Piste du Feu*, deux livres méritent une mention spéciale : *Snowball Earth*, de Gabrielle Walker (Bloomsbury Publishing, Londres, 2003) et *Rock Star* de Kristin Weidenbach (East Street Publications, Adélaïde, 2008).

Cinq de mes amis ont relu les versions successives de ce livre :

Danielle Clode, Steve Manteit, Will Owen, Bruce Schaeffer, Jane Simpson. Merci à vous.

Je remercie également :

Mandy Brett, éditrice extraordinaire.

Mary Cunnane, agent extraordinaire.

Les jurés du Conseil australien des arts, pour leur généreux soutien.

Susan Bradley-Smith et tous mes collègues de l'université La Trobe.

La clique du pub St Andrews, Helen et Stan, Kerry, Linda, Jo et Drew – pour avoir gardé le café au chaud et le bureau au calme.

Fremantle Press pour m'avoir donné la permission de citer le poème de John Kinsella « Notes on Fire-

Tumbles » ; les Presses de l'université du Queensland pour m'avoir permis de citer « Fix » de Michael Dransfield.

Enfin, et surtout, merci à mes magnifiques filles, Kristin, Sally et Siena : vous habitez chacun de mes mots. Enfin, tous sauf les gros.

NOTE DE L'AUTEUR

Au cours de mes années passées dans le Territoire du Nord, j'ai travaillé dans une minuscule communauté aborigène isolée en plein désert, du nom de Muckaty. Au moment où j'écris ces lignes, le gouvernement fédéral australien a suspendu la législation sur le patrimoine écologique et aborigène pour désigner cette communauté comme site de stockage privilégié des déchets nucléaires du pays, décision qui a provoqué un vif émoi chez les propriétaires traditionnels des lieux.

Dianne Stokes, propriétaire traditionnelle de Muckaty :

Depuis le début, nous avons répété que nous ne voulions pas de ces déchets sur nos terres mais personne ne nous a écoutés… Nous ne laisserons pas cette décharge s'installer ici, car notre devoir est de sauvegarder cet endroit si spécial pour les générations futures. C'est exactement ce que nous comptons faire.

Le dernier rêve de la colombe Diamant

n° 4266 - 8,80 euros

Emily Tempest a passé son enfance dans la communauté aborigène de Moonlight Downs, un monde sauvage et magique. Mais lorsqu'elle y retourne, après de longues années d'absence, c'est le désenchantement : le leader de la communauté est assassiné, le principal suspect, un sorcier disparait dans le bush et la communauté se disperse. Rien n'effraie Emily, qui est bien décidée à retrouver l'assassin...

« Ce premier roman est un coup de maître ! Adrian Hyland nous livre un polar épique et ambitieux, sur fond d'Australie centrale, où aborigènes et blancs tentent de vivre côte à côte dans une paix fragile. »
Vogue

MIXTE
Papier issu de
sources responsables
FSC® C003309

10/18, une marque d'Univers Poche,
est un éditeur qui s'engage pour
la préservation de son environnement
et qui utilise du papier fabriqué à partir
de bois provenant de forêts gérées
de manière responsable.

Impression réalisée par

CPI
BRODARD & TAUPIN

La Flèche (Sarthe), 70723
Dépôt légal : novembre 2012
X04776/01

Imprimé en France